KRÜGER

Paige Toon

Sieben Sommer

ROMAN

Aus dem Englischen
von Andrea Fischer

KRÜGER

FSC
www.fsc.org
MIX
Papier | Fördert gute Waldnutzung
FSC® C014496

Erschienen bei FISCHER Krüger

Die englische Originalausgabe erschien 2024 unter dem Titel »Seven Summers« bei Century, einem Imprint von Cornerstone. Cornerstone ist Teil der Penguin-Random-House-Gruppe.

Songtexte aus:
S. 21: »Need You Tonight« von INXS, geschrieben von Andrew Farriss und Michael Hutchence
S. 63: »Ready to Start« von Arcade Fire, geschrieben von Will Butler, Win Butler, Régine Chassagne, Jeremy Gara, Tim Kingsbury, Richard Reed Parry
S. 330: »Here Comes the Sun« von The Beatles, geschrieben von George Harrison
S. 410: »Never Tear Us Apart« von INXS, geschrieben von Andrew Farriss und Michael Hutchence

Satz: Pinkuin Satz und Datentechnik, Berlin
Druck und Bindung: GGP Media GmbH, Pößneck
ISBN 978-3-8105-3090-5

Für Lucy.

Welch ein Glück,
dich in meinem Leben zu haben.

1

Dieser Sommer

Die violetten und weißen Wildblumen auf den grasbewachsenen Hängen verströmen einen betörenden Duft, die Morgenluft ist frisch und still, als ich mich auf den Weg zum Seaglass mache, das Strandrestaurant mit angeschlossener Bar, in dem ich arbeite. Die Hügel zu beiden Seiten der sich hindurchwindenden Straße scheinen immer höher aufzuragen, und irgendwann kommt in der Ferne der Atlantik in Sicht, der dunkelblau auf den Horizont trifft. Ich folge der Straße vorbei an weiß getünchten Cottages, am Pub und am Haus des Surf Life-Saving Club, der Lebensrettungsgesellschaft, bevor die Bucht von Trevaunance Cove sich vor mir auftut. Noch ein paar Stunden bis zum Höchststand der Flut, die klaren aquamarinblauen Wellen plätschern sanft an den cremeweißen Sand.

Endlich ist der Sommer da, und Cornwall strahlt. Die damit verbundene Hoffnung schlägt sich auf meinen gesamten Körper nieder. Es fühlt sich an, als sei ich endlich bereit, aus dem kühlen Schatten zu treten, der seit geraumer Zeit auf mir liegt und mich belastet.

Dabei hilft mir meine neue Frisur. Solange ich denken kann, hatte ich lange dunkle Locken, aber gestern war ich bei der Friseurin und habe ihr gesagt, sie solle sich was einfallen lassen.

Jetzt schwingt mein Haar luftig in Wellen, ohne meine Schultern zu berühren, und ich finde es großartig. Ich fühle mich wie ein komplett neuer Mensch. Genau das habe ich gebraucht.

Meine Gedanken wandern zu Finn, und meine Laune verdüstert sich, dann fährt mir eine Brise durch die Haare und weht sie mir aus dem Gesicht, fast so als würde Mutter Natur mich daran erinnern, dass es Zeit für einen Neuanfang ist.

Als ich die Außentreppe des Seaglass hochsteige, habe ich das Gefühl, dass unten am Strand etwas anders ist. Der kleine Fluss, der hier ins Meer mündet, hat sich mit unzähligen Armen in den Sand gegraben, und irgendjemand hat einige dieser Rinnsale tiefer ausgehöhlt, so dass sie wie aus einem Stamm wachsende Äste aussehen.

Ich bleibe stehen, um die Kunst im Sand genauer zu betrachten. Der Baum hat keine Blätter. Soll er symbolisch für den Winter stehen? Und mit welchen Werkzeugen wurde dieses Sandbild geschaffen? Als Bildhauerin interessiert mich so etwas.

Eine Welle bricht sich am Ufer und schäumt über die höchsten Zweige des Kunstwerks. Nicht mehr lange, dann wird die Flut dieses Bild im Sand auslöschen. Ich finde es traurig, dass etwas so Schönes zerstört wird, bevor sich auch andere daran erfreuen können.

Mir kommt eine Idee. Ich hole mein Handy heraus und mache ein paar Fotos, von denen ich die besten auf der Instagram-Seite des Seaglass poste, darunter den Text: *Wie wär's mit ein bisschen Strandkunst zum Brunch?*

Ich bin bildende Künstlerin, keine Wortakrobatin, das muss reichen.

Als ich meine E-Mails checke, sehe ich, dass ich eine neue Nachricht von Tom Thornton habe:

Hi Liv,
wollte nur fragen, ob es möglich wäre, das Cottage schon vor sechzehn Uhr zu beziehen – bin bereits in Cornwall.
Danke,
Tom

Ich tippe zurück:

Hi Tom,
stell dein Auto gern schon vor dem Haus ab. Ich hatte nur noch keine Zeit zum Saubermachen, da die anderen Gäste gerade erst abgereist sind. Ich muss jetzt zur Arbeit, deshalb werde ich vor vier Uhr wohl kaum fertig sein.
Grüße,
Liv

Als ich sehe, dass er die Nachricht schon vor zwei Stunden geschickt hat, bekomme ich ein schlechtes Gewissen. Auf der Website sind meine Bedingungen klar und deutlich aufgeführt, aber nachdem andere Gäste in letzter Minute storniert hatten, bin ich echt dankbar, dass dieser Tom das Cottage für den gesamten Juni gebucht hat. Deshalb überlege ich, ob ich für ihn eine Ausnahme machen soll. Ich hatte mir schon den Kopf zerbrochen, wie ich die Wohnung außerhalb der Schulferien vier Wochen lang vermietet bekomme, und dann tauchte dieser Tom auf und entpuppte sich gewissermaßen als mein Retter in der Not.

Ich beschließe, im Laufe des Vormittags eine Pause einzulegen und die Wohnung fertig zu machen, damit er früher rein kann. Das wäre nur fair.

Als ich das Seaglass über den Haupteingang an der Seite betrete, nimmt mich der vertraute Geruch von abgestandenem Bier und Feuchtigkeit in Empfang. Ich bin die Erste, aber es wird nicht lange dauern, bis die Küchencrew, die Thekenmannschaft und die Kellner und Kellnerinnen eintreffen. Die Küche und der Restaurantbereich sind im ersten Stock; auf dieser Etage bemühen wir uns eher um eine gechillte Bar-Atmosphäre. Zur Linken öffnen sich Glastüren auf einen Balkon, von dem man aufs Meer schaut. Rechts von mir ist die mit dunklem Holz verkleidete Theke, die ungefähr die Hälfte der Rückwand einnimmt, daneben eine offene Wendeltreppe. Ganz hinten sind die Toiletten, und gegenüber vom Eingang, im rechten Winkel zum Tresen, befindet sich eine Bühne.

Beim Blick auf die kleine erhöhte Fläche zieht sich mein Magen zusammen, und kurz werde ich in die Vergangenheit zurückversetzt: Finn steht am Mikro, die Lippen zu einem angedeuteten Lächeln verzogen, und schaut mir tief in die Augen.

Ob er diesen Sommer wiederkommt?

Genug davon.

Hinter mir geht die Tür auf. Ich fahre zusammen. In der Erwartung, Kollegen zu sehen, drehe ich mich um, doch vor mir steht ein Fremder: ein groß gewachsener, breitschultriger Mann mit einem schweren schwarzen Rucksack, die Hände in den Taschen eines dunkelgrauen Hoodies vergraben, die Kapuze über den Kopf gezogen.

»Tut mir leid, wir haben noch nicht geöffnet«, rufe ich.

Er bleibt abrupt stehen, sichtlich genervt. »Wann machen Sie denn auf?«, fragt er ohne Umschweife.

»Um zehn.«

Es ist erst Viertel nach neun.

Er murmelt etwas vor sich hin, macht auf dem Absatz

kehrt und marschiert wieder nach draußen. Die Tür lässt er sperrangelweit offenstehen.

Was für ein unhöflicher Kerl!

Ich gehe hinüber, um die Tür zu schließen, und werfe noch einen Blick Richtung Meer. Die Wellen brechen sich am Strand und haben bereits einen großen Teil des Baums ausgelöscht. Trotz meines Vorsatzes, heute gute Laune zu haben, macht sich eine gewisse Melancholie in mir breit, während ich den Laden weiter vorbereite.

Als ich in meinem Haus ankomme, dem Beach Cottage, steht kein Wagen in der Auffahrt. In dem Gebäude mit dem naheliegenden Namen wohne ich seit meinem dreizehnten Lebensjahr. Vor ein paar Jahren habe ich es umbauen lassen, so dass zwei separate Apartments entstanden sind. Von außen sieht es jedoch immer noch wie ein zweistöckiges Cottage aus. Es ist aus grauem Stein, die Haustür befindet sich mittig zwischen vier symmetrisch angeordneten Fenstern mit blassblauen Rahmen. Über der hohen Mauer, die das Grundstück umschließt, kann man drei große Palmen erkennen. An der Straßenseite verläuft ein murmelnder Bach, der von einer taillenhohen Steinmauer eingefasst wird. Durch das Moos und Unkraut in ihren Rissen und Spalten fügt sie sich perfekt in die Landschaft ein. Zwei kurze Brücken von jeweils nur anderthalb Metern überqueren den Bach und führen zu meiner Eingangstür beziehungsweise der Auffahrt.

Ich überquere die kleine Brücke zur Haustür und trete in den Flur, um von dort das Apartment im Erdgeschoss aufzuschließen. Die Gäste, die heute abgereist sind, hatten keine Kinder, und dieser Tom ist allein, deshalb muss ich im Kinderzimmer mit dem Etagenbett und dem angrenzenden Bad nicht so viel tun.

Ich gehe durch das gemütliche Wohnzimmer, sehe mich um und muss beim Anblick der perfekt platzierten Sofakissen lächeln. Die offene Küche und der Essbereich im hinteren Teil sind ebenfalls blitzsauber. Wenn nur alle Gäste so vorbildlich wären!

Zufrieden, dass ich die Wohnung in Nullkommanichts fertig haben werde, schicke ich Tom schnell eine E-Mail, um ihm mitzuteilen, dass er schon am Mittag einziehen kann. Hoffentlich freut er sich über die Nachricht.

Als ich am nächsten Morgen aufstehe, gehe ich direkt zum Fenster und ziehe die Gardinen zurück. Immer noch kein Auto in der Auffahrt! Ist dieser Tom überhaupt gekommen? Ich habe nichts von ihm gesehen oder gehört, er hat auch nicht auf meine Mail geantwortet.

Eine Stunde später sind alle Sorgen über den fehlenden Gast vergessen, denn ich stehe auf dem Balkon des Seaglass und betrachte gerührt die beiden Bäume, die in den Strand gezeichnet sind.

Die Äste des linken wachsen ebenso aus dem Fluss wie bei dem Baum von gestern – ein Gewirr aus nackten, elegant geschwungenen Zweigen.

Der zweite ist genau in der Mitte in den Sand gemalt, ein großer, schlanker Nadelbaum in Kegelform, der mich an die italienischen Zypressen erinnert, die die Wege im Boboli-Garten in Florenz säumen.

Bei der Erinnerung wird mir flau im Magen. Die Kunst am Strand fesselt mich, und aus der Nähe kann ich sehen, dass die Ränder der Zypresse sehr realistisch aufgefächert sind. Ich könnte mir vorstellen, dass hier mit einer Harke gearbeitet wurde; der Baum, der aus dem Flüsschen wächst, scheint jedoch mit einem gröberen Werkzeug in den Sand gegraben worden zu sein. Ich hatte angenommen, er solle den Winter symbolisieren, doch neben der großen, kraftstrotzenden Zypresse wirkt er völlig ausgezehrt.

Ich würde gern wissen, was der- oder diejenige sich dabei gedacht und beim Erschaffen dieser Werke empfunden hat. Entstanden sie aus Freude oder Traurigkeit oder einem ganz anderen Gefühl heraus?

Ich gehe an der Zypresse entlang Richtung Wasser und bleibe am Ufer stehen, schaue aufs Meer und denke an Florenz, einen Ort, der für mich einst der Inbegriff von Hoffnung war. Ein Stich fährt mir durch die Brust.

Als ich vor sechs Jahren an die Akademie der Künste nach Florenz ging, war ich gerade erst mit der Uni fertig und fühlte mich wie eine Studentin, die nur so tut, als sei sie Künstlerin. Doch in den vier Wochen dort, als ich dem kalten Ton mit meinen Händen so etwas wie Leben einhauchte, wuchs von Tag zu Tag die Vorfreude auf eine Zukunft voller Möglichkeiten. Ich freute mich auf die nächste Phase meines Lebens: nach London zu ziehen und mir eine Stelle in einem Atelier zu suchen.

Dann brach alles zusammen.

Ich bin vielleicht nicht nach London gegangen oder zurück nach Italien, wie ich es mir mal ausgemalt hatte, aber dafür würde ich mich heute tatsächlich als ernst zu nehmende Bildhauerin bezeichnen. Auch wenn ich daneben noch einen anderen Job habe – während der Sommermonate arbeite ich im Seaglass.

Ich lächele zum Meer hinüber, und der Schmerz in meiner Brust lässt nach.

Auf dem Weg zurück zum Restaurant mache ich ein paar Fotos. Eins davon poste ich auf Instagram mit dem Text: *Auch heute wurden wieder beeindruckende Kunstwerke auf unserem Strand gesichtet – wir wüssten zu gern, von wem sie stammen!*

Am Samstag habe ich immer am meisten zu tun: Ich muss nicht nur den Brunch vorbereiten, sondern brauche auch mehrere Stunden fürs Putzen und Vorbereiten der anderen drei Ferienhäuser, für die ich verantwortlich bin, um dann zur Abendschicht ins Seaglass zurückzukehren. Bevor es dort losgeht, werfe ich einen Blick auf meinen Post und sehe, dass er schon fast fünfzig Likes hat. Auf der Suche nach Antworten scrolle ich durch die Kommentare, finde aber nichts.

Rachel, eine meiner ältesten Freundinnen, hat etwas geschrieben:

Welchen Baum findest du besser?

Ich antworte, ohne nachzudenken: *Sie berühren mich beide, auf unterschiedliche Weise.*

Ich finde, beide Kunstwerke drücken Verlust aus, auch wenn die Zypresse in ihrer ganzen Pracht und der Baum nackt und kahl dargestellt ist.

Offenbar ist Rach online, denn sie erwidert innerhalb von Sekunden: *Ob morgen wohl was Neues da ist?*

Ich tippe: *Liebe/r geheimnisvolle/r Künstler/in! Wenn du das hier liest: Morgen wünschen wir uns einen ganzen Wald!*

Immerhin habe ich daran gedacht, »wir« zu schreiben und nicht »ich«. Es soll so klingen, als spräche die Belegschaft des Seaglass, während in Wirklichkeit nur ich allein mit meinen achtundzwanzig Jahren für das Instagramprofil verantwortlich bin.

Bis zum Feierabend um Mitternacht bin ich unentwegt auf den Beinen, deshalb drücke ich am nächsten Morgen um sieben Uhr, als der Wecker klingelt, erst mal auf die Schlummertaste und schlafe auch fast wieder ein.

Mein Wunsch, endlich dahinterzukommen, wer die Kunstwerke in den Sand gezeichnet hat, ist allerdings größer als meine Erschöpfung, und so quäle ich mich in der Hoffnung aus dem Bett, dass ich heute rechtzeitig am Strand sein werde. Der Höhepunkt der Ebbe war heute eine ganze Stunde und zwei Minuten später, deshalb stehen die Chancen gut.

Doch als ich die Bucht erreiche, bin ich wieder zu spät. Im ersten Moment kommt Enttäuschung auf, allerdings wird sie von meiner Achtung und Anerkennung im Keim erstickt.

In den Strand wurde ein gewundener Pfad gegraben; an der Bootsrampe, wo er anfängt, ist er noch breit und wird dann immer schmaler, bis er kurz vorm Wasser nur noch ein dünner Strich ist. Zu beiden Seiten dieses Wegs sind schirmartige Pinien angedeutet. Im Vordergrund sind sie groß und majestätisch, zum Wasser hin werden sie immer kleiner und sind nur noch schemenhaft zu erkennen.

Ich verspüre den Wunsch, Teil dieses Kunstwerks zu sein, will über diesen durch einen Zauberwald führenden magischen Pfad gehen, um auszuprobieren, wie es sich anfühlt.

Aus einem Impuls heraus nähere ich mich der Rampe und trete in den Sand. Lächelnd folge ich dem gewundenen Weg, der aufgrund der perspektivischen Darstellung immer schmaler wird. Nach kurzer Zeit habe ich das Gefühl, riesengroß zu sein; am Ende muss ich die Füße vorsichtig voreinandersetzen, und den letzten Abschnitt gehe ich mit ausgestreckten Armen, als würde ich auf einem Seil balancieren. In mir steigt Freude auf, sie sprudelt über, und ich drehe mich im Kreis, die Arme weit ausgestreckt.

Als ich dem verschlungenen Pfad zurück zum Seaglass folge, habe ich noch immer ein Lächeln im Gesicht. Am Restaurant angekommen, hebe ich den Kopf und muss zweimal hinsehen: Oben auf den nördlichen Klippen sitzt ein Mann auf der Bank, halb versteckt hinter einem Ginsterbusch, der übervoll mit strahlend gelben Blüten ist. Ich stolpere und falle fast über meine eigenen Füße, kann mich aber gerade noch fangen. Als ich wieder hochschaue, ist der Mann verschwunden.

Am Montagmorgen komme ich an den Strand und stelle fest, dass der Sand noch unberührt ist. Bin ich dieses Mal rechtzeitig, oder ist der oder die Fremde in eine andere Bucht weitergezogen?

Für den Fall, dass noch etwas passiert, steige ich die Treppe zum Seaglass hinauf, um mich dort zu verstecken und eine Weile zu warten. Da entdecke ich eine Zeichnung im Sand, die mir noch gar nicht aufgefallen war.

Es ist die lebensgroße Silhouette einer jungen Frau in einem knielangen Sommerkleid, so ähnlich wie das, das ich am Vortag trug. An einer Seite hebt sich der Saum, als fahre der Wind darunter. Die welligen Haare reichen fast bis zu den Schultern; die Frau hat die Arme weit ausgestreckt, als würde sie sich freuen.

Ein Schauder läuft mir über den Rücken.

Zögernd gehe ich ans Geländer und schaue zu den Klippen hinüber.

Dort sitzt wieder der Mann auf der Bank. Ist er der Künstler? Hat er mich gestern beobachtet?

Ich laufe die Außentreppe hinunter, haste die Straße hoch und renne dann nach links auf den Küstenweg. Auf dem schmalen felsigen Pfad zerkratzt mir bei jedem unbedachten Schritt der Ginster die Beine. In meinem Kopf jagen sich die Gedanken.

Jemand, der so schön malt, kann kein Psychopath sein, sage ich mir.

Der Wunsch, den Künstler kennenzulernen, blendet alles andere aus.

Ich weiß genau, wo die Bank ist, weil ich dort schon oft gesessen und zugesehen habe, wie die Flut hereinrollt oder wie die Surfer auf den Wellen reiten. Als sich der Blick zum Hochmoor hin öffnet und in die Ferne schweift, klopft mir das Herz bis zum Hals. Schwer atmend sehe ich die leere Bank vor mir und ringe nach Luft.

Wo ist er?

Ich kraxele weiter, bis der steile Weg flacher wird, und *da*! Ganz weit hinten marschiert jemand in Richtung Trevellas Cove, und zwar ---

Ein großer, breitschultriger Mann in einem dunkelgrauen Hoodie.

Ich denke an Freitagmorgen und an den Mann, der nicht sonderlich erfreut war, als ich ihm sagte, dass wir noch geschlossen hätten. Ich kann mich nicht mehr erinnern, wie er aussah. Als er kurz vor der höchsten Stelle ist, formt sich ein Wort in meiner Kehle und ist draußen, ehe ich es aufhalten kann.

»HEY!«

Er schaut über die Schulter zurück, bleibt abrupt stehen und dreht sich um. Er ist zu weit entfernt, als dass ich seine Gesichtszüge erkennen könnte, trotzdem recke ich die Arme und winke, damit er auf mich wartet.

Ich laufe los, aber nachdem ich nur wenige Meter zurückgelegt habe, wendet er sich ab und stapft davon.

»HEY!«, rufe ich noch mal. »WARTE!«

Doch entweder hört er mich nicht, oder er will mich nicht verstehen, denn kurz darauf ist er aus meinem Blickfeld verschwunden.

Auf dem Rückweg beschäftigt mich eine ungewohnte Mischung von Emotionen: Ich bin beschwingt und frustriert zugleich, aufgeregt und beunruhigt.

So viel habe ich lange nicht gefühlt.

Auch als ich mich eine Stunde später zu Hause für den Brunch im Seaglass fertig mache, sind all diese Gefühle noch sehr präsent in mir. Gerade steige ich die Treppe hinunter, da höre ich, wie die Haustür aufgeschlossen wird.

Endlich lerne ich den geheimnisvollen Tom kennen.

Gestern Nachmittag habe ich ihn kurz unten gehört, doch meistens ist er mucksmäuschenstill. Er hat auch sein Auto nicht in der Einfahrt geparkt. Ich war zu abgelenkt, um an ihn zu denken.

Mit dem wärmsten, fröhlichsten, freundlichsten Lächeln öffne ich die Tür und sehe einen großen, breitschultrigen Mann in einem dunkelgrauen Hoodie vor mir.

Ich schnappe nach Luft, reiße die Augen auf.

Er muss etwa Anfang dreißig sein und wirkt aus der Nähe noch größer und breiter – scheint kaum in den kleinen Flur zu passen. Die Kapuze hat er zurückgeschlagen, so dass man seine kurzen dunkelblonden Haare, die markante Stirn und das kräftige Kinn mit dem Dreitagebart sieht. Seine Augen haben die Farbe von Ahornsirup, durch den das Licht schimmert, gesprenkelt mit goldbraunen Splittern.

»Du«, flüstere ich. Der Schock des Erkennens in seinem Gesicht weicht erschöpfter Resignation.

»Oh, verdammt«, murmelt er.

2

Der Sommer vor sechs Jahren

Im Rhythmus des Basses gehe ich über den Asphalt hangabwärts. Die Schwerkraft und der Schwung verleihen mir Flügel. Es ist Freitagabend, ich bin endlich zu Hause und kann es nicht erwarten, meine Freundinnen wiederzusehen.

Amy hat mir gesagt, dass Dans Band momentan jeden Abend im Seaglass spielt, und offensichtlich hat sie schon angefangen.

Kaum zu glauben, dass ich heute Morgen noch in Florenz war und erst vor einem Monat meinen Bachelor of Arts in Bildhauerei am Edinburgh College of Arts gemacht habe. Vier Jahre lang bin ich zwischen historischen Gebäuden über Kopfsteinpflaster gelaufen und habe im geschäftigen Treiben dieser pulsierenden, lebenssprühenden Stadt kaum Ruhe gefunden. Und jetzt bin ich wieder in St Agnes, wo das Geräusch brechender Wellen die Luft erfüllt, die Seeluft meine sonnenverbrannte Haut kühlt und die Band im Seaglass spielt.

Als ich die Außentreppe hochsteige, erklingt gerade ein frenetisches Crescendo auf dem Schlagzeug, dann komme ich um die Ecke. Der Balkon ist rappelvoll. Zigarettenqualm liegt wie Seenebel über den wippenden Köpfen.

Ich höre einen spitzen Schrei, die Menge tut sich auf, und Rachel stürmt auf mich zu. Dann liegen wir uns in den Armen.

»Wo bist du so lange gewesen?«, ruft sie, während das Lied ausklingt und die Band schon das nächste anspielt.

»Die Straßen vom Flughafen hierher waren so voll, dann wollten meine Eltern noch, dass ich mit ihnen zu Abend esse – ich hatte noch nicht mal Zeit zum Duschen!«

»Du siehst super aus! Komm, es gibt einiges aufzuholen!«

Rach zieht mich durch die Glastür hinein und steuert geradewegs auf die Theke zu. Sie hat Sand an den Händen und sieht aus, als sei sie direkt vom Strand gekommen. So wie ich Rach kenne, stimmt das wahrscheinlich sogar. Ihre kastanienbraunen Haare sind zu einem tief sitzenden Pferdeschwanz gebunden, und die Strähnen, die sich daraus gelöst haben, sind feucht von der Meeresluft. In Rachs Nacken sehe ich den Knoten ihres olivgrünen Tankinis unter dem extraweiten weißen T-Shirt, dazu trägt sie ihr Markenzeichen, eine weite Surfershorts. Typischer Rachel-Stil. Ich fand ja, dass ich in Jeans und schwarzem Oberteil schon lässig gekleidet bin, aber meine Freundin setzt noch einen drauf.

»So voll hab ich den Laden noch nie gesehen!«, rufe ich.

Rach quetscht sich in eine winzige Lücke am Tresen. »Ich glaube, Dan hat halb Cornwall eingeladen. Es sind auch viele Leute von früher aus der Schule da.«

Ich schaue zur Band hinüber, und mein Blick bleibt an Dan Cole hängen, dem blonden, breitschultrigen Leadgitarristen, in unserer Klasse auf der weiterführenden Schule damals der große Mädchenschwarm. Amy war in ihn verknallt, aber bis zu seinem ersten Jahr an der Uni hatte er eine feste Freundin, und soweit ich gehört habe, stößt er sich seitdem die Hörner ab.

Tarek, der Bassist, und der Schlagzeuger Chris waren ebenfalls in unserem Jahrgang, so wie der Sänger der Band, Kieran. Doch der ist heute nicht da. Mein Blick bleibt an seinem Ersatz hängen.

Die zerzausten dunklen Haare fallen dem Typen in die fast

geschlossenen Augen, er hat die schmale Hüfte seitlich rausgeschoben und umfasst das Mikrophon mit beiden Händen, die Lippen ans Metall gepresst.

Er hat eine gute Stimme; tief und dunkel, aber trotzdem melodisch.

»Wer ist das?«, frage ich.

»Kennst du Finn nicht mehr? Er war in unserem Kunstkurs.«

»Quatsch!«

Der Finn, mit dem wir zur Schule gegangen sind, war unglaublich schüchtern. Er hatte immer Beanies auf, die er so tief runterzog, dass man ihm kaum in die Augen sehen konnte. Ich wüsste nicht, dass er damals zu Dans Clique gehört hätte. Oder dass er überhaupt irgendwohin gehörte. So, wie ich mich erinnere, war er eher ein Einzelgänger.

Der Finn, der hier auf der Bühne steht, ist absolut heiß. Er trägt eine schwarze Jeans und einen weiten schwarzen Grobstrickpulli voller Löcher – ein lässiger, sexy Rockstar.

Auf einmal brüllt er »I'm lonely« ins Mikro, und die Band hält inne. Man spürt die Spannung im Publikum. Übers Mikro ist zu hören, wie Finn zischend die Luft einzieht, dann singt er die nächste Zeile, und die Gitarrenriffe setzen wieder ein.

Mir stellen sich die Nackenhaare auf.

»Wie heißt das Lied?«, frage ich, ohne den Blick von dem Sänger abzuwenden.

Ich habe es schon mal gehört, kann mich aber nicht an den Titel erinnern.

Rach sieht mich ungläubig an. »›Need You Tonight‹ von INXS? Ehrlich, wie kann man *das* nicht kennen?«

»Das Lied ist älter als ich«, entgegne ich zu meiner Verteidigung.

»Und das davor war von Royal Blood, ›Figure It Out‹«, fügt sie hinzu.

Rachel steht voll auf Indierock. Ich nicht. Ich habe früher klassische Musik auf dem Klavier gespielt.

»Oi, AMES!«, ruft Rach.

Ich reiße den Blick von Finn los und entdecke eine zierliche Blondine hinter der Theke. Geistesabwesend sieht sie zu uns herüber.

»Ja, Moment, ich komme gleich … Liv!« Als Amy mich entdeckt, muss sie zweimal hingucken, dann stürzt sie auf mich zu. »Sorry, heute Abend ist der Teufel los. Wir haben zu wenig Leute.«

Amy, Rachel und ich sind unzertrennlich, seit wir mit vierzehn Jahren auf einer Party Freundschaft geschlossen haben – wir waren die Einzigen, die nicht Wahrheit oder Pflicht spielen wollten, deshalb versteckten wir uns auf der Toilette.

In den letzten vier Jahren haben die beiden sich deutlich öfter gesehen als mich, weil Amy an der Uni in Plymouth studiert hat, die viel näher liegt. Selbst schuld, dass ich über fünfhundert Meilen weit weggehen musste.

»Ich komme später zu euch«, verspricht Amy und greift an Rach vorbei nach meinem Arm, um mich kurz zu drücken. Dann ist sie wieder weg.

»Was willst du trinken? Falls ich es irgendwie schaffe sollte, an der Bar durchzukommen?«, brummt Rachel.

Chas, der Inhaber des Seaglass, will an uns vorbeigehen, bleibt dann abrupt stehen. Der über sechzigjährige, wettergegerbte Surfertyp hat sich kaum verändert.

»Willst du wirklich nicht hier arbeiten?«, fragt er Rach.

»Auf gar keinen Fall«, antwortet sie.

Sie jobbt in einem Surfshop oben im Ort. Rachel würde ein Jahr von Dosenbohnen und Spaghetti leben, wenn sie dafür mehr Zeit am Strand verbringen könnte. Ganz bestimmt würde sie ihre Freizeit nicht mit so etwas Banalem wie Kellnern vergeuden.

»Ich aber!«, rufe ich und beuge mich an meiner Freundin vorbei vor.

Chas nimmt mich zum ersten Mal wahr. Seine Augenbrauen wandern zum zurückweichenden graubraunen Haaransatz. »Hey, Liv! Bist du den Sommer über hier? Meinst du das ernst? Suchst du einen Job?«

»Allerdings.«

»Kannst du sofort loslegen?«, fragt er hoffnungsvoll.

»Hey!«, mischt Rach sich ein. »Sie ist gerade erst angekommen. Lass sie in Ruhe, Chas! Schließlich hast du schon unsere andere Freundin für dich eingespannt.«

»Schon gut, schon gut.« Kapitulierend hebt Chas die Hände. »Und wie wär's morgen?«

»Okay«, sage ich grinsend.

»Könntest du um halb fünf da sein? Die Band spielt dann wieder, und wahrscheinlich wird es genauso voll wie heute.«

Ich schaue zur Bühne hinüber, und wieder bleibt mein Blick an Finn hängen.

»Ja, mach ich.« Es fällt mir schwer, mich auf die zwei neben mir zu konzentrieren.

»Wenn das so ist, geht die nächste Runde aufs Haus. Was wollt ihr?«

»Ein Rattler bitte!«, bestellt Rach.

Chas sieht mich fragend an.

»Für mich auch.« Ich mag den Cider aus der Gegend, der hier verkauft wird.

»Und zwei Tequila!«, ruft Rach hinterher, während Chas zwei Plastikgläser aus dem Gestell über dem Tresen nimmt.

»Was? Nein!« Ich schlage meiner Freundin auf den Arm.

»Komm schon!«, sagt sie. »Das letzte Mal, als wir richtig gefeiert haben, war Silvester, und ab morgen arbeitest du. Komm mal aus dir raus! Wie konntest du nach der Uni auch gleich nach Italien fahren, um da noch mehr zu lernen? Genieß doch lieber das Leben!«

»Florenz war herrlich, nett, dass du fragst«, erwidere ich belustigt. Chas füllt zwei Schnapsgläser mit Tequila und zwinkert uns zu, dann bedient er den nächsten Gast.

Ich liebe Rach, aber wir sind grundverschieden. Sie hat keine Ahnung, was sie mal beruflich machen will, während mein Weg schon mein ganzes Leben lang zur Bildhauerei führte.

Zu meinen frühesten Erinnerungen gehört, dass ich auf den riesigen Löwen auf dem Trafalgar Square in London herumkletterte. Noch Jahre später hatte ich eine Schwäche für Löwen, bis ich die majestätischen vier Bronzepferde des Helios am Piccadilly Circus erblickte und von da an nur noch Tierstatuen sehen wollte.

Meine Eltern hielten meine Besessenheit für eine Phase, ähnlich wie die Vorliebe für Einhörner und Ponys, doch meine Großmutter war klüger.

Als sie zum ersten Mal mit mir das Barbara Hepworth Museum und den Skulpturengarten in ihrer Heimatstadt St Ives besuchte, war ich acht Jahre alt. Ich weiß noch genau, dass ich in der Galerie unbedingt die Meißelspuren an den Holzskulpturen berühren wollte. Das durfte ich natürlich nicht, aber draußen im Garten ließ meine Großmutter mich herumlaufen. Die pure Größe einiger Plastiken verschlug mir glatt die Sprache, ebenso die Formen, Farben und die Struktur der unterschiedlichen Materialien, die ich befühlen konnte.

In der weiterführenden Schule verschob sich mein Interesse von Tierdarstellungen zu Menschen. Auf einer Studienreise mit meinem Kunstkurs nach Paris hätte ich die anderen in den Tuilerien beinahe verloren, so hingerissen war ich von Rodins *Kuss*, dass ich alles um mich herum vergaß. Ich wurde von dieser Plastik zweier Liebender magisch angezogen, von der Art und Weise, wie sie einander umschlangen, von ihrer leidenschaftlichen Umarmung. Ich wollte auf diese Weise Menschen zum Leben erwecken, wollte Augenblicke festhalten und meine eigenen Geschichten erzählen. Von da an konzentrierte ich mich auf figurative Plastik.

Es wäre so schön, wenn meine Großmutter noch leben würde. Dann könnte sie sehen, wie weit ich es gebracht habe. Meine Eltern waren zwar auch auf meiner Abschlussausstellung, der Höhepunkt meiner studentischen Laufbahn, und ich weiß, dass sie stolz auf mich sind, obwohl sie in erster Linie erleichtert zu sein scheinen, dass meine Zeit in Schottland nun vorbei ist. Sie konnten sich nie damit anfreunden, dass ich für mein Studium so weit weggezogen war, auch wenn sie nie direkt etwas gegen meine Entscheidungen einzuwenden hatten. Meinen einmonatigen Aufenthalt an der Kunstakademie in Florenz haben sie finanziell unterstützt. Deshalb brauche ich auch einen Ferienjob. Ich will ihnen das Geld unbedingt zurückzahlen.

Und außerdem muss ich ein bisschen was ansparen, damit ich nach London ziehen kann. Davon habe ich Mum und Dad bisher allerdings noch nichts erzählt.

Rach nimmt ein Schnapsglas und reicht es mir mit einem erwartungsvollen Blick über die Schulter.

»Na gut«, sage ich, kippe den Tequila hinunter und ziehe eine Grimasse. Kaum habe ich mich davon erholt, drückt sie mir das zweite Glas in die Hand.

»Du musst aufholen«, erinnert sie mich voller Ernst.

»Hilfe, wie alt sind wir? Achtzehn?«

Auf einmal habe ich das surreale Gefühl, die Zeit in St Agnes hätte stillgestanden, während ich weitergezogen und erwachsener geworden bin. Rach ist hiergeblieben. Sie sieht mich erwartungsvoll an, und ich will sie nicht enttäuschen. Ich leere auch das zweite Glas und genieße die Wärme des Alkohols und ihrer Bewunderung. Zumindest kostet mich beides nichts; ich habe keine Lust, Geld für Getränke auszugeben.

Sie nimmt unsere Gläser und dreht dem Tresen den Rücken zu.

Es ist so voll hier, dass man die Band kaum sehen kann, obwohl sie auf einer leicht erhöhten Plattform steht. Wir bezeichnen sie als »Bühne«, auch wenn sie das eigentlich nicht ist.

»Wie heißt das Lied?«, rufe ich Rach ins Ohr.

»Das ist ›7‹ von Catfish and the Bottlemen.«

»Spielen die nur Coverversionen, so wie früher?«

»Yep.«

Mixamatosis gibt es schon seit Jahren. Der Name ist dämlich, und die Abwandlung von »Myxo« zu »Mixa« macht es auch nicht besser, aber die Band selbst ist beliebt. Sie spielt wie zu Schulzeiten Rock aus verschiedenen Jahrzehnten, doch egal, wie alt oder neu die Songs sind, ich weiß selten, wie sie heißen. In diesem Sommer tritt Mixamatosis zum ersten Mal jeden Abend im Seaglass auf. Nicht wirklich überraschend, wenn man bedenkt, dass Dan Chas' Neffe ist.

»Was ist mit Kieran?«, erkundige ich mich nach dem Sänger, den ich kenne.

»Der wollte mit seiner Freundin zu ihrer Familie nach Kanada. Finn hat eine Band in L.A. Als Dan hörte, dass er rüberkommt, hat er ihn gefragt, ob er einspringen kann.«

Jetzt erinnere ich mich, warum Finn Cornwall damals verlassen hat.

»O Gott, mir ist gerade eingefallen, was mit seiner Mutter passiert ist!«, rufe ich. »Das war so furchtbar.«

»Ja«, stimmt Rach mir zu.

Wie konnte ich das vergessen? Als wir in der zehnten Klasse waren, verschwand Finns Mutter an Weihnachten. Ihre Kleidung wurde am Rand der Klippen unweit von hier gefunden – man nahm an, dass sie hinuntergesprungen war, um sich das Leben zu nehmen. Ihr Körper blieb verschwunden, das Meer hatte sie offensichtlich verschluckt, so dass die Familie sie nicht mal richtig beisetzen konnte. Dann zog Finn zu seinem leiblichen Vater nach L.A.

»Also lebt er immer noch in Amerika?«

»Ja.«

»Was macht er denn hier?«

»Besucht seine Großeltern und seine Brüder.«

»Hab ganz vergessen, dass er Brüder hat.«

»Genau genommen sind es Halbbrüder. Jeder hat einen anderen Vater.«

»Ich wusste nicht mal, dass Finn mit Dan befreundet ist.«

»Dan ist mit allen befreundet.«

Das stimmt. Er ist einfach so: Dan vergisst keinen Namen, bleibt auf der Straße immer kurz stehen, um sich zu unterhalten. Auch wenn er nicht der Sänger, sondern der Gitarrist ist, ist es für alle seine Band.

»Und wie lange bleibt Finn?«

»Sechs Wochen«, antwortet Rach. »Er ist aber schon eine Weile hier.«

Es ist fast Mitte Juli.

Sie muss etwas in meinem Gesicht gesehen haben, denn sie grinst. »Du bist ja hin und weg!«

»Sei leise. Außerdem: Woher weißt du das alles überhaupt?«

»Ich verrate doch nicht meine Quellen.«

»Nein, im Ernst jetzt: Woher weißt du das?«

»Von Sophie und Claire.« Das sind zwei ehemalige Schulfreundinnen von uns. »Sie waren letztes Wochenende ganz aus dem Häuschen, weil die Band hier das erste Mal mit Finn aufgetreten ist. Sind fast auf ihrer eigenen Schleimspur ausgerutscht. Du musst dich ranhalten, wenn du was von ihm willst.«

Ich winke ab. »Ich will nichts von ihm. Dafür hab ich auch gar keine Zeit.«

Diesen Sommer habe ich andere Pläne.

In der nächsten Stunde tanzen Rach und ich und unterhalten uns laut dabei, doch die ganze Zeit will mir Finn nicht aus dem Kopf. Auch wenn ich mich momentan auf andere Sachen konzentrieren will, muss ich zugeben, dass mir immer, wenn Finn ins Publikum sieht, ein Schauder über den Rücken läuft.

Gegen Ende kommt Amy zu uns auf die Tanzfläche.

»Ich freue mich so, dass wir wieder zusammenarbeiten!« Sie nimmt mich in den Arm.

In dem Jahr, als wir achtzehn wurden, haben wir beide schon mal kurze Zeit hier gejobbt. Damals fühlte es sich wie das Ende einer Ära an – ich würde vier Jahre nach Edinburgh gehen, sie wollte ein Jahr Pause einlegen, bevor sie eine dreijährige Ausbildung zur Hebamme begann –, jetzt kommt es mir vor wie der Beginn vom Rest unseres Lebens.

»Wenigstens so lange, bis du eine der Stellen bekommst, für die du dich beworben hast«, entgegne ich lächelnd und schiebe ihr die dünnen langen blonden Haare hinter die Ohren.

»Nie im Leben. Die nehmen mit Sicherheit eine Hebamme mit mehr Erfahrung.«

»Jeder fängt mal klein an.«

Ich denke daran, dass der Beruf, den ich mir ausgesucht

habe, längst nicht so sicher ist, und werde leicht nervös. Wie viele figurativ arbeitende Bildhauer sind tatsächlich in der Lage, ihren Lebensunterhalt komplett damit zu bestreiten?

Doch ich würde es auch dann tun, wenn es nur ein Hobby wäre. Bildhauerei ist meine Leidenschaft. Davon leben zu können ein Traum; doch ich habe noch eine Menge Arbeit vor mir, bis es so weit ist.

In den nächsten zwei Monaten liegt mein Fokus jedoch darauf, Geld zu verdienen und Zeit mit meinen Freundinnen und meiner Familie zu verbringen.

Ich schaue kurz zu Rachel und Amy hinüber und lächele. Rachs rotbrauner Pferdeschwanz ist schon länger zerzaust, Amy trägt ihre Haare offen wie immer. Ich merke, wie sich der lässige Knoten, den ich mir am Morgen in meinem Hotelzimmer in Florenz gemacht habe, allmählich auflöst. Spontan ziehe ich die letzten Haarnadeln heraus, die ihn noch halten, und meine dunklen Locken fallen hinunter, fast bis zur Taille.

»Übermittelt diese Geste eine versteckte Botschaft?«, fragt Amy belustigt.

»Rach hat gesagt, ich soll mich locker machen«, erwidere ich achselzuckend.

»Das hast du wirklich dringend nötig!«, bekräftigt Rach.

Finns tiefe, dunkle Stimme kündigt über das Mikro das letzte Stück des Abends an.

Ich bekomme eine Gänsehaut am ganzen Körper.

Keine Ahnung, wie das Lied heißt, in den nächsten drei Minuten will ich nur noch mit meinen besten Freundinnen abtanzen.

Schon lange muss ich dringend zur Toilette, warte aber dummerweise, bis die Band die Bühne verlassen hat, und bereue es sofort, als ich die Schlange vor der Damentoilette sehe.

Ich habe so viel Alkohol intus, dass ich an den Frauen vorbei zum Männerklo gehe. Als ich die Tür aufdrücken will, wird sie von innen aufgezogen, und ich stoße beinahe mit Finn zusammen.

»Ho!«, ruft er.

Allerdings.

»Weißt du nicht, dass hier nur für Männer ist?«, fragt er belustigt.

»Ich muss dringend!«, sage ich.

»Aha.« Er macht einen Schritt zurück und hält mir die Tür auf, damit ich an ihm vorbeigehen kann.

Ich merke, dass ich von den Haarwurzeln bis zum Ausschnitt rot anlaufe, und husche schnell hinein, um mich in einer Kabine einzuschließen.

Höchste Zeit.

Als ich wieder herauskomme, bin ich immer noch rot. Und Finn steht immer noch in der Tür.

»Ich dachte, ich passe auf, dass du nicht belästigt wirst«, sagt er leichthin.

»Danke«, murmele ich und wende beim Händewaschen mein rotes Gesicht ab. Meine Haare bilden einen passablen Sichtschutz.

»Ich bin Finn.« Er macht keine Anstalten zu gehen.

Ich schiele hoch und sehe ihm im Spiegel in die Augen. »Ich weiß.«

»Und du bist Olivia Arterton.«

»Ich weiß«, wiederhole ich, schüttele meine Hände, um sie zu trocknen, und drehe mich zu ihm um.

Sein Grinsen wird breiter.

O Mann, diese Grübchen! Wie süß die sind! Es fühlt sich an, als würde meine innere Heizung auf Hochtouren laufen.

Mir wird oft gesagt, dass ich lange Wimpern hätte, aber

die von Finn sind noch eine andere Hausnummer. In diesem Licht kann ich nicht genau sagen, was er für eine Augenfarbe hat, aber für braun sind die Augen nicht dunkel genug. Finns Nase ist nicht ganz gerade, die fehlende Symmetrie macht ihn interessant. Ich spüre den überwältigenden Drang, meine Hände auf sein Gesicht zu legen und ihn in Ton nachzuformen. Sah er immer schon so umwerfend aus?

Als ich merke, dass ich ihn anstarre, schüttele ich mich.

Sein Blick ruht ebenfalls auf mir.

Ich schaue zur Seite und werde auf seinen löchrigen schwarzen Pulli aufmerksam. Aus der Nähe kann ich sehen, dass er darunter ein graues T-Shirt trägt.

Er hakt seine Finger in zwei Löcher. Offensichtlich hat er meinen Blick bemerkt.

»Sieht aus, als hätten sich die Motten auf dich gestürzt«, bemerke ich.

Er sieht nach unten. »Nee, nee. Ich bin nur ein Jimmy-Opfer.«

»Jimmy?«

»Das ist mein Neffe. Er ist ein Jahr alt und hat meinen Pulli in die Finger bekommen. Ehrlicherweise muss ich zugeben, dass die Löcher schon vorher da waren, Jimmy hat sie nur ein bisschen vergrößert. Ich war mit dem Look einverstanden.«

Das Wort »vergrößert« spricht er mit starkem amerikanischen Akzent aus, ansonsten hört man ihm an, dass er aus Cornwall stammt.

Er sieht von seinem Pulli hoch und grinst. Mein Magen zieht sich zusammen.

Dan erscheint in der Tür zur Toilette.

»Was ist denn hier los?«, fragt er misstrauisch.

»Nichts. Wir unterhalten uns«, antwortet Finn.

»Super Ort für 'n gepflegtes Gespräch. Hey, Liv«, sagt Dan zu mir, »wie läuft's? Sehe dich das erste Mal diesen Sommer.«

»Ich bin gerade aus Italien zurück.«

»Schön. Urlaub?«

»Nein, ich war für einen Kunstkurs da.«

»Oh, cool. Und, wie war's?«

»Super Ort für 'n gepflegtes Gespräch, Kumpel«, wirft Finn trocken ein. »Tu doch das, weshalb du hergekommen bist, dann treffen wir uns draußen, ja?«

»Okay, okay«, sagt Dan, gibt die Tür frei und macht mir ein Zeichen, das Männerklo zu verlassen.

Als wir zurückgehen, ist mir überdeutlich bewusst, dass Finn direkt hinter mir läuft. Am anderen Ende der Theke hat Chas Schnapsgläser aufgestellt. Finns Bandkollegen rufen ihn herüber. Ein paar Mädchen sind auch dabei, unter anderem Sophie und Claire.

Ich geselle mich wieder zu meinen Freundinnen, und Finn schlendert weiter.

»Was war?«, fragt Rach grinsend.

»Nix«, erwidere ich und schaue Finn hinterher. Er legt Tarek den Arm um die Schultern und guckt zu mir zurück. Unsere Blicke versenken sich ineinander.

Seine Mundwinkel heben sich zu einem angedeuteten Lächeln, und ich halte den Blickkontakt etwas länger, bis mein Herz so heftig klopft, dass ich zur Seite sehen muss. Ich greife zu meinem Glas und trinke zitternd einen Schluck.

Vielleicht muss ich meine Prioritäten in diesem Sommer doch noch mal überdenken.

3

Ich dachte, wir müssten noch Stunden warten, bis wir dich zu Gesicht bekommen!«, ruft Mum am nächsten Morgen, als ich um Viertel vor acht die Küche betrete.

»Ich auch«, erwidere ich kleinlaut und lasse mich von ihr in den Arm nehmen.

Ich hatte wirklich vor, ein bisschen Schlaf nachzuholen, doch als ich nach dem Aufwachen noch liegen bleiben wollte, rief mir mein Gehirn das Treffen mit Finn in Erinnerung, und sofort war ich hellwach.

»Tee?«, fragt sie und löst sich von mir.

»Ja, bitte.« Staunend sehe ich mich um. »Unglaublich, wie viel Licht hier jetzt von außen reinfällt.«

Unser Haus ist ein altes Fischercottage. Der ursprüngliche Teil mit den dicken, unebenen Außenmauern und tiefen Fensterbänken hat sehr viel Charakter. Im vergangenen Herbst haben meine Eltern den alten Küchenanbau aus den siebziger Jahren abreißen lassen und ihn durch einen moderneren ersetzt, der ungefähr dreimal so groß ist. Darin untergebracht ist jetzt eine schicke Küche, komplett mit Kochinsel und Barhockern, sowie ein großzügiger Essbereich mit einem langen Tisch, an dem acht Personen Platz finden. Diesen Teil des Anbaus finde ich am schönsten, da er raumhohe Glastüren hat, die auf die Terrasse gehen, außerdem ein großes Eckfenster, von dem man auf den üppigen grünen Garten mit den Baumfarnen und Sukkulenten blickt. Das Klima in Cornwall ist mild, und wir wohnen in einem geschützten Tal, das fast subtropische Verhältnisse hat.

Der Garten war der entscheidende Faktor, der mich für dieses Cottage einnahm, als wir es zum ersten Mal besichtigten. Damals war ich dreizehn und wollte London und all meine Freunde um keinen Preis verlassen – ich hatte mich gerade erst an der weiterführenden Schule zurechtgefunden und wurde sehr unsicher bei der Vorstellung, in einer anderen noch mal von vorne anzufangen. Doch meine Eltern waren der Ansicht, ein Umzug aufs Land sei für meinen Bruder Michael und mich längst überfällig, außerdem wollte meine Mutter in der Nähe meiner Großmutter leben, die langsam alt wurde.

Letztlich war ich mit dem Vorhaben einverstanden, da ich es auch schön fand, in Grans Nähe zu sein. Doch nur zwei Jahre, nachdem wir unser Leben in London aufgelöst hatten, starb meine Großmutter.

Sie war ein ganz besonderer Mensch für mich, der einzige, der meine künstlerischen Ansprüche und Träume verstand. Bevor wir herzogen, verbrachte ich immer eine Woche der Sommerferien bei ihr in Cornwall, während Michael bei Mum und Dad in London blieb. Gran brachte mir bei, wie man Klavier spielt, las mir Geschichten vor und besuchte mit mir Theater, Museen und Kunstgalerien. Unsere gemeinsame Zeit war mir unglaublich wichtig.

Ich setze mich auf die Bank am Esstisch, von der man nach draußen auf die Terrasse sieht. Später wird die Sonne durch dieses Fenster fallen. Was würde ich darum geben, in diesem Raum meiner Arbeit nachgehen zu können!

Mum nimmt neben mir Platz und reicht mir nach über sechs Monaten die erste von ihr gekochte Tasse Tee. Ostern habe ich es nicht nach Hause geschafft, weil ich zu viel für die Abschlussausstellung vorbereiten musste.

»Danke.« Ich lehne mich kurz gegen sie, erfüllt von warmer Dankbarkeit, wieder zu Hause zu sein, geborgen im Schoß der Familie.

»Ist so schön, dich endlich wiederzuhaben«, sagt sie liebevoll und drückt mir einen Kuss auf die Schulter. »Es fühlt sich an, als wärst du ewig weg gewesen.«

Ich bekomme Schuldgefühle. Nicht lange, dann bin ich wieder fort, aber darüber müssen wir jetzt nicht sprechen.

»Wie war es gestern Abend?«, fragt sie, ohne von meinen Sorgen etwas zu ahnen.

Meine Mum ist etwas älter als die Mütter meiner Freundinnen – sie war schon zweiundvierzig, als sie mich bekam –, und sie ist immer noch sehr attraktiv: mittelgroß und schlank mit bis auf die Schulter reichenden honigblonden Haaren, auch wenn die Farbe inzwischen aus der Tube kommt.

Mein Bruder Michael und ich haben den dunkleren Teint unseres Vaters geerbt, auch wenn ich Mums blaue Augen habe. Obwohl meine eher an Gewitterwolken als an den Sommerhimmel erinnern.

»Lustig«, antworte ich auf die Frage meiner Mutter. »Dachte, ich hätte einen dicken Kopf. Obwohl, um halb zwölf war ich zu Hause.«

»Kurz vor zwölf, würde ich sagen.«

Ich grinse sie an. »Hast du auf mich gewartet?«

Sie zuckt mit den Schultern. »Ich konnte nicht schlafen.«

Wenn ich in meiner Jugend abends ausging, war meine Mutter immer in höchster Alarmbereitschaft, bis ich sicher wieder zu Hause war. Ich hatte gedacht, dass sie jetzt, wo ich zweiundzwanzig bin, entspannter damit umgehen kann.

»Wie geht es Amy und Rach?«, erkundigt sie sich.

»Gut.« Lächelnd trinke ich einen Schluck Tee. »Ach, ja!« Ich reiße den Kopf hoch. »Ich habe einen Job!«

»Wo?«, fragt sie stirnrunzelnd.

»Im Seaglass, hinter der Theke. Ich fange direkt heute Nachmittag an.«

»Ah.« Sie klingt enttäuscht. »Schau wenigstens, dass du sonntags frei hast«, bittet sie. »Es ist lange her, dass wir sonntags zusammen gegessen haben.«

Meine Stirn legt sich in Falten. »Aber im Sommer ist es sonntags im Seaglass am vollsten …«

Sie sieht mich nachdrücklich an.

»Ich frage nach«, rudere ich zurück.

Sie seufzt. »Eigentlich sollte es mich nicht wundern, dass du dir direkt eine Stelle gesucht hast. Du kommst ganz nach deiner Großmutter. Die konnte auch nicht still sitzen.«

»Du hast gut reden. Du bist doch genauso!«

Seitdem ich auf der Welt bin, jongliert meine Mutter mit ihrer Arbeit und der Kinderbetreuung. Sie arbeitet jetzt in der Notaufnahme des Royal Cornwall Hospital in der Nähe von Truro, war aber früher Allgemeinmedizinerin, so wie Dad. Jetzt sind beide vierundsechzig und spielen hin und wieder mit dem Gedanken, sich allmählich zur Ruhe zu setzen, doch es würde mich nicht wundern, wenn sie noch ein paar Jahre länger arbeiten.

»So war ich nicht immer«, gesteht sie. »Früher hatten meine Eltern ihre liebe Mühe damit, mich zu irgendwas zu bewegen. Ich wollte immer nur im Bett liegen und lesen.«

»Du hast buchstäblich fünf Minuten vom Strand entfernt gewohnt!« Wenn ich früher meine Großmutter besuchte, schlief ich immer im alten Kinderzimmer meiner Mutter. »Ich durfte nie einfach mal rumliegen und nichts tun. Du hast mich immer nach draußen gejagt.«

»Du musst mir ja nicht alles nachmachen«, erwidert sie lakonisch.

Wir schmunzeln, dann kommt mein Vater in die Küche.

»Ich habe es aufgegeben, im Bett auf meinen Tee zu warten«, beschwert er sich und gibt mir einen Kuss auf den Scheitel.

Ich drücke liebevoll seinen Arm.

»Oh, tut mir leid.« Mum macht ein betretenes Gesicht, steht aber nicht auf, als Dad den Wasserkocher anstellt.

Er trägt den rot karierten Pyjama, den Mum ihm zu Weihnachten geschenkt hat. Michael hat denselben.

Ich sehe noch vor mir, wie mein Bruder übers ganze Gesicht strahlte, als er sein Geschenk auspackte. Er war am ersten Weihnachtstag morgens in normaler Kleidung gekommen, während wir drei noch im Pyjama herumsaßen, deshalb zog er sich sofort um.

Mein Bruder hat das Downsyndrom. Er wohnt allein, aber meine Eltern verbringen viel Zeit mit ihm. Michael ist neun Jahre älter als ich und war Mitte zwanzig, als Mum und Dad ihm ein kleines Cottage nur wenige Gehminuten von uns entfernt kauften. Er wollte mehr Unabhängigkeit und Privatsphäre, doch ich fand es schrecklich, dass er plötzlich nicht mehr mit uns am Frühstückstisch saß.

Als Kind durfte ich nie künstlich gesüßte Cornflakes essen, für Michael hingegen kann es nie süß genug sein, und da er schon erwachsen war, mussten unsere Eltern seine Vorlieben akzeptieren. Immer wenn sie nicht aufpassten, gab er mir eine Handvoll Coco Pops herüber, die ich unauffällig unter meine langweiligen Haferflocken rührte. Wenn die Milch in der Schale braun wurde, bemühten wir uns beide, nicht zu kichern.

Es war ein Running Gag, der mich meine ganze Jugend hindurch begleitete. Und dann war Michael plötzlich nicht mehr da. Er fehlte mir.

Was mir jedoch nicht fehlte, ist das gemeinsam benutzte Badezimmer. Mein Bruder ist ein überzeugter Messie.

Um fünf vor halb fünf verlasse ich das Haus und gehe die paar Minuten zum Seaglass hinunter. Die Glastüren auf den Balkon sind weit geöffnet, die Leute sitzen draußen im Sonnenschein und entspannen bei ihren Drinks, Musik dudelt aus den Boxen, leise genug, um das Geräusch der sich am Strand brechenden Wellen nicht zu übertönen.

Chas steht hinter der Theke und schreibt etwas in einen Notizblock.

»Hallo, Chas!«

Sein Kopf schießt hoch. »Liv!« Er kommt hinter dem Tresen hervor und breitet die drahtigen Arme aus. »Wir haben uns gestern gar nicht richtig Hallo gesagt.«

Er ist zwar Dans Onkel, aber meine Freundinnen und ich kommen schon seit Jahren ins Seaglass, und Chas hat uns immer behandelt, als gehörten wir zur Familie.

»Ich bin so froh, dass du wieder dabei bist«, sagt er bei unserer kurzen Umarmung.

Er riecht nach Kokos, wahrscheinlich von dem Wachs, mit dem er sein Surfbrett einreibt. Chas ist ungefähr so alt wie meine Eltern, aber die Vorstellung, dass meine Eltern surfen würden, ist lächerlich. Nicht dass ihnen die Power fehlen würde, doch Chas stellt selbst Teenager in den Schatten. Er ist jung geblieben.

»Wo ist Amy?«, frage ich.

»Sie muss erst um fünf da sein, aber sie hat gerade angerufen und gesagt, dass ihr Auto liegen geblieben ist und sie später kommt. Sie wartet auf den Abschleppdienst.«

»O nein! Fährt sie immer noch ihre alte Klapperkiste?«

»Leider ja.«

Ich schüttele mitleidig den Kopf. »Wo soll ich anfangen?«

»Stell dich hinter die Theke, dann zeige ich dir alles, was wichtig ist. Obwohl, das meiste kennst du bestimmt noch. Hier hat sich nicht viel verändert.«

Um halb sieben trudelt Amy endlich ein. Als ich sehe, wer sie begleitet, wird mir klar, warum sie es nicht eilig hatte.

»Dan hat mich am Straßenrand gesehen und mitgenommen«, erklärt sie mit seligem Grinsen.

»Hast du nicht den Abschleppdienst gerufen?«, sage ich.

»Doch, klar. Hoffentlich schleppt der mein Auto ab, aber hey, ich brauch eh ein neues.«

Nach der Art und Weise zu urteilen, wie Amy strahlt, vermute ich mal, dass sie nach wie vor für Dan schwärmt.

Wir bekommen keine Möglichkeit, uns zu unterhalten, denn schnell wird es voll, und innerhalb einer Stunde herrscht vor der Theke der reinste Belagerungszustand. Die Gäste rufen uns ihre Bestellungen teilweise aus der zweiten Reihe zu. Chas, Amy und ich bedienen jeweils einen Bereich von zwei Metern, außerdem haben wir einen Springer, der Flaschen auffüllt, leere Gläser einsammelt, sie wäscht, Eis nachfüllt und im Keller neue Fässer anschließt. Wir vier sind ein eingespieltes Team.

Als Finn eintrifft, vergesse ich die Bestellung des letzten Gasts und muss nachfragen. Den ganzen Abend bin ich mit meinen Gedanken und Blicken bei ihm auf der Bühne, doch irgendwie gelingt es mir, mich auf die Arbeit zu konzentrieren. Meine Füße machen mich fertig, und mein Rücken tut weh, aber innerlich bin ich beschwingt.

Ich halte Ausschau nach Finn. Dan, Tarek und Chris sind noch da, zusammen mit ein paar weiteren Gästen, die sich erfolgreich weigerten zu verschwinden, als Chas die Türen zuschloss. Doch keine Spur von Finn. Ist er schon nach Hause gegangen?

Mein Adrenalinspiegel fällt, Erschöpfung macht sich breit. Da stürzt Amy auf mich zu.

»Dan hat ein paar Leute zu sich nach Hause eingeladen«, sagt sie eindringlich und zieht unsere Jacken unter dem Tresen hervor. »Komm!«

»Ich dachte, wir würden hier noch was trinken.«

»Planänderung. Na los, ich will da mit!«

»Ach, muss ich wirklich das dritte Rad am Wagen sein?« Ich bin todmüde, und wenn Finn nicht dabei ist …

Amy hält inne und sieht mir in die Augen. »Bitte, Liv!«, fleht sie.

Wenn sie mich so ansieht, kann ich nicht Nein sagen.

Wir nehmen die steile Straße hoch ins Dorf, kommen am Surf Life-Saving Club vorbei, am Driftwood Spars Inn und an mehreren Häusern, unter anderem an unserem, dann lassen wir die letzte Straße hinter uns und stehen in absoluter Dunkelheit.

Ich hole mein Handy heraus und schreibe schnell eine Nachricht an meine Mutter, damit sie weiß, was ich vorhabe – gut möglich, dass sie wieder wartet –, dann öffne ich die Taschenlampen-App, damit wir etwas sehen können.

Dan wohnt mit Tarek, dem Bassisten der Band, in einem kleinen Haus mit vier Zimmern, zwei unten, zwei oben. Mit fünfzehn bis zwanzig Leuten ist es in dem schwach beleuchteten Wohnzimmer, Esszimmer und der offenen Küche schnell ziemlich eng. Ich bin todmüde und ziehe Amy hinter mir her zum Sofa vor dem Erkerfenster. Es dauert nicht lange, da haben wir beide eine kalte Dose Bier in der Hand. Chris koppelt sein Handy mit der Anlage und stellt die Lautstärke hoch. Ein Rocksong ertönt.

Es kommen ständig noch mehr Leute, die sich in die Zimmer quetschen und uns in die Ecke drücken.

Ich ziehe die Knie an den Oberkörper und trinke ein paar Schluck Bier. Irgendwann steht Amy auf und streift ihre Schuhe ab, um aufs Sofa zu klettern und sich auf die Fensterbank zu setzen. Ihre nackten Füße baumeln über den Sofakissen. Völlig entspannt grinst sie mich an, bereit für alles, was die Nacht noch bringen mag.

Verhalten lächelnd mache ich es ihr nach, hocke mich neben sie und kratze an den Mückenstichen, die ich mir am letzten Abend in Italien geholt habe.

Irgendjemand zündet einen Joint an. Tarek beugt sich mit einem »Sorry« zwischen uns, um das Fenster zu öffnen. Seine schmalen Schultern streifen unsere Oberarme.

Er ist ein hübscher Kerl mit gepflegten dunklen Augenbrauen und liebem Welpenblick. Ganz anders als Chris, dessen schmutzig blonde Haare aussehen, als hätte er seit Wochen nicht geduscht.

Als ich gerade gähne, kommt Finn herein. Und plötzlich bin ich hellwach.

Über die Köpfe der anderen hinweg beobachte ich, wie er mit Dan in der Küche Cocktails mixt. Beide sind über eins achtzig groß, aber Finn ist schmaler und wirkt eher wie ein Indieboy im Vergleich zu Dan, der mit Sicherheit Gewichte stemmt.

Finn steigt auf einen Stuhl und ruft: »Wer will was?«

Amy schaut mich fragend an.

Ich bin zu nervös, um direkt zu ihm zu gehen, deshalb halte ich die Bierdose hoch und sage: »Danach.« In dem Moment fange ich Finns Blick auf.

Er legt den Kopf schräg, als sei mein Anblick in diesem Haus etwas Unerwartetes, und mich durchfährt ein Blitz. Wir sehen uns mehrere Sekunden lang in die Augen, dann grinst er mit seinen süßen Grübchen und springt vom Stuhl hinunter.

Er schenkt seine Mischung in mehrere Becher und windet sich an den Gästen vorbei zu mir durch.

»Was ist da drin?«, frage ich skeptisch, als er mir einen davon hinhält.

»Wodka, Rum und Cola. Sei vorsichtig, ist stark!«

Wir nehmen ihm die Becher ab. Aus den Boxen dröhnt »Cotton Eye Joe« von den Rednex. Klar, das Lied kenne ich natürlich.

»Hey, Alter, dein Ernst?«, fragt Finn Chris lachend.

»Das kommt nicht von meiner Playlist!«, protestiert sein Freund. Finn gräbt in der Jeanstasche nach seinem eigenen Handy. »Ich drück weiter!«, ruft Chris und stolpert zur Anlage hinüber. »Das muss meine Schwester gewesen sein!«

»Zu spät«, gibt Finn zurück und schiebt Chris zur Seite.

Amy und ich lachen mit allen, die es mitbekommen haben. »Cotton Eye Joe« verstummt, ein Indierockstück setzt ein.

Chris ist frustriert, die Kontrolle über die Musik verloren zu haben. Finn lacht in sich hinein, schlägt seinem Freund auf den Bauch und geht zurück in die Küche.

Ungefähr eine Dreiviertelstunde später befinde ich mich mit Tarek in einem überraschend ernsten Gespräch über Architektur, als Finn hinzukommt und sich auf den von Amy gerade geräumten Platz auf der Fensterbank setzt.

Sofort werde ich nervös.

Meine Freundin lehnt in der Essecke an der Wand und unterhält sich mit Dan. Er lächelt sie an. So schnell wird sie nicht zu mir zurückkehren. Tarek steht auf und murmelt was von einem Glas Wasser. Also wende ich mich Finn zu, alle Sinne aufs Äußerste gespannt.

Er rückt an den Rand der Fensterbank und lässt sich aufs Sofa sacken, wo er auffordernd auf das Kissen neben sich klopft. Die meisten Gäste haben sich in die Küche verzogen, es ist nicht mehr so voll im Wohnzimmer.

Ich nehme meinen Becher und setze mich vorsichtig neben ihn. Das Sofa hängt in der Mitte leicht durch, so dass wir gegeneinanderkippen. Ich spüre deutlich die Wärme seines Oberschenkels an meinem.

»Und, was war das mit dem Kunstkurs in Italien?«, erkundigt er sich.

Mir wird ganz warm ums Herz, weil er mir offenbar ebenso gut zugehört hat wie ich ihm.

»Ich habe an einem einmonatigen Kurs über figurative Bildhauerei teilgenommen.«

»Was habt ihr da genau gemacht?«

Er wirkt ehrlich interessiert. Ich meine, seine Augen wären grün, vielleicht mit einem Stich ins Blaue.

»Wir haben drei komplette Wochen lang Figuren aus Ton geformt. In der letzten Woche haben wir hauptsächlich gelernt, wie man Gussformen herstellt.« Ein bisschen hatte ich das natürlich schon an der Universität gemacht, aber dort haben wir nicht stark figurativ gearbeitet. Die meisten in meinem Kurs waren postmodern aufgestellt; ich fiel als Einzige, die klassisch arbeitete, ein bisschen heraus. Tatsächlich war es einer der Facharbeiter in der Gießerei, der vorschlug, ich solle mich mal über den Kurs an der Kunstakademie in Florenz informieren. »Es war echt hart, aber auf jeden Fall eine der besten Erfahrungen, die ich je gemacht habe. Zum ersten Mal habe ich mich wie eine richtige Künstlerin gefühlt. Wir sind auch mit Fachleuten in verschiedenen Museen gewesen und haben uns die Werke großer Meister angesehen, wie die Statue von David oder die Skulpturen von Bernini. Das war der Wahnsinn! Also, es klingt wahrscheinlich langweilig, wenn man nichts mit Bildhauerei anfangen kann«, sage ich verlegen, als mir klarwird, dass ich wieder mal den Mund nicht halten konnte.

»Nein, überhaupt nicht«, erwidert Finn ernsthaft. Ich drehe mich so, dass ich ihm ins Gesicht sehen kann, und schlage die Beine unter, damit sein Oberschenkel mich nicht mehr ablenkt. »Gibt nicht viel, was ich nicht spannend finde«, fügt Finn hinzu. »Ist wahrscheinlich der Grund, warum ich so gern schreibe.«

»Lieder?«, frage ich und kratze möglichst unauffällig an meinen Mückenstichen.

»Ja.«

»Wie heißt deine Band eigentlich? Hab gehört, du hast eine in L.A.«

Er rümpft die Nase.

»Was ist?«, frage ich grinsend.

»Der Name ist scheiße.«

»Schlimmer als Mixamatosis kann er ja kaum sein.«

»Psst!« Besorgt sieht er quer durchs Zimmer zu seinem Bandkollegen hinüber, dann schaut er mich wieder an und grinst schelmisch. »Pass auf, dass Dan das nicht hört!«

»Wenigstens hat er eingesehen, dass die Idee mit den Kaninchenmasken ziemlich bescheuert war«, sage ich mit verschwörerischem Gekicher.

»Was? Kaninchenmasken?« Finn versteht nicht.

»Ja, sie hatten mal zu Halloween so gruselige Kaninchenmasken auf«, erkläre ich so leise, dass er sich vorbeugen muss, um mich zu verstehen. Seine Wimpern sind wirklich der Hammer. »Denen kam künstliches Blut aus dem Mund,

und die Augen waren rot geschminkt. So daft-punk-mäßig, nur total krank. Ein paar Jugendliche haben richtig Angst bekommen, so dass sich sogar die Eltern beschwert haben.«

Finns Gesicht leuchtet vor Belustigung, schließlich bricht er in Lachen aus. »Das ist witzig! Wieso hat er nichts davon erzählt?«

Immer noch grinsend trinke ich einen Schluck aus meinem Becher und stelle ihn hinter mir auf der Fensterbank ab. Finn betrachtet mich gedankenverloren.

»So habe ich dich eher in Erinnerung«, bemerkt er. »Mit hochgesteckten Haaren. Du sahst immer so adrett aus. Hast du früher nicht auch Ballett gemacht?«

Ich stutze überrascht. »Da war ich aber deutlich jünger! Woher weißt du das?«

»Ich habe mal im Kunstkurs gehört, wie du davon erzählt hast. Du hast auch Klavier gespielt, oder?«

»Ja!« Mein Gesicht wird warm. »Wundert mich, dass du dich überhaupt an mich erinnerst.«

In der Schule haben wir kaum miteinander gesprochen.

»Ich fand immer, dass du wie eine Ballerina aussiehst mit deinen hochgesteckten Haaren und deiner Körperhaltung, dem geraden Rücken und hochgereckten Kinn …«

»Das klingt, als wäre ich total eingebildet gewesen.«

»Nein, gar nicht. Du sahst elegant aus. Siehst du immer noch.«

Er blickt mir beunruhigend tief in die Augen. Ich versuche, seinen Blick zu halten, schaffe es aber nicht.

»Tja, ich war leider nie richtig gut im Ballett.« Ich nehme mir ein Kissen und lege es auf meinen Schoß. »Als wir aus London weggezogen sind, hatte ich einen Vorwand, um aufzuhören.«

»Warum seid ihr damals nach Cornwall gekommen?«

Finn trommelt im Rhythmus des Rocksongs mit der rechten Hand auf seinen Oberschenkel, aber nur jeden zweiten Schlag.

»Um näher bei meiner Großmutter zu sein. Sie wohnte in St Ives«, erkläre ich und sehe, dass sein Fuß den fehlenden Taktschlag übernimmt.

»Ist sie nicht mehr da?«

Ich schüttele den Kopf. »Sie ist gestorben, als ich fünfzehn war.«

Finn nickt und senkt den Blick. Sein Adamsapfel hüpft auf und nieder. Er trinkt einen Schluck. Seine Hand und sein Fuß haben aufgehört zu klopfen.

Als Gran starb, war ich in der zehnten Jahrgangsstufe. Es war dasselbe Jahr, als Finn seine Mutter verlor. Ich nehme an, dass er an sie denkt.

Ich komme auf unser altes, sicheres Thema zurück.

»Du warst gut in Kunst«, sage ich. »Ich kann mich an deine Stillleben erinnern.«

Das fiel mir heute Morgen ein, als ich Finn nicht aus dem Kopf bekam.

»Kunst war immer mein Lieblingsfach.«

»Nicht Musik?«

»Dafür habe ich mich erst später interessiert.«

»Wie kam das?«

»Mein Vater ist Toningenieur in einem Aufnahmestudio. Da bin ich oft nach der Schule gewesen.«

Es kommt mir vor, als schwinge mehr zwischen den Zeilen mit. Es kann nicht leicht gewesen sein, unter den damaligen Umständen bei seinem Vater und dessen anderer Familie einzuziehen. Aber da ich die Anspannung in Finns Kiefer sehe, bedränge ich ihn nicht weiter.

»Cool! Wohnst du immer noch bei ihm?«

»Nein, ich wohne mit einem aus der Band zusammen.«

»So, jetzt verrat mal: Wie heißt deine Band?« Ich stupse ihn am Bein an. »So einfach kommst du mir nicht davon.«

Finn zieht eine Grimasse, doch seine Mundwinkel zucken, während er seine dunklen Haare hinter die Ohren schiebt.

»Door 54«, verrät er widerstrebend. »Ein Bandkollege hat mal in einem riesigen Häuserblock in Apartment Nummer 54 gewohnt, und er findet es irgendwie gut, dass es wie eine Mischung aus den Doors und Studio 54 klingt.«

»Sind das keine gute Assoziationen?«

Finn schnaubt verächtlich und sieht mir in die Augen. »Studio 54 war in New York, nicht in L.A., wo wir sind. Es war der Tempel der Discoszene. Könnte also nicht weiter von dem entfernt sein, was wir machen. Und jeder, der glaubt, er hätte das Recht, sich mit einer der größten Rockbands aller Zeiten zu vergleichen, ist ein absoluter Spinner.«

Ich muss lachen, Finn grinst.

Er ist so anders als der Junge, mit dem ich zur Schule gegangen bin, so selbstsicher und locker. Wie hat er bloß weggesteckt, was ihm zugestoßen ist, und wie kann er dann auch noch so erfolgreich sein?

»Warum warst du denn mit dem Namen einverstanden, wenn du ihn doof findest?«, frage ich lächelnd.

»Wir haben uns ewig darüber gestritten und konnten uns nicht einigen, dann hat mein Kollege einen Auftritt in einer großen Halle für uns klargemacht und sagte den Veranstaltern, wir hießen Door 54. Als der Rest von uns dahinterkam, waren die Broschüren schon gedruckt.«

»Das war aber ziemlich scheiße von ihm.«

»Er ist auch ziemlich scheiße«, gibt Finn lachend zurück.

»Hört sich an, als würdest du ihn nicht besonders mögen«, sage ich belustigt.

»Tu ich auch nicht, aber er spielt verdammt gut Gitarre.«

Er dreht sich um und schiebt das Fenster etwas weiter auf, damit mehr Luft in das aufgeheizte Zimmer kommt.

Finn trägt ein verwaschenes gelbes T-Shirt, so abgetragen, dass der Saum am Hals und an den Ärmeln ausfranst und der Stoff voller kleiner Löcher ist.

»Wieso sind deine Klamotten immer voller Löcher?«, frage ich und schiebe den Finger durch einen kleinen Riss im Ärmel, um ihn zu necken.

»Keine Vorurteile! Das ist mein Look.« Er trinkt einen Schluck, dann schaut er auf sein T-Shirt. »Ja, vielleicht sind hier wirklich die Motten dran gewesen. Apropos Insekten …« Er weist mit dem Kinn auf meine Arme. »Du hast verdammt viele Mückenstiche!«

»Tja, die hab ich aus Florenz mitgebracht …« Meine Stimme wird immer höher und bricht, denn Finn greift nach meiner Hand und hält meinen Arm vor sein Gesicht, um ihn genauer zu inspizieren.

Das Herz schlägt mir bis zum Hals, als Finn mir tief in die Augen sieht und mit tiefer Stimme sagt: »Wahrscheinlich, weil du so gut schmeckst.«

Ich bekomme eine Gänsehaut auf den Armen und zucke zurück. Keine Ahnung, wer zuerst loslässt, Finn hebt abwehrend die Hände.

»Das war nicht als Anmache gemeint.«

Stumm sehen wir einander in die Augen, dann kippe ich vornüber und beginne zu lachen. Kurz darauf fällt er ein.

4

Klopf, klopf, klopf!«, ruft Mum am nächsten Morgen fröhlich auf der anderen Seite meiner Zimmertür und unterstreicht jedes Wort mit einem tatsächlichen Klopfen.

»Komm rein!«, krächze ich.

Die Tür wird aufgerissen, meine Mutter rauscht herein und zieht die Vorhänge auf.

»Michael ist jeden Moment da, und Dad und ich wollen dir was zeigen. Kannst du schnell aufstehen, *pronto*?«

Ihr italienischer Akzent ist furchtbar. »Wie viel Uhr ist es?«, frage ich und kneife geblendet die Augen zu.

»Elf. Wenigstens hast du ein bisschen Schlaf nachgeholt«, fügt sie trocken hinzu und verschwindet wieder.

In der Nacht bot Finn mir an, mich nach Hause zu bringen, aber Amy wollte, dass wir gemeinsam gehen. Erst als wir aufbrachen, wurde mir klar, dass Finn uns auch beide hätte begleiten können. Amy wohnt oben im Ort, deshalb legte ich den zweiten Teil der Strecke allein zurück und musste die ganze Zeit daran denken, wie es wohl gewesen wäre, wenn Finn dabei gewesen wäre. Wenn sich unsere Arme in der Dunkelheit berührt hätten.

Als ich mich anziehe, trifft mein Bruder ein – mein Fenster geht auf die Einfahrt, Michael setzt sich hinters Steuer von Dads blassblauem Austin Healey, der aus den sechziger Jahren stammt. Michaels Kopf ragt so gerade übers Lenkrad.

Mein Bruder liebt dieses Auto über alles. Manchmal erlaubt Dad ihm, eine langsame Runde auf dem Verkehrsübungsplatz am wenige Meilen entfernten Flugfeld zu drehen, denn es ist kaum abzusehen, dass Michael jemals einen Führerschein machen wird.

Als ich in die Küche komme, steht Mum am Herd. Die Düfte aus dem Ofen bringen meinen Magen zum Knurren. Als sie mich bemerkt, stellt Mum die Kochplatte unter der Soße aus, die sie gerade noch gerührt hat, und sieht mich mit aufgeregt leuchtendem Gesicht an.

»Komm mal mit!«, fordert sie mich breit grinsend auf.

»Was ist denn?«, frage ich neugierig. Sie führt mich durch die Hintertür nach draußen, wo sie meinen Vater ruft, der noch in der Einfahrt steht und sich mit Michael unterhält.

Als mein Bruder uns sieht, drückt er dreimal auf die Hupe. Dad zuckt übertrieben zusammen, hält sich die Ohren zu und taumelt rückwärts.

Michael lacht und steigt aus.

»Schwesterchen!«, ruft er und läuft zu mir herüber, um mich in den Arm zu nehmen.

»Hallo, du«, sage ich liebevoll, während er mich hin und her wiegt.

Heute scheint's ihm echt gut zu gehen. Wir haben uns schon am Freitagabend gesehen, als wir meine Rückkehr mit einem Abendessen gefeiert haben. Allerdings hatte ich Verspätung und er großen Hunger, so dass er extrem schlecht gelaunt war. Seine Ex-Freundin hat anscheinend einen Neuen. Michael will zwar nichts mehr von ihr, empfindet es aber trotzdem als Verrat.

»Mum und Dad haben eine Überraschung für dich«, sagt er in einem Singsang und grinst mich an.

Er misst nur einen Meter fünfzig, ich bin knapp achtzehn Zentimeter größer als er. Mit zwölf Jahren habe ich ihn auf der Messlatte überholt, die bei uns in London in der Küche hing.

»Ja, echt?« Ich schaue zu unseren Eltern hinüber.

»Ta-da!«, ruft Dad und weist mit beiden Armen auf das Gewächshaus.

Mum macht seine Geste nach, Michael ebenfalls. Es sieht total süß aus: wie drei eingespielte Gameshow-Moderatoren.

Verwirrt wandert mein Blick zum Gewächshaus hinüber. Es ist aus Backstein gebaut, hat ein Glasdach und Glastüren. Im ersten Moment weiß ich nicht, was sie von mir erwarten.

Dann erkenne ich, dass die früher weiß getünchten Steine jetzt eine hübsche rauchgrüne Farbe haben und die Fenster wie das Glasdach nur so strahlen und funkeln.

»Mit dem Streichen sind wir erst gestern Abend fertig geworden, als du arbeiten warst«, verkündet Mum stolz. »Davor haben wir drinnen wochenlang renoviert.«

Michael hüpft aufgeregt auf der Stelle, während Dad die Glastüren öffnet und mich einlädt, mir das Gewächshaus genauer anzusehen.

An den strahlend weißen Wänden sind Regale angebracht, auf dem Boden liegen glänzende Terrakottafliesen. Entlang der Wände stehen Blumentöpfe in verschiedenen Größen mit Kakteen und Sukkulenten.

»Wir dachten, du könntest deine Arbeiten in den Regalen ausstellen«, sagt Mum.

»Und hier kannst du dein Werkzeug aufbewahren«, fügt Dad hinzu und zieht die Schubladen eines frei stehenden Metallschranks auf.

»Ein Atelier!«, sage ich benommen.

Meine Eltern haben für mich ein Künstleratelier gebaut, einen Ort für mich allein, wo ich in Ruhe arbeiten kann.

»Unser Vorbild war das Atelier von Barbara Hepworth in ihrem Museum. Gefällt es dir?«, fragt Mum hoffnungsvoll.

Ich nicke langsam. »Total schön! Danke.«

Sie klatscht vor Freude in die Hände, Michael strahlt erst sie, dann mich an.

Meine Kehle schnürt sich zu, Tränen steigen mir in die Augen. Ich bin mehr als gerührt. Sie haben sich so viel Mühe gegeben. Ich spüre, wie die Suchstrahler ihrer Liebe auf mich gerichtet sind. Sie blenden. Es ist zu viel.

Wie soll ich ihnen da von London erzählen?

Tief in mir schmerzt die Sehnsucht nach Gran. Sie ist der einzige Mensch, der mich verstanden hätte.

5

Während ich einen Gast an der Theke bediene, schaue ich nach draußen zum Balkon, wo drei Mädchen mit Finn flirten.

Eine von ihnen schüttelt sich geradezu vor Lachen über etwas, das er gesagt hat. Sie schlägt ihm auf die Schulter, vergräbt das Gesicht in seinem Jeanshemd und wiehert laut, als könne sie nichts dagegen tun und die Hände nicht bei sich behalten.

Er stutzt und guckt sie fragend an.

Kaltes Bier läuft an dem Pintglas hinunter, das ich gerade zapfe, und rinnt mir über die Hand. Ich ziehe eine Grimasse und tausche das volle Glas gegen ein leeres.

Jetzt kommt es mir unwirklich vor, dass Finn letzten Samstag mit mir auf einem Sofa gesessen und sich eine Stunde lang mit mir unterhalten hat. War ich nur eine kurze Ablenkung für einen Abend?

Immer, wenn ich diese Woche gearbeitet habe, wurde ich meine Nervosität nicht los, weil ich ständig damit rechnete, dass Finn hereinkommen würde. Dies ist das erste Mal, dass wir uns wiedersehen, aber bis auf ein fröhliches Winken in meine Richtung, als er ein Getränk von Dan bekam, hatten wir nichts miteinander zu tun.

Schon beim Winken wurde ich rot.

Ich konzentriere mich voll und ganz auf das Glas in meiner Hand.

»Darf ich dir was ausgeben?«, fragt der Typ vor mir am Tresen.

»Nee, danke, wir dürfen hinter der Theke nicht trinken«, erwidere ich und reiche ihm das Kartenlesegerät hinüber.

Er hält seine Karte davor, nimmt die Gläser und geht.

War das eine Anmache? Sollte ich mich geschmeichelt fühlen?

Dabei habe ich jetzt schon vergessen, wie der Typ aussah.

Meine Laune bessert sich leicht, als Finn mit dem Rest von Mixamatosis auf die Bühne kommt. Sie spielen ihr erstes Stück; Chris hämmert aufs Schlagzeug ein, Dan schrammt auf seiner Gitarre, Tarek spielt cool seinen Bass. Dann tritt Finn ans Mikro und singt die ersten Takte mit seiner tiefen, melodischen Stimme, den Blick gesenkt, das dunkle Haar in den Augen. Ich bin geflasht.

Ich suche Rach, weil ich wissen will, wie das Lied heißt, kann sie aber nirgends entdecken, so voll ist es.

Mein Blick wandert zurück zu Finn auf der Bühne, und mich trifft fast der Schlag, als ich merke, dass er mich ansieht. Er hält den Blickkontakt mehrere quälend herrliche Sekunden lang und verzieht die Lippen zu einem angedeuteten Lächeln. Dann senkt er die Lider.

Als ich weiterarbeite, bin ich völlig von der Rolle.

Gute zwanzig Minuten nach dem Auftritt der Band öffne ich gerade die Spülmaschine, als Finn an die Theke tritt.

»Hallo!«, grüßt er mich durch die Dampfwolke.

Ich bemühe mich, die Schmetterlinge im Bauch zu ignorieren, während ich zwei tropfende Gläser in das Gestell über dem Tresen hänge.

»Hey! Was möchtest du trinken?« Zum Glück klingt meine Stimme einigermaßen neutral.

»Zwei Pints Tribute und zwei Cola, bitte.« Er lächelt mich an. Ich muss an die Mädchen auf dem Balkon denken und kann mich nicht überwinden, auf seine Freundlichkeit einzugehen.

»Große oder kleine Cokes?«

»Große. Ich habe Durst.«

»Trinkst du keinen Alkohol?«, frage ich, während ich die Softdrinks fertig mache.

»Ich leg 'ne Pause ein. Könnte heute wieder spät werden. Kommst du hinterher noch mit an den Strand?« Er stützt die Ellenbogen auf den Tresen.

»Wer geht denn dahin?«

»Wir mit ein paar Leuten, später.«

»Aha.«

»Komm doch mit!«, sagt er.

Zum ersten Mal sehe ich ihm in die Augen. Sein Blick ist warm und offen, so wie seine Einladung.

»Mal sehen. Wenn Amy und Rach auch Lust haben …«

»Amy mit Sicherheit, wenn Dan dabei ist.«

Finn grinst, und diesmal lächele ich zurück, stelle seine Cola vor ihn und greife nach dem zweiten Glas.

»Wie hieß das erste Lied, das ihr heute gespielt habt?«, frage ich.

»›Go With the Flow‹ von Queens of the Stone Age. Ist ein Oldie.«

»Und das letzte?«

»›Space & Time‹ von Wolf Alice.«

»Cool. Die möchte ich gern auf meiner Playlist haben«, sage ich beiläufig. »Das fünfte Stück fand ich auch echt gut.«

Er legt den Kopf schräg und schüttelt ihn dann. »Weiß nicht mehr, welches das war. Ich kann später noch mal auf der Setlist nachgucken, wenn du willst.«

»Danke.« Ich lächele ihn an, und als er mit tiefen Grübchen zurückgrinst, wird mir innerlich ganz anders.

»Was ist denn noch so auf deiner Playlist?« Finn stützt das Kinn in die rechte Hand und betrachtet mich.

Vielleicht sind die Augen türkis, überlege ich in dem Versuch, der Farbe einen Namen zu geben. Sie ähnelt dem Meer in dieser Gegend: dem Grün der keltischen See.

»Alles Mögliche«, erwidere ich.

»Zum Beispiel?«

Auf eine Eingebung hin höre ich auf zu zapfen und hole mein Handy aus der Tasche unter der Theke. Ich öffne die Musik-App und gebe Finn das Gerät.

Er trägt einen schwarzen Totenkopfring am Daumen, der in der Tresenbeleuchtung funkelt, während er durch meine Playlist scrollt. »Was ist das denn für eine Mischung?«, fragt er schließlich mit zusammengezogenen Brauen und sieht mich an.

»Wie meinst du das?« Das erste der beiden von ihm bestellten Biere habe ich fast fertig.

»Da passt überhaupt nichts zusammen.«

»Das ist meine Playlist«, entgegne ich eine Spur zu defensiv, weil ich nicht weiß, worauf er hinauswill.

»Das klingt so, als wäre es deine *einzige.*«

Ich sehe ihn achselzuckend an und halte das zweite Pintglas unter den Zapfhahn.

»Moment mal.« Er runzelt die Stirn. »Ist das wirklich deine einzige Playlist?«

»Ja! Das sind halt Lieder, die ich mag.«

»Du hast keine eigene Playlist für Rock oder eine für Akustikstücke oder eine Playlist für sonst irgendeine Musikrichtung?« Er betrachtet mich sichtlich fassungslos.

»Wie oft kann man das Wort ›Playlist‹ in einem Satz unterbringen?«, frage ich lachend und antworte dann: »Nein. Ich höre nicht so viel Musik, aber ich weiß, wenn mir was gefällt.«

»Was ist deine Lieblingsband?«

»Ich habe keine.«

»Dein Lieblingslied?«

»Keine Ahnung. In letzter Zeit habe ich oft ›22‹ von Taylor Swift gehört. Klingt plötzlich so aktuell.« Das ist ironisch gemeint.

Er stiert mich an. Dann gibt er mir mein Handy zurück.

»Ich stelle eine Playlist für dich zusammen«, brummt er.

»Was stimmt denn nicht mit Taylor Swift?«

»Alles gut. Sie komponiert und textet super, aber darum geht es nicht.«

Ich zucke mit den Schultern und versuche, cool zu bleiben, während ich das letzte Glas vor ihn auf den Tresen stelle, doch innerlich raste ich vollkommen aus. Finn will eine persönliche Playlist für mich erstellen!

Auf der anderen Seite des Raums ertönt ein Pfiff. »Hey! Finnegan! Beeil dich mal!«, ruft Tarek.

»Hol dir die Sachen doch!«, ruft Finn zurück und zieht das Portemonnaie aus der Tasche.

Er lehnt sich an die Theke und nimmt seine Cola, macht aber keine Anstalten zu gehen.

Tarek schlängelt sich an einer Menschentraube vorbei zu uns herüber, die dichten dunklen Augenbrauen zu einem bösen Blick verzogen, doch dann grinsen Finn und er, Tarek nimmt die drei anderen Gläser, nickt mir zu und kämpft sich durch die Menge zurück.

Belustigt sieht Finn mich an.

»Ich hatte völlig vergessen, dass du mit Nachnamen Finnegan heißt«, knüpfe ich an unser Gespräch an, während ich für einen anderen Gast das nächste Ale zapfe.

»Finn Finnegan«, bestätigt er und schürzt die Lippen. »Ich überlege aber die ganze Zeit, ob ich nicht den Nachnamen meines Vaters annehmen soll, Lowe.«

»Ach, aber Finn Finnegan klingt so schön«, sage ich neckisch und schenke Whisky in mehrere Gläser.

»Du weißt schon, dass ich eigentlich Daniel heiße, oder?«

»Echt?«, frage ich überrascht und fülle die Whiskys mit Cola auf.

»In unserem Jahrgang gab es noch vier weitere Daniels – unter anderem den da drüben.« Er weist über die Schulter auf Dan. »Deshalb haben mich alle Finn genannt. Ich schätze, nicht mal meine Mutter war so daneben, dass sie mich absichtlich Finn Finnegan genannt hätte.«

Ich unterdrücke ein Lachen.

Finn sieht mich ausdruckslos an. »Es hat mich jahrelange Therapie gekostet, um das so locker sagen zu können. Und, was hast du so getrieben?«, wechselt er geschickt das Thema.

»Nicht viel. Gearbeitet. Zeit mit meiner Familie verbracht.« Ich gebe die Bestellung des Gasts in die Kasse ein und reiche das Kartenlesegerät hinüber. »Gestern war ich mit Amy und Rach am Strand. Und du?«

»Ich war gestern auch am Strand, in Porthleven. War mit Dan und Chris surfen. Bin ein paarmal reingefallen, aber dich habe ich da nicht gesehen.«

Hat er nach mir Ausschau gehalten?

»Und, kommst du heute Abend mit?«, wiederholt er seine Frage mit einem tiefen Blick.

Es ist Ebbe; im Licht des Vollmonds ist das Wasser ein schwarzer Block, von dem sich ein weißer Streifen der Brandung absetzt. Ich muss an Marmor denken, was mich wiederum an Italien erinnert.

»Was denkst du gerade?«, flüstert mir Finn ins Ohr. Ich fahre zusammen.

Ich sehe mich über die Schulter nach den anderen Mädchen um, die uns die ganze Zeit gefolgt sind, und frage mich, wie er ihnen entkommen konnte. Sie sind gut zehn Meter hinter uns, zu weit entfernt, als dass ich erkennen könnte, ob sie uns böse Blicke zuwerfen.

»Ich habe gerade an Italien gedacht«, erkläre ich, während er mir die Flasche anbietet, die er mitgenommen hat. Ich greife zu und trinke den Vanillewodka. Als ich husten muss, klopft Finn mir schmunzelnd auf den Rücken.

Amy und Rach schäkern nicht weit entfernt mit Dan, Tarek und Chris; ich hatte mich vor einiger Zeit von ihnen abgesetzt, wollte allein sein.

»Was hast du über Italien gedacht?«, fragt Finn, als ich ihm die Flasche zurückgebe.

»Nichts. Nichts Besonderes.«

»Das kann ich ja wohl selbst entscheiden«, erwidert er freundlich.

Im silbernen Mondlicht werfe ich ihm einen kurzen Blick zu. Er wartet.

»Ich habe aufs Wasser geguckt, und das hat mich an schwarz-weißen Marmor erinnert. Da musste ich an diese Stadt in der Toskana denken, von der ich schon viel gehört habe. Sie heißt Pietrasanta, ein mittelalterlicher Ort, in dem verschiedene internationale Künstler leben und arbeiten. Es ist wunderschön dort – selbst die Zebrastreifen sind aus Marmor. Die Royal Society of Sculptors organisiert Reisen dorthin, bei denen man die Marmorbrüche und die alten Ateliers besichtigen und den Bildhauern vor Ort bei der Arbeit zusehen kann, aber man muss Mitglied der Royal Society sein, um mitfahren zu dürfen.«

»Arbeitest du mit Marmor?«, fragt Finn.

»Nein, ich bin nicht so der Steinmetz. Mit Ton fühle ich mich wohler.«

Eine Lachsalve von Finns weiblichen Fans hinter uns reißt mich zurück in die Gegenwart.

»O Gott«, brumme ich, auch wenn ich weiß, dass sie nicht über mich gelacht haben. Hätte ich allerdings laut genug geredet, hätten sie's bestimmt getan. »Ich halte wieder Vorträge – tut mir leid. So hört es sich an, wenn ich richtig loslege.«

»Red nicht so!«, entgegnet Finn. »Ich finde das spannend.«

»Du brauchst nicht so verständnisvoll zu sein. Alle meinen Freundinnen schalten ab, wenn ich anfange, von Kunst zu erzählen.«

»Ich bin nicht deine Freundinnen. Wie wird man Mitglied in der Royal Society?«

Ich räuspere mich. Allmählich verschwindet das Prickeln in meinem Gesicht. »Man muss als Künstler beziehungsweise Künstlerin bekannt sein und *Werke von Bedeutung* geschaffen haben, was für mich gefühlt noch ein sehr langer Weg ist.«

»Aber es ist gut, ein Ziel zu haben.«

Ich stelle fest, dass ich ihn nicht nur heiß finde – ich *mag* ihn.

Er ist nur noch zwei Wochen hier, mahne ich mich.

»Und, was ist dein Ziel?«, frage ich und versuche, meine innere Stimme zu ignorieren.

»Mal sehen, ob wir es schaffen, mit der Band ein bisschen Erfolg zu haben. Ich würde alles darum geben, hauptberuflich Lieder schreiben zu können.«

»Hast du schon welche aufgenommen? Wenn ja, könnte ich sie ja auf meine Playlist nehmen«, necke ich ihn.

Er grinst. »Nur Demobänder. Aber in der Woche, nachdem ich zurückkomme, gehen wir ins Studio und machen eine EP.«

»Klingt spannend.«

»Und was sind *deine* Pläne für die nähere Zukunft?«, fragt er. Ich finde es total süß, wenn er so cool und leicht sarkastisch redet.

Während ich überlege, was ich darauf sagen soll, kehrt die vertraute Nervosität zurück. Ich habe noch mit niemandem über meine Pläne gesprochen.

»Ich spare für einen Umzug nach London. Da will ich mir eine Stelle in einem Atelier suchen.« Es fühlt sich gut an, das laut auszusprechen. »Ein paar Leute, die sich meine Abschlussausstellung angesehen haben, meinten, sie würden für mich Kontakte zu Bekannten herstellen.« Ich bin Mitglied bei a-n, einem Verband für Kunstschaffende, und schaue auf der Suche nach Gelegenheiten, die sich auftun könnten, ständig auf dessen Website. »Meine Hoffnung ist, dass irgendjemand so was wie eine Praktikantin gebrauchen kann, die fürs Essen sorgt, Ton vorbereitet und anschließend sauber macht. Ich würde so viel lernen, wenn ich einem Künstler bei der Arbeit zuschauen könnte, und falls es unbezahlt wäre, könnte ich mir für abends einen Kellnerinnenjob suchen, um über die Runden zu kommen.« Ich seufze.

Das Licht des Mondes glänzt in Finns Augen. »Das hört sich doch *super* an. Warum seufzt du?«

»Meine Eltern möchten, dass ich hierbleibe«, erkläre ich. »Sie haben angeboten, mich so lange zu unterstützen, bis ich auf eigenen Füßen stehe, sie haben sogar aus dem Gewächshaus ein Atelier gemacht, was total süß von ihnen ist, aber ich *will* einfach nicht in St Agnes bleiben. Ich möchte da sein, wo andere Künstler sind, damit ich lernen und mich weiterentwickeln kann.«

Meine Eltern sind tolle Menschen, die zahllose Leben gerettet haben. Ich bin unglaublich stolz auf sie. Sie wünschen sich nichts anderes, als dass Michael und ich unser Potenzial voll ausschöpfen, nur weiß ich nicht genau, ob ihre Vorstellung davon sich mit meiner deckt. Sie haben eher erwartet, dass ich mich für ein Medizin- oder Jurastudium oder ein anderes traditionelles Fach entscheide und die Bildhauerei nebenbei als Hobby betreibe. Abgesehen davon wünschen sie sich jetzt, dass ich in Aggie bleibe.

Ich weiß, dass meine Eltern mich lieben und mir nichts vorschreiben wollen, doch der Umbau des Gewächshauses übt enormen Druck auf mich aus. Wie es dort im Garten steht, erinnert es mich täglich an meinen egoistischen Wunsch, nach London zu ziehen.

»Ich mag meine Eltern wirklich sehr, aber manchmal habe ich das Gefühl, sie verstehen mich nicht richtig, nicht so, wie meine Großmutter mich verstanden hat. Sie hätte mich ermuntert, Risiken einzugehen, mutig zu sein. Einfach auszuprobieren, was das Leben mit mir vorhat.«

Sie fehlt mir so sehr.

»Das tut mir leid«, sagt Finn.

Seine Aufrichtigkeit führt dazu, dass ich mich wieder schäme. Ohne nachzudenken, nehme ich ihm die Flasche aus der Hand, um mein Unbehagen mit einem großen Schluck hinunterzuspülen.

Der Alkohol brennt im Hals, ich muss husten. »Warum redest du eigentlich mit mir, wenn so viele hübsche Mädchen was von dir wollen?«, frage ich.

Er lacht verächtlich und nimmt die Flasche wieder an sich. »Die Frage ist mir zu blöd, um darauf zu antworten.«

Innerlich bin ich so aufgewühlt wie die Wellen, die sich am Strand brechen.

»Sind deine Arbeiten von der Uni jetzt in deinem Atelier?«

»Ja.«

Als Mum, Dad und Michael mir am Sonntag halfen, die Werkstücke nach draußen ins Atelier zu bringen, waren sie unglaublich vorsichtig. Michael war ganz aus dem Häuschen, als er das kleine Modell des Austin Healey fand, das ich für ihn gemacht hatte.

»Darf ich die Sachen mal sehen?«, fragt Finn.

»Ernsthaft?«

»Ja, würde ich gern.«

Bei der Vorstellung, ihm meine Arbeiten zu zeigen, werde ich ganz unruhig. Aber danach zu fragen und es auch wirklich zu tun sind zwei verschiedene Paar Schuhe, deshalb entspanne ich mich wieder.

Wir stehen am Wassersaum. Links von uns fallen die hohen Klippen jäh hinab, zu unserer Rechten erheben sich gewaltige schartige Felsen dunkel und ahnungsvoll vor dem sternenbeschienenen dunkelblauen Himmel.

»Ready to Start«, sagt Finn.

»Hä?«

»Das ist das fünfte Stück von uns, das du auf deiner Playlist haben wolltest: ›Ready to Start‹ von Arcade Fire.«

»Wie geht das noch mal?«

Er stimmt den Refrain an, und ich bekomme eine Gänsehaut auf den Armen.

Als er singt »If I was yours«, schielt er zu mir hinüber und hält im Dunkeln meinen Blick, doch bevor es weitergeht, ruft Dan: »O Finn! Hör auf, die Mädels zu beeindrucken!«

Finn läuft zu einer Welle, die sich gerade am Strand gebrochen hat, und spritzt das Wasser mit seinen großen Stiefeln in Dans Richtung.

»Das hast du gerade nicht mit Absicht gemacht«, sagt Dan drohend.

Ich renne kreischend zurück, um nicht nass zu werden. Rach läuft zu mir herüber.

»Der ist so was von heiß auf dich«, stellt sie sachlich fest und beugt sich vornüber, um wieder zu Atem zu kommen.

»Nicht so laut!«, zische ich. Mir ist flau im Magen.

»Und du bist total heiß auf ihn.«

Ich funkele sie wütend an.

»Selbst wenn beides stimmen würde: Er ist bald weg. Ich will mich nicht binden. Und auf diesen Scheiß am nächsten Morgen habe ich überhaupt keinen Bock«, flüstere ich genervt. »Schon gar nicht, wenn wir uns jeden Abend im Seaglass sehen.«

»Dann wartest du am besten bis zu seinem letzten Abend und vögelst ihn dann um den Verstand«, schlägt Rach vor.

Ich schnaube verächtlich.

Doch wenn ich an den Blick denke, den wir uns gerade zugeworfen haben, und an die Wärme, die ich bei unseren wenigen Berührungen spüre, erscheint mir eine unverbindliche Nacht mit Finn absolut reizvoll.

6

Es ist dunkel. »Ist jetzt ein guter Zeitpunkt?«, fragt eine Stimme direkt hinter mir.

Ich fahre zusammen, lege die Hand auf die Brust und schnelle herum. Vor mir steht Finn.

»Ein guter Zeitpunkt wofür?«, frage ich.

Ich stehe vor der Tür meines Elternhauses und will gerade den Schlüssel ins Schloss stecken. Ich hatte gedacht, Finn sei mit den anderen weitergegangen. Dan und Tarek haben wieder Leute zu sich eingeladen, aber heute hat sich Rach bereit erklärt, Amy zu begleiten. Ich bin einfach zu müde.

»Ein guter Zeitpunkt, um dein Gewächshaus-Atelier zu besichtigen«, erwidert Finn grinsend.

»Was? *Jetzt*?«, frage ich entsetzt.

»Warum nicht?«

Ich sehe ihn länger an, er hält meinem Blick stand. Er meint es ernst. Ich freue mich, dass es ihn interessiert – nicht mal Rach und Amy wollten bisher meine Arbeiten sehen –, aber gleichzeitig habe ich Angst vor seiner Meinung.

Nach dem Herumgealbere am Meer habe ich nicht mehr mit ihm geredet. In dem Durcheinander, das darauf folgte, war kein Platz für ein ruhiges Gespräch.

Unsicher, wie ich bin, habe ich angenommen, nicht interessant genug für ihn zu sein, doch jetzt, nur eine halbe Stunde später, sucht er wieder meine Nähe.

»Wir gehen besser durchs Tor rein«, entscheide ich, dankbar für den Mut, den ich mir mit dem Vanillewodka angetrunken habe.

Ich habe nicht vor, durchs Haus zu gehen und meine Eltern zu wecken.

Genauer gesagt will ich meiner Mutter keinen Grund geben, durch den Spalt zwischen den Vorhängen zu linsen, denn genau das würde sie tun, wenn sie wüsste, dass ich mit einem Jungen vor dem Haus stehe.

Vorsichtig bewege ich den Riegel, bis er sich löst, dann hebe ich das schwere Holztor an, damit es nicht über den Boden schrammt, und schließe es genauso leise hinter uns.

»Cooles Auto«, bemerkt Finn mit Blick auf den Austin Healey neben dem grauen 3er-BMW meiner Eltern.

»Der gehört meinem Vater«, flüstere ich.

»Darfst du den auch manchmal fahren?«

»Nur wenn er dabei ist, nicht allein. Ist ihm zu gefährlich.«

Meine Eltern haben einen ziemlich ausgeprägten Beschützerinstinkt.

Als wir vor dem Gewächshaus stehen, fällt mir ein, dass es abgeschlossen ist.

»Mist. Der Schlüssel ist in meinem Zimmer. Ich will meine Eltern nicht wecken, aber hier, du kannst durchs Fenster gucken.«

Ich hole mein Handy heraus, öffne die Taschenlampen-App und halte es direkt an die Glasscheibe, damit es nicht so blendet.

Finn stößt einen stummen Schrei aus und schreckt zurück.

Ich unterdrücke ein Lachen. Wahrscheinlich hätte ich ihn vorwarnen sollen.

»Ho!«, sagt er und geht wieder näher heran. »Wer ist das?«

»Meine Großmutter.«

Er legt die Hände auf die Glasscheibe und schaut hindurch.

Mit sechs oder sieben Jahren habe ich mal versucht, den Löwen vom Trafalgar Square aus Sand nachzuformen. Michael und ich waren mit Mum und Gran in St Ives am Strand. Ich war total versunken in mein Tun und wollte keine Pause machen, um mit Michael zu spielen, aber er ließ einfach nicht locker, so dass ich mich schließlich breitschlagen ließ. Aus Versehen trampelte er quer über meinen Sandlöwen – ich war so sauer.

»Ich habe eine Idee«, sagte Gran damals, das weiß ich noch. »Wir gehen in den Laden für Künstlerbedarf und besorgen dir Modelliermasse. Die ist beständiger als Sand.«

So fing es bei mir damals an mit der Bildhauerei. Daraus entwickelte sich eine tiefergehende Faszination, die Gran stets förderte.

Aus dem Grund wollte ich meine Großmutter in der Abschlussausstellung besonders ehren.

Anhand Dutzender Fotos und mit Hilfe einer Freundin, die mir Modell saß, schuf ich ein dreidimensionales Porträt meiner Großmutter – eine Büste aus Ton. Als ich sie gießen ließ, sparte ich bestimmte Stellen aus, als seien sie herausgebrochen und vom Winde verweht. Damit wollte ich meinem Verlust und die Flüchtigkeit des Lebens ausdrücken.

»Du bist wirklich *unglaublich* begabt«, sagt Finn und sieht mich staunend an.

Sein Gesichtsausdruck und sein Lob lassen mich innerlich noch stärker glühen.

»Das erinnert mich an eine Statue, die ich in Tintagel gesehen habe«, sagt er. »Weißt du, welche ich meine? König Arthur mit Excalibur.«

Ich nicke. Die Figur, von der Finn spricht, ist eine zwei

Meter hohe Bronzeskulptur eines Königs, der sich auf sein Schwert stützt. Sie steht weit draußen auf einer felsigen, windumpeitschten Klippe. Der Kopf, die Schultern und die Arme des Königs sind zu sehen, das Schwert ebenfalls, aber der bodenlange Umhang ist voller Löcher, auch fehlen Teile des Rumpfes, so dass man durch die Gestalt hindurch den Atlantik sieht. Die Statue ist eindrucksvoll und etwas unheimlich. Ich fühle mich durch den Vergleich geschmeichelt.

»Ich würde diesen Kopf gern irgendwann in Bronze gießen lassen, wenn ich es mir leisten kann«, verrate ich Finn.

Bronze ist eine Legierung aus Kupfer und Zink, Metalle, die seit der Bronzezeit in Cornwall abgebaut wurden. Gran verbrachte ihr gesamtes Leben hier, deshalb fühlt sich das für mich stimmig an.

»Das ist wirklich gut, Liv«, sagt Finn ernst.

Ich drücke immer noch das Handy gegen die Glastür des Gewächshauses. Der Widerschein beleuchtet seine Gesichtszüge in der ansonsten dunklen Nacht.

»Sie hat dir einen Riesenschreck eingejagt«, bemerke ich grinsend.

»Ich gebe zu, sie hat mich leicht überrascht«, feixt er. »Sie wirkt irgendwie ätherisch, nicht?«

»Das war meine Absicht.«

»Die Arbeit daran muss schmerzhaft für dich gewesen sein.«

»Das war sie«, sage ich leise. »Auf meiner Abschlussausstellung habe ich kaum ein Wort herausbekommen, als ich das Werk vorstellen wollte. Meine Mutter war am Ende.«

In einem Fenster im ersten Stock geht Licht an. Ich schaue hoch.

»Apropos. Ich glaube, sie ist wach«, flüstere ich und schließe schnell die Taschenlampen-App.

»Ich geh mal besser«, sagt Finn.

Ich bringe ihn zum Tor und öffne es, so leise ich kann.

»Wir sehen uns?«, fragt er über die Schulter.

»Ja, klar.«

Finn dreht sich noch einmal zu mir um und zögert, als wollte er etwas sagen, dann besinnt er sich eines Besseren und geht. Ich sehe ihm nach, dann schließe ich das Tor.

Als ich durch die Hintertür zurück ins Haus gehe, habe ich das Gefühl zu schweben, doch meine Mutter bringt mich auf den Boden der Tatsachen zurück. Sie steht im Flur.

»Wer war das?«, will sie wissen.

»Ein Freund.«

»Hat der auch einen Namen?«

»Finn.«

»Und weiter?«

»*Mum!*«, mahne ich, antworte aber doch. »Er heißt mit Nachnamen Finnegan. Er war bei mir auf der Schule.«

»Danny Finnegan?«, fragt sie überrascht.

Jetzt bin ich diejenige, die staunt. »Du kennst ihn?«

»Aus meiner Zeit in Perranporth«, erklärt sie.

Während meiner Schulzeit arbeitete sie als Allgemeinmedizinerin in der dortigen Praxis. Wahrscheinlich war sie für Finn und seine Familie zuständig.

»Wie geht es ihm?«, fragt sie mit besorgtem Stirnrunzeln.

»Gut«, erwidere ich. Ihr Gesichtsausdruck bereitet mir Unbehagen. »Warum fragst du?«

»Ich weiß, was er mitgemacht hat«, antwortet sie düster und seufzt dann laut vernehmlich. »Ich darf ja nicht über meine Patienten sprechen, aber sei vorsichtig, Liv! Seine Mutter war eine gequälte Seele.«

»Mum, Finn ist nicht seine Mutter!« Es kommt schärfer heraus als beabsichtigt.

Vage erinnere ich mich an die Gerüchte und die Artikel in der Lokalpresse über ihr Verschwinden, Texte, in denen auf Probleme mit Alkohol und Drogen angespielt wurde.

»Das stimmt, aber eins steht trotzdem fest«, gibt Mum zurück und zieht ihren Morgenmantel enger um sich, eine Geste, die ich gut bei ihr kenne. »Niemand, der so was mitmacht, übersteht das unbeschadet. Halt dich lieber fern von ihm, Liv! Ich bitte dich!«

7

Michael wohnt in Stippy Stappy, einer malerischen Reihe von Steinhäusern aus dem 19. Jahrhundert, die Mauer an Mauer an der steilen Straße ins Zentrum stehen. Seine Tür ist in einem strahlenden Blau gestrichen, und vor dem Haus steht eine Bank, auf die am Nachmittag die Sonne fällt. Als ich am nächsten Tag an dem Haus vorbeigehe, kommt mir Finn entgegen.

Er trägt eine dunkelblaue Badehose und ein weißes T-Shirt und hat ein Strandlaken um den Hals.

»Hallo«, sagt er mit breitem Grinsen.

»Hallo«, grüße ich zurück. Mein Herz schlägt Purzelbäume.

»Wo willst du hin?«, fragt Finn und bleibt stehen.

»Zur Bäckerei.«

Ich kann nicht verhindern, dass ich ihn jetzt mit anderen Augen sehe –, ich habe die Mahnung meiner Mutter im Ohr.

»Vorsichtig!«, mahnt er zwei Jungen, die sich an ihm vorbeizwängen. »Hey!«, ruft er, als sie auch mich zur Seite drängen wollen. »Benehmt euch anständig bei meiner Freundin!«

Sie bleiben stehen und sehen mich an. Ich meine, sie aus dem Ort zu kennen, dann fällt mir auf, wie viel Ähnlichkeit sie mit Finn haben: der ältere der beiden mit seinen langen Wimpern und bläulich-grünen Augen, der jüngere, der mich angrinst, mit seinen dunklen Haaren und Grübchen in den Wangen.

»Das sind meine Brüder«, bestätigt Finn meinen Verdacht. »Tyler«, er weist auf den größeren Jungen mit den langen Wimpern, »und Liam.«

»Hi«, bringe ich heraus, dann sind die beiden weg.

»Wartet am Fluss auf mich!«, ruft Finn ihnen nach und wendet sich wieder mir zu. »Verdammt, sind die anstrengend.«

Ich lache. »Habt ihr als Kinder alle Dünger zu trinken bekommen? Die Wimpern von Tyler sind ja fast so lang wie deine!«

Er wirkt belustigt. »Meine Oma wollte, dass die beiden nach draußen gehen, deshalb habe ich angeboten, sie mit an den Strand zu nehmen.«

Ich sehe ihn fragend an. »Wie alt sind die zwei denn? Und wie gehört dein Neffe Jimmy dazu?«

Keiner der beiden ist auch nur annähernd alt genug für ein einjähriges Kind, das Finns Neffe sein könnte.

»Liam ist zehn und Tyler zwölf. Jimmy ist der Sohn meiner Schwester«, antwortet er mit schiefem Grinsen. »Also, meiner Halbschwester«, berichtigt er sich. »Sie ist sieben Jahre älter als ich. Mein Vater war verheiratet und hatte zwei kleine Kinder, als er meine Mutter schwängerte.«

Er sagt das leichthin, doch in seinen Augen erstirbt der Glanz.

Mir bleibt eine Entgegnung erspart, weil die Tür von Michaels Haus aufgeht und mein Bruder herauskommt.

»Liv!«, ruft er fröhlich.

»Hey!«, erwidere ich und bin plötzlich befangen.

Als ich kleiner war, habe ich nie darüber nachgedacht, wenn ich anderen Menschen meinen Bruder vorstellte. Doch je älter ich wurde, desto mehr fiel mir auf, wie unterschiedlich Leute auf die Begegnung mit einem Menschen mit Downsyndrom reagieren.

Wenn sie mir nicht besonders wichtig sind, bin ich relativ entspannt. Aber wenn ich von einer Person nicht enttäuscht sein will, schaue ich ganz genau hin.

In Finns Fall ist es mir wichtig. Wenn er sich als Blödmann entpuppt, wäre ich am Boden zerstört.

Aus dem Augenwinkel bekomme ich mit, dass er wie angewurzelt stehen bleibt, als Michael über den schmalen Gartenweg auf uns zukommt. In dem Moment merkt mein Bruder, dass ich nicht allein bin. Im Bruchteil einer Sekunde verändert sich sein Gesichtsausdruck von fröhlich zu misstrauisch.

»Das ist mein Bruder Michael«, sage ich zu Finn.

»Wer ist das?«, fragt Michael unverblümt, die Augenbrauen auf seine unnachahmlich ausdrucksstarke Art zusammengezogen.

»Das ist Finn«, erwidere ich.

»Hi!« Finn macht einen Schritt nach vorn und streckt Michael die Hand hin.

Mein Bruder zögert, die Augen argwöhnisch zusammengekniffen. Er gibt Finn flüchtig die Hand und lässt sie dann fallen wie eine heiße Kartoffel.

Als er seine Handfläche an der Jeans abwischt, muss ich ein leichtes Lächeln unterdrücken.

Mein Bruder ist wirklich unerbittlich.

»Hat Dad schon den Rasen gemordet?«, fragt er mich.

Ich konnte meinen Bruder immer gut verstehen, aber bei anderen kann es einen Moment dauern. In diesem Fall hätte Finn wohl so oder so keine Chance.

»Ja«, antworte ich Michael und erkläre Finn: »Bei uns in der Familie sagen wir nicht ›Rasen mähen‹, sondern ›Rasen morden‹. Vor Ewigkeiten haben wir mal im Garten gespielt, kurz nachdem mein Vater gemäht hatte. Anschließend waren wir voll grüner Flecken. Michael sagte, es sähe aus, als hätte der Rasen geblutet. Meine Mutter hatte irgendwo gelesen, dass Pflanzen sich untereinander Stresssignale senden können, und sie meinte, Michael könnte recht haben. Offenbar ist der Geruch von frisch gemähtem Gras, den die meisten so schön finden, in Wirklichkeit ein Stresssignal. Seitdem sprechen wir bei uns nicht mehr von ›mähen‹, sondern ›morden‹.«

»Ah, verstehe«, sagt Finn lächelnd und tritt von einem Fuß auf den anderen. »Hey, ich muss zu meinen Brüdern. Wahrscheinlich sind sie längst ins Wasser gefallen.«

»Klar. Bis dann!«

Betreten geht er an mir vorbei, und ich mache mir wieder Gedanken, zu viel von mir preisgegeben zu haben.

»Tschüs!«, sagt er zu Michael.

Mein Bruder antwortet nicht. Er hat die Augen zusammengekniffen.

Kaum ist Finn drei Schritte weit weg, fragt Michael: »Was war denn das für ein Wichser?«

Schlagartig bleibt Finn stehen. Mir sackt das Herz in die Hose. Finn dreht sich um und sieht meinen Bruder an.

»Hast du gerade ›Wichser‹ zu mir gesagt?«, fragt er mit erhobener Augenbraue.

»Ach, jetzt verstehst du mich?«, entgegnet Michael, und ein Grinsen umspielt seine Mundwinkel.

»*Unglaublich*«, brummt Finn kopfschüttelnd und nimmt die breiten Stufen mit seinen langen Beinen.

Ich sehe Michael vorwurfsvoll an. Er zuckt sichtlich vergnügt die Achseln.

»Du bist furchtbar«, schelte ich ihn, ohne mein eigenes Grinsen verbergen zu können. »Ich wollte nur schnell in die Bäckerei und Pasteten fürs Mittagessen holen, aber Mum und Dad warten, wenn du schon rübergehen willst.«

Eigentlich wollte ich meinen Bruder auf dem Rückweg mitnehmen.

»Ah, gut!« Michael klatscht in die Hände und reibt sie voller Vorfreude. »Für mich drei Stück«, bestellt er und spaziert durch das Gartentürchen.

»*Drei* Pasteten?«

»Ja, drei«, bestätigt er.

Mein Bruder liebt alles, was gebraten oder frittiert ist. Gut, dass er zu Fuß zu seiner Stelle als Parkplatzwächter für den National Trust in Chapel Porth geht.

»Du hast vergessen, deine Haustür zuzumachen«, erinnere ich ihn.

Genervt verdreht er die Augen, geht dennoch zurück und schlägt die Tür mit einem lauten Knall zu. Dann trottet er wieder durchs Tor und macht sich, ohne sich noch einmal umzusehen, auf den Weg hügelabwärts.

Als ich losgehen will, ruft er mir über die Schulter zu: »Bis gleich, Schwesterchen!«

So kurz und knapp und keck wie immer.

Was meinen Bruder ziemlich gut zusammenfasst.

8

Einige Tage später gehe ich gerade zu Hause die Treppe runter, als ich durch das Glas in der Haustür Finn sehe, der ein paar Schritte entfernt auf der Straße steht.

Mein Herz setzt kurz aus.

Er fährt sich mit der Hand durchs Haar und schaut den Hügel hinab, dann schielt er zu unserer Tür hinüber und erschreckt sich fast zu Tode, als sich unsere Blicke durch die Glasscheibe treffen.

Lachend mache ich auf.

»Du hast mich total erschreckt«, murmelt er und legt die Hand auf die Brust.

»Hast du nicht damit gerechnet, mich bei mir zu Hause zu sehen?«, frage ich belustigt. Ob er wohl dort stand, um seinen Mut zusammenzunehmen und bei uns zu klingeln?

Die Vorstellung macht mich mutig.

»Doch, klar, aber … Schon gut.« Leicht verlegen gräbt er in der Tasche seiner löchrigen schwarzen Jeans herum und holt sein Handy heraus. »Ich habe mit deiner Playlist angefangen. Wollte nach deiner Nummer fragen, damit ich sie dir schicken kann.«

»Ach, cool! Darf ich mal sehen?«

Ich schlüpfe in meine Sneaker und gehe nach draußen. Die Tür ziehe ich hinter mir zu. Meine Eltern sind hinten im Garten, trotzdem möchte ich die Wahrscheinlichkeit so gering wie möglich halten, dass Mum Finn entdeckt. Nach dem, was ich jetzt weiß, könnte eine persönliche Begegnung unangenehm sein.

»Jetzt kann ich sie dir ja schicken«, sagt er mit einem angedeuteten Lächeln. Ich lehne mich gegen die grob gehauene Steinmauer und strecke die Hände nach seinem Smartphone aus.

»Aber dann müsste ich noch mal fürs WLAN ins Haus«, erwidere ich ungeduldig und wedele wieder mit den Händen.

Ein Auto fährt vorbei, schnell springt Finn auf mich zu, um Platz zu machen. Plötzlich ist er mir so nah, dass ich nach Luft schnappe.

»Eigentlich wollte ich dir das eine Lied persönlich vorspielen«, gesteht er und sieht mir in die Augen. Meine Selbstsicherheit weicht einer unsicheren Scheu.

»Vielleicht ist es hier ein bisschen laut«, murmele ich.

Wie zur Unterstreichung meines Arguments fährt das nächste Auto vorbei. Das Dröhnen des Motors vermischt sich mit dem Rauschen des Wassers im Bach unter der Brücke, auf der wir gerade stehen.

»Hast du Lust auf einen kleinen Spaziergang?«, fragt Finn zögernd.

Es ist später Nachmittag, der Himmel ist bedeckt, und es ist windig, aber die Luft ist so mild, dass ich nicht bereue, die kurze Jeanshose angelassen zu haben, als wir die Straße hinunter zum Strand gehen. Ich vergrabe die Hände tief in den Taschen meines dunkelblauen Kapuzenpullis und bekomme die Zähne seltsamerweise nicht auseinander.

Finn bricht das Schweigen mit einem lauten Gähnen.

»Oh, sorry«, entschuldigt er sich.

»Alles in Ordnung?«

»Ja, bin nur total kaputt. Etwas zu oft auf dem Sofa geschlafen.«

»Auf welchem Sofa?« Schläft er mal bei diesem, mal bei jenem Freund?

»Das von meinen Großeltern.«

»Wohnst du die ganze Zeit bei denen, solange du hier bist?«

»Jep.«

»Du schläfst sechs Wochen lang auf dem Sofa deiner Großeltern?«, frage ich erstaunt.

»Ja, sie haben nicht so viele Zimmer.«

Als wir die Bootsrampe unten am Wasser erreichen, habe ich mich ein wenig entspannt. Auf dem Weg den steilen Abhang zum Strand hinunter rutschen und gleiten wir über den feuchten Sand. Zwei einsame Rettungsschwimmer in roten Jacken stehen vorne am Ufer, ansonsten sind nur Surfer und Bodyboarder in Neoprenanzügen auf dem Wasser zu sehen. Alle Touristen, die dem Wetter die Stirn geboten haben und heute in Aggie waren, sind längst wieder weg.

Wir steuern auf die Felsen zu, die im Laufe der Jahrhunderte von den Klippen abgebrochen sind. Jetzt, bei Ebbe, liegen sie gut sichtbar am Strand, bei Flut werden sie fast vollständig vom Wasser überspült.

Als wir uns der dunklen Ansammlung von Felsen nähern, greift Finn nach meinem Arm und zwingt mich stehen zu bleiben. Seine Augen sind fest nach vorn gerichtet. Mit klopfendem Herzen folge ich seinem Blick und entdecke in ungefähr vierzig Meter Entfernung ein beigebraunes pelziges Häufchen.

»Ist das …«, setzt er an.

»Ein Robbenbaby!«, beende ich den Satz für ihn.

»Wahnsinn«, sagt er erfreut und lässt meinen Arm los. »Ich dachte, die kommen erst später.«

»Dann ist dieses besonders früh dran. Glaubst du, es geht ihm gut? Sollen wir mal hingehen und nachschauen?«

»Nein, man soll großen Abstand zu ihnen halten. Die Mutter ist wahrscheinlich irgendwo in der Nähe, die wollen wir nicht verschrecken.« Finn lächelt mich an. »Hast du nicht gelesen, was auf der Schautafel vor dem Surf Life-Saving Club über wild lebende Tiere steht?«

Ich zucke kleinlaut mit den Schultern. »Das ist sehr lange her.«

»Ich hatte wohl zu viel Zeit totzuschlagen«, sagt er trocken.

Wir suchen die Wellen nach dem geschmeidigen grauen Umriss einer erwachsenen Robbe ab.

»Und wenn es verletzt ist? Sollen wir besser warten?«, frage ich. »Ein bisschen aufpassen?«

»Klar. Komm, wir setzen uns hin.«

Die jadegrünen Felsen werden von weißen Streifen durchzogen, wie silberne Birken auf einer Grünfläche.

»Der Trick ist, eine Stelle zu finden, an der keine Algen wachsen«, bemerkt Finn, während wir vorsichtig über die rutschigen Felsen klettern. »Die hier sieht ganz gut aus.« Er zieht seine Jeansjacke aus, unter der er ein klassisches weißes T-Shirt trägt, und legt sie auf den glatten Felsen. Dann klopft er darauf, damit ich mich hinsetze.

»So ein Gentleman«, necke ich ihn, als er mir die Hand hinhält, um mir hochzuhelfen.

»Überrascht dich das?«, fragt er mit tiefer Stimme.

Ich würde gern etwas erwidern, doch durch den plötzlichen Körperkontakt wird mir ganz schwindelig.

Er lässt mich los, um selbst hochzukraxeln, dann setzt er sich ein Stück entfernt neben mich.

»War es nett am Sonntag mit deinen Brüdern am Strand?«, frage ich. Der Abstand zu ihm ist mir überdeutlich bewusst.

»Nein, es war furchtbar. Die laufen Amok, egal wo sie

sind«, sagt er auf seine sarkastische Art und betont das Wort »Amok«. »Meine Großeltern setzen sich nicht genug durch«, bemerkt er.

»Leben die beiden bei deinen Großeltern?«

Noch immer spüre ich seine Hand in meiner.

»Ja. Die Väter sind von der Bildfläche verschwunden.« Er wirft mir einen kurzen Blick zu. »Tyler und Liam sind meine Halbbrüder. Falls du das nicht wusstest.«

»Doch.«

»Wahrscheinlich hast du längst gehört, welchen Ruf meine Mutter hatte.« Er belauert mich durch seine gesenkten Lider.

»Eigentlich nicht, nein. Aber es tut mir leid«, sage ich befangen. »Es tut mir leid, was mit ihr passiert ist.«

»Das Leben ist manchmal scheiße«, entgegnet Finn ausdruckslos und holt sein Handy heraus. »Ich wollte dir dieses eine Lied vorspielen.«

So gern würde ich mehr über ihn erfahren, aber offensichtlich ist das Thema jetzt abgehakt.

Mir fällt der Name auf, der ganz oben auf seinem Display steht.

»Michael?«, lese ich laut.

Grinsend drückt Finn auf den Pfeil, und die ersten Riffs eines schnellen Stücks klingen aus dem Handy. Sofort steigt Finns Energielevel, seine Hände klopfen im Rhythmus, sein Kopf nickt, sein gesamter Körper geht in der Musik auf. Ich fühle mich immens zu ihm hingezogen. Als der Songtext allmählich bei mir ankommt, schlage ich die Hand vor den Mund.

»Wenn ich geahnt hätte, dass mein Bruder so einen Eindruck bei dir hinterlässt …«, stoße ich lachend durch die Finger hervor.

Das Lied handelt von einem gut aussehenden Jungen namens Michael, der auf der Tanzfläche alles gibt.

»Er ist 'ne Marke«, sagt Finn grinsend, während das Lied weiterläuft. »Kennst du das nicht?«

Ich schüttele den Kopf. »Wer ist das?«

»Franz Ferdinand.«

»Müsstet ihr mal im Seaglass spielen.«

»Wenn du willst, mache ich das.«

»Wirklich?«

»Klar.«

»Was würdest du noch spielen, wenn ich dich drum bitte?«, frage ich neckisch.

Seine Augen funkeln. »Schlag was vor!«

»›22‹ von Taylor Swift?«

Er zuckt lässig mit den Schultern und nickt. »Okay.«

»Nie im Leben!«, stoße ich aus. Das war nur ein Witz von mir. »Dan und die anderen würden das nicht mitmachen.«

»Wenn ich es spiele, gehst du dann mit mir aufs Boardies?«

Mein Magen schlägt Purzelbäume.

Boardies ist die Abkürzung von Boardmasters, ein großes Musikfestival im nahe gelegenen Newquay.

»Das ist Samstag in zwei Wochen«, fügt er hinzu, als ich nicht sofort antworte.

»Vielleicht findest du noch jemanden, mit dem du lieber hingehen würdest.«

»Nein.«

Er blickt mir tief in die Augen, und das seine Lippen umspielende Lächeln verblasst. Er macht mich verdammt nervös.

Ein paar Tage später kommt Finn kurz vor dem Auftritt seiner Band ins Seaglass geschlendert, sexy und lässig in grauem

T-Shirt und zerrissener Jeans. Das zerzauste Haar hängt ihm in den Augen und umspielt seine Wangen. Er wirft mir ein Grinsen zu, bei dem mir das Herz stockt, dann steigt er mit seinen Bandkollegen auf die Bühne und stimmt ohne Umschweife das erste Lied an.

Ich glaube es nicht. Es ist eine rockige Version von Taylor Swifts »22«.

Finn beobachtet meine Reaktion genau, Dan lacht darüber, wie Amy hinter der Theke herumhüpft und, so laut es geht, mitsingt, die Hände in die Luft gereckt.

Als der Refrain kommt, tanze und singe auch ich mit.

Zum Glück haben Chas und die Gäste Nachsicht mit uns, denn in diesen drei Minuten wird niemand bedient.

Ich weiß nicht, was das mit Finn ist und wohin es führt, aber ich habe mich noch nie so besonders gefühlt.

9

Am ersten Samstag im August bin ich draußen auf dem Balkon und sammele leere Gläser ein. Heute war der St Agnes Carnival, ein großer Umzug mitten im Sommer, und viele Leute sind anschließend zum Feiern zu uns gekommen. Ich hätte schon vor einer Stunde nach Hause gehen können, aber nachdem Chas abgeschlossen hatte, meinte er, dass wir noch ein bisschen privat weiterfeiern könnten, und ich habe mich überreden lassen, obwohl ich vollkommen fertig bin.

Ich stelle den Stapel eingesammelter Gläser neben mir auf dem Boden ab, damit sie nicht vom Wind umgekippt werden, und lehne mich gegen das Geländer, um meine erhitzte Haut von der kalten Brise kühlen zu lassen. Es ist Flut, die Wellen galoppieren auf das Seaglass zu wie eine Herde Wildpferde, glänzend schwarz und schimmernd weiß. Der Abend ist stürmisch, jeder Atemzug fühlt sich an wie gestohlen.

Durch die einzige Tür, die ich noch nicht zugemacht habe, kommt Finn auf den Balkon, sieht sich um und entdeckt mich.

Er gesellt sich zu mir und schiebt meine Füße mit seinen riesigen Stiefeln auseinander. Leise muss ich über seine Unverschämtheit lachen, und er tritt grinsend in den von ihm geschaffenen Raum zwischen meinen Schuhen.

»Hi«, sagt er und sieht mir tief in die Augen.

Seitdem ich ihm nach unserem Strandspaziergang vor zehn Tagen meine Handynummer gegeben habe, schreiben wir uns regelmäßig, und ich höre fast ständig die Playlist, die er für mich zusammengestellt hat. Morgen in einer Woche geht es für ihn zurück, aber im Moment steht er hier vor mir.

»Guck mal, die zwei«, sagt Amy, die ebenfalls auf den Balkon kommt, gefolgt von Dan.

Die beiden sind jetzt ein Paar. Ich will nicht zu viel hineinlesen, aber ich glaube, Dan ist hin und weg von ihr. Amy von ihm sowieso.

»Was ist mit uns?«, fragt Finn.

Er lehnt sich neben mir an die Brüstung und stützt die Ellenbogen auf das Holzgeländer.

»Ihr seht aus wie ein Werbefoto für Strandurlaub, mit euren wilden dunklen Locken und langen Wimpern.«

Wir lachen und sehen uns kurz an.

Meine hochgesteckten Haare haben sich im Lauf des Abends aufgelöst, ich trage sie seit einer halben Stunde offen.

»Man kann doch kaum behaupten, ich hätte lange dunkle Locken«, bemerkt Finn, ohne den Blick von mir abzuwenden. »Und Liv hat viel längere Wimpern als ich.«

»Nein, das stimmt nicht«, widerspreche ich.

»Doch, auf jeden Fall«, beharrt er.

Amy hat das Interesse an unserer kleinen Zankerei verloren. »So, heißt das jetzt, dass wir alle zusammen zum Boardies fahren?« Sie will wissen, wer nun am nächsten Wochenende mit zum Festival kommt.

»Sieht so aus. Rach ist ganz heiß drauf«, sage ich.

Als Finn mich fragte, ob ich ihn begleiten würde, war ich total aufgeregt, und ich war auch nicht enttäuscht, als ich erfuhr, dass meine Freundinnen und Dan mit von der Partie sein würden. Es wird lustig, wenn wir in einer größeren Gruppe hinfahren.

»Aber ob wir Samstagabend frei bekommen?«, überlegt Amy.

Dan schüttelt den Kopf. »Das ist unser letzter Auftritt, bevor Finn nach L.A. zurückgeht. Den können wir nicht absagen.«

Bei dem Gedanken daran, dass er bald fort sein wird, zieht sich mein Herz zusammen. Als würde Finn meine inneren Qualen spüren, schaut er mich von der Seite an. Er senkt den Blick auf den Boden und seufzt laut.

Ein paar Tage, nachdem Finn fliegt, kommt Kieran zurück und steht dann bis Ende August wieder als Frontmann der Gruppe im Scheinwerferlicht. Ich kann mir nicht vorstellen, der Band zuzusehen, ohne dass Finn das Mikro in der Hand hält. Es wird seltsam sein.

Es wird *hart* sein.

Ein weiterer Grund für mich, Nägel mit Köpfen zu machen und nach London zu gehen, schließlich habe ich meinen Eltern inzwischen das Geld zurückgezahlt. Nur den Mut, ihnen von meinen Plänen zu erzählen, hatte ich bisher noch nicht.

»Wer hat denn ein Auto für Newquay?«, fragt Dan.

»Du bist der Einzige von uns, der einen halbwegs zuverlässigen Wagen hat, also du«, erwidert Finn.

»Ach, Mann!« Dan macht ein langes Gesicht. »Ich will was trinken.«

»Ich könnte meine Eltern fragen, ob ich mir ihr Auto leihen darf«, biete ich an.

Ich muss nicht unbedingt Alkohol trinken und habe nichts dagegen, ein bisschen Geld zu sparen.

»Gute Idee«, sagt Dan erleichtert.

Finn sieht seinen Freund ausdruckslos an, bevor Dan und Amy wieder hineingehen.

Ich bücke mich, um den Gläserturm hochzuheben. Finn nimmt ihn mir ab und stellt ihn wieder auf den Boden.

»Was? Warum?«, frage ich.

»Weil ich gerade einen Moment mit Olivia Arterton allein habe, und den werde ich nutzen.«

Er legt die Hände links und rechts von mir auf das Geländer, so dass er mich von drei Seiten umschließt, und ich spüre seine Wärme überall.

»Ich war so verknallt in dich damals in der Schule«, gesteht er. Plötzlich ist er ganz ernst.

»Wirklich?«, flüstere ich. »Aber wir haben doch kaum ein Wort miteinander gesprochen.«

»Tja, ich habe den Mund nicht aufgekriegt.«

»Nee, wirklich nicht, oder?«

Er zuckt die Achseln, und die Grübchen in seinen Wangen werden flacher.

»Hey, wo sind sie hin?«, frage ich.

»Wo ist wer hin?«

»Deine Grübchen.«

Er grinst, und der Anblick ist überwältigend.

»Da sind sie ja wieder«, raune ich und hebe die Hand, um mit dem Finger hineinzupiksen.

Finn nimmt meine Finger und führt sie an seinen Mund, öffnet ihn und beißt mir vorsichtig in die Fingerspitze.

Ich spüre den Biss am gesamten Körper.

Seine Pupillen werden dunkel. Benommen sehe ich ihn an.

»Ich muss dich küssen«, murmelt Finn. Sein Blick fällt auf meine Lippen.

Ich nicke, ein eindeutiges Ja.

Schauder laufen mir über den Rücken, als er die Hände auf meine Wangen legt, seine Finger in meinen Haaren versinken. Ich beuge mich vor und lege die Hände flach auf seine Brust.

Als unsere Lippen das erste Mal aufeinandertreffen, schlägt mir das Herz bis zum Hals. Es ist, als würde ein Blitz in mich fahren. Träge bewegen wir uns wie zu einem quälend langsamen Tanz. Seine Zunge tastet sich zwischen meine Lippen vor und ringt mit meiner. Mir wird schwindelig, ich spüre einen Rausch wie noch nie zuvor in meinem Leben. Unvergleichlich.

Finn schmeckt nach kalter Seeluft und eiskalter Cola. Ich will mehr. *Noch viel mehr*.

Langsam löst er sich von mir, lässt aber nur wenige Zentimeter Platz zwischen uns.

»Ich kann nicht glauben, dass ich gerade Olivia Arterton geküsst habe«, flüstert er, leicht belustigt.

»*Ich* kann nicht glauben, dass ich gerade Danny Finnegan geküsst habe«, gebe ich zurück und lasse die Hände zu seiner Taille hinabgleiten.

Augenblicklich erstarrt er.

»Was ist los?«, frage ich besorgt, als er mich loslässt und sich aufrichtet.

»Niemand nennt mich Danny.«

»Oh.« Ich bin verwirrt.

»Warum hast du mich Danny genannt?«

»Hm …« Ich schätze, jetzt ist es das Beste, bei der Wahrheit zu bleiben. »Meine Mutter …«

»Deine Mutter?«, unterbricht er mich.

»Sie ist Ärztin. Hat früher in Perranporth gearbeitet.«

Er macht noch einen Schritt nach hinten, um mir besser ins Gesicht sehen zu können. Jegliche Verbindung zwischen uns ist zerstört.

»Wie heißt sie?«, fragt er argwöhnisch.

»Kay Stone.«

»Dr. Stone ist deine Mutter?«

Ich nicke. »Keine Sorge, sie hat mir nichts erzählt.«

Er stößt ein bitteres Lachen aus. »Das hoffe ich.«

»Sie hat dich vor zwei Wochen gesehen, als du nachts bei uns warst. Da hat sie nach Danny gefragt.«

»Hat sie wirklich nichts erzählt?«

Er beobachtet mich genau.

»Nur dass deine familiäre Situation schwierig war«, gebe ich widerstrebend zu.

Empört schüttelt er den Kopf, dann entfernt er sich ein paar Schritte und bleibt mit dem Rücken zu mir stehen.

Ich bin völlig geknickt und frage mich, wie ein so wunderbarer Moment völlig aus dem Ruder laufen konnte. Ich habe das Gefühl, dass Finn fortgehen und mich hier allein zurücklassen wird, dann dreht er sich jedoch wieder um, kommt langsam zurück und bleibt vor mir stehen.

Der Wind ist heftig, er peitscht Finn die Haare wie dunkle Hiebe ins Gesicht. Nie hatte ich ein größeres Verlangen, meine Hände in Ton zu graben.

Sein Blick fällt auf meine Wange, er kommt noch näher und hebt die Hand.

»Halt still!«, befiehlt er, als ich instinktiv zurückzucke.

Ich spüre seinen Finger auf meiner Haut, dann zeigt er mir die ausgefallene Wimper, die er aufgenommen hat.

»Jetzt können wir das ein für alle Mal klären«, sagt er und zupft sich selbst eine Wimper aus.

Endlich begreife ich, was er da macht.

»Pass auf, dass sie nicht wegweht!«

Wir drängen uns aneinander, damit unsere Körper die Wimpern vorm Wind schützen.

»Deine ist länger«, sage ich, immer noch unsicher.

»Nein, deine«, entgegnet er und dreht seine Wimper so, dass sie hinter meiner liegt.

Ich sehe ihn an. »Unentschieden?«

Er schließt die Finger zu einer Faust und streckt sie aus, so dass die Knöchel seines Daumens meinen Kiefer streifen.

»'tschuldigung«, flüstert er. Wo er mich berührt, fühlt sich meine Haut an wie unter Strom gesetzt.

»Du musst dich für nichts entschuldigen«, sage ich.

Ich höre und spüre, wie er lautlos ausatmet.

Niemand, der so was mitmacht, übersteht das unbeschadet.

Tut mir leid, Mum. Aber ich kann mich einfach nicht von ihm fernhalten.

10

Es ist später Nachmittag, und die Sonne wirft goldene Strahlen durch die Risse in den watteähnlichen Wolken. Die Windböen, die vom Meer hereinwehen, sind kühl, doch die Masse von Festivalbesuchern oben auf den Klippen brodelt, fünfzigtausend hüpfende, glückliche Menschen, die die beste Zeit ihres Lebens haben.

Ich bin im BMW meiner Eltern hergefahren, mit offenen Fenstern, der Sonne von oben und lauter Musik aus den Boxen, dank der überarbeiteten Playlist, die Finn mir am Vormittag auf mein Handy geladen hat. Er saß neben mir, hatte sich mir halb zugewandt und sah mir beim Fahren zu, hielt sich mit einer Hand die Haare aus dem Gesicht. Amy, Dan und Rach nahmen die Rückbank in Beschlag. Ich spürte die Wärme von Finns Blick auf meiner Haut, in meinem Blut, ich fühlte mich lebendig, wie unter Strom gesetzt. Den ganzen Tag schon herrscht zwischen uns eine elektrische Spannung, und wir sind nicht in der Lage, die Hände voneinander zu lassen. Immer wieder küsst mich Finn in den Nacken oder sorgt mit einer kleinen Berührung für eine Gänsehaut auf meinen Armen. Ich schiebe die Finger in die Löcher seines Pullovers und merke, wie er die Luft anhält. Wir genießen die Nähe des anderen, das Stampfen der Musik, den Jubel unserer Clique und die Energie der Zuschauer, die ihr Glück in den Wind schreien. Es ist ein Tag, den ich am liebsten in Bronze gießen würde – ein perfekter Moment, festgehalten für die Ewigkeit.

Später will ich mir Finns letzten Auftritt im Seaglass ansehen und mich anschließend mit ihm verdrücken. Ich habe ihm schon erzählt, dass meine Eltern zum siebzigsten Geburtstag eines Freundes in Bristol sind und dort übernachten. Darauf sah er mich tiefgründig an.

Ich schaue zu meinen Freundinnen hinüber und lächele. Rach trägt Amy huckepack über einen Teppich aus leeren Plastikbechern und singt dazu aus vollem Hals die Zugabe der Editors mit.

Amy streckt die Arme in die Höhe, ihre hellblonden Haare wehen im Wind, auf ihren Wangen funkelt rosafarbener und violetter Glitzer. Lachend versucht sie, sich an den genauen Text des Refrains zu erinnern.

Immer wieder sieht Dan mit unverhohlener Bewunderung zu ihr hinüber. Ich hatte mir Sorgen gemacht, er könnte ihr das Herz brechen, doch er scheint es ehrlich zu meinen.

Ich lächele Finn an, er erwidert mein Grinsen, legt mir den Arm um die Taille und zieht mich an sich.

»Wie heißt das Lied?«, frage ich.

»›Smokers Outside the Hospital Doors‹«, erwidert er, und seine blaugrünen Augen funkeln. »Musst du mit auf deine Playlist setzen.«

»Könntest du auch später für mich übernehmen«, schlage ich vor. Bei der Erinnerung daran, dass dies sein letzter Abend ist, spüre ich einen tiefen Schmerz in der Seele.

Irgendwann hat sich mein Herz unbemerkt an ihn gehängt. Ein klügeres Mädchen hätte den Haken vielleicht herausgezogen und sich schleunigst in Sicherheit gebracht, bevor schlimmere Verletzungen entstehen, aber ich war nicht stark genug, das Rauschgefühl zu verdrängen, das mich immer ergreift, sobald ich mit Finn zusammen bin.

So viel wir uns auch berührt haben und so nahe wir uns

waren, haben wir uns seit dem ersten Mal am letzten Wochenende nicht erneut geküsst. Ich weiß, dass er darüber nachdenkt. Oft fällt sein Blick auf meine Lippen, und immer, wenn ich es bemerke, stehe ich regelrecht in Flammen.

Ein paar Stunden später britzele ich noch stärker vor Vorfreude. Mixamatosis spielen ihren vorletzten Song, Chas hat behauptet, für die letzten Minuten käme er allein hinter der Theke klar, und hat Amy und mich auf die Tanzfläche geschickt.

Das Lied verklingt, und als Finn ins Mikro spricht, ersterben die Rufe des Publikums.

»Danke, dass ich diesen Sommer hier sein durfte«, sagt er zum aufbrandenden Jubel der Leute. Sein Blick findet meinen in der Menge. »Es war unvergesslich.«

Während er sich rückwärts vom Mikro entfernt, lächelt er mir kurz zu, dann lässt Dan die Verstärker mit Rückkopplungen aufjaulen, dazu ertönen schnarrende, nur allzu bekannte Gitarrenriffs. Das Publikum johlt. Chris schlägt einen schnellen Takt an, Finn tritt wieder ans Mikro, und die Leute rasten aus.

Es ist »The Boys of Summer« in einer rockigeren, schnelleren Version als in dem Original von Don Henley.

Das Original ist auf meiner Playlist. Der, die *ich* selbst erstellt habe. Ob Finn es dort gesehen hat?

Ich tanze mit meinen Freundinnen und singe aus vollem Hals mit, habe dabei aber einen Kloß im Hals. Es tut weh, den Text daran vorbeizupressen.

Ich muss diese Woche unbedingt Modellierton in die Hände bekommen. Ich hoffe, die Arbeit mit dem Ton kann meinen Schaffensdrang stillen, und dann muss ich meinen Eltern die Sache mit London beichten. Mich plagen immer noch Schuldgefühle, weil ich sie bald verlassen werde, aber immerhin werde ich bis Ende September hierbleiben und arbeiten. Bis dahin haben wir alle genug Zeit, um uns an den Gedanken zu gewöhnen.

In die Traurigkeit darüber, Finn zu verlieren, stiehlt sich freudige Erwartung auf das, was die Zukunft für mich bereithalten mag. Schon die Ungewissheit ist aufregend. Ich kann es kaum erwarten, das nächste Abenteuer zu erleben, wo immer das sein wird.

Zum Ende hin wird das Lied immer wilder und endet mit einer kreischenden Rückkopplung. Als Finn die Hände über den Kopf hebt und klatscht, drehen alle durch. Er tritt ans Mikro, es wird leise.

»Vielleicht bis nächstes Jahr, ihr kleinen Scheißer!«

Mit den Worten hüpft er von der Bühne. Die Leute klopfen ihm auf den Rücken und wuscheln ihm in den Haaren. Unbeirrt drängt er sich durch die Menge zu mir herüber. Er ist heiß und verschwitzt, die Haare fallen ihm in die Stirn, und seine Augen sind erstaunlich dunkel, als er den letzten Meter zwischen uns überbrückt. Er legt mir die Hände um die Taille, seine Daumen drücken in die nackte Haut unter meinem weißen Spitzentop, das ich schon zum Festival anhatte. Mein gesamter Körper reagiert wie unter Strom. Es ist mir egal, dass wir von so vielen Menschen umgeben sind, als unsere Lippen sich berühren, rückt alles um mich herum in den Hintergrund. Der Kuss wird inniger. Ich schwitze und fröstele gleichzeitig.

Ich höre Leute lachen, aber nur aus der Ferne, dann pfeifen und klatschen sie, bis Finn mitten im Kuss grinst und ihn unterbricht.

Atemlos sehe ich ihn an.

Wahnsinn, kann der Kerl küssen.

»Ich nehm sie mit«, sagt er zu Amy. »Sag Chas Bescheid.« Mit den Worten greift er nach meiner Hand und zieht mich zur Tür.

»Warte! Deine Tasche!«, ruft Amy mir nach.

Ich kann kaum noch einen klaren Gedanken fassen. Amy eilt zur Theke und bringt sie mir.

»Viel Spaß!«

Schnell und voller Erwartung laufen Finn und ich zu mir. Wir reden nicht, halten nur Händchen. Ich hantiere mit den Schlüsseln herum und öffne die Tür, dann sind wir im dunklen Haus und ziehen unsere Schuhe aus. Ich führe ihn direkt die Treppe hoch zu meinem Zimmer.

Er drückt die Tür hinter mir zu, und als er seine Lippen auf meine presst, lasse ich mich gegen die Wand sacken. Seine Hände tasten an meinen Oberschenkeln hinab und ziehen mich heran. Ich spüre seine Erektion und ringe nach Luft. Er unterbricht unseren Kuss und schaut mich an, den Oberkörper leicht nach hinten gelehnt, um mich im Mondschein besser sehen zu können. Die untere Hälfte seines Körpers drängt sich gegen meinen. Eine Weile sehen wir uns tief in die Augen, fast vergesse ich zu atmen. Dann schiebt er mir liebevoll eine verirrte Locke hinters Ohr. Seine Finger streichen über meine Wange, an meinem Hals hinunter bis zum Schlüsselbein, und ich erschaudere vor Verlangen.

Finns Blick wandert hoch, und ich kann seine Gedanken lesen. Ich hebe die Hand und ziehe die Haarnadeln aus meiner Frisur, so dass mir die Haare frei auf die Schultern fallen. Er stöhnt wie unter Folter und drückt wieder den Mund auf meinen, küsst mich innig und fährt mir mit den Fingern durch die Haare.

Sehr lange liebkosen wir uns so, ich werde immer ungeduldiger. Ich will mehr. Finn scheint es zu spüren. Er rückt leicht nach hinten, damit ich die Knöpfe seiner Jeans öffnen kann. Er streift meine Hose hinunter, und ich halte den Atem an, als er meine nackte Haut berührt. Er holt ein Kondom aus der Gesäßtasche und führt mich zum Bett, wo wir die letzten Kleidungsstücke ablegen.

Als er so weit ist, greife ich nach unten und helfe ihm, den Weg zu finden. Ich genieße den kehligen Laut, den er von sich gibt, als wir uns auf die intimst mögliche Weise vereinen. Den Blick tief in meinem versenkt, bewegt er sich vor und zurück.

Erst später, als ich seinen Namen an seinem Hals gehaucht habe, wird mir klar, dass wir seit Stunden kein einziges Wort miteinander gesprochen haben.

Allerdings haben wir uns in diesem Sommer auch genug unterhalten.

»Warum haben wir damit so lange gewartet?«, fragt Finn in der Dunkelheit.

Seine Finger spielen in meinen Haaren, mir läuft ein Schauder über den Rücken.

»Du wirst mir auch fehlen«, flüstere ich als Antwort auf das, was er nicht ausgesprochen hat.

»Ich mag dich sehr.« Er sieht mich an.

»Ich mag dich auch sehr«, erwidere ich.

Als er mir einen Kuss auf den Mund drückt, spüre ich, dass er lächelt.

Ein Klingeln an der Haustür unterbricht diesen Moment der Zweisamkeit. Ich zucke zusammen.

»Wer ist das?«, frage ich beunruhigt, als es ein zweites Mal durch das stille Haus schrillt.

Stirnrunzelnd setzt Finn sich auf, ich springe aus dem Bett und ziehe mein Nachthemd über.

»Kann das Michael sein?«, fragt Finn besorgt.

»Wer weiß«, antworte ich und husche aus dem Zimmer, die Treppe hinunter.

Ich knipse das Licht vor der Tür an. Mein Blut erstarrt. Auf der Treppe stehen zwei Polizeibeamte.

11

Als mir die Nachricht übermittelt wurde, bekam ich einen Schock. Die Polizeibeamten wollten zuerst wissen, ob ich allein sei, und als ich erwiderte, »mein Freund Finn« sei oben, schlugen sie vor, er solle nach unten kommen.

Finns Gesicht war leichenblass und voller Argwohn, als er zu mir trat. Er hatte sich hastig angezogen, das konnte man sehen. Wir setzten uns mit einigem Abstand zueinander aufs Sofa und warteten auf die Worte, die meine gesamte Welt zum Einsturz bringen würden.

Meine Eltern waren auf dem Weg nach Bristol in eine Massenkarambolage geraten und ihren schweren Verletzungen erlegen. Sie waren noch am Unfallort gestorben.

Zuerst war ich wie betäubt. Aber als es bei mir ankam … als ich begriff, dass sie nie wieder durch die Haustür hereinkommen würden, nie wieder das Sonntagsessen oder eine Tasse Tee zubereiten würden … dass sie mich nie mehr fragen würden, ob ich Zeit mit ihnen verbringe … da drehte ich durch.

Finn, der steif neben mir gesessen hatte, kam zu sich und drückte mich an sich, während ich meinen Schmerz hinausschrie. Er hielt mich bis zur Morgendämmerung in den Armen, ich weinte und schluchzte, noch lange nachdem die Polizeibeamten gegangen waren. Dann rief er Rach und Amy an.

Meine Freundinnen begleiteten mich, um Michael die Nachricht zu überbringen. Als ich nicht die richtigen Worte fand, musste Rach übernehmen. Wir saßen da und weinten gemeinsam, alle vier, und mein Bruder und ich klammerten uns aneinander. Schwer lastete die Verantwortung auf meinen Schultern.

Mum und Dad hatten so viel für Michael getan, für uns beide. Wie sollte ich bloß in ihre Fußstapfen treten?

Mein Bruder zog für ein paar Tage in sein ehemaliges Zimmer, dann sagte er, er wolle wieder nach Hause. Seine Sozialarbeiterin Carrie besuchte ihn öfter, um nach dem Rechten zu sehen.

Seit fast zwei Wochen ist jetzt bis auf wenige Minuten immer jemand bei mir. Wenn Rach nicht da ist, kommt Amy. Wenn Amy nicht kann, übernimmt Finn. Amy oder Rach schlafen bei mir im Bett, Finn unten auf dem Sofa, aber hin und wieder hat er mich auch in der Nacht getröstet, wenn ich schlagartig wach wurde und keine Luft mehr bekam, niedergedrückt von einem übermächtigen Gefühl des Dunkels. In diesen Nächten hielt er mich im Arm, mit mir verbunden in einer sehr intensiven Intimität, bis ich wieder einschlief.

Immer wieder hatte ich denselben Albtraum: Ich stellte mir den Moment des Zusammenstoßes vor, als der Oldtimer, in dem meine Eltern saßen, zerdrückt wurde und ihre einfachen Sicherheitsgurte nicht annähernd den nötigen Schutz boten, während ich meine Freunde nichtsahnend im BMW vom Festival nach Hause fuhr, ausgestattet mit allen modernen Sicherheitsvorrichtungen.

Ich habe Schuldgefühle, weil meine Eltern ihren letzten Atemzug am Rand der Autobahn taten, während ich nur den Sex mit Finn im Kopf hatte. Sie treiben mich zur Verzweiflung.

Meine Zukunft ist völlig unklar. Ich habe den schönsten

Tag meines Lebens bereits hinter mir, dabei bin ich erst zweiundzwanzig Jahre alt. Wie soll ich je wieder so glücklich sein wie auf dem Festival?

Als mir irgendwann durch einen Schleier der Trauer klarwurde, dass Finn eigentlich schon längst zum Flughafen hätte aufbrechen müssen, und ich ihn darauf ansprach, schüttelte er grimmig entschlossen den Kopf.

»Ich hau jetzt ganz bestimmt nicht ab«, sagte er stur.

Er hätte letzte Woche eigentlich eine EP mit seiner Band aufnehmen sollen, doch stattdessen ist er hier. Bei mir. Er hat die Aufnahme verschoben; ich habe gehört, wie er am Telefon mit einem Bandkollegen darüber sprach, und merkte, dass sie ihm Druck machten, er solle zurückkommen. Der Flug ist jetzt auf Anfang der nächsten Woche gebucht, drei Tage nach der Beerdigung.

Finn hat mir bei allem geholfen, vom Papierkram wie der Ausstellung des Totenscheins bis zur Organisation des Leichenschmauses im Hotel von St Agnes. Ich weiß nicht, was ich ohne ihn getan hätte, und rufe mir ständig in Erinnerung, dass er das alles auch selbst schon erlebt hat, dass es ihm wehtun muss. Er muss zurück in sein eigenes Leben.

Ich kann nur die Vorstellung nicht ertragen, dass er geht.

In der Nacht vor der Beerdigung meiner Eltern liegen wir ineinander verschlungen im Bett, mein Hals und meine Augen sind vor Trauer geschwollen, mein Körper von Verzweiflung ergriffen.

»Ich weiß nicht, wie ich je wieder klarkommen soll«, stoße ich mit erstickter Stimme aus.

Finn drückt mich an seinen nackten Oberkörper, umgibt mich mit seiner Wärme.

»Das geht. Irgendwann kommst du klar. Du wirst es immer

fühlen, und der Schmerz wird immer zu dir gehören, aber du lernst irgendwann, damit zu leben.«

»*Wie?*«

»Einen Tag nach dem anderen. Das erste Jahr ist richtig hart. Aber nächstes Jahr wird es schon ein kleines bisschen leichter sein, und im Jahr darauf noch etwas leichter. Es braucht einfach Zeit, Liv. So was kann man nicht überstürzen.«

Bei seinen Worten fange ich wieder an zu weinen. »Wie bist du denn darüber hinweggekommen?«

»Gar nicht«, erwidert er lakonisch und wischt mir die Tränen von den Wangen. »Man kommt nie darüber hinweg. Ich habe nur eine Möglichkeit gefunden, es zu überleben, es zu verdrängen, es in eine Kiste zu stecken. Du wirst auch einen Weg finden. Irgendwann liegst du abends im Bett und merkst, dass du den ganzen Tag nicht an sie gedacht hast.«

»Ich will aber gar nicht einen ganzen Tag nicht an sie denken!«, rufe ich schluchzend und breche erneut in Tränen aus. Finn entschuldigt sich mehrmals, presst mich fester an sich, drückt mir eindringliche Küsse auf die Stirn, weil ihm klarwird, dass es noch zu früh für mich ist, so einen Satz zu hören.

Die Vorstellung, dass ich eines Tages nicht mehr an Mum und Dad denken könnte, dass ich vergessen könnte, was wir zusammen erlebt haben oder wie es klang, wenn sie lachten, dass ich die kleinen Sommersprossen auf Mums Nase, die nur im Sommer zu sehen waren, vergessen könnte, oder die grauen Haare, die seit neuestem in Dads Augenbrauen aufgetaucht waren –, das alles ist zu schwer zu ertragen. Wieder verliere ich die Fassung.

»Ich weiß nicht, was ich ohne dich tun würde«, platzt es aus mir heraus, als ich wieder sprechen kann.

Sofort ist mir klar, dass ich das nicht hätte sagen dürfen, dass es zu viel Druck auf diesen Menschen ausübt, der so viel für mich getan hat, doch die Worte kamen einfach so aus mir heraus.

Einen Moment überlegt Finn. »Du kannst mich immer anrufen, wenn dir danach ist«, sagt er und reibt mir über den Rücken. »Ich weiß noch nicht, wann ich wieder herkommen kann – momentan ist das Geld ziemlich knapp –, aber du könntest mich auch in L.A. besuchen.«

»Und Michael hier zurücklassen?«, frage ich erstaunt. Mein ganzer Körper spannt sich an. Ich kann kaum glauben, dass er so was überhaupt in Erwägung zieht.

»Eine Weile käme er doch klar, oder?«

Ich reiße mich von Finn los, setze mich auf und sehe ihn empört an. »Soll das ein Witz sein? Ich kann meinen Bruder doch jetzt nicht allein lassen, Finn! Ich kann nirgendwohin!«

Ich schnappe nach Luft, aber verkrampfe. Mehrmals versuche ich, Atem zu holen, doch mein Körper macht nicht mit.

»Hey.« Besorgt setzt Finn sich auf und legt mir die Hand auf die Schulter. »Langsam atmen, Liv. Langsam.«

Heftig schüttele ich den Kopf, voller Panik.

»Hör zu!«, sagt er eindringlich. »Atme ein: eins, zwei drei. Und aus: eins, zwei, drei, vier, fünf. Komm, Liv! Wieder von vorn: eins, zwei, drei ...«

Ich sehe ihm in die Augen und bekomme endlich wieder richtig Luft, dafür ist mir noch schwerer ums Herz, weil dieser liebe, süße Mensch, der mir so viel bedeutet, in drei Tagen nicht mehr da sein wird.

»Das wird schon wieder«, versucht er, mich zu beschwichtigen. »Wir bleiben in Verbindung, bekommen das hin, mit Facetime, Textnachrichten ...«

»Nein«, unterbreche ich ihn.

Verdutzt sieht er mich an.

»Nein«, wiederhole ich, jetzt nachgiebiger, und schüttele den Kopf. »Das kann ich nicht.«

»Was kannst du nicht?«, fragt er argwöhnisch.

»Das hier. Wenn du fliegst, muss es vorbei sein. Die Vorstellung, dass du am Dienstag weg bist, tut so weh. Aber du fliegst zurück, ich bleibe hier, und ich muss irgendwie versuchen, mit dem klarzukommen, was noch da ist. Ich muss die Kraft finden, um für Michael da zu sein, um zu entscheiden, was ich überhaupt mit meinem Leben anfangen will, wenn ich nicht nach London ziehe. Aber jedes Mal, wenn wir sprechen würden, jedes Mal, wenn wir uns verabschieden, würde es sich anfühlen, als würde ich dich aufs Neue verlieren. Das könnte ich nicht ertragen. Ich möchte nicht, dass du mich anrufst. Es muss hier und jetzt vorbei sein«, wiederhole ich.

»Liv ...« Verstört schüttelt Finn den Kopf.

»Du hast in L.A. auch viel zu tun«, sage ich, weil es natürlich nicht nur um mich geht. »Du musst dich auf die Band konzentrieren.«

Er greift nach meiner Hand und drückt sie. »Wir könnten uns ja verabreden, einmal die Woche zu telefonieren oder so.«

»Aber dann würde ich nur auf deinen Anruf warten und nichts anderes mehr tun. Das weiß ich. Ich kenne mich.« Ich beiße auf meine bebende Unterlippe und entziehe ihm meine Hand. »Ich muss mich auf mein Leben hier konzentrieren. Und du dich auf deins in Amerika.«

Niedergeschlagen nimmt er mich in die Arme und vergräbt das Gesicht an meinem Hals. Ich drücke ihn ebenso fest zurück.

»Und wenn ich nächsten Sommer wiederkomme?«, fragt er mit dem Mund auf meiner Haut.

»Dann bin ich da. Aber wir versprechen einander nichts, okay?«

Er nickt in der Umarmung, und mein Herz bricht bei dem Gedanken, dass er ein anderes Mädchen kennenlernen und sich verlieben, dass ich ihn für immer verlieren könnte. Ich bin mir nicht sicher, ob ich das verkraften würde.

Unvermittelt schüttelt Finn den Kopf und löst sich von mir. »Nein. Ich will dir etwas versprechen.« Seine Entschlossenheit erfüllt mich mit Zuversicht. »Ich komme nächsten Sommer zurück. Ich erwarte nicht von dir, dass du auf mich wartest. Tue ich nicht. Aber wenn wir beide Single sein sollten …«

Er spricht nicht weiter, trotzdem nicke ich unter Tränen, überwältigt von Erleichterung über den Kompromiss, den wir gerade gefunden haben. Finn schließt mich in die Arme.

Zum ersten Mal seit zwei Wochen verspüre ich so etwas wie Hoffnung.

12

Dieser Sommer

Und dann habe ich gesagt: ›Du bist der Strandkünstler, oder?‹, und er meinte mit ganz tiefer, brummiger Stimme: ›Nein, bin ich nicht‹, und ich wieder: ›Aber du hast doch die Bilder in den Sand gemalt‹, und er meinte: ›Jetzt nicht mehr.‹ Dann ist er in sein Apartment gegangen und hat mir die Tür vor der Nase zugeschlagen! Das ist doch unglaublich, oder?« Ich schwenke mein Weinglas und trinke einen großen Schluck, die Augen vor Empörung weit aufgerissen. »Was für ein Griesgram!«

Meine Freundinnen hören gebannt zu, als ich ihnen am Montagnachmittag von dem Gespräch mit meinem Feriengast berichte.

»Wie sieht er aus?«, will Rach wissen.

»Sehr groß und sehr breit.«

»So groß und breit wie Dan?«, fragt Amy.

»Nein, noch größer und breiter. Er ist mindestens eins fünfundachtzig, eins neunzig, schätze ich, und seine Schultern sind …« Ich halte die Hände hoch, um die Breite anzudeuten.

»Ist er heiß?« Rach ist neugierig.

Ich ziehe eine Grimasse und zucke mit den Schultern. »Ja, okay, er hat ganz hübsche Augen und sehr, sehr dunkelblondes Haar und sehr, sehr ausgeprägte Gesichtszüge.«

Die beiden grinsen sich an.

»Was guckt ihr so?«

»Sehr, sehr«, wiederholt Rach, und Amy ergänzt: »ausgeprägte Gesichtszüge.«

Okay, die eine macht sich also über meinen begrenzten Wortschatz lustig, während die andere es merkwürdig findet, worauf ich bei einem Mann achte. Was soll ich sagen? Ich bin nun mal bildende Künstlerin; so etwas wie die Gesichtszüge fallen mir sofort ins Auge.

Was meine Kapazität für eloquente Sätze angeht: Ich habe mir den Arsch abgearbeitet und bin hundemüde.

»Was meinst du überhaupt mit ›sehr, sehr dunkelblondes Haar‹? Warum sagst du nicht gleich ›braun‹?«

»Nein, das ist was anderes«, beharre ich. »Wenn er länger an der Sonne ist, nimmt das Haar mit Sicherheit einen helleren Blondton an.«

Amy bricht in Lachen aus.

»Und du bist dir sicher, dass er der Strandmaler ist?«, fragt Rach in das Gejohle unserer Freundin hinein.

»Na ja, sonst hat niemand diese Woche etwas an den Strand gemalt, deshalb nehme ich es an. Außerdem hat er gesagt: ›Jetzt nicht mehr‹.« Ich ahme die tiefe Stimme übertrieben nach.

»Schade, dass er die Wohnung für den gesamten Juni gebucht hat«, sagt Rach genervt. »Ich hatte mich schon darauf gefreut, diesen Sommer mal bei dir zu grillen.«

Ich bin froh, dass er das gemacht hat, weil ich nicht auf das Geld verzichten kann, trotzdem weiß ich, was Rach meint – die Aussicht darauf, den Garten nutzen zu können, war der einzige Vorteil, als der ursprüngliche Gast absagte. Bis Ende September ist die Wohnung unten bei mir im Haus durchgängig ausgebucht, wir können also nur hoffen, dass es Anfang Oktober noch mild genug ist, um draußen zu feiern. Mir fehlt der Garten auch immer, wenn die Wohnung belegt ist.

»Amy, was soll ich mit den Möhren machen?«, ruft Dan aus der Küche.

»Lass sie noch ein bisschen länger drin. Ich gebe gleich Granatapfelsirup und Ahornsirup dazu«, ruft sie zurück.

»Uuh, schick, schick«, bemerkt Rach.

Amy und Dan können beide hervorragend kochen. Amy ist Hebamme und Dan Buchhalter, aber ich flehe die beiden regelmäßig an, ihre Jobs aufzugeben und mit mir im Seaglass als Koch und Köchin einzusteigen. Bei ihnen zu essen ist immer ein Vergnügen. Anschließend kann ich praktisch nach Hause rollen, da sie am Ortsrand ganz oben auf dem Hügel wohnen.

»Hast du schon das Problem mit der Fotografin gelöst?«, frage ich Amy, spieße eine Olive auf einen Zahnstocher und schiebe sie mir in den Mund.

»Ja, sie hat ihren Neffen zum Helfen eingespannt«, erwidert sie.

In zwei Monaten wollen Amy und Dan heiraten. Vor kurzem haben sie erfahren, dass der Assistent der Fotografin den Termin doppelt gebucht hat.

Ich freue mich sehr, dass zwei meiner engsten Freunde bald den Bund fürs Leben schließen, aber für mich wird der Tag einen bitteren Beigeschmack haben. Die Hochzeit findet am 10. August statt, das ist ein Tag vor dem sechsten Todestag meiner Eltern.

Amy und Dan hatten Schwierigkeiten, eine Location für den Empfang zu finden, und ich glaube nicht, dass Amy bewusst war, wie wichtig mir dieses Datum immer noch ist. Normalerweise mache ich keine große Sache daraus, vor allem nicht bei meinen Freundinnen.

Als ich mich, nicht zum ersten Mal, frage, ob Finn in diesem Sommer wohl wiederkommt, wird mir flau im Magen.

An der Hochzeit wird er bestimmt teilnehmen wollen, wenn er sonst schon keinen Grund hat …

»Ich bin richtig traurig, dass er keine Strandbilder mehr malt«, sagt Amy unvermittelt. »Ich wollte mir die Sachen auch mal ansehen.«

»Ja, wirklich schade«, sage ich.

»Die Fotos, die du gepostet hast, waren unglaublich«, wirft Rach ein.

Das in den Sand gemalte Mädchen habe ich nicht fotografiert. Als ich später am Tag zur Arbeit ging, war es weggespült, und ich konnte mich aus irgendwelchen Gründen nicht überwinden, anderen von ihr zu erzählen.

Von *ihr*.

Genau genommen von *mir*.

Zumindest nehme ich an, dass es mich darstellte.

»Ich finde es immer noch unglaublich, dass er einen ganzen Wald gemalt hat!«, sagt Rach. »Nachdem du das auf Insta vorgeschlagen hast! Meinst du, er hat den Kommentar gelesen?«

»*Muss* er ja«, wirft Amy ein.

Ich stimme ihr zu.

Dan kommt aus der Küche.

»Worum geht's?«, fragt er und geht zu Amy, um ihr die Schultern zu massieren.

Stöhnend lässt sie den Kopf in den Nacken sinken.

»Sandbilder«, antworte ich, während Rach beim Anblick von Amy und Dan so tut, als müsste sie sich übergeben.

»Du musst gerade reden«, fahre ich sie an. »Du und Ellie, ihr seid genauso schlimm.«

»Wir halten uns in der Öffentlichkeit zurück«, entgegnet sie. »Jedenfalls versuchen wir es.«

Ellie ist Rachs Freundin. Amy und ich haben erst vor ein

paar Jahren erfahren, dass Rach bisexuell ist. Früher war sie mal in Chris verknallt, einen Bandkollegen von Dan, und als wir in der Schule waren, rastete sie völlig aus, wenn jemand behauptete, sie sei lesbisch. Mit ihren weiten T-Shirts und Hosen erinnerte sie schon immer eher an einen Surferboy. Wie sich herausstellte, störte sie sich eher an der Festlegung als an dem Etikett.

»Ehrlich gesagt seid ihr *alle* ekelig«, verkünde ich als einziger Single am Tisch.

Dan nimmt die Hand von Amys Schultern, sie hebt den Kopf.

Ich will nicht, dass er wegen mir aufhört, doch in dem Moment werde ich auf ein Lied aufmerksam, das gerade aus der Box kommt.

»Kannst du das überspringen?«, frage ich.

Dan sieht mich stirnrunzelnd an. »Das ist ›Sweater Weather‹ von The Neighbourhood. Das haben wir doch nie gespielt.«

»Ich weiß, aber es erinnert mich an ihn und seinen löchrigen Pulli.«

Amy und Rach tauschen Blicke.

»Mach doch kein Drama draus«, sage ich etwas ungeduldig. »Könntest du einfach ein Lied weiterspringen?«

Ich komme gut klar; kein Grund, mir Knüppel zwischen die Beine zu werfen.

Dan greift zu seinem Handy. Meine Erleichterung ist nur von kurzer Dauer, denn als Nächstes ertönt ›Sold‹ von Liily.

»O *nein*!«

»Das Stück gab es noch nicht mal, als er unser Frontmann war!«, ruft Dan angesichts meiner Reaktion.

»Ja, aber vor zwei, drei Jahren hat er die EP im Seaglass aufgelegt.« Anschließend habe ich das Lied auf meine Playlist gesetzt. »Können wir vielleicht einfach eine andere Playlist nehmen?«

Ich bin so ein mieser Gast, aber der gute Dan verdreht nicht mal die Augen.

»Was möchtest du denn hören?«, fragt er in aller Seelenruhe.

»Ähm, Jazz?«

»Ich hasse Jazz, Liv, und das weißt du auch.«

»Keine Ahnung, warum ich ›Jazz‹ gesagt habe. Mag ich selbst nicht.« Aber letzte Woche haben wir Hip-Hop gehört und davor Pop, weil Dan ein Veto gegen R&B einlegte.

»Mir ist egal, was du anmachst, solange es nicht Rock, Alternative Rock, Indierock oder irgendwas anderes ist, bei dem ich an jemand Bestimmten denken muss.«

Ich kann nicht mal seinen Namen aussprechen.

»Das schließt alle guten Songs aus«, behauptet Dan.

»Leck mich, wie lange soll das noch so gehen?«, brummt Rach. »Bis die zwei ihre Liste mit Liedern für die Hochzeit zusammenstellen, bist du hoffentlich über ihn hinweg.«

Bei den Worten wird mir mulmig zumute. Amy ignoriert Rach und fragt zögernd: »Billie Eilish?«

»Na gut«, sagt Dan, und kurz darauf erklingen die verträumten Töne von Billies neuem Album.

Ich atme erleichtert durch und entspanne mich.

Rach tätschelt kurz, aber trotzdem tröstlich meine Hand. Amy setzt einen drauf und schenkt mein Weinglas voll.

Ich liebe meine Freundinnen.

Erst am späten Samstagvormittag sehe ich Tom wieder. Ich poltere mit einem Wischmopp, einem Eimer und dem Staubsauger die Treppe hinunter und schwitze dabei aus allen Poren, weil ich vorher den Hügel hochlaufen musste, um mein

Auto zu holen. Im Sommer lasse ich es immer auf der Straße vor dem Haus von Amy und Dan stehen, weil da nicht viel los ist und ich nicht fürs Parken zahlen muss.

Im Apartment unten war es die ganze Woche ruhig. Gelegentlich habe ich Tom gehört, aber nur selten. Soweit ich das mitbekommen habe, hat er weder den Fernseher noch das Radio laufen lassen oder sonst eine Musik angestellt, und irgendwie bin ich neugierig, was er die ganze Zeit da unten treibt.

Als ich vorsichtig nach draußen trete und versuche, mit meinen Putzutensilien nicht wie am Wochenende davor den Lack am Türrahmen zu beschädigen, sehe ich, dass er vom Strand den Hügel heraufkommt. Er hat eine hellgraue Shorts und ein strahlend weißes T-Shirt an, dazu schwarz-weiß karierte Vans. Warum bin ich auf einmal so nervös?

»Hallo!«, rufe ich in dem Bemühen, freundlich zu sein. Gleichzeitig versuche ich, die Heckklappe meines blauen Honda Civic zu öffnen.

Als ich den Staubsauger ins Auto manövriere, löst sich der Schlauch aus der Halterung und fällt runter, dann rutscht mir der Mopp aus der Hand. Ich versuche, sowohl Mopp als auch Staubsaugerschlauch aufzufangen, und lasse den Eimer mit den Putzmitteln los.

Flaschen, Schwämme und Staubtücher verteilen sich auf dem Boden. Ich fluche vor mich hin.

Tom kommt herbeigeeilt und bückt sich, um die Dosen mit Backofenreiniger und Fliegenspray aufzuheben.

Ein Wagen rollt vorbei. Der Fahrer sieht mich durch das offene Seitenfenster böse an.

»'tschuldigung!«, rufe ich ihm nach. Dann lasse ich meine große Tasche von der Schulter gleiten und stopfe sie in den Kofferraum.

Tom sammelt die Putztücher ein und reicht sie mir. Er hat lange, schmale und äußerst gut definierte Muskeln.

»Danke«, murmele ich und merke, dass mein Gesicht warm wird.

»Warum parkst du nicht in der Einfahrt?«, fragt er.

»Weil du unten wohnst.« Ich wische mir über die Stirn und ärgere mich, mein knapp schulterlanges Haar nicht zu einem Pferdeschwanz gebunden zu haben.

»Aber ich habe gar kein Auto«, sagt er, während ich versuche, meine Putzausrüstung so in den Kofferraum zu packen, dass alles hineinpasst.

Er hat eine tiefe Stimme und einen leicht singenden Tonfall. Ich überlege, woher er wohl kommt.

»Bisher hatten die Gäste immer eins«, sage ich und schiebe den Stiel des Wischmopps durch die Aussparung in der Rückbank.

Wo ist die Möbelpolitur? Ich spähe unter die Stoßstange. Die Besitzerin der Ferienhäuser, die ich verwalte, besteht darauf, dass ich nur die für die Holztische benutze.

Das nächste vorbeikriechende Auto lenkt meine Aufmerksamkeit auf die Straße. Ich hasse es, den Verkehr aufzuhalten. Der Weg ist hier gerade mal so breit, dass ein Fahrzeug mit Mühe vorbeikommt, wenn ich am Rand parke. Ein Lieferwagen oder der Rettungsdienst hätten keine Chance.

»Ist doch Platz für zwei Wagen in der Auffahrt«, bemerkt Tom.

»Die meisten Gäste haben Kinder, einen Hund oder beides, deshalb wollen sie normalerweise nicht, dass ich ständig das Tor öffne«, erkläre ich geistesabwesend und halte weiter Ausschau nach der Politur.

»Ich habe weder Kinder noch einen Hund. Fehlt was?«

»Die Möbelpolitur.«

Er dreht sich suchend um und findet die vermisste Dose einige Meter weiter, wo sie unter einem Farn hängen geblieben ist, der aus einer grob gehauenen Steinmauer wächst.

»Danke«, sage ich, als er mir die Dose reicht.

Ich lege sie in den Kofferraum und mache die Klappe zu.

»Von mir aus kannst du ruhig in der Auffahrt parken«, sagt Tom und stopft die Hände in die Hosentaschen. Er sieht zum Haus hinüber, dann schaut er mich an, und erneut trifft mich die ungewöhnliche goldbraune Farbe seiner Augen.

»Wirklich?«, frage ich unsicher.

Er drückt sich gewählt aus, aber wirkt nicht hochnäsig. Er ist freundlich. Hat gute Manieren. Ist vielleicht doch nicht das Arschloch, für das ich ihn anfangs gehalten habe.

»Natürlich. Wo parkst du sonst?« Er scharrt mit dem Schuh auf dem Asphalt, als sei ihm unbehaglich zumute.

»Vor dem Haus meiner Freundin, oben im Dorf.«

»Den ganzen Sommer? Das ist ja ätzend.«

»Ja, ein bisschen.«

»Stell den Wagen in der Auffahrt ab«, sagt er einfach, zieht seine Schlüssel aus der Tasche und entfernt sich rückwärts.

»Ganz bestimmt?«

»Ja!«

Als ich losfahre, ist er schon im Haus verschwunden und hat die Tür hinter sich geschlossen.

Ich überlege sicher zehnmal hin und her, bevor ich mich dazu entschließe, Tom beim Wort zu nehmen. Es wird mir den Alltag enorm erleichtern.

Als ich zurückkomme, halte ich vor dem Tor, steige aus und muss die Türen mit mehr Kraft aufhieven, als ich normalerweise aufwenden muss. Ich nehme mir vor, sie zu ölen, bevor in drei Wochen die nächsten Gäste kommen.

Ich fahre in den Hof und stelle den Wagen um die Ecke ab, so weit entfernt vom Apartment wie möglich. Das gelingt mir nicht besonders gut, denn als ich aussteige, kann ich direkt durch das Eckfenster in die Küche sehen, wo Tom auf der Bank mit Blick nach draußen sitzt, Ellenbogen auf den Knien, die Hände dazwischengeklemmt. Kurz schauen wir uns in die Augen, dann wende ich verlegen den Blick ab.

Als ich meine Sachen aus dem Kofferraum lade, höre ich, wie die schweren Terrassentüren mit einem tiefen Surren aufgleiten.

»Brauchst du Hilfe beim Auspacken?«, fragt er.

»Oh, nein, alles gut«, rufe ich zurück, weil ich ihn nicht schon wieder einspannen will.

Er ignoriert mich, und ehe ich mich versehe, ist er neben mir und hebt den sperrigen Staubsauger aus dem Auto, als sei er leicht wie eine Feder.

»Danke«, murmele ich.

»Wo soll der hin?«, fragt Tom und nimmt mir den Eimer mit den Putzmitteln aus der Hand.

»Vor die Haustür, das wäre super«, erwidere ich, etwas überrumpelt von seiner Hilfsbereitschaft.

Mit dem Wischmopp in der Hand und der Tasche über der Schulter folge ich ihm durch das Tor bis zur Haustür, wo er wartet, während ich in meiner Tasche nach dem Schlüssel suche.

»Wie viele Ferienwohnungen hast du zu versorgen?«, will er wissen.

»Drei.«

»Und die hast du alle schon geputzt?«

Triumphierend ziehe ich den Schlüssel heraus. »Ich bin schnell.«

»Sieht so aus.«

»Jetzt muss ich zu meinem zweiten Job.« Ich schließe die Haustür auf und trete in den Windfang.

»Im Laden am Strand?«, fragt er und hält die Haustür hinter mir auf.

»Ja.« Ich schaue ihn an und mache mich an das zweite Schloss zu meiner Wohnung.

Warum ist er auf einmal so gesprächig? Langweilt er sich? Vielleicht ist er einsam. Schließlich ist er ganz allein hier.

»Letzten Freitag wollte ich hin, aber seitdem hab ich's nicht noch mal versucht.«

»Ich weiß.« *Warum war er nicht noch mal da?* »Du bist reingekommen, und ich habe gesagt, wir hätten noch nicht geöffnet.«

»Ich habe gehofft, das hättest du vergessen. Ich hatte keine besonders gute Laune an dem Tag. Tut mir leid, dass ich so unhöflich war.«

»Schon gut, war früh. Woher kamst du denn da? Ist es okay, wenn du das nach oben bringst?«

»Von Caernarfon«, erwidert er und folgt mir.

»Aus Wales?«

»Ja.«

Er spricht nicht wie ein Waliser. Ich gehe in die Küche und lehne den Stiel des Wischmopps vorsichtig an die Wand. Tom stellt den Staubsauger ab, den Eimer daneben.

Dieser Raum gehört zum ursprünglichen Cottage. Er hat dicke, unregelmäßige Wände und nur ein viereckiges Fenster mit einer tiefen Fensterbank. In dem kleinen Zimmer wirkt Tom besonders groß und breit.

»Danke für die Hilfe«, sage ich.

»Kein Problem.«

Er geht vor mir die Treppe hinab und sieht sich über die Schulter nach mir um, als ich nach draußen trete. Wahrscheinlich fragt er sich, warum ich meine Wohnung wieder verlasse.

»Ich muss das Tor noch schließen«, erkläre ich im Flur.

»Kann ich auch machen«, erwidert er und dreht sich auf der Türschwelle zu mir um.

»Es ist ein bisschen schwergängig«, warne ich ihn.

»Bekomme ich schon hin.« Besorgt zieht er die Augenbrauen zusammen und weist mit dem Kinn auf die Treppe hinter mir. »Wäre schlauer, wenn du nicht einfach fremde Männer in die Wohnung lässt.«

»Du bist kein Fremder, sondern ein Gast. Ich habe deinen Namen und deine Adresse auf dem Anmeldeformular.« Ich lehne mich in den Türrahmen und verschränke die Arme vor der Brust.

»Das garantiert auch keine Sicherheit.« Er klingt unerwartet einfühlsam.

Mit Besorgnis im Blick sieht er mir in die Augen.

Ich bekomme ein sehr seltsames Gefühl im Bauch. Als würden ganz viele Schmetterlinge aus ihrem Kokon schlüpfen und verschlafen die Flügel strecken.

»Ich komme schon klar.«

Seit sehr langer Zeit hat mich niemand mehr auf diese Weise beschützen wollen.

Wie kann er erst so unhöflich und grob reagieren und nicht mal auf meine E-Mail antworten und jetzt so freundlich und fürsorglich sein?

»Hast du eigentlich meine E-Mail bekommen?«, platzt es aus mir heraus. Ich möchte seine wechselhafte Persönlichkeit gern verstehen. Die Bilder, die er in den Sand gemalt hat, waren so wunderschön. Ich will ihn mögen.

Er sieht mich fragend an. »Die, in der stand, ich könnte ab vier Uhr einchecken?«

»Nein, die andere, in der ich geschrieben habe, dass das Apartment schon zu Mittag fertig ist.«

Er reißt die Augen auf und schüttelt den Kopf. »Nee, hab ich nicht gelesen.«

»Ah.« Ich mache ein langes Gesicht.

»Der Akku von meinem Handy war leer. Ich bin um vier Uhr gekommen, wie in der ersten Mail stand.«

»Mist, das ist ärgerlich.«

»Tut mir leid.«

»Nein, das ist ärgerlich für *dich*. Da musstest du ja fast neun Stunden totschlagen.«

»Elf, genau genommen.«

»Elf?« Ich bin entsetzt.

»Ich war schon um fünf Uhr morgens hier.«

»Aber du bist nicht mit dem Auto gekommen?«

»Nein. Mit dem Zug, dem Bus und zu Fuß.«

»Wie lange hast du dafür gebraucht?«

»Ziemlich lange. Möchte ich nicht drüber nachdenken.«

»Tut mir leid.«

»Nein, mir tut es leid, dass du dir die Mühe mit der Wohnung gemacht hast.«

»Hast du meine E-Mail auch in der Zwischenzeit nicht gelesen?« Leicht verwirrt stehe ich immer noch im Türrahmen.

Tom schüttelt den Kopf. »Ich habe mein Handy nicht wieder aufgeladen.«

»Brauchst du ein Ladekabel? Ich habe bestimmt irgendwo eins herumliegen.«

»Nein, ich …« Er bricht ab. »Das ist Absicht, ehrlich gesagt«, gesteht er zögernd. »Ich nehme gerade so etwas wie eine Auszeit.«

Eine Auszeit wovon? Von Freunden? Der Familie? Von seiner Frau? Ich schiele kurz auf seine linke Hand, aber er trägt keinen Ehering. Von seiner Freundin? Von den Kollegen? Geht er arbeiten? Er sieht nicht wie ein Penner aus, aber ein Monat Urlaub ist schon eine lange Zeit. Hat er überhaupt einen Job? Wurde ihm gekündigt? Arbeitet er von zu Hause aus?

»Hast du meinen Post bei Instagram gesehen?«, will ich wissen.

Er hat mich beobachtet und wahrscheinlich nicht mit dieser Frage gerechnet.

»Was für ein Post bei Instagram?«

»Auf der Insta-Seite vom Seaglass.«

Verständnislos schüttelt er den Kopf. »Ich war seit Freitagmorgen nicht mehr online.«

»Also war der Wald deine Idee«, stelle ich leise fest.

Er sieht mich an. Der lange Blickkontakt ist zermürbend. Dann nickt er ganz vorsichtig, nur andeutungsweise, und alle Schmetterlinge in mir flattern auf einmal hoch und schlagen aufgeregt mit den Flügeln.

Tom gibt sich einen Ruck und macht einen Schritt nach hinten, als sei auch in ihm etwas erwacht.

»Dann lasse ich dich mal in Ruhe.« Er wendet sich ab und geht zum Tor.

Mit zitternden Händen schließe ich die Tür hinter ihm und frage mich, warum sich der Boden so wackelig anfühlt.

13

Oben ist ein Mann, der nach dir gefragt hat«, sagt Libby, die neue Aushilfe, am Sonntagnachmittag, als ich mit einem Beutel Zitronen in den Laden komme.

Mein Herz setzt kurz aus. *Finn?*

»Wie sieht er aus?«

»Sehr groß und breit.«

Die Beschreibung sagt mir was.

»Was will er?«, flüstere ich verschwörerisch und lege die Zitronen in eine Schüssel hinter der Theke. Der Lieferant hat sie vergessen.

»Er hat gefragt, ob du heute arbeitest.«

Ich streife meinen Regenmantel ab und verstaue ihn unter dem Tresen.

»Er sitzt in der Sofaecke«, fügt Libby hinzu.

Angespannt gehe ich die Treppe hinauf, und als ich Tom am anderen Ende des Raums erblicke, wo er lässig auf dem Sofa sitzt, von dem aus man den besten Blick aufs Meer hat, einen Fuß auf das Knie des anderen Beins gelegt, werde ich noch nervöser. In einer Hand hält er ein aufgeschlagenes altes Taschenbuch, in der anderen eine Kaffeetasse.

Es ist schon ziemlich spät, er ist der einzige Gast oben. Ich spähe durch die Luke der Essensausgabe und sehe, dass in der Küche bereits sauber gemacht wird. Ich denke, ich schicke die Leute heute früher nach Hause.

Tom schaut zu mir herüber, richtet sich im Sitzen auf und

schlägt das Taschenbuch zu, während ich mich an den Tischen vorbei zu ihm durchschlängele.

»Hi!«, sagt er und lächelt zurückhaltend, was in mir eine verwirrende Unruhe auslöst.

»Hey.«

Er trägt ein langärmeliges hellgraues T-Shirt, das er sich zu den Ellenbogen hochgeschoben hat, so dass man seine gebräunten muskulösen Unterarme sieht. Die ausgewaschene blaue Jeans ist an den Knien fast durchgescheuert. Der ganze Mann ist feucht vom Regen, auch seine Haare. An den etwas längeren Strähnen auf dem Kopf sieht man, dass er mit den Fingern hindurchgefahren ist.

»Hast du das Buch da im Regal gefunden?«, frage ich neugierig und zeige an ihm vorbei auf unsere Büchertauschecke, in der ich ein Schild aufgehängt habe, auf dem steht: *Bitte mitnehmen (und zurückbringen oder irgendwann durch ein anderes Buch ersetzen).*

»Ja.« Tom dreht das Buch um, damit ich sehen kann, was er sich ausgesucht hat.

»*Der Ruf der Wildnis* von Jack London«, lese ich vor. »Und, ist es gut?«

»Bis jetzt gefällt's mir. Bist du auch in den Regen geraten?«, fragt er, als ich mein gekräuseltes Haar zu glätten versuche.

Noch immer wundere ich mich, wenn meine Finger nach kurzer Zeit ins Leere greifen.

»Ja, ich musste mich kurz im Supermarkt unterstellen. Total heftig draußen.«

Ich hocke mich auf die Armlehne des Sofas ihm gegenüber. Am Saum meines blauweißen Sommerkleids ist ein feuchter Fleck, aber der Stoff ist so dünn, dass er schnell trocknen wird.

Auf einmal habe ich Lust, mich mit Tom zu unterhalten.

Eigentlich wollte ich mich in der toten Zeit mit Social Media beschäftigen, aber das kann warten.

»Ich mache mir gleich eine Tasse Tee. Möchtest du auch einen? Oder lieber noch einen Kaffee?«

»Oh, Tee klingt gut. Danke.«

Ich stehe auf, er schiebt die Hand in seine ausgefranste Jeanstasche und holt sein Portemonnaie heraus.

»Nein, geht auf mich«, sage ich.

Er ist überrascht. »Wirklich?«

»Ja.«

Als ich kurz darauf mit zwei Bechern starkem schwarzen Tee zurückkomme, bin ich noch immer nervös. Keine Ahnung, warum ich in seiner Gegenwart keine Ruhe finde.

»Ich hätte fragen sollen, ob du Kuchen magst«, sage ich und stelle die Becher auf den Couchtisch.

»Vielleicht nächstes Mal.« Während ich mich wieder hinsetze, sieht er sich um. »Schön hier oben.«

»Danke. Dieser Raum ist für mich so was wie ein Herzensprojekt.«

»Warum?«

Als ich Ostern das Seaglass von Chas übernommen habe, fehlte dem oberen Stockwerk noch ein bisschen Atmosphäre, obwohl der Laden im Vorjahr renoviert worden war. Ich fand, das Restaurant könne ruhig etwas gemütlicher wirken, deshalb habe ich unsere alten taubengrauen Sofas von zu Hause herbringen lassen und für die Ferienwohnung neue gekauft. Wir haben die vertäfelte Rückwand in einem dunklen Kaffeebraun gestrichen, das zu den Holzarbeiten unten im Thekenbereich passt, dieselbe Farbe habe ich auch für das Bücherregal und den Couchtisch genommen, den ich in einem Wohltätigkeitsladen entdeckt habe. Zusammen mit den Angestellten habe ich die Backsteinwände dunkelblau angemalt und hier und da in unregelmäßigen Abständen Alu-Regale angebracht, die wir mit gebrauchten Taschenbüchern bestückt haben. Für die Fensterbank an der Seite habe ich außerdem ein paar Sukkulenten in grünen Töpfen mitgebracht. An die Wände und unter die Decke wurden Lichterketten gehängt. Sie tauchen den Raum in warmes Licht.

»Ich habe hier oben ein bisschen renoviert.« Bei Tom begnüge ich mich mit der kurzen Antwort.

»Arbeitest du schon lange hier?«, fragt er.

»Jetzt im siebten Sommer, aber es ist mein erster als Geschäftsführerin. Im Winter machen wir die Schotten dicht. Hier kann es so heftig stürmen, dass die alte Dame fast schon mal weggeflogen wäre.«

Toms Augenbrauen schießen hoch.

»Einmal habe ich es selbst oben von den Klippen aus gesehen.« Ich weise über die Schulter auf das Panoramafenster mit Blick aufs Meer. »Das Wasser stieg in den Keller, und die Gischt sprühte bis hier oben hoch.«

Wenn man jetzt darüber nachdenkt, kann man sich das kaum vorstellen. Wir sind quasi im dritten Stock. Der unterste Bereich bei der Bootsrampe ist unser Keller. Der muss im Herbst immer ausgeräumt werden, weil er überflutet wird.

»Das heißt, das Seaglass ist nur im Sommer geöffnet?« Tom nimmt seinen Teebecher vom Couchtisch.

»Von Ostern bis Mitte Oktober.«

»Und was machst du den Rest des Jahres?« Er lehnt sich hinten an, legt wieder den Fuß aufs Knie und wirkt deutlich entspannter, als ich mich fühle.

»Dann kümmere ich mich weiter um die vier Unterkünfte, aber es ist nicht so hektisch wie im Sommer. Ich nehme jede Stunde mit, die ich hier arbeiten kann, damit ich im Winter Zeit für die Bildhauerei habe.«

»Bildhauerei?« Wieder heben sich seine Augenbrauen.
Ich nicke.
»Du bist Bildhauerin?«
»Ja.« Ich lächele.
»Was machst du denn so?«
»Hauptsächlich Statuen von Menschen.«
Seine goldbraunen Augen versenken sich in meinen, er sieht mich voller Wärme und Bewunderung an. Ich werde verlegen, schiele zum Couchtisch hinüber und sehe sein iPhone dort liegen.
»Du hast dein Handy aufgeladen?«
»Ja, gestern Abend.« Tom nimmt es in die Hand. Das Display erwacht zum Leben, der Bildschirmschoner ist eine trübe blaugraue Wasserlandschaft. »Ich hab mir den Instagram-Account von diesem Laden angeguckt«, gesteht Tom, und es sieht aus, als würde er sich ein breites Grinsen verkneifen.
»Hast du meine Fotos gesehen?«, will ich wissen.
»Ich habe mich gefragt, ob die von dir sind.«
»Ja, ich kümmere mich um den Account. Ich war wirklich beeindruckt, als ich an dem Tag zur Arbeit kam und deinen Baum da unten sah – dann die nächsten beiden – und schließlich der Wald.« *Und das Mädchen …* »Du hast echt Talent.«
Das Lob scheint ihm unangenehm zu sein. »Ach, ich habe nur so rumprobiert.«
»Die Sachen waren super!«, begeistere ich mich. »Spiel das nicht herunter! Aber du hast gesagt, du bist kein Künstler, oder?«
Er schüttelt den Kopf. »Früher, als ich jünger war, habe ich gemalt. Aber jetzt schon seit Jahren nicht mehr.«
»Warum nicht?«
Er zieht die Nase kraus. »Ich schätze, weil meine Eltern nichts davon hielten.«

»Warum nicht?« Ich denke an Mum und Dad, die meine Entscheidungen immer unterstützt haben, auch wenn sie selbst andere getroffen hätten.

»Sie wollten, dass ich einen vernünftigen Beruf erlerne.« Es scheint ihn nicht zu stören. Offenbar war das für ihn okay.

»Und, hast du?«, kann ich mir nicht verkneifen zu fragen.

Er nickt kurz, sieht mich aber nicht an, sondern öffnet den Instagram-Account von Seaglass. »Ich war einige Jahre bei der Marine und bin dann zum Such- und Rettungsdienst gegangen«, sagt er leise, während er durch die Bilder auf seinem Handy scrollt.

»Wow! Als was?«

»Hubschrauberpilot.«

»Das ist ja cool!« Gespannt beuge ich mich vor. »Wo? In Wales?«

Er schaut hoch, doch meine Aufregung prallt an ihm ab. »Hauptsächlich in der Gegend in und um Snowdonia und über der Irischen See.«

»Du klingst nicht wie ein Waliser. Woher kommst du gebürtig?«

»Aus Norfolk.«

»Ah!« Er hat nur einen schwachen Akzent, einen leichten Singsang.

Abermals senkt er den Blick auf sein Handy. Ich nehme das Gespräch wieder auf.

»Normalerweise bekommen wir auf Postings bei Instagram nicht so viele Kommentare, also musst du *wirklich* was draufhaben, ob es dir gefällt oder nicht.« Ich greife zu meinem Tee und trinke einen Schluck.

Tom schaut hoch und grinst mich an. Wenn er lächelt, ist er *unglaublich* attraktiv.

»Sind die Posts auch von dir?«, will er wissen. Er dreht das Handy so, dass ich das zweite Foto von seinen Sandbildern sehen kann.

»Ja.«

»Und dann hast du geschrieben: *Morgen wünschen wir uns einen ganzen Wald*?« Er liest von seinem Handy ab und sieht mich wieder an.

»Ja.«

Er ist fassungslos.

»Meine Freundinnen und ich dachten, du hättest das gelesen.«

»Nein.« Er schüttelt den Kopf. Dann schmunzelt er, ein warmes, tiefes Geräusch, einfach *wunderschön*.

»Hast du gesehen, wie ich über den Weg gelaufen bin, den du auf den Strand gemalt hattest?«

Ich vermute, dass er der Mann ist, der oben auf den Klippen saß, aber er war so weit weg, dass ich ihn nicht erkennen konnte.

»Ja«, bestätigt er, wieder ernst.

»Also sollte ich das Mädchen sein, dass du am vierten Tag gemalt hast?«

Keine Ahnung, warum ich so unruhig bin, bevor er antwortet.

Er nickt und meidet meinen Blick, dann schielt er doch mit zusammengezogenen Brauen hoch. »Mir ist erst später klargeworden, dass ich dir bestimmt Angst eingejagt habe.«

»Nein.« Ich schüttele den Kopf.

»Ich war total überfordert, als du mir hinterhergelaufen bist«, sagt er mit schwachem Lächeln.

»Ich konnte irgendwie nicht anders«, murmele ich und sehe ihm in die Augen.

Nach einigen Sekunden Blickkontakt wird mir seltsam

warm und kalt zugleich. Mit brennendem Gesicht greife ich nach meinem Teebecher.

Es ist lange her, dass ein Mann solche Gefühle in mir ausgelöst hat, aber es besteht keinerlei Zweifel daran, dass es sich um Anziehung in ihrer reinsten Form handelt.

14

Tom und ich werden von Bill unterbrochen, unserem Chefkoch, der aus der Küche um die Ecke lugt. »Wir würden jetzt gehen, Liv, ist das in Ordnung?«

»Ja, natürlich.«

Ich springe auf und gehe zur Küche hinüber, wo gerade alle ihre Jacken anziehen, und folge ihnen die Treppe hinunter. Draußen ist es dunkel und unheimlich, auch wenn es zumindest nicht mehr zu regnen scheint.

Libby sitzt auf einem Hocker an der Theke und tippt auf ihrem Laptop herum. Unser Springer Seb mit den strubbeligen Haaren räumt gerade die Spülmaschine aus. Kwame, einer der beiden heißen Barkeeper, die ich eingestellt habe, steht am anderen Ende des Tresens und schaut auf sein Handy. Die Kellnerinnen sitzen am Tisch und unterhalten sich. Abgesehen von den Mitarbeitern und Tom oben ist niemand mehr da.

Es ist kurz vor siebzehn Uhr am Sonntag, und normalerweise haben wir bis achtzehn Uhr geöffnet, aber ich glaube nicht, dass heute Abend noch jemand dem Wetter trotzen und sich zu uns durchkämpfen wird.

»Guckt noch mal überall drüber, dann könnt ihr von mir aus nach Hause«, rufe ich den Kellnerinnen zu.

Erfreut springen sie auf und gehen schnurstracks auf die Treppe zu.

»Ihr auch«, sage ich zu den Kollegen an der Theke. »Ich schließe ab.«

Schnell räumt Seb die letzten Gläser weg. Kwame schiebt sein Handy in die Tasche. Er glaubt, er würde mir mit seiner Arbeit hier einen Gefallen tun, und, ehrlich gesagt, hat er damit nicht ganz unrecht. Wenn man ihn beim Cocktailmixen in seinem Element erlebt, bleibt einem vor Staunen der Mund offen stehen. Außerdem sieht er mit den Armen voller Tattoos verdammt gut aus. Sobald unsere weiblichen Gäste etwas angetrunken sind, wollen sie sich die Tätowierungen immer ganz genau anschauen.

»Bist du dir sicher?«, fragt Libby mit Blick auf die Uhr.

»Ja, alles gut. Ab mit dir!«

Sie wird sich über die zusätzliche Zeit zu Hause freuen. Libby ist Modedesignerin und schneidert für eine Boutique im Ort. Wir sind verwandte Seelen, verdienen unser Geld im Gastgewerbe, um das tun zu können, wofür unser Herz schlägt. Libby ist vor kurzem mit ihrem Freund Luke nach Aggie gezogen. Er ist unser zweiter Barkeeper.

Tom kommt mit den zwei leeren Teebechern nach unten.

»Sorry, wir stellen schon die Stühle auf die Tische, obwohl wir eigentlich noch geöffnet haben. Du musst noch nicht gehen«, sage ich entschuldigend.

»Alles gut, danke. Ich wollte eh zurück ins Cottage und früh was essen.«

»Ah, okay. Was gibt's bei dir?«, frage ich beiläufig.

»Ich hätte Bock auf einen Burger, aber es ist nicht das richtige Wetter zum Grillen. Vielleicht koche ich was Mexikanisches und friere den Rest ein.«

»Hört sich gut an.«

»Du kannst gern mitessen.« Er lächelt freimütig und liebevoll. In mir bricht etwas auf, dennoch ist es mir peinlich, mich unabsichtlich bei ihm eingeladen zu haben.

»Oh, so meinte ich das nicht …«

»Hast du was vor?«

»Nein«, gestehe ich zögernd.

»Bist du Vegetarierin? Ich mache Hühnchen.«

Ich werde rot, schüttele den Kopf und lächele ihn schüchtern an: »Ich komme sehr gern, danke.«

Er wartet auf mich, während die Mitarbeiter zusammenpacken und gehen, ich einen letzten prüfenden Rundgang mache und schließlich nach meiner Jacke greife. Sie ist immer noch klatschnass. Tom merkt es, nimmt sie mir ab und hält sie mir auf, damit ich besser hineinschlüpfen kann. Eine nette Geste. Ich wüsste nicht, wann mir zum letzten Mal jemand in die Jacke geholfen oder mir eine Tür aufgehalten hätte. Das tut er als Nächstes.

Zu Hause angekommen schließt er die Tür auf und führt mich in die Ferienwohnung, durchs Wohnzimmer in die Küche hinten. Er knipst das Licht über der Kochinsel und die Halogenleuchten in der Decke an, die er aber dimmt, damit sie nicht so grell sind. Als er sein Handy und die Schlüssel auf die Insel legt, habe ich einen Gedanken, und dann kommt ein Déjà-vu: *Sieht aus, als würde er hierhingehören.*

»Was möchtest du trinken?«

Ich erinnere mich an meine guten Manieren. »Ah, ich laufe eben nach oben und hole was«, sage ich hastig.

Toms Hand schießt vor und umfasst mein Handgelenk. Ich bleibe stehen. »Ach, was. Ich habe genug da«, sagt er und lässt mich los. »Worauf hast du Lust?«

»Auf ein Glas Wein vielleicht? Roten, wenn du welchen dahast?« Meine Stimme klingt viel fester, als mir zumute ist. Mein Handgelenk brennt da, wo er es angefasst hat.

»Jep.«

Tom geht zum Weinregal auf der anderen Seite des Esstischs, während ich wie Falschgeld herumstehe und mich umsehe. Er kommt zurück und zieht einen Barhocker unter der Kochinsel hervor. Dann lächelt er mir schwach zu, bevor er auf der Suche nach einem Korkenzieher eine Schublade öffnet.

»Die darunter«, sage ich, während ich mich setze.

Er folgt meiner Anweisung und holt den Korkenzieher heraus. Dabei sieht er mich nachdenklich an. »Das muss sich komisch für dich anfühlen, oder? Gast im eigenen Haus zu sein?«

Ich zucke mit den Schultern. »Hab mich dran gewöhnt.«

»Das glaube ich nicht. Dies ist so ein schöner Raum. Er muss dir fehlen, wenn die Wohnung vermietet ist.«

Ich bin froh, dass er nicht wie andere Gäste sagt, ich hätte großes Glück. Ich weiß, dass es von außen so wirken muss, aber dieses Haus ist nicht in meinem Besitz, weil ich so großes Glück hatte.

»Er hat was«, gebe ich zu und schaue mich um. »Besonders im Vergleich zu meiner Mini-Küche oben. Hast du ja gesehen«, füge ich grinsend hinzu, während er zwei Gläser Wein einschenkt und eins zu mir hinüberschiebt. »Danke.«

Ich verfolge seine geschmeidigen Bewegungen. Er stellt den Wasserkocher an und holt die Zutaten zum Kochen aus dem Kühlschrank und den Schränken. Sein langärmeliges Shirt sitzt an den richtigen Stellen straff, betont die Muskeln auf seinen Schultern, Armen und seinem Rücken. Tom hat lang gezogene Muskeln, die zu seinem großen, breiten Körperbau passen. Er ist nicht wie ein Bulldozer gebaut.

»Wie lange wohnst du hier schon?«, fragt er, während er eine Bratpfanne auf den Herd stellt und die Platte anmacht.

Ich rechne nach, bevor ich antworte: »Fünfzehn Jahre.«

»Wie alt bist du?«, hakt er stirnrunzelnd nach und gießt kochendes Wasser über getrocknete Ancho-Chillis, um sie einzuweichen.

»Achtundzwanzig. Und du?«

»Zweiunddreißig.«

»Ich war dreizehn, als wir hergezogen sind«, erkläre ich, während er in der Bratpfanne ganze Knoblauchzehen zusammen mit Kirschtomaten röstet.

»Wir?«

Ich schlucke. »Meine Eltern sind vor knapp sechs Jahren gestorben.«

Ihm sackt die Kinnlade hinunter, er hält beim Schneiden einer Zwiebel inne. »O Gott. Das tut mir furchtbar leid.«

»Schon gut.« Natürlich ist nichts daran gut. »Sie hatten einen Autounfall«, füge ich hinzu, damit er sich nicht den Kopf zerbrechen muss.

Er legt das Messer aufs Schneidebrett, um mir seine volle Aufmerksamkeit zu widmen, und macht ein zerknirschtes Gesicht. »Bist du allein?«

»Ich habe einen älteren Bruder. Er wohnt in einem von den Stippy-Stappy-Häusern. Vielleicht bist du auf dem Weg zum Bäcker oder zum Hotel St Agnes mal dran vorbeigekommen – das sind die niedlichen viktorianischen Reihenhäuser an der steilen Straße den Berg hoch.«

»Ich weiß, welche du meinst. Sind das alte Bergarbeiterhäuschen?«

»Ich glaube, sie wurden ursprünglich für Kapitäne zur See gebaut.«

Tom rüttelt die Pfanne, damit nichts anbrennt, dann greift er wieder zum Messer und schneidet die Zwiebel klein. »Diese Gegend ist wirklich total interessant.«

»Was hat dich denn hergeführt?«, frage ich.

Er erstarrt.

»Ich meine, warum ausgerechnet Cornwall?«, füge ich schnell hinzu, weil ich merke, dass er lieber nicht darüber sprechen möchte, warum er sich einen Monat freigenommen hat.

»Ich war als Kind öfter hier und habe schöne Erinnerungen an diese Zeit«, antwortet er, den Blick auf das Küchenbrett vor ihm gerichtet. »Mein Großvater wohnte auf der Lizard Peninsula, in der Nähe von Helston. Er hat mich immer zum Luftwaffenstützpunkt Culdrose mitgenommen, und dort haben dann wir zugeguckt, wenn die Sea Kings losflogen.«

»Ich war richtig traurig, als die außer Dienst gestellt wurden«, sage ich, in Gedanken bei den gewaltigen leuchtend gelben Helikoptern, die die Royal Navy früher für ihre Such- und Rettungseinsätze nutzte.

Inzwischen hat ein privater Anbieter diese Einsätze übernommen. Ob das Toms Arbeitgeber ist?

»Ich auch«, erwidert er, während er einen Pürierstab aus dem Schrank holt und einstöpselt.

»Kann ich dir helfen?«, fällt mir zu spät ein zu fragen.

»Nein, entspann dich einfach.«

Ich trinke einen Schluck Wein und merke, dass ich tatsächlich zur Ruhe komme. In Toms Gesellschaft fühle ich mich überraschend wohl, obwohl da noch diese tiefergehende Unruhe ist, sobald ich in seiner Nähe bin.

»Würdest du sagen, dass dein Großvater dich am stärksten geprägt hat?«, frage ich. Ich spreche lieber über ein Thema, mit dem er sich wohlfühlt. In der Zwischenzeit fängt er an, zwei Hühnerbrüste zu pochieren. Er gibt Lorbeerblätter und Pfefferkörner in die Brühe. Es macht Spaß, ihm beim Kochen zuzusehen.

»Ja. Er war zufällig auch bei der Marine.«

»Cool! Meine Großmutter hatte auch sehr großen Einfluss auf mich.«

Er schaut hoch, seine Augen blitzen interessiert. »Echt?«

Ich erzähle ihm, dass sie mit mir als kleinem Kind immer Kunstgalerien und Museen besucht hat. Tom püriert schnell die Tomaten, den Knoblauch und die Chilischoten mit frischem Oregano.

»Ich habe übrigens die Scharniere vom Tor geölt«, sagt er nach einer Weile.

»Ehrlich?«

»Ja. Hoffentlich laufen sie jetzt besser. Sie mussten auch mal nachgezogen werden. Ich habe in der Gartenhütte einen Schraubenzieher gefunden.«

»Ach, das ist ja super! Vielen, vielen Dank! Ich habe mir schon gedacht, dass sie wohl mal geölt werden müssen, bin aber noch nicht dazu gekommen.«

»Ich hoffe, das stört dich nicht.«

»Ganz und gar nicht!« Wieder berührt mich das Gefühl, umsorgt zu werden.

»Hilft dir dein Bruder auch viel?«

»Ähm, nein.« Ich rutsche auf dem Barhocker herum. »Er ist nicht besonders praktisch veranlagt.« Ich denke, ich muss es ihm erklären. »Michael hat das Downsyndrom.«

Tom brät die Zwiebeln an und mustert mein Gesicht. »Hast du noch andere Verwandte?«

»Einen Onkel noch, der lebt in Spanien. Aber wir haben Freunde«, erkläre ich. »Und Michael hat eine persönliche Assistentin beziehungsweise eine Sozialarbeiterin, die fast täglich bei ihm vorbeischaut. Die ist super.«

Ich lebe in der ständigen Angst, dass sie kündigt.

»Das ist gut.« Mir gefällt, dass ich kein Mitleid in Toms Gesicht sehe. Er blickt mir offen in die Augen, und während wir uns anschauen, wird mir ganz warm.

Tom gibt den Inhalt des Gefäßes in die Pfanne, ich atme flach ein.

Sein Handy fängt an zu vibrieren. Auf dem Display erscheint das Bild einer schönen Frau mit olivbrauner Haut, glänzendem rotbraunen Haar und einem fröhlichen Lachen. Offenbar heißt sie *Cara.*

Tom schielt hinüber und erstarrt.

»Tut mir leid. Ich glaube, da muss ich rangehen«, brummt er und drückt auf die grüne Taste. »Hey«, sagt er kurz angebunden und geht aus der Küche ins Wohnzimmer. »Ja, ich habe hier schlechten Empfang.« Seltsamerweise kann ich ihn klar und deutlich verstehen. »Ich hatte das Handy ausgestellt.« Pause. »*Du* warst diejenige, die gesagt hat, sie bräuchte Zeit für sich. Und jetzt hast du ein Problem damit, dass ich Zeit brauche?«, zischt er gut vernehmlich.

Mir ist unwohl dabei, dass ich seine Seite des Gesprächs unabsichtlich mithöre. Es klingt nicht so, als sei Cara nur eine Freundin. Die beiden haben eine gemeinsame Vergangenheit.

Bedeutet sie ihm noch etwas? Was ist, wenn die beiden nur eine Beziehungspause eingelegt haben? Bei dem Gedanken zieht sich mein Magen zusammen. Ich lenke mich ab, indem ich vom Barhocker rutsche und den Inhalt der Pfanne umrühre.

»Das ist eine gute Nachricht«, sagt Tom schließlich, auch wenn sein Ton nicht dazu passt. »Aber das wird ja wohl nicht in den nächsten drei Wochen entschieden, oder?«, bemerkt er ausdruckslos. »Nein, ich kümmere mich darum, wenn es so weit ist.« Pause. »Wenn du es unbedingt abhaken willst, bitte«, erwidert er. »Gut. Okay. Tschüs.«

Er legt auf und kommt in die Küche zurück, wo ich am Herd stehe. »Hey!«, ruft er halb im Scherz. »Ich habe so ein Gefühl, dass du zu den Menschen gehörst, die nicht still sitzen können.«

Mit der Hüfte schiebt er mich aus dem Weg. Ich muss lachen. Leicht grinsend nimmt er mir den Pfannenwender aus der Hand.

»Tut mir leid mit dem Gespräch gerade«, murmelt er und streut Gewürze in die Pfanne. »Das war meine Ex«, erklärt er. »Sie hat ein Angebot für unser Haus bekommen und wollte mich informieren, bevor sie zusagt.«

»Seid ihr schon länger getrennt?«

»Seit ein paar Monaten, aber es lief schon eine Weile holprig. Wir haben mehrmals Schluss gemacht und sind dann wieder zusammengekommen.«

»Klingt heftig.«

»War kein Spaß«, stimmt er mir zu und prüft die Hühnerbrust, die im Kochtopf simmert.

Wahrscheinlich war das der Grund, warum er eine Auszeit wollte.

»Und gibt es keine Chance, dass ihr es noch mal versucht?« Ich kann mir die Frage nicht verkneifen.

Tom nimmt sein Weinglas und trinkt einen Schluck. »Nein, null«, antwortet er grimmig und zieht einen Hocker unter der Arbeitsfläche hervor. Er setzt sich darauf und wendet sich mir zu. »Ist kompliziert«, sagt er.

»Wann ist es das nicht?«, erwidere ich und muss an Finn denken.

Ich hebe das Glas, bevor ich mich in Gedanken verliere, und stoße mit Tom an.

»Aufs Loslassen und Nach-vorne-Gucken.«

»Darauf trinke ich gern.«

15

Der Sommer vor fünf Jahren

Und die soll geschält sein?« Ich halte eine Kartoffel in die Höhe.

»Das reicht doch!«, fährt Michael mich an, ohne überhaupt in meine Richtung zu gucken.

»Da ist noch überall Schale dran!«

»Soll ich dir jetzt helfen oder nicht?«

»Bin mir nicht mehr so sicher.«

»Dann eben nicht.«

Er wirft den Kartoffelschäler und die Kartoffel in die Spüle und marschiert aus der Küche.

Jetzt reißt mir der Geduldsfaden. »Wenn du irgendwas haben willst, dann mach es selbst!«, rufe ich ihm hinterher.

»Ich mag überhaupt kein Brathähnchen!«, brüllt er zurück, nimmt die Fernbedienung und richtet sie auf den Fernseher.

»Du kannst nicht immer nur Fish and Chips essen!«

»*Das kann ich, und das tu ich auch*!«

Er stellt den Fernseher so laut, dass er meine Antwort nicht hören würde. Jamie Dornans nordirischer Akzent erfüllt das kleine Cottage.

Echt jetzt? Ein Krimi zu dieser Tageszeit?

Michael liebt nichts so sehr wie Fernsehserien über Mord und Totschlag. Ich hasse sie voller Inbrunst. Es ist fast unmöglich, etwas zu finden, das uns beiden gefällt.

Wir sind nicht dazu gemacht zusammenzuwohnen, denke ich mit einem Seufzer.

Zuerst hielt ich es für einen Geniestreich: den Sommer über das Haus unserer Eltern vermieten, um mir etwas dazuzuverdienen. Ich würde so lange in Michaels Gästezimmer schlafen. Mir war schon klar, dass es nicht einfach werden würde, aber ich wäre ja nur selten da. Dann machte Michael vor siebeneinhalb Wochen ernst und kündigte seiner letzten Assistentin – nicht, dass ich die Tage mitzähle –, so dass er jetzt keinerlei Hilfe von außen hat, genauso wenig wie ich.

Ich schäle die restlichen Kartoffeln und fange dann mit den Möhren an. Bald wirken die aus dem Ofen ziehenden Düfte wie Balsam für meine schlechte Laune.

Früher war das Sonntagsessen Tradition in unserer Familie, eine Gelegenheit, alle gemeinsam am Tisch zu versammeln. Das wurde meinen Eltern besonders wichtig, nachdem Michael ausgezogen war. Auch als ich zur Uni ging, hielten sie an dem wöchentlichen Ritual fest. Wenn ich konnte, nahm ich per Facetime teil. War ich in den Ferien zu Hause, wurde davon ausgegangen, dass ich beim Essen dabei war, und letztes Jahr im Sommer bat meine Mutter mich sogar ausdrücklich, wenn möglich sonntags nicht im Seaglass zu arbeiten. Dass ich nur widerwillig auf ihre Bitte eingegangen bin, erfüllt mich heute mit tiefem Bedauern.

Letztes Jahr war mein größtes Anliegen, viel zu arbeiten, um genug Geld zu verdienen, damit ich im Herbst verschwinden könnte. Ich habe immer noch Schuldgefühle deswegen, obwohl meine Eltern nichts von meinem Plan mit London wussten. Ich bin froh, dass ich es ihnen vor dem Unfall nicht noch gesagt habe, denn das würde ich heute mit Sicherheit bereuen. Dafür hätte ich ihnen zu gern noch mal versichert, wie schön es war, sie an meiner Seite zu haben. Ich würde alles dafür geben, heute gemeinsam mit ihnen am Mittagstisch zu sitzen, das Glas zu heben und ihnen zu sagen, wie lieb ich sie habe.

Tränen schießen mir in die Augen. Der Jahrestag ihres Todes fällt auf den Sonntag in zwei Wochen, und ich dachte, Michael und ich könnten im Gedenken an unsere Eltern etwas Besonderes essen. Bis dahin möchte ich noch ein bisschen Übung in der Zubereitung eines Bratens bekommen, bisher habe ich noch nie einen gemacht, aber ich habe schon den gesamten Vormittag einen Kloß im Hals. Das ist heute unser erstes richtiges Sonntagsessen, seit wir Mum und Dad verloren haben. Wenn mein Bruder mich nicht so auf die Palme gebracht hätte, wäre ich noch viel mehr in Trauer versunken.

Ich verdränge diese Gedanken, muss die Tränen zurückhalten. Wenn ich nicht aufpasse, breche ich gleich heulend in der Küche zusammen, und das ist das Letzte, was wir beide gebrauchen können. Bei Michael reiße ich mich am meisten zusammen. Er schlägt sich so gut, viel besser als ich, so wirkt es jedenfalls.

Ich habe gerade mit der Soße angefangen, als es an der Tür klingelt, was man bei dem lauten Fernseher kaum hört. Michael drückt auf Pause. Ich beuge mich vor und schaue ins Wohnzimmer. Es ist kaum zu glauben, aber statt die Tür zu öffnen, läuft mein Bruder die Treppe hoch.

»He! Kannst du mal aufmachen?«, rufe ich entrüstet.

»ICH MUSS KACKEN!«, brüllt er.

Im ersten Moment erstarre ich, überfordert von der Situation, dann lege ich den Holzlöffel beiseite, stelle den Herd aus und gehe zur Tür.

Als ich sehe, dass Finn vor mir steht, taste ich mir hilflos im Gesicht herum.

Ich bin im Eimer, die dunklen Ringe unter meinen Augen

sind nicht im Geringsten kaschiert, genauso wenig wie der Pickel am Kinn. Meine Haare sind ungewaschen und einfach zu einem Dutt oben auf dem Kopf zusammengefasst. Die schlabbrige Jeans und das weiße T-Shirt sind mit Fett verschmiert, weil ich so schnell kein Geschirrtuch gefunden habe, und letztendlich war mir auch völlig egal, wie ich aussehe.

Finn hingegen … Er hat sich kaum verändert: groß und schmal, das blassorange T-Shirt so oft gewaschen, dass es kaum noch zusammenhält, eine löchrige Jeans, die sich so gerade auf seinen Hüften hält, schwarze Stiefel, lange dunkle Wimpern, die leicht krumme Nase und die wunderschönen blaugrünen Augen, die unter seinen zerzausten dunklen Haarsträhnen tief in meine schauen.

»Was machst du denn hier?«, frage ich erschrocken.

»Bin wieder da«, erwidert er leise, und sein Blick tastet jeden Zentimeter meines Gesichts ab.

Ich bin erledigt.

»Besuchst du deine Familie?« Meine Stimme ist zittrig.

Er nickt.

»Wann bist du angekommen?«

»Vor einer Stunde.«

Und er ist sofort zu mir gegangen?

Ich bemühe mich bewusst, mir nicht mit den Händen im Gesicht herumzunesteln. »Woher wusstest du, dass ich hier bin?«

»Von Dan.«

Amy und Dan haben gerade ihr Einjähriges gefeiert. Ich möchte mich für sie freuen, kann aber nur an den anderen Jahrestag denken, der immer näher rückt.

Ich verdränge den Gedanken an Mum und Dad mit einem heftigen Kopfschütteln. Finn hat mich schon so viel Tränen weinen sehen, dass er für den Rest des Lebens genug haben dürfte.

»Willst du reinkommen?«, frage ich, ganz nervös, ihm wieder so nah zu sein.

»Klar.«

Ich gehe ins Wohnzimmer, er drückt die Haustür hinter sich zu und sieht sich um. Das Cottage von Michael ist im Moment vielleicht nicht besonders gepflegt, aber meine Eltern haben dieses unter Denkmalschutz stehende kleine dunkle Reihenhaus wirklich super hergerichtet. Die altmodische Inneneinrichtung haben sie durch warme, helle und moderne Töne ersetzt, die Holzböden abgeschliffen, einige ursprüngliche Dekorelemente beibehalten und mit Zierleisten, Holzelementen und Accessoires Farbe hereingebracht. An den Wänden im Wohnzimmer hängen Kunstdrucke in allen möglichen Farben, links davon führt eine geweißte Holztreppe nach oben, rechts steht ein gelber Couchtisch mit zwei blassblauen Sofas, ausgerichtet auf einen Flatscreen-Fernseher, der viel zu groß für das Zimmer ist, aber den Michael »auf jeden Fall ganz dringend« brauchte.

»Hier riecht es gut«, sagt Finn und folgt mir zur kleinen Junggesellenküche auf der Rückseite des Cottage. In meinen Ohren klingt er befangen, als würde er versuchen, ein normales Gespräch mit jemandem zu führen, der sich so unwiderruflich verändert hat, dass er für ihn wie ein Fremder ist.

»Brathähnchen«, erwidere ich und öffne den Ofen, damit ich etwas zu tun habe. Zur Belohnung schlägt mir der Dampf ins Gesicht. Ich pralle zurück und mache die Klappe wieder zu. Wahrscheinlich müsste ich das Hähnchen jetzt herausholen und ein bisschen ruhen lassen, aber wenn es noch ein bisschen länger drinbleibt, wird das auch nicht viel machen.

»Magst du eine Tasse Tee?«, frage ich.

»Wollt ihr gleich essen? Ich kann später wiederkommen.«

»Das dauert noch ein bisschen.«

Es fällt mir schwer, ihm in die Augen zu sehen.

»Okay, wenn es wirklich nicht stört.«

»Natürlich nicht.« Ich fülle den Wasserkocher und stelle ihn an.

Als Finn im vergangenen Sommer verschwand, fiel ich in ein so tiefes schwarzes Loch, dass ich mir nicht vorstellen konnte, jemals wieder hinauszufinden. Ich hatte ihn gebeten, sich nicht bei mir zu melden – ein Anliegen, das ich am Morgen seines Rückflugs noch mal unter Tränen wiederholte. Ich war schlichtweg nicht stark genug, um noch mal eine geliebte Person in meinem Leben zu verlieren oder, schlimmer noch, sie von Anfang an nicht zu bekommen. Wie sollte Finn je mein sein, wenn er so weit weg wohnte? Es war ja nicht so, dass ich St Agnes einfach verlassen und ihn in L.A. besuchen konnte. Ich musste für Michael da sein.

Im Laufe der Zeit fand ich den Willen wieder, mich ins Leben zurückzukämpfen.

Ich weiß, dass es richtig war, als ich ihn bat, sich nicht bei mir zu melden, und ich bin dankbar, dass er meinen Wunsch respektiert hat. Aber es gab auch Situationen, da habe ich meinen Entschluss bereut.

Und es schockiert mich, dass er mir nicht Bescheid gesagt hat, dass er kommt.

Er lehnt sich gegen die pudergrüne Arbeitsfläche, während ich zwei große violette Becher aus einem Holzregal hole. Finn blickt an mir vorbei auf die winzige, mit Kies aufgeschüttete Terrasse und die kleine Rasenfläche dahinter. Eine Tür führt nach draußen auf die von Unkraut überwucherte Kiesfläche. Das Gras steht über zwei Handbreit hoch.

»Der Rasen von deinem Bruder muss dringend gemordet werden«, murmelt Finn.

Ich schnaube verächtlich, und er grinst mich an, nicht so breit, dass man seine Grübchen sieht, aber es genügt, um die Schmetterlinge in meinem Magen wieder aufgeregt flattern zu lassen.

Mir fällt auf, dass wir uns kein einziges Mal berührt haben, seit er hier ist, nicht mal in den Arm genommen, dabei waren wir so eng zusammen, wie zwei Menschen es nur sein können.

»Wie geht es dir?«, fragt er leise.

Ich schlucke und gieße heißes Wasser über die Teebeutel, die ich in die Becher gehängt habe. »Das ist nicht so leicht zu beantworten.«

Oben wird die Toilettenspülung betätigt. Ich schiele Richtung Decke und fange Finns Blick auf.

»Michael ist jeden Moment wieder unten«, sage ich.

»Hoffentlich konnte er ordentlich kacken.«

Ich pruste befreit los. »Hast du das mitbekommen?«

»War schwer zu überhören.«

Jetzt sind die Grübchen wieder da. Ich kämpfe gegen den Impuls, sie zu berühren.

Unvermittelt macht Finn ein besorgtes Gesicht.

»Was ist?«

Er schüttelt den Kopf, und seine Augen schimmern vor Gefühl. »Du bist verdammt dünn, Liv.«

Mein Körper spannt sich an, ich hole die Milch aus dem Kühlschrank.

»Nicht mit Absicht«, sage ich verbittert. »Versuche gerade, wieder ein bisschen zuzunehmen.«

»Kann ich dich zum Essen einladen?«

»Um mich aufzupäppeln?«

»Nein.« Er lächelt schwach. »Auch wenn das ein guter Nebeneffekt wäre. Ich möchte nur in Ruhe mit dir reden.«

»Wann dachtest du denn?«

»Heute Abend? Morgen? Jetzt?«

»Jetzt geht nicht, wir essen gleich zu Mittag«, erkläre ich das Offensichtliche und grinse. »Außerdem: Guck mich mal an!«, füge ich hinzu und schaue auf mein schmutziges T-Shirt hinunter.

»Was will der denn hier?«, unterbricht uns Michael.

Ich hatte nur Augen und Ohren für Finn und daher nicht bemerkt, dass Michael die Treppe heruntergekommen ist, dabei ist er normalerweise kaum zu überhören.

»Hi«, sagt Finn und winkt andeutungsweise.

Anders als bei ihrer ersten Begegnung hält er meinem Bruder nicht die Hand hin.

»Was willst du hier?«, fragt Michael rundheraus.

»Er besucht seine Großeltern und wollte mal Hallo sagen«, erkläre ich knapp.

»Wann ist das Essen fertig?«, fragt Michael.

»Ungefähr in einer halben Stunde. Möchtest du einen Tee?«

»Nein.«

»Wenn du magst, kannst du deinen Krimi noch ein bisschen weitergucken.«

»Willst du mich etwa loswerden?«

»Ja.«

Er schnaubt verächtlich und geht. Belustigt sieht Finn mich mit erhobener Augenbraue an. Michael lässt den Fernseher weiterlaufen, ich mache unseren Tee fertig und öffne die Hintertür, gebe Finn ein Zeichen, vorzugehen und sich draußen an den kleinen Holztisch zu setzen, dann schließe ich die Tür, damit wir ein bisschen unter uns sind.

So privat man eben sein kann, wenn man von den Gärten der Nachbarn umgeben ist, aber ich glaube nicht, dass noch jemand draußen ist.

»Und, wie ist das, hier zu wohnen?«, fragt Finn.

»Der absolute Albtraum«, antworte ich.

Er wirft den Kopf in den Nacken und lacht so laut, dass ich nicht anders kann als mitzulachen. Irgendwann verstummen wir, lächeln uns nur noch an. Er ist so verdammt hübsch, dass es mir ins Herz sticht.

»Nee, so schlimm ist es auch nicht. Meistens jedenfalls«, füge ich hinzu. »Es ist gut, dass ich hier bei ihm sein kann. Meine Eltern haben so viel übernommen – ich bin etwas am Schwimmen.«

»Wie lange willst du noch bleiben?«

»Bis zur zweiten Septemberwoche. Bis dahin ist das Haus meiner Eltern vermietet.«

Er nickt, seine Grübchen verschwinden.

Es ist nicht mehr das Haus meiner Eltern, es gehört mir. Sie haben es mir in ihrem Testament vermacht, dazu gab es einen Brief, in dem sie mich baten, so gut es ging, für Michael zu sorgen. Sie hatten nicht genau ausgeführt, wie das aussehen soll –, das versuche ich immer noch herauszufinden. Natürlich hatten wir mal darüber gesprochen, wie es weitergehen würde, wenn sie nicht mehr da wären – ich wusste, dass sie einen Fonds eingerichtet hatten, damit Michael und ich uns keine Gedanken ums Geld machen müssten –, aber keiner von uns hätte sich vorstellen können, dass wir so schnell in diese Lage kämen und dass wir beide Elternteile auf einmal verlieren würden. Sie waren erst vierundsechzig.

Unversehens steht mir die Beerdigung wieder vor Augen. Finn saß mit Rach, Amy und Dan zwei Reihen hinter mir. Ich erinnere mich daran, wie er sich beim anschließenden

Leichenschmaus mit meinem Onkel unterhielt, was mir jetzt völlig surreal erscheint.

Ich weiß gar nicht, ob ich mich jemals richtig für alles bedankt habe, was er getan hat.

Das verstärkt meine Schuldgefühle ihm gegenüber noch mehr.

»Und wie lange bleibst du hier?«, frage ich.

»Etwas über zwei Wochen.«

»Das ist nicht viel«, sage ich enttäuscht.

»Länger war zwischen zwei Auftritten nicht möglich.«

»Wie läuft es denn mit deiner Band?«

»Gut. Unser Gitarrist ist zwar immer noch ein Arschloch, aber wir etablieren uns allmählich. Im Spätsommer spielen wir auf ein paar Festivals.«

»Das ist cool.«

»Ja, wir haben eine gute Agentur, die unsere Liveauftritte organisiert. Auch wenn wir ganz unten auf dem Plakat stehen – da brauchst du schon eine Lupe, wenn du uns finden willst –, aber es ist ein Anfang.«

Ich lächele ihn an, und meine Traurigkeit wird irgendwie leichter. »Das ist ein *super* Anfang. Wusstest du, das Mixamatosis diesen Sommer auch wieder im Seaglass spielen?«

Finn nickt. »Mit Kieran, oder?«

»Ja, Kieran singt. Sie sind schon seit einem Monat dran.«

»Und du arbeitest immer noch hinterm Tresen?«

Ich nicke und greife zu meinem Teebecher.

Es wäre tiefgestapelt, wenn ich behaupten würde, dass sich mein Leben nicht ganz so entwickelt, wie ich es mir vorgestellt habe.

Ich trinke einen Schluck und starre über den Rand des Bechers ins hohe Gras. »Du hast recht, der Rasen muss wirklich gemäht werden, bevor es zu spät ist.«

»Wo ist euer Rasenmäher? Wenn du willst, mach ich das.«

»Du bist so süß, Finn.« Ich sehe ihn zärtlich an, brauche keine Erinnerung daran, wie liebevoll und fürsorglich er ist. »Aber Michael hat den Rasenmäher verliehen und behauptet, er wüsste nicht mehr, an wen.«

Vielleicht hat er ihn auch versteckt. Sonst kam Dad im Sommer jede Woche rüber, um bei ihm den Rasen zu mähen, und wenn Dad es nicht mehr macht, soll es nach Michaels Logik auch sonst keiner tun.

»Ich kann ja mal mit dem Rasenmäher meiner Großeltern rüberkommen, was meinst du? Sie haben ein Gerät mit Akku, das ist super leicht.«

»Wirklich? Das wäre eine große Hilfe, danke.«

»LIV!«, ruft Michael aus dem Haus. »HIER BRENNT WAS!«

»Scheiße!« Hastig springe ich hoch und stoße dabei gegen den Tisch. Mein Tee schwappt über.

Die Möhren sind ziemlich knusprig geraten. Betroffen starre ich sie an.

»Ich konzentriere mich mal besser darauf, das Essen fertig zu machen«, sage ich zögernd zu Finn, der mir in die Küche gefolgt ist.

»Kann ich dir irgendwie helfen?«

»Nein, danke.« Vorsichtig stelle ich das Blech auf einer hitzefesten Platte ab und kämpfe mit den Tränen. »Ich würde dir anbieten zu bleiben, aber …«

»Schon gut«, unterbricht er mich. Er kann mein Gesicht nicht sehen.

Ich blinzele schnell und reiße mich zusammen, dann bringe ich ihn zur Tür. Ich will ihm nicht das Gefühl geben, dass er hierbleiben und mich trösten muss. Das hat er schon mehr als zur Genüge getan.

»Hast du morgen Zeit?« Finn dreht sich zu mir um, inzwischen habe ich mich wieder unter Kontrolle.

»Tagsüber nicht, aber zum Abendessen könnte ich.«

»Wie wäre es, wenn wir ins Taphouse gehen?«

»Klingt gut.« Ich bemühe mich, das gruselige Serienmördergespräch im Fernsehen zu überhören.

»Soll ich dich so um sieben herum abholen?«

»Wir können uns da treffen.«

Michael schnaubt verächtlich und drückt auf Pause.

Finn lächelt, dann ruft er meinem Bruder zu: »Man sieht sich, Michael!«

»Nicht, wenn ich dich zuerst sehe«, brummt Michael vor sich hin, laut genug, dass wir es beide hören können.

»Wie bitte?«, fragt Finn unschuldig.

Ich muss kichern und schiebe ihn nach draußen.

Wir schauen uns in die Augen. Seine Belustigung ist verflogen.

»Schön, dich wiederzusehen«, sagt er leise und drückt meine Hand. Dann wendet er sich zum Gehen. »Bis morgen!«, ruft er über die Schulter.

Die kurze Berührung dringt bis zu meinem Herzen durch.

16

Als ich am nächsten Abend zu meiner Verabredung mit Finn ins Taphouse gehe, ist er bereits da. Er lehnt am Tresen, eine Flasche Bier in der Hand, und unterhält sich mit einer der attraktiven Kellnerinnen.

Ich stehe in der Tür und überlege für den Bruchteil einer Sekunde, mich umzudrehen und wieder abzuhauen, doch da schaut er über die Schulter und entdeckt mich. Er reißt die Augen auf.

Ich trage ein meergrünes Neckholderkleid, eines meiner schönsten Kleidungsstücke.

Ich wollte mich mal wieder wie ein Mensch fühlen.

Nein, ich wollte mich hübsch fühlen.

»Hey!« Er kommt mir entgegen und drückt mir einen Kuss auf die Wange. »Du siehst wunderschön aus«, flüstert er mir ins Ohr.

Ich atme seinen Duft ein; so nah sind wir uns seit einem Jahr nicht mehr gewesen.

Ich muss vorsichtig sein. Mein Herz ist immer noch ein wundes Organ. Finn droht, es zum Leben zu erwecken, und dazu bin ich noch nicht bereit.

»Ihr Tisch ist hier hinten«, sagt die Kellnerin freundlich und nimmt zwei Speisekarten mit, um uns auf die andere Seite des Restaurants zu führen, wo ein Surfbrett unter der Decke hängt.

Topfpflanzen stehen auf dem Boden und baumeln in Ampeln. Die bunt bemalten Wände sind mit Neonschildern und Kunstgegenständen dekoriert. Ich nehme Platz und bestelle einen Martini Maracuja, mein Lieblingscocktail auf der Speisekarte.

Aus dem Lautsprecher kommt ein Lied, das ich kenne. Ich weise mit dem Finger an die Decke und lausche.

»›CCTV‹!«, rufe ich stolz.

Finn lächelt. »›Stars of CCTV‹«, korrigiert er mich nachsichtig. »Welche Band?«

Ich überlege kurz, dann fällt es mir ein. »Hard-Fi!«

»Du hast dir meine Playlist angehört.«

»Sehr oft.«

»Na, das ist ja mal was«, bemerkt er trocken, trinkt einen Schluck Bier und schüttelt sich leicht, als müsse er sich sammeln. »Wie war dein Tag?«

»Ganz okay. Michael hat Bewerbungsgespräche mit persönlichen Assistenten geführt«, verrate ich. »Den letzten hat er rausgeworfen.« Ich lache leise vor mich hin. »Aber ehrlich gesagt, war der auch wirklich ein kleiner, ich zitiere, ›Gockel‹.«

»Was?« Finn lehnt sich lachend auf dem Stuhl zurück.

»Er hatte mal eine Sozialarbeiterin, die unsere Mutter immer als ›Glucke‹ bezeichnet hat, weil die Frau Michael herumscheuchte und behütete. Etwas herrisch, verstehst du? Michael fühlte sich nicht wohl bei ihr, deshalb schalteten meine Eltern offiziell eine Anzeige für einen persönlichen Assistenten, den oder die er selbst aussuchen durfte. Carrie war toll – Michael liebte sie –, aber sie ist leider vor ein paar Monaten weggezogen, und es ist wirklich ein Albtraum, einen angemessenen Ersatz zu finden. Ich habe über die Gemeinde Hilfe organisiert, aber der Typ, der geschickt wurde, war die männliche Version der Glucke, deshalb nennt Michael ihn Gockel.«

Finn sieht mich mitfühlend an. »Ich habe Carrie auf der Beerdigung gesehen. Sie war sehr lieb. Tut mir leid, dass sie nicht bleiben konnte.«

»Ja, das ist Mist«, sage ich niedergeschlagen.

»Wie sind die Bewerbungsgespräche denn gelaufen?«, erkundigt sich Finn. »Hat Michael jemanden gefunden, den er mag?«

Ich nicke. »Es war eine Frau ungefähr in seinem Alter dabei, die ganz nett wirkte – Hettie. Aber morgen Nachmittag kommt noch eine letzte Bewerberin. Tut mir leid, das muss furchtbar langweilig für dich sein.«

»Nichts, was du sagst, ist langweilig, Liv.«

Er bemerkt offenbar mein Unbehagen, denn er fügt hinzu: »Das war kein dummer Spruch.«

»Ich weiß. Es ist bloß ... Vielleicht ist es besser, wenn du nicht so nett zu mir bist«, murmele ich und hätte meinen Drink am liebsten schon in der Hand.

Finns Augenbrauen ziehen sich zusammen. »Wieso sagst du das?«

»Vergiss es. Wie war dein Tag?«

»Warte kurz.« Er beugt sich vor und sieht mir tief in die Augen. »Warum soll ich nicht nett zu dir sein?«

Zum Glück werden wir von der Kellnerin unterbrochen, die mit meinem Getränk kommt. »Bitte sehr!«, sagt sie, legt einen Bierdeckel auf den Tisch und stellt meinen Maracuja-Cocktail darauf. »Wisst ihr schon, was ihr essen wollt?«

»Wir brauchen noch ein bisschen«, erwidert Finn.

Ich versenke den Kopf in der Speisekarte. Äußerlich bin ich ruhig, innerlich jedoch total angespannt. Ich schaue hoch und suche den Blick der Kellnerin, damit sie wiederkommt. Wir bestellen. Kaum sind wir fertig, beugt Finn sich wieder vor.

»Erzähl!«

»Ich habe gesagt, du sollst es vergessen.«

»Kann ich aber nicht. Warum soll ich nicht nett zu dir sein?«

»Weil ich mich nicht zu sehr dran gewöhnen will, ja?«, zische ich.

Er wirkt getroffen.

»Was ich letzten Sommer gesagt habe …« Ich atme ein, um mich zu beruhigen. »Was ich über uns gesagt habe, gilt noch immer.«

Stirnrunzelnd nimmt Finn sein Bier und trinkt einen Schluck. »Und was ist mit dem, was *ich* gesagt habe?« Er stellt die Flasche leicht klirrend auf den Tisch zurück. »Bist du mit jemandem zusammen?«

»Nein!«, rufe ich. »Als ob ich für so was Zeit hätte! Du denn?« Bei der Vorstellung zieht sich mein Herz zusammen.

»Glaubst du, dann würde ich hier mit dir sitzen?«

»Weiß nicht«, gestehe ich kläglich.

»Nein«, sagt er bestimmt, beugt sich vor und greift nach meiner Hand.

Ich ziehe sie zurück.

»Können wir nicht trotzdem Freunde sein?«, fragt er leise.

»Freunde halten nicht Händchen«, flüstere ich nachdrücklich.

Lachend hält er meine Hand fest und verschränkt seine Finger mit meinen. »Wir schon.«

Kopfschüttelnd sehe ich ihn an und genieße die Wärme, die sich in mir ausbreitet.

17

Am nächsten Tag schaut Finn vorbei, um bei Michael den Rasen zu mähen. Als mein Bruder von der Arbeit zurückkommt, ist Finn wieder verschwunden, und das ist wahrscheinlich ganz gut so.

»Was hast du gemacht?«, ruft Michael empört, als er nach draußen auf die Terrasse tritt.

Um ehrlich zu sein, sah der Rasen vorher wirklich deutlich besser aus. Jetzt ist er total kurz, gelb und löchrig. Aber er wächst ja nach.

Hoffe ich.

»Das war dringend nötig«, sage ich, ganz die Stimme der Vernunft. Mit ausgestreckter Hand gehe ich auf die Frau zu, die meinen Bruder begleitet. »Hi, ich bin Liv, Michaels Schwester. Und Sie müssen Shirley sein.«

Shirley ist die letzte Bewerberin für die Stelle als persönliche Assistentin meines Bruders. Offenbar ist sie zu früh da; sie muss ihn getroffen haben, als er durch das Dorf nach Hause ging. Shirley ist nicht viel größer als Michael mit seinen etwas mehr als eins fünfzig. Sie hat eine Hakennase, ein spitzes Kinn und dünne schwarze Haare, die ihr nicht ganz bis auf die Schultern reichen.

»Tach auch«, sagt sie und begrüßt mich mit einem festen Händedruck. Dann macht sie »Tz-tz« und sagt: »Ich schätze, Sie haben sich nicht an die Ein-Drittel-Regel gehalten, oder?«

»Was soll das denn sein?«, frage ich ahnungslos.

»Beim Rasenmähen immer nur ein Drittel vom Gras abschneiden.«

»*Ich* kenne die Regel!«, ruft Michael und verdreht die Augen.

»Warum hast du mir dann nichts davon gesagt?«, fahre ich ihn etwas zu heftig an.

»Ich hatte doch keine Ahnung«, erwidert er. »Ich habe dir gesagt, ich will nicht, dass er ermordet wird.«

»Ermordet!«, ruft Shirley und lacht aus vollem Hals. »Du hast recht! Dieser Rasen ist wirklich ermordet worden, aber so was von! Das sind schon richtige Serienmördermaßstäbe, wie bei Dexter, oder?«

»Guckst du auch *Dexter*?«, fragt Michael, und sein Gesicht leuchtet auf.

»Klar, das ist Hammer.«

Entgeistert starre ich Shirley an, bevor ich mich traue, zu Michael rüberzuschauen. Er strahlt wie ein Honigkuchenpferd.

»Ich fand Hettie gut«, sage ich, als Shirley mit ihrer vorwurfsvollen Art wieder fort ist.

»Nein. Shirley«, sagt Michael stur.

»Aber Hettie war so lieb und freundlich.«

»Sie hat genervt.«

»Wie kannst du so was sagen? Sie war total nett!«

»Hat genervt«, wiederholt er.

»Shirley kommt mir ziemlich herb vor.«

Michael nickt begeistert, der Pony wippt auf seiner Stirn.

Seit einem Jahr weigert er sich, zum Friseur zu gehen. Rasieren will er sich auch nicht. Daher trägt mein Bruder jetzt Bart, was mich an einen altmodischen Kapitän erinnert. Es wäre lustig, wenn ich nicht wüsste, dass er anders aussähe, wenn meine Eltern noch lebten. Wenn Michael sich rasiert hatte, fand mein Vater immer eine Stelle, die er übersehen hatte, und rief dann: »Was vergessen!«

»Mir ist klar, dass sie gern mit dir Fernsehen gucken wird, aber glaubst du, dass sie dir auch bei allem anderen helfen kann?«

»Wobei denn?«

»Waschen, kochen, putzen, Körperpflege, falls notwendig …«

»Dabei brauche ich keine Hilfe.«

Mir fällt die Kinnlade runter. Was mache ich hier eigentlich die ganze Zeit?

»Komm, Michael! Was ist mit Hilfe bei deinen Finanzen?«

»Da brauch ich auch keinen«, behauptet er.

»Wie kannst du …«, setze ich entnervt an. »Du brauchst jemanden, der dich daran erinnert, dass du deine Rechnungen bezahlen musst.«

»Nein, brauch ich nicht.«

»Okay, vielleicht nicht mehr, seitdem ich dir DirectDebit eingerichtet habe, aber was ist mit dem Überblick über das Geld auf deinem Konto? Mum und Dad sind nicht mehr da. Sie können dir keine Ratschläge mehr geben, wenn du plötzlich Lust hast, einzukaufen und alles Geld aus dem Fenster zu werfen.«

»Ich kaufe ja überhaupt nicht gern ein.«

»Du hast deinen neuen Freunden – wie heißen sie noch mal? Ronnie und Tina? –, denen hast du einen Fernseher geschenkt!«

»Das sind nicht mehr meine Freunde«, gibt er zurück, total am Thema vorbei. »Ich will Shirley. Ich mag sie. Sie ist *super*. Außerdem kann sie schon nächste Woche anfangen, und das ist gut.«

Ich zweifle, ob es wirklich ein gutes Zeichen ist, dass sie keinen Job hat, aber ich weiß auch, wann ich mich geschlagen geben muss.

Am Freitagabend arbeite ich hinter der Theke im Seaglass, als Finn hereinkommt. Ich habe ein Déjà-vu, meine Knie werden weich.

Amy und Rach stehen mit Dan, Tarek und Chris vorm Tresen. Als sie Finn erblicken, stürzen alle fünf auf ihn zu, schließen ihn in die Arme oder klopfen ihm kumpelhaft auf den Rücken.

Als Finn mich begrüßen will, legt sich eine seltsame Stille über die Gruppe, die mich wirklich nervt.

Bin ich so eine Spaßbremse?

»Hey«, sagt er und beugt sich über den Tresen, um mich kurz zu drücken.

»Wie geht's dir?«, frage ich. Mir ist bewusst, dass die Aufmerksamkeit unserer Freunde auf uns gerichtet ist.

»Gut.«

»Warst du heute schon am Strand?«

»Nein. Tyler wollte zum Surfen nach Perranporth, ich aber nicht, da ist er ausgeflippt und hat sich geweigert, den Fernseher auszuschalten.«

»Klingt lustig.«

Chas kommt herüber, um Hallo zu sagen.

»Belästigt dich der Kerl schon wieder?«, fragt er mich im Scherz und nickt Finn zu, bevor er ihm die Hand gibt.

In meinem Thekenabschnitt steht ein junges Mädchen, das bestellen möchte. Ich mache einen Schritt auf sie zu, da klopft mir Chas auf den Rücken, um mir zu verstehen zu geben, dass er sie bedient.

Seit ich Ostern zurück ins Team des Seaglass gekommen

bin, hat Chas sich sehr um mich gekümmert. Wahrscheinlich hatte ich da die schlimmste Trauerphase schon hinter mir, aber trotzdem holt sie mich immer mal wieder ein, und Chas hat stets Verständnis. Oft habe ich nach der Arbeit noch ein bisschen mit ihm geredet. Er war ein Fels in der Brandung. Vorher war er so was wie ein cooler Onkel für die jungen Leute in der Gegend, aber seit den letzten Monaten gehört er für mich quasi zur Familie.

»Hat Shirley zugesagt?«, erkundigt sich Finn.

Wir haben uns vor zwei Tagen auf einen Kaffee getroffen, und ich habe ihm von Michaels neuer persönlicher Assistentin erzählt.

»Sie fängt Montag an.« Ich lächele resigniert.

»Habt ihr beiden euch diesen Sommer schon gesehen?«, mischt Amy sich in unser Gespräch ein.

»Ja«, erwidere ich.

Sie ist überrascht. »Wann?«

»Ein paarmal diese Woche. Warum?«, fragt Finn.

Amys Augenbrauen schießen hoch, sie wirft Rach einen Blick zu, die ebenso erstaunt wirkt.

»Nur so.« Amy strahlt.

Ich sehe sie stirnrunzelnd an, dann wende ich mich wieder an Finn: »Möchtest du was trinken?«

»Hab ein Déjà-vu«, erwidert er grinsend.

»Allerdings.«

Aus dem Augenwinkel sehe ich, dass Amy und Rach unser Gespräch immer noch gebannt verfolgen. Ich mache ein genervtes Gesicht und frage mich, warum um Himmels willen die beiden so selbstzufrieden aussehen.

Rach arbeitet weiterhin im Surfladen oben im Ort und verbringt ihre Freizeit fast ausschließlich mit Schwimmen und Surfen. Was sie angeht, hat sich also nicht viel verändert. Amy hingegen arbeitet seit Ende letzten Sommers auf der Neugeborenenstation des Royal Cornwall Hospital. Als Chas mich fragte, ob ich wieder im Seaglass anfangen wolle und ich zusagte, war das ein seltsames Gefühl, besonders da ich wusste, dass Amy nicht zusammen mit mir hinter der Theke stehen würde. Aber ich bin gern hier. Bei Chas fühle ich mich gut aufgehoben, und ich mag es, wenn so richtig viel los ist. Dann bleibt mir keine Zeit zum Nachdenken.

Seitdem ich meine Eltern verloren habe, habe ich nicht mehr den Drang, mich künstlerisch zu betätigen. Ich erinnere mich noch gern an die Stunden, wenn ich mit meiner Großmutter am Küchentisch saß und aus Knetmasse Figuren formte. Jahrelang habe ich mit diesem Material und mit Wachs gearbeitet, doch als ich das erste Mal die Hände in einem Klumpen echten weichen Tons versenkte, war es, als sei etwas in mir angekommen.

Manchmal verspüre ich eine innere Unruhe, als würde sich in mir eine Schlange winden, die Teile von mir abdrückt. Wenn ich jedoch an einem Projekt sitze, wenn meine Finger in dem kühlen Material stecken, das ich verändern, in Form bringen und drücken kann, dann rollt sich diese Schlange zusammen und schläft ein.

Der Modellierton wird meine Seele besänftigen, wenn ich so weit bin, aber ich will es nicht überstürzen. Kunst kann man nicht zwingen. Die Bildhauerei ist meine Leidenschaft, nicht meine Aufgabe; wenn der Zeitpunkt gekommen ist, werde ich es wissen.

Bis dahin habe ich vor, so viele Stunden wie möglich im Seaglass zu arbeiten und genug Geld zu sparen, um den Winter zu überstehen, wenn die Touristen ihre Sachen packen und nach Hause fahren.

Das ist kein langfristiger Plan, aber der einzige, den ich im Moment fassen kann.

18

Ich schiebe den Schlüssel ins Schloss und drehe ihn, dann trete ich mit einem Stoßseufzer ins Haus. Die Stille und das Schweigen sind zermürbend. Diese Woche war eine vierköpfige Familie in meiner Ferienwohnung. Kurz male ich mir aus, wie es für sie hier gewesen sein muss: Wie der Sonnenschein durch das Fenster auf den Küchentisch fiel, wie Mutter und Vater mit den Kindern frühstückten, den Tag auf die schlichteste Art begannen. Dann duschen, anziehen, durch Flur und Gang hallen Kichern und Kabbeleien.

Ich muss die Wohnung so schnell wie möglich auf Vordermann bringen.

Ich ziehe die Betten ab und stelle die Waschmaschine an, dann mache ich mich an die Badezimmer. Als mein Handy summt, schrubbe ich gerade die dritte Toilette.

Wahrscheinlich ist es Amy. Irgendwie will sie nicht begreifen, dass Finn und ich nur Freunde sind, dass ich nicht mehr von ihm will. Ich bin mir nicht mal sicher, dass er wollen würde, wenn er die Möglichkeit hätte. Mein Leben ist ein kompliziertes Durcheinander, und ich bin nicht mehr dieselbe wie vor einem Jahr. Wer will sich schon auf so was einlassen?

Trotz meiner Beteuerungen macht mein Herz einen Sprung, als ich das Handy hervorziehe und sehe, dass die Nachricht von Finn stammt: *Kaffeepause?*

Lächelnd tippe ich zurück: *Bin gerade im Haus meiner Eltern.*

Ich weiß. Geh mal zur Tür!, kommt die Antwort.

Ich laufe nach unten und muss grinsen, als er mit zwei Kaffeebechern auf der Schwelle vor mir steht.

»Wo hast du die denn her?«, frage ich erfreut.

»Aus dem Café neben dem Seaglass.«

»Ach, du bist echt lieb. Danke.«

»Kann ich reinkommen?«

Ich mache einen Schritt nach hinten, verunsichert durch den Aufruhr in meinem Inneren.

»Was machst du hier?«, frage ich und nehme den Kaffee entgegen.

»Ich wollte fragen, ob du Hilfe brauchst.«

»Hast du nichts Besseres zu tun?«

»Eigentlich nicht.«

Lächelnd führe ich ihn in die Küche. In Wirklichkeit fällt die Sonne nur nachmittags durchs Fenster; als ich mir die glückliche vierköpfige Familie beim Frühstück ausmalte, ist die Phantasie mit mir durchgegangen. Ich habe schon immer die Neigung gehabt, mich an Dingen festzuklammern, die den Schmerz verstärken.

»Dieser Raum ist so cool«, sagt Finn und sieht sich im Anbau um.

Er war kurz nach dem Tod meiner Eltern schon hier, aber da war nicht der richtige Zeitpunkt, um über das Haus zu sprechen.

»Hast du viel verändert, um es vermieten zu können?«, fragt er.

»Soll ich es dir zeigen?«

»Ja, gern.«

Wir nehmen unsere Kaffeebecher mit, und ich führe ihn ins Gästezimmer, das um die Ecke hinter der Treppe liegt und ein Fenster zur Straße hat. Ich präsentiere Finn den Hauswirtschaftsraum und die Gästetoilette, von wo es in einen zweiten Flur mit einer Tür geht, die Zugang zum Garten und zur Einfahrt bietet.

Der große Flur war im damaligen Cottage das Wohnzimmer und verfügt immer noch über einen Kamin, der jedoch nicht länger in Gebrauch ist. Davor steht stattdessen mein Klavier.

Finn streicht mit den Fingern über die Tasten.

Ich bleibe stehen. »Kannst du spielen?«, frage ich.

Er nickt. »Aber nur ein bisschen, was ich mir selbst beigebracht habe. Du hast bestimmt die Prüfungen abgelegt, oder?«, fragt er grinsend.

»Ja«, gebe ich zu.

»Bis zu welcher Stufe hast du es geschafft?«

»Bis zur achten.« Als ich fünfzehn war und meine Großmutter starb, hörte ich mit dem Klavierunterricht auf.

»Spiel mal was!«

»Nein, spiel *du mir* was vor! Ich brauche dringend Aufheiterung.«

Finn macht große Augen, seine Grübchen erscheinen. »Das ist emotionale Erpressung!«

Lachend ziehe ich den Hocker hervor, setze mich darauf und klopfe auf den Platz neben mir.

»Möchtest du hören, woran ich arbeite?«, fragt er zögernd, rutscht neben mir auf den Hocker und gibt mir seinen Kaffeebecher zum Festhalten.

»Ein Lied?«, frage ich aufgeregt. »Für deine Band?«

»Nein, für mich.«

»Wusste nicht, dass du selbst schreibst.«

»Natürlich schreibe ich. In erster Linie für die Band, aber auch für mich selbst, so Sachen, die wir nicht spielen würden.«

»Zum Beispiel?«

Er legt seine langen, schlanken Finger auf die Tasten, und nach kurzem Innehalten setzt er zu einer beschwingten, melancholischen Melodie an. Ich sitze da und lasse sie auf mich wirken. Sie verschlägt mir fast den Atem. Gerade als meine Nase anfängt zu kribbeln, hört Finn abrupt auf.

»Warum spielst du nicht weiter?«, frage ich.

»Bin nur bis hier gekommen.«

»Das ist total schön.«

Er hält den Blick gesenkt, und ich bin wie gebannt von dem blitzenden Türkis unter seinen dunklen Wimpern.

»Hat das Lied auch schon einen Text?«

»Teilweise. Aber den singe ich nicht.« Er grinst mich schüchtern an. »Los, zeig mir auch das obere Stockwerk!« Er stößt mich mit dem Bein an und steht auf.

Wir steigen die Treppe hoch zu dem Zimmer, in dem Michael früher schlief und das auf die Straße geht. Es ist sauber und aufgeräumt, zwei Einzelbetten warten auf die nächsten Übernachtungsgäste. Auf der anderen Seite des Flurs befindet sich ein größeres Bad, dann öffne ich die Tür zu meinem ehemaligen Schlafzimmer.

»Hat sich fast nicht verändert«, bemerkt Finn, und auf einmal kommt mir der Raum sehr beengt vor.

Ich schließe die Tür und gehe zum letzten Zimmer am Ende des Gangs, das früher meinen Eltern gehörte. Von allen Räumen im ersten Stock hat er das beste Licht, da hier die Fenster von drei Seiten auf den Garten gehen.

»Muss echt schwer gewesen sein, alles für die Touristen wegzuräumen«, murmelt Finn und schaut sich um.

»Du machst dir keine Vorstellung.« Ich überlege. »Doch, vielleicht schon.«

Wir haben nie richtig darüber gesprochen, wie es für ihn war, mit fünfzehn Jahren seine Mutter zu verlieren.

Finn nickt und seufzt. »Wahrscheinlich kann ich es mir besser vorstellen als die meisten, aber wir hatten ja kein eigenes Haus. Und ich hatte Hilfe beim Ausräumen von Mums Sachen.«

»Deine Großeltern?«

»Ja. Hat dir auch jemand geholfen?«

»Als mein Onkel aus Spanien zur Beerdigung kam, hat er es mir angeboten, aber damals war ich noch nicht so weit.«

»Natürlich nicht.«

»Michael war auch ein paarmal dabei, aber ich glaube, wir können beide nicht besonders gut mit der Trauer des anderen umgehen. Wenn mich irgendwas traurig gemacht hat, habe ich ihn angesteckt und andersherum genauso. Am Ende dachte ich, es wäre wohl am leichtesten, wenn ich es allein mache. Es schien ihn nicht zu stören.« Ich lege den Kopf schräg. »Du hast gestern gesagt, du wolltest nicht an den Strand von Perranporth. Da habt ihr früher gewohnt, nicht?«

»Ja«, bestätigt er knapp, geht zum Fenster und schaut hinaus auf das umgebaute Gewächshaus. »Ich versuche die ganze Zeit, mich aufzuraffen und hinzufahren.«

»Möchtest du vielleicht jemanden, der dich begleitet?«, frage ich.

Finn schaut sich über die Schulter um. »Wen denn?«

»Mich?« Ich rutsche an der Wand hinunter, setze mich auf den Boden und klopfe auffordernd neben mich.

Finns Mund verzieht sich zu einem angedeuteten Lächeln. Er zuckt mit den Schultern, dann setzt er sich mir gegenüber hin, den Rücken ans Bett gelehnt. »Weiß nicht. Vielleicht nächstes Jahr.«

»Das heißt, du kommst nächstes Jahr wieder?«, frage ich grinsend.

»Wahrscheinlich.« Lächelnd streckt er die langen Beine

aus, so dass sie meine einschließen. »Glaubst du, du bist dann noch hier?« Er trinkt den letzten Rest Kaffee aus dem Becher.

Ich schnaube verächtlich. »Wo soll ich denn sonst sein?«

»Keine Ahnung – wo du sein willst.«

»Wie soll ich das machen?«, gebe ich stirnrunzelnd zurück. »Wer würde sich denn um Michael kümmern?«

»Shirley?«

»Nein, er braucht seine Familie. Ich kann ihn nicht im Stich lassen.«

Wir verstummen.

»Und, was willst du dann nächsten Sommer tun?« Finn sieht sich im Zimmer um.

»Weiß der Himmel. Ich kann mir nicht vorstellen, dass ich dann immer noch mit Michael zusammenwohne. Heute Morgen ist er total ausgerastet, als ich in die Küche kam und er in Unterhose seine Wäsche machte. Ich habe gerufen, er solle sich was anziehen, und er hat mich angeschrien, das wäre sein Haus, und wenn er seine Wäsche in Unterhose machen wollte, würde er das auch verdammt nochmal tun.«

Finn schmunzelt.

»Meine Eltern haben immer gesagt, dass er seine Unabhängigkeit braucht, aber er war so oft bei uns, dass mir das nicht richtig bewusst war. Jetzt spüre ich sehr deutlich, dass ich ihm im Weg bin und auf die Nerven gehe. Er ist ständig sauer auf mich. Je schneller ich wieder hier wohnen kann, desto besser. Aber ich brauche nicht so viel Platz, andererseits kann ich mir nicht vorstellen, das Cottage zu verkaufen. Ich weiß nicht, was ich tun soll.«

Unten piepst die Waschmaschine.

»Ich muss die nächste Maschine anmachen, sonst ist die Bettwäsche nicht rechtzeitig fertig.« Ich stehe auf.

Finn folgt mir nach unten.

»Hast du mal darüber nachgedacht, das Haus umzubauen?«, fragt er.

»Nee. Wie denn?«

»Du könntest es so verändern, dass du nur die untere Etage vermietest, dann könntest du den Sommer über oben wohnen. Wenn du keine Gäste hast, benutzt du den Rest mit.«

»Aber dann hätte ich bloß ein Schlafzimmer zum Vermieten.«

»Brauchst du den Ausgang über die Seitentür wirklich?«, fragt er auf dem Weg in den breiten Flur hinter dem Hauswirtschaftsraum. »Wenn du eine Waschmaschine in die Küche stellen würdest und die Küchentür der Hauptzugang zum Garten und zur Einfahrt würde, könntest du auf den Hauswirtschaftsraum und das Gäste-WC verzichten und daraus ein kleines Kinderzimmer mit Etagenbetten machen.«

Ich nehme mir die Zeit, das gründlich zu durchdenken.

»In den großen Flur mit der Eingangstür könntest du zwei Etagentüren einsetzen, eine für die Wohnung unten und eine zur Treppe, die hoch in deine Wohnung führt. Oben könntest du aus dem großen Badezimmer eine Küche machen und aus dem Zimmer von Michael oder deinen Eltern ein Wohnzimmer.«

Mein Kopf dreht sich bei all den Möglichkeiten, die er aufzählt.

»Hast du schon mal überlegt, Architekt zu werden?«, frage ich, mehr als beeindruckt.

»So was habe ich mir nie erlaubt zu träumen«, murmelt Finn und wendet den Blick ab. »Aber frag mal Tarek.«

»Tarek?« Sein resignierter Gesichtsausdruck brennt sich bei mir ein, und mir geht durch den Kopf, was Mum mal sagte: *Seine Mutter war eine gequälte Seele.* Es tut mir unglaublich leid, dass Finn früher nicht das Gefühl hatte, träumen zu dürfen. Am liebsten würde ich ihn in die Arme schließen, doch ich widerstehe der Versuchung.

»Ja, er studiert Architektur und jobbt in einem Architekturbüro in Truro.«

»Ach, das habe ich ganz vergessen«, gestehe ich. »Dabei habe ich auf einer Party von ihm und Dan selbst mit ihm darüber gesprochen.«

Die Waschmaschine piept erneut, Finn greift an mir vorbei, um sie auszustellen.

»Danke.« Ich drücke seinen Arm, er sieht mich an. »Darüber lohnt es sich wirklich, mal nachzudenken.«

Zur Abwechselung mal über etwas Positives.

19

Es ist Samstag, eine Woche später, und ich bin am Arbeiten, dankbar dafür, vom schnell heranrückenden Todestag meiner Eltern abgelenkt zu werden.

Am Sonntag will ich zu diesem besonderen Anlass etwas für uns kochen. Ich hatte gehofft, Michael und ich könnten gemütlich zusammensitzen und schöne Erinnerungen an Mum und Dad teilen. Stattdessen hat er jetzt Shirley und auch noch Timothy zum Essen eingeladen, einen Freund, den er vor einigen Jahren in einem Verein für Menschen mit besonderem Förderbedarf kennengelernt hat. Meine Eltern haben ihn früher dreimal die Woche dorthingebracht, aber seit wir sie verloren haben, wollte Michael nicht mehr an den Treffen teilnehmen. Dennoch hält er zu ein paar seiner Freunde Kontakt, und Timothy steht ihm von allen am nächsten.

Der morgige Tag wird hart werden, so oder so, aber es wird noch mal härter, wenn ich Menschen unterhalten muss, die ich kaum kenne. Andererseits freue ich mich, dass Michael den Kontakt zu seinen Freunden pflegt. Am liebsten würde ich mich ins Bett legen und mir den ganzen Tag die Decke über den Kopf ziehen. Ich bin froh, wenn's vorbei ist.

Manchmal frage ich mich, wie die Trauer wohl für Michael ist. Als er vom Tod unserer Eltern erfuhr, weinte er, und seitdem habe ich ihn oft traurig erlebt, aber er scheint dieses Gefühl meistens sehr schnell wieder abzulegen. Die Zeiten, in denen es ihm schlecht geht, werden kürzer und seltener. Er lebt in der Gegenwart und befasst sich in erster Linie mit dem, was jetzt, am nächsten Tag oder in der nächsten Woche passiert. Er schaut in die Zukunft, nicht zurück, und besitzt die beneidenswerte Fähigkeit, die Vergangenheit mehr oder weniger ruhen zu lassen.

Nur gelegentlich macht er eine Bemerkung, durch die mir klarwird, dass er natürlich auch trauert. Bevor ich heute das Cottage verließ, sagte er, dass ihm der Austin Healey fehlt. Das war der Oldtimer, in dem unsere Eltern saßen, als sie ums Leben kamen. Seine Äußerung raubte mir den Atem. Selbst wenn ich jetzt darüber nachdenke, muss ich meine Tränen zurückhalten.

»Mach doch Schluss, meine Liebe«, sagt Chas zu mir und reibt mir über den Rücken. »Komm, wir schaffen das schon allein.«

»Danke.« Heftig blinzelnd greife ich zu meiner Tasche und schlinge sie mir über die Schulter.

Mixamatosis spielt gerade das letzte Stück, um die Bühne herum ist es proppenvoll. Finn ist irgendwo da drin und sieht seinen Freunden zu.

Ich versuche, den Kloß im Hals hinunterzuschlucken, und kämpfe mich zum Ausgang durch. Auf halber Höhe der Treppe wird die in mir aufsteigende Verzweiflung überwältigend. Ich will nach Hause, aber kann nicht. In *mein* Haus, meine ich. Nicht zu Michael.

Aus einem Impuls heraus biege ich rechts zum Strand ab. Die Geräusche vom Seaglass wehen hinter mir durch die Nachtluft. Als das letzte Lied mit einem tosenden Crescendo ausklingt, brandet Jubel auf. Kurz darauf ertönt ein Rocksong aus der Anlage.

Das Handy summt in meiner Tasche.

Ich melde mich. »Wo bist du hingegangen?«, fragt Finn. Seine Stimme ist neben dem pumpenden Bass nur schwer zu verstehen.

»Ich bin am Strand«, antworte ich.

Er legt auf, und ich drehe mich um. Mit Tränen in den Augen sehe ich, wie er die Treppen hinunterläuft und in meine Richtung kommt.

»Morgen ist der Todestag meiner Eltern«, sage ich mit erstickter Stimme, als er da ist und mich an sich drückt.

Finn legt die Hand auf meinen Hinterkopf und hält mich fest, während ich weine.

»Ich habe dir doch gesagt, dass du nicht nett zu mir sein sollst«, schniefe ich nach einer Weile an seiner Brust.

»Sei still«, brummt er und lässt mich los.

Schweigend schlendern wir ans Ufer.

»Wie geht es Michael wegen morgen?«, will Finn wissen.

»Schwer zu sagen. Wenn ich ihn frage, sagt er immer nur ›gut‹. Nein, nicht immer, manchmal sagt er auch, es gehe ihm ›nicht so toll‹, aber in der Vergangenheit hieß ›nicht so toll‹, dass er starke Schmerzen hatte und mit einem Atemwegsinfekt ins Krankenhaus musste. Kann man also nicht für bare Münze nehmen.«

Ich kann mich noch gut daran erinnern, als mir meine Eltern erzählten, dass Michael diese Entzündung heruntergespielt hatte. Noch eine Mahnung, die ich nicht vergessen darf, falls so was wieder vorkommen sollte.

Finn nimmt meine Hand und drückt sie, damit ich weitererzähle.

»Heute Nachmittag hat er gesagt, ihm würde Dads Austin Healey fehlen.«

Finn schielt zu mir hinüber. »Ist das das Auto, in dem sie gesessen haben?«

Ich nicke, dann breche ich zusammen. Finn will mich wieder in die Arme nehmen, doch ich stoße ihn von mir.

»Wenn sie mit dem BMW gefahren wären, hätten sie wahrscheinlich überlebt.«

Totenstille breitet sich aus.

»Was willst du damit sagen?«, fragt Finn.

Wir haben nie darüber geredet. Ich konnte mich nicht überwinden, meine Befürchtungen laut auszusprechen, doch als ich den Polizeibericht las und eigene Nachforschungen anstellte, fühlte ich mich in meinen schlimmsten Ängsten bestätigt. Seitdem werden die Schuldgefühle immer stärker und vergiften mich.

»Sie saßen nicht im BMW.« Ich reiße mich zusammen, um nicht wieder zu heulen. »Ich saß drin. Ich bin damit zum Festival gefahren.«

»Sag bitte nicht, dass du dir selbst die Schuld gibst!« Finn ist bestürzt, dann ändert sich sein Gesichtsausdruck zu purem Entsetzen. »Denkst du, es ist *meine* Schuld?«

»Ich gebe *uns* die Schuld«, flüstere ich. »Wenn ich nicht so verknallt in dich gewesen wäre, würden sie noch leben.«

Heftig schüttelt er den Kopf. »*Fuck*, Liv, nein! Sag das bitte nicht! *Mach* das bitte nicht.«

»Ich kann nicht anders!«, rufe ich.

»*Fuck!*«, ruft er wieder, macht einen Schritt zurück und rauft sich die Haare. Ausdruckslos starrt er aufs Meer.

Eigentlich müsste ich ihn wegschicken, um mich zu bestrafen, stattdessen bin ich ihm in den letzten zwei Wochen immer nähergekommen. Dafür werde ich bitter büßen, wenn er zurück nach Amerika geht.

Ich trete zu ihm und schlinge von hinten die Arme um seine Taille, schmiege die Wange an seinen Rücken. Langsam legt er die Hände auf meine.

»Ich bin so einsam, Finn. Meine Trauer ist so groß, und ich fühle mich so klein und habe niemandem, mit dem ich sie teilen kann.«

Er lässt den Kopf hängen.

»Bleibst du heute Nacht bei mir?«, flüstere ich an seinem weichen T-Shirt. Fast habe ich zu viel Angst, die Frage auszusprechen.

»Am Montag fliege ich zurück nach L.A.«, erwidert er mit rauer Stimme.

»Ich will nicht ... Ich meine nur ... Ich will nicht allein sein. Könntest du mich einfach nur festhalten, bitte?«

Ich spüre sein Zögern, bin ihm aber unendlich dankbar, als er schließlich nickt.

Michaels Cottage liegt still und dunkel da. Als wir nach oben schleichen und in meinem Zimmer verschwinden, spüre ich jeden Herzschlag. Ich nehme meinen Pyjama und husche ins Badezimmer, Finn setzt sich auf meine Bettkante.

Als ich zurückkomme, liegt er unter der Decke. Ich schlage sie zurück und schlüpfe darunter. Dabei sehe ich, dass er sich bis auf die Boxershorts ausgezogen hat. Er hält den Arm für mich auf, ich kuschele mich an ihn. Nach einer Weile wird meine Traurigkeit etwas erträglicher.

20

Als ich am Jahrestag des Todes meiner Eltern erwache, fühle ich mich, als hätte ich meine Trauer hinuntergeschluckt und sie sei in mir wie Gips zu einer verdrehten, verstümmelten Form erstarrt. Daran ist nichts schön; es ist der pure Schmerz.

Finn schreckt neben mir hoch.

»Hey«, flüstert er und greift nach mir.

Ich schlucke, mehrmals. Die Gefühle ziehen sich wie ein Sturm in meiner Brust zusammen. Ich würde gern weinen, weiß aber nicht, ob ich dann wieder aufhören kann, und ich will auf gar keinen Fall Michael wecken.

»Steh auf!«, befiehlt Finn, steigt aus dem Bett und greift nach seiner Jeans. »Wir machen einen Spaziergang.«

Tränen laufen mir über die Wangen, während ich Finn über einen schmalen Pfad folge, der auf beiden Seiten von hohen Dornensträuchern und fedrigen Farnen gesäumt wird. Hinter einer Kurve erstreckt sich plötzlich das Meer vor uns, stahlgrau unter dem heller werdenden Himmel. Wir wählen die Abzweigung nach links und laufen schweigend an Bäumen vorbei, die vom Wind so krumm und verdreht sind, dass es aussieht, als sei ihr Inneres ausgehöhlt worden.

Ich fühle mich wie diese Bäume: hohl, aber noch am Leben. Halb tot, halb lebendig.

Der Übergang vom Ozean zum Himmel ist fast nicht auszumachen, und alles ist so reglos, dass ich kaum die sich am Ufer brechenden Wellen weit unten hören kann.

Doch je weiter wir laufen, desto höher steigt die Sonne über den Horizont und desto leuchtender wird die Welt um uns herum. Als ich das letzte Mal hier war, verlieh das sterbende Farnkraut den Klippen eine rostbraune Farbe. Jetzt erstreckt sich vor mir eine wogende Moorlandschaft, überzogen mit einer funkelnden Schicht goldenen Ginsters, amethystfarbener Heide und smaragdgrünen Farns.

Die Farbe des Wassers changiert zwischen Aquamarin und Petrolgrün. Als der Wind auffrischt, bleibt Finn stehen. Vor uns erhebt sich ein Felsvorsprung, dahinter fallen die grünen Klippen zum cremeweißen Strand ab.

Ich werfe Finn einen Blick zu. Er sieht in die Ferne, sein Kiefer ist angespannt, der Wind peitscht ihm die dunklen Haare um den Kopf.

Da wird mir klar: Dies ist die Stelle, wo die Kleidung seiner Mutter gefunden wurde, wo sie hinuntergesprungen ist und sich das Leben genommen hat.

Ich bin nicht allein mit meinem Kummer.

Ist das der Grund, warum er mit mir hierhergegangen ist? Um meinen Schmerz zu teilen?

»Ich verspreche dir, dass es leichter wird, Liv.« Seine Stimme ist tief und gequält. Dasselbe hat er mir schon letztes Jahr gesagt.

»Wie bist du damit klargekommen?«, frage ich voller Beklemmung angesichts seines Schmerzes – und meines. »Du warst noch so jung!«

»Ich habe schon vorher jeden Tag in Angst gelebt, habe mich gefragt, wie sie sich oder uns als Nächstes verletzen wird. Auf gewisse Weise war es eine Erleichterung, als sie wirklich ging.« Er schluckt und wirft mir einen kurzen Blick zu, dann sieht er zu Boden. »Das habe ich noch nie zu jemandem gesagt.«

Ich hake mich bei ihm unter und schmiege mich an ihn.

»Warst du seit damals noch mal hier?«

Dieses Jahr Weihnachten werden es neun Jahre.

Finn schüttelt den Kopf. »Letzten Sommer konnte ich mich nicht überwinden, hier hochzugehen.«

»Warum bist du denn nach so langer Zeit überhaupt wieder nach Cornwall gekommen?«

»Meine Großeltern haben mich seit Jahren immer wieder eingeladen. Zweimal waren sie mit Liam und Tyler in Amerika, aber sie wollten, dass ich meine Brüder besser kennenlerne, so richtig mitbekomme, wie sie leben, da, wo sie zu Hause sind. Ich bin mir immer noch nicht ganz sicher, dass ich das auch tue«, gesteht er.

»Wie meinst du das?«

»Liam geht ja, aber Tyler ... Er ist so wütend. Ich glaube, dass er sauer auf mich ist, weil ich gegangen bin, als hätte nicht nur Mum ihn im Stich gelassen, sondern ich auch. Aber ich hatte keine andere Wahl«, sagt er schroff. »Meine Großeltern hatten keinen Platz für mich – das Haus ist wirklich winzig. Mein Dad war der Einzige, der bereit war, Verantwortung als Vater zu übernehmen.« Finn seufzt. »Ich glaube, wenn meine Großeltern in nächster Zeit sterben würden, kämen Tyler und Liam nach Amerika und würden bei mir leben.«

»Würdest du in dem Fall nicht hierher zurückziehen?«, frage ich überrascht. »Solange Liam und Tyler noch zur Schule gehen?«

Finns Adamsapfel hüpft beim Schlucken auf und ab, zögernd sieht er mich an.

»Das könnte ich nicht, Liv«, presst er hervor.

»Warum nicht?«

»Es tut weh, hier zu sein.«

Mein Herz zieht sich zusammen, ich starre ihn an.

Sein dunkler Blick fleht mich an, ihn zu verstehen. »Ich habe so viele schlimme Erinnerungen an diesen Ort. Mein Leben findet in L.A. statt. Da sind mein Dad, mein älterer Bruder und meine Schwester, mein Neffe, meine Freunde und meine Band … Ich war total kaputt, als ich damals aus Cornwall wegging, jetzt ist L.A. meine Heimat. Da bin ich glücklich.«

Mir ist auf einmal zum Weinen zumute. Ich beiße mir auf die Unterlippe und kämpfe gegen die Tränen an. Finn zieht seinen Arm unter meinem hervor und legt ihn mir um die Taille.

»Hast du in letzter Zeit an irgendeiner Skulptur gearbeitet?«, fragt er leise.

Ich schüttele den Kopf und schlucke. »Ich trau mich nicht. Ich weiß, dass es mir irgendwann hilft, aber es tut alles noch zu weh. Ich glaube, ich muss den Schmerz eine Weile in Ruhe lassen, ihm Zeit geben, seinen Weg aus mir herauszufinden. Oder ich muss lernen, wie ich zulassen kann, dass er ein Teil von mir wird. Wie ich mit ihm leben kann.«

»Was meinst du, wirst du eine Skulptur von deinen Eltern anfertigen?«

Erst zögere ich, dann nicke ich. »Ja, irgendwann.«

Später am Nachmittag sitze ich in Michaels Wohnzimmer auf dem Boden, den Rücken an die Wand gelehnt, und lache über die Geschichte, die Amy erzählt.

Der heutige Tag ist ganz anders verlaufen, als ich ihn mir vorgestellt hatte. Statt allein mit Michael am Tisch zu sitzen, uns an Mum und Dad zu erinnern und krampfhaft einen

Zusammenbruch zu vermeiden, sitzen wir nun mit unseren Freunden zusammen.

Als Rach und Amy hörten, dass Michael Shirley und Timothy zum Mittagessen eingeladen hatte, fragten die beiden, ob sie auch kommen dürften, und bestanden darauf, Fish and Chips aus dem Imbiss im Dorf mitzubringen.

Finn ist ebenfalls da, und da am Tisch nicht genug Platz für alle ist, haben wir die Sofas an die Wand geschoben und hocken um den Couchtisch herum auf dem Boden, selbst Shirley.

»Lass das!«, ruft Michael und schlägt nach Rachels Hand, die gerade eine Pommes von seinem Teller stibitzt.

»Sorry, aber die sah ganz besonders knusprig aus«, entgegnet sie und grinst.

Michael reckt den Hals und guckt auf ihren Teller. »Dann nehme ich ... die da!«, verkündet er und klaut ihr eine dicke Pommes.

»He, die war größer als die, die ich genommen habe«, beschwert sich Rach.

Mir wird groß und weit ums Herz. Ich habe mich schon immer darüber gefreut, wie meine Freundinnen und Freunde mit Michael umgehen. Sie mögen einander alle sehr. Als Amy und Rach kamen, umarmte Michael die beiden freudig.

»Soll ich noch Pommes aus der Küche mitbringen?«, fragt Finn.

»Nicht nötig«, ruft Michael, bevor jemand anders antworten kann, und klaut noch eine Pommes von Rach.

Ich kann kaum glauben, dass ich tatsächlich Spaß habe.

Der Ausflug heute Morgen hat mir enorm geholfen. Ich musste trauern können, und jetzt bin ich unglaublich erleichtert, dass der Tag so gut wie vorbei ist.

Ich fange Finns Blick auf und lächele.

Finn bleibt bis zum Schluss. Michael ist bereits nach oben verschwunden und hat sich hingelegt, vollkommen erschöpft. Amy und Rach sind eben erst gegangen; Shirley hat Timothy angeboten, ihn zu Hause in Perranporth abzusetzen, wo er in einer betreuten Wohngemeinschaft lebt.

Ich liege zusammengerollt auf dem Sofa, den Kopf auf Finns Schoß. Er fährt mir mit der Hand durch die Haare.

»Ich gehe jetzt wohl besser«, sagt er resigniert.

Er fliegt morgen zurück nach L.A.

Ich sehe ihn an. »Bleib hier«, bitte ich ihn leise.

Er hält meinem Blick stand, schiebt mir eine Locke hinters Ohr, und Verlangen schießt mir durch den Unterleib.

Ich setze mich auf und wende mich ihm zu.

»Bitte bleib«, flüstere ich noch mal mit Nachdruck.

»Ich möchte ja gern«, gesteht Finn, und ich sehe seinem Blick an, dass wir dabei beide nicht ans Schlafen denken. »Aber wenn ich das tue, fällt es mir morgen noch schwerer zu gehen.«

»Ich habe jetzt nicht die Kraft, mich darum zu sorgen.«

Er sieht mir prüfend ins Gesicht, dann streichelt er mir zärtlich über die Wange.

»Bist du dir sicher?«

Ich nicke.

Finn zieht mich auf seinen Schoß. Mein ganzer Körper kribbelt. Wir blicken uns in die Augen, dann nähern sich unsere Köpfe, und zum ersten Mal seit einem Jahr berühren sich unsere Lippen.

Es ist ein unendlich süßer Kuss, langsam und forschend. Ein Schauder nach dem anderen läuft mir über den Rücken.

Ich reibe mich an ihm und spüre, wie er unter mir hart wird. Er lässt die Hände von meiner Taille zu den Hüften sinken, zieht mich an sich, keucht an meinen Lippen.

»Komm mit nach oben«, raune ich.

Ich habe keine Ahnung, wie es uns gelingt, leise zu sein.

»Ich glaube trotzdem, dass es besser ist, wenn wir nicht telefonieren«, sage ich in den kühlen grauen Stunden des frühen Morgens.

Finn dreht sich auf den Rücken und starrt an die Decke, zwei Furchen zwischen den Augenbrauen.

»Es tut zu weh«, sage ich, und es klingt leicht verzweifelt. »Ich will nicht hier rumsitzen und auf deinen Anruf oder deine Nachricht warten, das macht alles nur noch schwerer. Mir ist es lieber, wenn ich genau weiß, dass ich nichts von dir höre – kurz und schmerzlos.«

Finn hält inne und nickt dann. Er wendet mir den Kopf zu und sieht mir in die Augen. »Wenn du das so willst.«

»Ja.« Das stimmt nicht. Es ist bloß besser so. »Und du solltest wissen, dass die zarte Hoffnung darauf, dich womöglich irgendwann wiederzusehen, für mich nicht ausreicht, um auf dich zu warten.«

»Ich komme auf jeden Fall wieder, Liv, aber wie schon letztes Mal würde ich niemals von dir verlangen, auf mich zu warten.«

»Damit rechne ich auch nicht bei dir.«

Finn antwortet nicht, doch sein Blick ist kühl, abschätzend. Er weiß nicht, ob ich ernst meine, was ich sage.

Es wäre unrealistisch, sich einzubilden, dass er all die Mädels abblitzen lässt, die sich ihm an den Hals werfen werden, wenn er mit seiner Band erst mal Erfolg hat –, und daran habe ich keine Zweifel.

»Aber wenn du Single bist und ich auch …« Ich spreche den Satz nicht zu Ende.

Finn lächelt über meinen Versuch, locker zu sein. Er beugt

sich vor und versiegelt meine Lippen mit einem Kuss. »Wir sehen uns nächsten Sommer.«

21

Dieser Sommer

»Tarek ist krank«, sagt Amy am Telefon.

»Was hat er denn?«, frage ich besorgt.

»Magen-Darm-Grippe.«

»Armer Kerl.«

»Er kann nicht mit zum Quizabend im Pub. Ich habe gedacht, Luke oder Libby hätten vielleicht Lust.«

»Glaub ich nicht. Die sehen mich schon oft genug, wenn sie im Seaglass arbeiten.« Ich überlege, dann schlage ich zögernd vor: »Ich könnte Tom fragen.«

»Wer ist Tom?«, will sie wissen. Ich sehe ihr erstauntes Gesicht genau vor mir.

»Der Typ, der die Wohnung unten gemietet hat.«

»Der Griesgram?«, fragt sie entsetzt.

»Eigentlich ist er ganz nett.«

»*Seit wann?*« Ihre Stimme steigt um eine Oktave.

»Seit Samstag, als er mir angeboten hat, das Auto auf dem Hof zu parken, und dann die ganzen Putzsachen mit mir zusammen ins Haus getragen hat. Gestern Abend hat er für mich gekocht.«

»*Waaas?*«

Lachend bringe ich sie auf den neusten Stand.

»Das hört sich ja geradezu traumhaft an«, meint sie. »Bring ihn auf jeden Fall mit!«

»Ich frag ihn«, verspreche ich und beende das Gespräch grinsend.

Während des Gesprächs mit Amy hatten sich die Schmetterlinge in meinem Bauch einigermaßen beruhigt, doch auf dem Weg die Treppe hinunter fangen sie wieder an zu flattern. Ich klopfe an die Tür zum Apartment. Und als die Wohnungstür aufgeht und Toms goldbraune Augen bei meinem Anblick überrascht und erfreut aufleuchten, fliegen die Schmetterlinge in meinem Bauch aufgeregt in alle Richtungen.

Er hat sich rasiert. Ich mag auch seinen Dreitagebart, aber frisch rasiert sieht er aus wie von einem anderen Stern.

»Hi!«, grüße ich.

»Hey!«

»Hast du immer noch Lust auf einen Burger?«, frage ich fröhlich und lächele ihn hoffnungsvoll an.

»Erzähl mal, was sind das für Freunde«, sagt er, als wir eine halbe Stunde später den Hügel hinaufgehen.

»Also, Rach und Amy sind meine engsten, ältesten Freundinnen. Wir waren zusammen in Truro auf der Schule und sind gemeinsam durch dick und dünn gegangen.«

»Find ich schon mal gut.«

Ich grinse ihn an. »Dan ist der Verlobte von Amy – die beiden sind ein Paar, seit wir mit der Uni fertig sind. Er ist echt nett. Und Ellie ist die Freundin von Rach. Die beiden arbeiten in der Zentrale von Surfers Against Sewage, einer gemeinnützigen Umweltschutzorganisation zum Schutz der Meere, wo sie sich vor ein paar Jahren kennengelernt haben.«

»Cool«, sagt er. »Und für wen springe ich ein?«

»Für Tarek.«

Er schielt zu mir herüber, ich sehe die Frage in seinem Blick.

»Er ist nur ein Freund. Dans bester Kumpel. Wir sind alle zusammen zur Schule gegangen. Seine Freundin hasst Quizabende.«

Das erleichterte Schimmern in seinem Gesicht bilde ich mir nicht nur ein.

Heute weht wieder ein heftiger Wind, aber zum Glück regnet es nicht, als wir in den Pub gehen.

Tom trägt dieselbe Jeans, die er schon am Vortag anhatte, dazu eine offene dunkelblaue Sweatjacke über einem weißen T-Shirt. Die Ärmel hat er bis kurz unter die Ellenbogen hochgekrempelt.

Ich habe auch eine hellblaue Jeans und ein weißes T-Shirt an, aber meine Hose sitzt viel lockerer, hängt mir mehr auf der Hüfte, und mein Shirt ist weit geschnitten und bauchfrei, wir tragen also keinen Partnerlook. Eine ausgewaschene, schwarze, kurze, kastenartige Jacke macht mein Outfit komplett.

Ich gebe zu, dass ich mir heute Abend ungewöhnlich viel Mühe mit meinem Look gegeben habe. Ich hoffe, dass es lässig, aber sexy aussieht. Ich habe mir sogar die Zeit genommen, meine dunklen Haare zu glänzenden Korkenzieherlocken zu stylen.

Die anderen sind noch nicht da. Wir werden zu einem Sechsertisch geführt. Auf allen Tischen brennen Kerzen, es herrscht eine lebhafte Atmosphäre. Viele Leute essen noch schnell was, bevor das Kneipenquiz beginnt.

»Danke, dass du mitgekommen bist«, sage ich.

»Danke, dass du mich gefragt hast.«

»Ich bin froh, dass du Lust hattest.«

Er zieht die Kerze auf dem Tisch näher zu sich heran und betrachtet die Flamme aufmerksam.

»Ehrlich gesagt bin ich es nicht gewohnt, ganz allein zu sein«, gesteht er.

»Fühlst du dich da unten einsam?«

Er sieht mir in die Augen und zuckt kaum wahrnehmbar mit den Schultern. »Ein bisschen.«

»Du kannst immer gern auf einen Tee zu mir kommen. Oder runter ins Seaglass – ich bin eigentlich immer irgendwo in der Nähe.«

Seine Mundwinkel heben sich. »Danke.«

Ständig wandert mein Blick zu seinen muskulösen Unterarmen. Deshalb schrecke ich fast zusammen, als Amy ruft: »Da sind wir!«

Ihr Blick springt zwischen Tom und mir hin und her. Dann grinst sie breit übers ganze Gesicht.

»Hallo!«, grüßt Dan. Ich schlüpfe hinter dem Tisch hervor.

Tom steht auf und wartet darauf, vorgestellt zu werden. Schnell umarme ich meine Freunde und sage: »So, das ist Tom. Tom, das sind Dan und Amy.«

»Hi!«, grüßt Amy überschwänglich und reckt sich auf die Zehenspitzen, um Tom zu umarmen. Als sie sich von ihm löst, wirft sie mir einen begeisterten Blick zu.

Bevor wir uns hinsetzen können, treffen auch Rach und Ellie ein, und es folgt die nächste Vorstellungsrunde.

»Hammertyp«, raunt mir Rach ins Ohr, als ich sie kurz drücke.

Ich werfe ihr einen warnenden Blick zu, bevor ich ihre Freundin begrüße.

Ellie ist unglaublich hübsch. Mit ihren ein Meter fünfundsechzig ist sie nicht viel größer als Rach. Dank ihrer japanischen Vorfahren mütterlicherseits hat sie pechschwarze, vollkommen glatte Haare.

Als die beiden ein Paar wurden, hatte man oft den Eindruck, als könnte Rachel ihr Glück kaum fassen. Ellie hat einen ähnlichen Gesichtsausdruck, wenn sie Rach beim Surfen zuschaut. Meine Freundin ist auf dem Surfbrett ein echter Hingucker.

Nicht nur dort, sondern immer.

Wir nehmen unsere Plätze ein. Ich habe vergessen, meinen Freunden zu sagen, dass sie Tom nicht zu hartnäckig nach den Gründen fragen sollen, warum er in Cornwall ist, deshalb werde ich ganz nervös, als sie sich erkundigen, was er beruflich macht und was ihn herführt. Er gibt ihnen mehr oder weniger dieselbe Antwort wie mir und kann sich einer weitergehenden Befragung entziehen. Als unsere Burger serviert werden, ist die Stimmung so gelöst wie immer.

Irgendwann ertönt über die Anlage die Stimme des Quizmasters, der alle begrüßt. Die Gespräche im Pub versiegen zu einem unterdrückten Gemurmel. Tom sitzt mir gegenüber und lächelt mir belustigt zu, worauf mir ein Schauder über den Rücken läuft.

Amy hat den Stift gezückt. Als die erste Frage vorgelesen wird, verstummen alle Gäste.

»Was ist der Sinusknoten und welche Funktion hat er?«

Bei uns am Tisch sehen sich alle ratlos an, mit Ausnahme von Tom. Er beugt sich vor und flüstert Amy zu: »Das ist der natürliche Schrittmacher des Herzens. Er sendet elektrische Impulse, die einem gesunden Herzen den Rhythmus und die Frequenz vorgeben.«

Hastig notiert Amy seine Antwort.

»Woher weißt du das?«, fragt Dan staunend.

»Wenn man im Rettungsdienst arbeitet, bekommt man einiges mit«, antwortet Tom achselzuckend.

»Entschuldige mal, aber wie heiß ist *der* denn bitte?«, ruft Amy, als Tom und Dan in der Pause zur Theke gehen, um Nachschub für uns zu besorgen.

Vielsagend schaut sie mich an. »Den musst du dir schnappen, und zwar sofort.«

Ich schnaube verächtlich. »Gar nichts muss ich.«

»Warum denn nicht? Der Typ ist Sex auf zwei Beinen – und auch noch intelligent! Heute könnten wir zum ersten Mal überhaupt unter den ersten drei sein!«

»Ja, er ist wirklich schlau, oder?« Ich versuche, meinen Stolz zu verbergen.

»Hey, ich meine, er fliegt einen Rettungshubschrauber, Liv!«, ruft Rach dazwischen. »Gibt es einen Job, der noch cooler ist?«

Ellie grinst sie an. »Mir fällt da einer ein.«

»Heißt das, wir können wieder gute Lieder hören?«, fragt Rach.

»Übertreib mal nicht gleich«, gebe ich zurück.

»Tu ich das? Ich wette, er ist richtig gut im Bett.«

»Ich glaube nicht, dass er in nächster Zeit mit irgendwem ins Bett steigt«, sage ich und drücke unwillkürlich die Knie zusammen. »Er hat gerade eine lange Beziehung hinter sich. Außerdem habe ich ein Foto von seiner Ex gesehen. Die sah Hammer aus.«

»Du siehst auch super aus«, sagt Amy, ganz die loyale Freundin.

»So ernst kann das nicht gewesen sein«, meint Rach. »Und er ist auf jeden Fall über sie hinweg.«

»Wie kommst du darauf?«, frage ich.

»Weil er dich die ganze Zeit anstarrt!«

Ich schiele zu Amy und Ellie hinüber.

»Das stimmt«, bestätigt Amy grinsend, und Ellie bekräftigt: »Sie hat recht.«

Rach beugt sich vor. »Und ich glaube, du magst ihn auch.«

»Wie denn auch nicht? Er sieht total heiß aus.«

Außerdem ist er freundlich, liebevoll und auffallend besorgt um mich, obwohl wir uns erst seit ein paar Tagen kennen.

Rach grinst Amy selbstgefällig an. »Vielleicht kannst du doch noch Brit Easton auf die Playlist für eure Hochzeit setzen.«

»Pst!«, schimpft Amy und sieht besorgt in meine Richtung.

Bei der Erwähnung des Popstars wird mir schlagartig übel.

»Wieso?«, frage ich argwöhnisch.

»Amy hört die ganze Zeit ›We Could Be Giants‹«, verrät Rach. »Sie liebt das Lied, hat aber Angst, dir das zu sagen.«

»Hör auf, dich einzumischen«, schimpft Ellie stirnrunzelnd mit ihrer Freundin. Amy sieht aus, als würde sie am liebsten im Erdboden versinken.

Tom und Dan kommen mit unseren Getränken zurück. Ich bemühe mich zu lächeln, muss aber an dieses Lied denken.

Beziehungsweise an die Frau, die es singt.

Und vor allem an die Person, die es geschrieben hat.

22

Ich muss zugeben, dass ich ordentlich beschwipst bin. Als Tom and Dan mit den Getränken von der Theke kamen, habe ich mich auf den Prosecco gestürzt, dann gewannen wir auch noch den Getränkegutschein, für den sie eine zweite Flasche holten. Der Alkohol ist mir direkt in den Kopf gestiegen.

»Unglaublich, dass wir gewonnen haben!«, rufe ich auf dem Rückweg zum Beach Cottage und bemühe mich, den steilen Hang halbwegs geradeaus hochzugehen.

»Unglaublich, dass du wusstest, welche Figuren von *Unsere kleinen Damen und Herren* Schuhe tragen«, gibt Tom zurück.

Ich muss lachen. »Mister Lustig und Mister Krach waren einfach, aber ich bin tatsächlich ziemlich stolz, dass ich das mit Miss Quasselstrippe wusste.« Im Quiz mussten wir drei von neun richtig haben. »Und wie kamst du drauf, dass Edinburgh weiter nördlich liegt als Vancouver und Moskau?« Ich schubse Tom von der Seite an, mächtig stolz auf ihn.

»Das ist ziemlich naheliegend.«

»Trotzdem, ich war in Edinburgh auf der Uni und wäre nie darauf gekommen. Hast du auch studiert?«, frage ich.

»Ja, in Leeds«, erwidert Tom.

»Und was?«

»Luftfahrt.«

»Wusstest du immer schon, dass du mal Pilot werden willst?«

»Das war mein einziges Interesse, abgesehen vom Malen.«

Obwohl ich ziemlich betrunken bin, fällt mir die Melancholie in seiner Stimme auf.

Sobald wir das Gespräch unterbrechen, dreht sich alles in meinem Kopf.

»Bist du in Ordnung?«, fragt Tom.

»Die Schwerkraft zieht enorm an meinem Körper.«

»Willst du dich bei mir unterhaken?«, bietet er leise lachend an.

Ich werfe ihm einen Blick zu und rümpfe die Nase, weil ich nicht will, dass es peinlich für mich wird.

Doch genau das wird es, denn der Seitenblick bringt mich vollkommen aus dem Gleichgewicht.

»Mensch, Liv, du bist fast in den Bach gefallen!«, stößt Tom hervor. Er packt mich am Arm und zieht mich zurück auf die Straße.

»O Gott«, murmele ich gedemütigt. »Ich trinke sonst nicht so viel.«

»Offenbar musstest du mal aus dir rauskommen«, schmunzelt er.

Der Satz erinnert mich an den Sommer nach meinem Studium.

Tom legt mir den Arm um die Schultern, und auf einmal bin ich völlig durcheinander.

»Ist das okay?«, fragt er vorsichtig und sieht mich an.

»Ja, total«, entgegne ich und lehne mich leicht gegen ihn. Um mich noch besser zu stützen, schlinge ich den Arm um seine Taille und lege die andere Hand auf seine Brust. Er ist so stark, robust und zuverlässig. Ich vertraue darauf, dass er mich aufrecht hält. »Gehst du ins Fitnessstudio?«

Morgen werde ich bereuen, diese Frage gestellt zu haben.

Er lacht schnaubend. »Wir haben Geräte auf der Arbeit.

Wenn wir Dienst hatten und nichts zu tun war, haben wir uns damit die Zeit vertrieben.«

»Das heißt, ihr habt da einfach rumgesessen und den ganzen Tag Gewichte gestemmt?«

»Nicht ganz«, antwortet er belustigt. »Wenn nicht viel los war und wir kein Teamtraining hatten, habe ich gekocht, geschlafen, gelesen, Sport gemacht, manchmal sogar Klavier gespielt.«

»Hattet ihr da eins stehen?«

»Das Gebäude, in dem wir untergebracht sind, sieht aus wie ein Wohnhaus. Man hat immer vierundzwanzig Stunden am Stück Bereitschaft.«

»Ich habe oben auch ein Klavier!«

»Ich weiß, hab dich gehört.«

»Echt?« Bei der Vorstellung ziehe ich eine Grimasse.

»Was ist? Du bist gut.«

»Nein, nein.« Ich schüttele den Kopf. »Jetzt, da ich weiß, dass mir jemand zuhört, kann ich nicht mehr spielen.«

»Ach, komm! Es gefällt mir.«

»Du hast noch nicht ein einziges Mal den Fernseher eingeschaltet? Was machst du die ganze Zeit da unten? Entschuldigung, das ist unhöflich. Ich bin eine sehr, sehr unhöfliche Vermieterin.«

Ich spüre sein tiefes Lachen summend auf meiner Handfläche. Von weitem müssen wir wie ein Pärchen wirken; ich fühle mich seltsam sicher. Es überrascht mich, wie sehr ich diesen schlichten Körperkontakt genieße, ohne die Kontrolle zu verlieren, allerdings habe ich ungefähr ein Viertel meines Körpergewichts in Alkohol intus.

»Seit ich hier bin, lese ich sehr viel«, gesteht Tom. »Ich weiß auch nicht, warum, aber ich habe einfach nicht viel Lust zum Fernsehen.«

»Du hörst auch kein Radio oder Musik.«

»Dafür höre ich dich Klavier spielen.«

»Tut mir leid, das Haus ist wirklich nicht gut gedämmt. Aber so viel spiele ich doch gar nicht.«

»Nein, stimmt«, pflichtet er mir bei.

»Und normalerweise sind meine Gäste auch viel öfter unterwegs.«

»Ich habe schon ganz viele Wanderungen gemacht!«, verteidigt Tom sich.

»Hast du früher auch Klavierunterricht gehabt?«, frage ich und grinse ihn an.

Er nickt mir zu. »Und du?«

»Jep.«

»Bis zur achten Stufe?«

»Woher weißt du das? Wie weit bist du denn gekommen?«

»Auch bis zur achten.«

»Mein Gott, wir haben so viel gemeinsam!«

Wieder spüre ich sein leises Lachen in meiner Hand, und er hat recht, wir haben viele Gemeinsamkeiten.

Mit Finn teilte ich auch den Spaß am Klavierspielen, und in der Schule hat er ebenfalls gemalt. Ob ich mich zu Tom hingezogen fühle, weil er Ähnlichkeiten mit Finn hat? Oder sind es die Unterschiede?

Ich bin zu betrunken, um mich länger mit dieser Frage auseinanderzusetzen. Allerdings weiß ich nicht, ob ich dafür jemals nüchtern genug sein werde.

»Warum malst du nichts mehr am Strand?«, frage ich unvermittelt.

Wir gehen ein paar Schritte, ehe Tom antwortet. »Als ich das anonym gemacht habe, war es einfacher. So ähnlich wie bei dir mit dem Klavierspielen, als du dachtest, keiner würde zuhören.«

Ich mache ein langes Gesicht. »Das kann doch nicht sein, dass ich dir die Freude an der Sandkunst genommen habe.«

Grinsend sieht er mich an.

»Bitte hör nicht meinetwegen auf, Bilder in den Sand zu malen«, sage ich. »Wenn du einen abgeschiedeneren Strand brauchst, wo dir nicht so viele Leute zugucken, könntest du an den Klippen entlang nach Trevellas Cove gehen.«

Der Strand ist etwas steiniger, aber es ist mehr als genug Sand da, um ein Motiv umzusetzen, wenn auch vielleicht keinen Wald in der Größenordnung des letzten.

»Wenn es trocken bleibt, gehe ich vielleicht mal frühmorgens hin.«

»Kann ich mitkommen und zugucken?«, frage ich sofort.

Tom legt den Kopf in den Nacken und lacht. Es fühlt sich an, als würde jemand noch eine Flasche Prosecco direkt in meinen Bauch kippen. Mir gefällt der Klang seines Lachens, und sein Lächeln ist umwerfend. Er hat hübsche Lippen und schöne Zähne: strahlend weiß und ebenmäßig, ohne dass sie künstlich wirken.

Mist, ich habe auf seine Lippen geschaut, und er hat es gemerkt.

»Ist doch sinnlos, an einen anderen Strand zu gehen, wenn du mir trotzdem zuguckst.« Er sieht mich an.

»Oh. Daran habe ich nicht gedacht. Ich würde dir nur mal unheimlich gern beim Malen zusehen. Womit machst du das eigentlich? Ich meine, mit welchen Werkzeugen?«

»Ehrlich gesagt, habe ich mir eine Harke aus deinem Geräteschuppen ausgeliehen.«

»Dann darf ich eh zuschauen!«, rufe ich und schlage gegen seine harte Brust. »Ich bin Teil deines Schaffensprozesses!«

»Mal sehen«, sagt er vorsichtig und hebt das Kinn, um den Blick in die Ferne zu richten.

Enttäuscht wird mir klar, dass wir vorm Beach Cottage stehen.

»Kommst du klar?«, fragt Tom, als er mich loslässt, die Haustür mit meinem Schlüssel aufsperrt und sie mir aufhält.

»Ja, ich falle direkt ins Bett«, antworte ich und schlüpfe unter seinem Arm hervor.

»Trink vorher noch einen halben Liter Wasser.«

Ich nestele meinen Etagenschlüssel hervor, verabschiede mich und schließe meine Wohnungstür auf.

Tom wartet, bis ich über die Schwelle getreten bin, erst dann verschwindet er im Flur des Apartments.

Ich drehe mich noch mal zu ihm um. »Danke, dass du mitgekommen bist.«

Er lächelt mir liebevoll zu, und seine goldbraunen Augen schimmern im Licht der Deckenleuchte. »Hat Spaß gemacht. Kannst mich gern mal wieder fragen, falls jemand ausfällt.«

»Mach ich. Nacht, Tom!«

»Nacht, Liv.«

Ich schließe die Tür mit dem niederschmetternden Gedanken, dass »gern mal wieder« wahrscheinlich »niemals« bedeutet. In weniger als drei Wochen ist er weg, dann wohnen andere Gäste in der Ferienwohnung unten.

Ich steige die Treppe hoch, mir ist kalt und elend. Ohne das Gewicht seines Arms auf meinen Schultern fühle ich mich seltsam verloren.

Warum tue ich mir das immer wieder an? Warum kann ich nicht einen netten Typen von hier kennenlernen, der nicht aufspringt und abhaut, sobald sein Urlaub vorbei ist?

23

Der Sommer vor vier Jahren

Scheiße, was ist das?«, fragt Rachel, als ich ihr die jüngste Kreation auf dem Schaum meines Caffè Latte zeige.

»Der Kopf von einem Elefanten?«, überlege ich, wenig überzeugt. Vorsichtig schlängeln wir uns an den Touristen am Strand vorbei und achten darauf, dass kein Sand auf die ausgelegten bunten Strandlaken fliegt.

Wo kommen bloß all die Leute her? Wo haben die geparkt? Ganz bestimmt wohnen nicht alle in St Agnes.

»Das ist kein dämlicher Elefant, Liv, das ist ein Schwanz mit Eiern.«

»Pssst!«, mahne ich mit einem besorgten Blick auf die Kinder um uns herum, muss aber trotzdem lachen.

Zum Glück sind die Kleinen zu sehr in den Bau ihrer Sandburgen vertieft, um auf meine lästernde Freundin zu achten.

»Er versucht, dir mitzuteilen, was du verpasst«, neckt mich Rach und knufft mich mit dem Ellbogen.

»Wenn das so aussieht, verzichte ich lieber.«

»Hm, weiß nicht. Also, er hat schon was zu bieten.«

»Hör auf!« Bis jetzt konnte ich mich zusammenreißen, doch nun kullern mir die Tränen über die Wangen.

Seit ungefähr zwei Wochen tobt sich der gut aussehende blauäugige Barista im Café neben dem Seaglass künstlerisch an meinem Kaffee aus. Am Anfang waren es Vögel – stilisierte fliegende Möwen –, und irgendwas muss er in meinem Gesicht gesehen haben, als er mir den Becher zuschob, denn er schenkte mir ein strahlendes Lächeln und schien mich die ganze Zeit nicht aus den Augen zu lassen, während ich zahlte.

Als ich das nächste Mal hinging, prangte ein dickes kleines Vögelchen auf meinem Caffè Latte.

»Ein Spatz?«, fragte ich lächelnd.

»Ich glaube, es ist ein Rotkehlchen«, antwortete er mit australischem Akzent.

»Süß.«

Als Nächstes wagte er sich an den Umriss einer Katze, gefolgt von einem Hund.

»Du hättest mit einer Fliege und einer Spinne anfangen müssen«, witzelte ich.

Belustigt legte er den Kopf schräg, verstand aber die Anspielung nicht.

»Die alte Frau, die eine Fliege verschluckt?«, half ich ihm auf die Sprünge. »Kennst du das Kinderlied nicht?«

»Ah, ja!«, rief er und grinste breit. »Das hat mir meine Oma immer vorgesungen.«

»War das in Australien?«

»Mein Akzent hat mich verraten, was?«, fragte er mit Schalk in den Augen und schob sich das sommerblonde Haar aus dem Gesicht.

Ein typischer Surferboy.

»Nur ein bisschen. Woher kommst du?«

»Aus Sydney.«

»Bleibst du den ganzen Sommer über hier?«

»Mindestens. Ich nehme mir ein Jahr Auszeit, und bis jetzt gefällt mir Cornwall ganz gut.« Grinsend verschränkte er die Arme vor der Brust, so dass sein Bizeps hervorquoll.

Mit wackligen Beinen ging ich nach draußen, es war, als hätte sich der Betonboden in Sand verwandelt.

Gestern fragte er mich, was mein Lieblingstier sei. Ich

sagte, eine Giraffe. Dafür brauchte er etwas länger, und so ganz überzeugend war das Ergebnis auch nicht – er entschied sich für den Kopf statt für das gesamte Tier, und es sah eher nach einer Kuh aus –, aber wir mussten beide lachen, und am Ende sagte ich, ich könne gar nicht erwarten, was er sich am nächsten Tag einfallen lassen würde.

»Was Gutes, versprochen«, rief er mir nach.

Und siehe da …

»Wie hast du reagiert, als er dir den Becher gegeben hat?«, fragt Rach, während sie ihr Handtuch in den Sand legt.

»Bin rot geworden.«

»Und dann?«

»Seine Kollegin, dieses junge Mädchen, hat sich die Hand am Panini-Toaster verbrannt, da ist er schnell zu ihr hin und hat ihr geholfen«, antworte ich, während Rach ihr Shirt von der Sam-Fender-Tour auszieht und ihr olivgrünes Tankini-Oberteil zum Vorschein kommt.

Dass es diesen Tankini immer noch gibt … Eigentlich müsste er auseinanderfallen.

»Geh zu ihm und frag ihn, was das sein soll«, fordert Rach mich auf, als ich den Kaffeebecher vorsichtig in den Sand stelle.

»Nein! Das ist ein Elefant! Natürlich ist das ein Elefant!«

Ich ziehe mein gelbes Sommerkleid über den Kopf, streife meine Flip-Flops ab und sehe mich nach meiner pinkfarbenen Strandtasche um.

O nein! Ich muss sie im Café liegen gelassen haben!

Im nächsten Moment sehe ich auch schon, wie der Barista mit meiner Tasche auf uns zumarschiert.

»Oh, tut mir leid! Vielen Dank!«

»Kein Ding«, sagt er, gibt sie mir und schirmt die Augen vor der Sonne ab.

»Wie geht es der Hand deiner Kollegin?«, frage ich und bereue, dass ich mich schon ausgezogen habe. Immerhin trage ich den lavendelfarbenen Bikini, aber trotzdem.

»Sie wird's überleben.«

»Hi!«, ruft Rach herüber. Sie liegt auf dem Rücken und stützt sich auf die Ellenbogen.

Ich sehe sie warnend an.

»Ich bin Rach.« Sie weicht meinem Blick aus. »Und eine große Bewunderin deiner Kunstwerke.«

»Oh, danke«, sagt der Barista.

»Arbeitest du nebenbei als Maler?«

Er schmunzelt und kratzt an seinen strandblonden Bartstoppeln. »Äh, nein. Jedenfalls nicht als besonders guter, wie Liv wahrscheinlich bestätigen kann.«

»Woher weißt du, wie ich heiße?«, frage ich verdutzt.

Sein gebräuntes Gesicht nimmt einen dunkelroten Farbton an. »Hab mich 'n bisschen umgehört.«

Rach sieht aus, als würde sie jeden Moment platzen.

»Ich bin Brendan«, stellt er sich vor.

»Hi«, erwidere ich zurückhaltend.

»Hast du schon Pläne für heute Abend?«, mischt Rach sich ein.

Rach! Was soll der Scheiß?

»Nein«, antwortet er und wirft mir einen kurzen Blick zu.

»Wir machen eine Überraschungsparty. Ein Freund von uns hat heute Geburtstag. Je mehr Leute da sind, desto besser. Du kannst gern noch jemanden mitbringen.«

»Ah, okay. Cool.« Er ist überrumpelt, aber nicht unangenehm überrascht.

»Liv schreibt dir, wo und wann«, fügt Rach hinzu, legt sich wieder hin und hält ihr Sonnenbrillengesicht in die Sonne.

Ich muss mir ein Lachen verkneifen – ihre Verkupplungsversuche sind wirklich zu offensichtlich – und hole das Handy aus dem Reißverschlussfach in meiner Strandtasche. »Wie ist deine Nummer?«

Die Dreistigkeit meiner Freundin amüsiert mich zu sehr, um ihr die Hölle heiß zu machen, doch als wir am Nachmittag im Auto auf den Parkplatz von Chapel Port rollen, zieht sich mein Magen nervös zusammen. Es ist lange her, dass ich auch nur ansatzweise ein Date hatte; ich bin mir nicht mal sicher, dass es sich hierbei um eins handelt.

»Bleib locker!«, befiehlt Rach und zieht meine Hand nach unten.

»Kann ich nicht!«

Am liebsten würde ich an den Fingernägeln kauen.

»Du brauchst das«, behauptet sie.

»Ach, ja?«, frage ich nervös und kämpfe gegen meine Zappeligkeit.

»Ja.«

»Wie alt ist er überhaupt? Er hat gesagt, er würde ein Jahr Auszeit nehmen. Meint er damit ein Jahr Auszeit nach der Uni?«

»Ist doch egal! Wen kümmert's, ob er jünger ist als du? Auf jeden Fall ist er hot.«

»Was?« Ich starre sie sprachlos an.

»Du weißt, was ich meine. Du magst ihn, sonst würdest du den Kaffee aus dem Seaglass trinken.«

»Aber im Beach Café gibt's Kuchen.«

Wie meine zunehmend kurvige Taille bestätigen kann.

»Und was Nettes für die Augen«, fügt Rach spitz hinzu. »Erzähl mir nicht, dass dir dieser Anblick zu deinem Croissant am Morgen nicht gefallen hat.«

»Ich bevorzuge das Pain aux raisins.«

»Halt den Mund und steig aus!«

Heute hat Dan Geburtstag, und Amy hat organisiert, dass wir uns mit einer größeren Gruppe in einer Höhle verstecken, während sie mit ihm in der Blue Bar in Porthtowan, einen Ort weiter, essen geht. Danach wollen sie einen romantischen Strandspaziergang machen. Da werden wir dann aus der Höhle springen, um Dan zu erschrecken. Anschließend betrinken wir uns alle gemeinsam.

Es ist ein guter Plan, abgesehen davon, dass wir nur ein Zeitfenster von rund drei Stunden haben, bevor die Flut uns den Rückweg abschneiden wird. Hier steigt das Wasser immer sehr schnell, das ist enorm gefährlich, deshalb muss jemand klar im Kopf bleiben und aufpassen.

Rach und ich haben vor, zu Fuß nach Hause zu gehen und das Auto am nächsten Morgen abzuholen, bevor wieder Parkgebühren fällig sind.

»Hat Michael morgen Dienst?«, fragt sie, während sie den Kofferraum öffnet, um das Partyzubehör herauszuholen, das wir mitgebracht haben.

»Ja, aber ich würde mich nicht darauf verlassen, dass er dir einen Parkschein hinter die Windschutzscheibe legt, falls du das meinst.«

»Genau das hatte ich mir vorgestellt.«

Mein Bruder arbeitet immer noch als Parkwächter in Chapel Porth. Er liebt seine Stelle, denn er ist ein absoluter Autofanatiker und bekommt dort alle möglichen Modelle zu sehen. Außerdem organisiert sein Chef hin und wieder eine Oldie-Rallye. Michael betet ihn an.

»Vielleicht fahre ich doch einfach zurück«, brummt Rach, und ich bekomme ein schlechtes Gewissen, weil sie sich zu meinem Privattaxi erklärt hat, seit ich den BMW meiner Eltern verkauft habe.

Für mich war es ein Schritt auf dem Weg zurück zur Normalität – ich musste mich nicht mehr jedes Mal mit Schuldgefühlen auseinandersetzen, wenn ich den Wagen in der Einfahrt stehen sah –, doch allmählich sollte ich mir überlegen, ein eigenes Fahrzeug zu kaufen. Ich habe es nur deshalb noch nicht getan, weil es besser ist, wenn die Gäste den ganzen Hof für sich haben. Ich habe ja keinen anderen Parkplatz als in der Einfahrt.

»Trink doch was mit mir!«, bitte ich Rach. »Wir können später im Dunkeln nach Hause wanken – das wird lustig, wenn wir alle zusammen gehen.«

»Wanken ist genau der richtige Ausdruck. Als ich das letzte Mal von Chapel Porth nach Aggie gegangen bin, bin ich in den verfluchten Fluss gefallen.«

»Immerhin hast du nicht den Klippenweg genommen«, witzele ich und bereue es sofort, weil ich an Finn und seine Mutter denken muss. Aber Rach steigt aus dem Auto, ohne meinen gequälten Gesichtsausdruck zu bemerken.

Gerade laden wir die letzten Taschen aus dem Kofferraum, als Tarek mit seiner Freundin Gaby neben uns parkt. Chris, Kieran und Kierans Freundin Hayley schlüpfen von der Rückbank des Autos.

Tarek hat Eis und Kühlboxen dabei, dazu mehrere Sixpacks, von denen er aber nichts trinkt, da er Moslem ist und Alkohol im Islam als *haram* gilt. In den letzten acht Monaten habe ich ihn näher kennengelernt. Er hat den Antrag auf Baugenehmigung eingereicht, damit ich das Haus umbauen kann, und die Arbeiten vor Ort koordiniert. Das Ergebnis ist wirklich Wahnsinn. Im Moment wohnt im Apartment unten eine junge vierköpfige Familie; das Kichern der Kinder dringt durch die Bodendielen zu mir herauf und bringt mich zum Lächeln. Das kleine Mädchen und ihr Bruder sind ganz anders als die beiden zehnjährigen Zwillingsbrüder in der vergangenen Woche, die von morgens bis abends miteinander stritten und zwei Teller und drei Gläser sowie die Lampe im Wohnzimmer kaputt machten. Ich will nicht lügen: Ich war froh, als ich die beiden los war.

Es treffen weitere alte Schulfreunde ein, entsprechend sind viele Helfer da, die das Zubehör nach unten an den Strand bringen. Zum Glück fällt Dans Geburtstag in eine Vollmondphase, denn wenn Nipptide wäre, so wie nächsten Freitag, kämen wir eventuell gar nicht erst zur Höhle hin.

Zu beiden Seiten erstrecken sich mit Gras überzogene wogende Hügel, strahlend grün unter dem weißblauen Himmel. Wir kraxeln über die gröberen Steine zum Strand hinunter, und der sanft geschwungene Abhang geht in felsige Klippen über, die immer höher aufzuragen scheinen, je weiter wir nach unten gelangen. Der Sand unter unseren Füßen fühlt sich schwer und feucht an; während wir eine flache Stelle im Fluss suchen, an der wir ihn überqueren können, ohne nasse Schuhe zu bekommen, legt sich eine leichte Schweißschicht auf meine Haut.

Wir beschließen, aus der Höhle selbst die Party-Location zu machen, und stecken solarbetriebene Lampen in den Sand. Hayley hat Dekoration mitgebracht, aber Rach kassiert sämtliche Luftballons wieder ein und hält Hayley einen Vortrag, welche Schäden sie in der Natur anrichten. Seit kurzem jobbt Rach als Surflehrerin, nebenbei engagiert sie sich weiter im örtlichen Surf Life-Saving Club. Sie hat sich für eine volle Stelle in der Zentrale von Surfers Against Sewage beworben, und ich drücke ihr die Daumen, dass es klappt.

Jetzt hat Hayley schlechte Laune. Sie versucht, die Papiergirlanden in Spalten und Ritzen zu befestigen, und flucht jedes Mal, wenn sich wieder ein Ende löst, weil die Flächen einfach zu feucht sind.

»Wie wär's, wenn wir sie in Schlangen um die Solarlampen legen?«, schlage ich vor, um Hayley wieder etwas aufzumuntern.

Sie ist einverstanden. Als wir die Girlanden zwischen die Solarleuchten gespannt haben, taucht Brendan auf. Ich entdecke ihn draußen vor der weiten Höhlenöffnung und muss zweimal hinsehen. Die Sonne scheint von hinten auf ihn und lässt seine Haare golden leuchten.

Er sieht aus wie ein Engel, denke ich und gehe hinaus, um ihn zu begrüßen und den Normalsterblichen kennenzulernen, den er mitgebracht hat.

»Ihr habt ja echt super Glück mit dem Wetter!«, ruft Brendan, nachdem er mich seinem Kumpel Darren vorgestellt hat, einem schlaksigen Typen mit rasiertem Schädel.

»Ja. Wir hätten uns keinen perfekteren Abend aussuchen können.«

Durch die Hitzewelle, die schon längere Zeit anhält, ist es tagsüber fast unerträglich, aber dafür bleibt es abends schön mild.

Die Ebbe hat kleine Pfützen im Kies zurückgelassen, die nun im Licht der Sonne glitzern und funkeln. Die an den bunten Felsen klebenden schwarzen Muscheln wirken besonders glatt und glänzend.

»Wieso sind die Steine eigentlich rot?«, fragt Brendan.

»Kommt drauf an, wen du fragst«, erwidere ich. »Forscher und Wissenschaftler behaupten, es käme von mineralischen Ablagerungen, aber die Leute hier in der Gegend würden dir erzählen, dass es das Blut eines bösen Riesen namens Bolster ist. Gehst du morgen zum Umzug? Da könntest du was über diese Legende erfahren.«

»Hatte ich vor«, sagt Brendan. »Du auch?«

»Klar.«

Ooh, wir könnten ja gemeinsam hingehen …

Der Umzug gehört zum Carnival von St Agnes, der jedes Jahr im Sommer stattfindet. Es ist ein wichtiger Tag im Dorfkalender.

»Alle in die Höhle!«, ruft Rach und reckt ihr Handy in die Höhe. Amy hat gesagt, sie würde schreiben, wenn sie mit Dan losgeht.

Als Brendan in die düstere Höhle tritt, wird sein Heiligenschein ausgeknipst.

»Bei der Aussicht hier kann ich es nicht erwarten, wieder aufs Brett zu steigen«, sagt er. Er steht neben mir im Eingang, während sein Freund die Kühlbox durchwühlt.

»Warst du hier schon surfen?«, frage ich.

Er nickt. »Ja, tatsächlich waren wir beide gestern weiter die Küste runter kitesurfen. Prost!«, sagt er zu seinem Kumpel, als der zurückkommt.

Sie reißen ihre Bierdosen auf, stoßen an und spülen ein paar Schluck hinunter. Ich wende den Blick von Brendans langem gebräunten Hals ab und spähe nach draußen, um einen Blick auf Dan und Amy zu erhaschen. Weit in der Ferne nimmt er sie auf den Arm, um sie über den Fluss bei Porthtowan zu tragen. Sie wirft den Kopf in den Nacken, ihre langen blonden Haare wehen im Wind, und ich stelle mir vor, wie sie lacht.

Seit zwei Jahren ein Paar und immer noch bis über beide Ohren verliebt. Die beiden überlegen gerade, ob sie zusammenziehen wollen.

»Sie sind gleich da!«, rufe ich über die Schulter.

Alle verziehen sich weit nach hinten. Wenn man nach draußen schaut, bildet die Höhlendecke eine felsig-zackige

Oberlinie, die das Meer vor uns einrahmt. Schäumende Wellen brechen sich am Strand.

Von hier aus kann man das Türkis des Meeres kaum sehen. Wenn man oben auf den Klippen steht, kommen die Farben der Landschaft richtig zur Geltung. Von dort wirkt der Strand weißer, das Wasser grüner, und das Moor im Hinterland ist mit blitzenden Wildblumen überzogen.

Ich erinnere mich an den letzten Sommer, als ich mit Finn dort oben war. Doch ich versuche, es zu verdrängen, genauso wie die Tatsache, dass sich am Montag der Todestag meiner Eltern jährt. Darüber will ich jetzt nicht nachdenken, auch nicht über Finn.

Es war schwer, nicht mehr an ihn zu denken, denn Door 54 war im vergangenen Jahr die Vorband von All Hype auf deren Nordamerikatour, und verschiedene Promis teilten Fotos mit den Bandmitgliedern auf Instagram. Door 54 wird immer angesagter, hier bei uns wurde viel darüber geredet.

Es ist nur eine Frage der Zeit, bis die Band rüberkommt und durch Großbritannien tourt. Als ich sie das letzte Mal im Netz gestalkt habe, fand ich heraus, dass sie in diesem Sommer auf vier Festivals spielen. Immer wieder gucke ich nach, wer bei den Boardies auftritt, nur für den Fall, doch wenn da was im Busch wäre, hätte ich es auf jeden Fall mitbekommen.

Nachdem Finn zurückgeflogen war, meldete er sich nicht bei mir, nicht ein einziges Mal. Ich weiß, dass ich ihn darum gebeten hatte und froh sein sollte, dass er sein Wort hält, aber ganz ehrlich, sein Schweigen im vergangenen Jahr war noch schwerer auszuhalten als im Jahr davor.

Zu Weihnachten habe ich ihm einen albernen Spruch geschickt, um ihn aufzuheitern und ihm zu zeigen, dass ich an ihn denke, vor allem zu dieser Zeit, an der er mit schwierigen Erinnerungen zu kämpfen hat.

Ha, ha, schrieb er zurück, dann kam noch eine Nachricht, in der stand: *Du hast die Regeln gebrochen.*

Ich antwortete: *Weihnachten gelten die nicht*, worauf er erwiderte: *Hoffe, bei dir ist alles okay.*

Alles gut!, tippte ich zurück, und das war's mit unserem Austausch.

Ich widerstand der Versuchung, ihm erneut zu schreiben, ihm mehr zu berichten und nachzuhaken, und führte mir stattdessen noch mal all die Gründe vor Augen, warum ich ihn auf Abstand halten musste. Ich habe schon zu viel verloren, um mich in jemanden zu verlieben, der immer wieder aus meinem Leben verschwindet.

Wie geplant haben wir Dan zu Tode erschreckt. Inzwischen sind wir alle aus der Höhle herausgekommen an den Strand, um die letzten Sonnenstrahlen zu genießen.

»Was ist das für ein Gebäude?«, fragt mich Brendan mit Blick auf die alte Ruine oben auf der Klippe. Der hohe Schornstein des symbolträchtigen Maschinenhauses erhebt sich dunstig in der Abendsonne.

»Das gehört zur Zinnmine Wheal Coates. Der Schacht ging früher um die zweihundert Meter tief in die Erde und dann seitlich ab Richtung Meer. Beim Arbeiten hörten die Bergleute die Wellen über ihren Köpfen rauschen.«

»Ich glaube, das habe ich in *Poldark* gesehen«, bemerkt er ausdruckslos.

»Das guckst du?« Brendan wirkt nicht wie jemand, der alte Historienschinken schaut.

»Meine Mutter ist ein Riesenfan.«

Aus der Box, die Tarek mitgebracht hat, dröhnt »Dummy«, eins der beliebtesten Lieder von Door 54. Ich stöhne innerlich auf.

»Ich hab irgendwo gehört, dass der Sänger der Band früher im Seaglass gespielt hat«, sagt Brendan.

»Das stimmt.« So viel zu dem Thema, nicht mehr an Finn zu denken. »Er ist für Kieran eingesprungen, der da drüben steht.« Ich weise auf Kieran, der mit Chris und Dan über irgendwas lacht. »Die drei da sind zusammen mit Tarek ein paar Jahre lang den ganzen Sommer über im Seaglass aufgetreten, aber mittlerweile haben sie alle einen anständigen Job gefunden.«

Dan arbeitet als Buchhalter in Truro – hin und wieder kann er zusammen mit Amy pendeln.

»Aber die Band, die die letzten Samstage gespielt hat, ist auch gut«, bemerkt Brendan.

»Warst du da?«

»Ja.«

»Hab dich gar nicht gesehen.«

»Ich dich aber, du hast gezapft wie ein Profi.« Er grinst. »Wie alt bist du?«

»Vierundzwanzig. Und du?«

»Zweiundzwanzig.«

In meinem Kopf läuft der Text von Taylor Swifts »22« ab, und wieder bin ich in Gedanken bei Finn.

»Und, welches Tier malst du morgen auf meinen Kaffee?«, frage ich, um mich auf das Hier und Jetzt zu konzentrieren.

»Ich glaube, ich halte mich an was Einfaches. Der Elefant heute war knifflig.«

»Ha! Wusste ich's doch!«, rufe ich und schaue triumphierend zu Rach hinüber, die mit Chris zusammen im Eingang zur Höhle steht.

Ich bin mir sicher, dass sie was von ihm will – auf Partys sitzen sie am Schluss oft zusammen und reden –, aber als ich sie mal darauf angesprochen habe, war sie sehr verschlossen.

»Warum, was hast du denn gedacht?«, fragt Brendan verunsichert.

Meine errötenden Wangen geben ihm die Antwort.

Er prustet los. »Das ist doch nicht dein Ernst! Echt? Meinst du, so was würde ich tun?«

Ich zucke mit den Schultern. »Keine Ahnung.«

»Dann sollte ich wohl besser keine Schlange für dich auf deinen Caffè Latte malen?«

Ich lache. »Bitte nicht.«

»Wie wär's mit einem Herzchen? Die kann ich ganz gut.«

»Ach, ja?«

»Ja.«

»Wie viele Herzchen hast du denn schon anderen Frauen in den Schaum gemalt?«

Erwischt lacht er auf. »Ein paar.«

»Und, klappt es?«

»Meistens schon, ehrlich gesagt.«

»Und was, glaubst du, bekommst du von mir für deine kleinen Milchschaumherzen?«

»Das wage ich mir nicht mal im Traum vorzustellen.«

Ich lache. »Du bist ein Schmeichler.«

»Darin bin ich ziemlich gut.«

»Ach, tatsächlich?«

Seine blauen Augen blitzen. Ich muss zugeben, dass ich nichts gegen einen kleinen Flirt einzuwenden habe.

Ich gehe in die Höhle, um uns neues Bier zu holen. »Was ist das für ein heißer Typ?«, fragt Amy und legt mir den Arm um die Schultern.

»Er heißt Brendan. Arbeitet im Beach Café.«

»Das ist der Typ, der ihr einen Schwanz auf den Kaffee gemalt hat«, wirft Rach beiläufig ein.

»Wie bitte?«, fragt Dan grinsend.

Rach übernimmt die Erklärung, während ich dastehe, die Augen verdrehe und hartnäckig wiederhole, dass es sich um einen Elefanten handelte. Nicht dass mir irgendjemand zuhören würde.

»Armer Finn«, neckt mich Dan. »Also ist es vorbei mit ›Wenn du Single bist und ich auch‹«, fügt er schmunzelnd hinzu und malt mit den Fingern Anführungsstriche in die Luft.

Vorwurfsvoll sehe ich Amy an. »Was hast du ihm sonst noch erzählt?«

»Sie erzählt mir *alles*«, neckt mich Dan.

»Das werde ich mir merken.«

»Ach, sei still!«, sagt Amy zu Dan. »Das tue ich gar nicht. Deine Geheimnisse sind bei mir sicher«, verspricht sie und bemüht sich, aufrichtig zu wirken.

Ich glaube ihr kein Wort.

»Hast du was von Finn gehört?«, frage ich Dan nervös.

»Ja, er ist unterwegs.«

Mein Herz schlägt einen Purzelbaum. »Was soll das heißen?«

»Er ist gleich hier.«

Noch ein Purzelbaum.

»Moment mal. Er kommt hierher? Heute Abend?«

Dan sieht mich stirnrunzelnd an. »Hat er dir das nicht erzählt?«

»Nein. Wusstest du das?«, frage ich Amy.

»Er hat mir erst vor einer halben Stunde geschrieben«, wirft Dan ein. »Er ist heute hergeflogen.«

Okay, jetzt bekomme ich Sodbrennen.

»Ich bringe die mal besser zu Brendan«, sage ich mit zittriger Stimme und verlasse die Höhle mit den Bierdosen, die ich aus der Kühlbox geholt habe.

Die Sonne kommt um den hohen Felsen herum, neben dem wir stehen, und ein Lichtstrahl fällt auf den Gezeitentümpel davor, so dass die gekräuselte Wasseroberfläche wie eine große Fläche winziger Diamanten schillert. Ich schaue nach Norden, und mein Blick fällt auf eine große, schlanke, schmerzlich vertraute Gestalt, die durch den feuchten Sand auf uns zumarschiert.

Von dem Moment an existiert Brendan für mich nicht mehr.

24

Es lief alles so gut. Ich riss mich zusammen, damit mein Gesicht nicht verriet, wie heftig mein Herz schlug, und es gelang mir, in den ersten Sekunden so zu tun, als hätte ich Finn nicht gesehen und meine ganze Aufmerksamkeit auf Brendan zu richten. Als Finn schließlich direkt vor mir stand und ich ihn zur Begrüßung umarmen wollte, übertrieb ich es leider mit meiner überraschten Reaktion und stolperte direkt in einen Gezeitentümpel.

Deshalb stehe ich jetzt in klatschnassen Turnschuhen da und zittere wie Espenlaub, Finns Jeansjacke um meine Schultern.

»Wie soll ich in den Dingern nach Hause gehen?«, stöhne ich, während Rach und Amy sich vor Lachen kaum halten können.

Plötzlich taucht Finn neben mir auf. »Ich fahre dich heim«, sagt er. »Sie kommt ja zurück«, versichert er schnell, als meine Freundinnen protestieren. »Du kannst dich umziehen, dann bringe ich dich wieder her.«

»Wirklich?«, frage ich zähneklappernd.

»Natürlich«, erwidert er und schaut mir kurz in die Augen.

Mensch, er sieht verdammt gut aus. Sein Haar ist frisch geschnitten. Er kann es sich nicht mehr hinter die Ohren klemmen, trotzdem wirkt es zottelig und ungekämmt und fällt ihm in die blaugrünen Augen. Man möchte unbedingt mit den Händen darin herumwuscheln.

So was sollte ich wirklich nicht denken, wenn mein Quasi-Date nur wenige Meter entfernt steht und uns zusieht.

»Ja, danke, das wäre super«, sage ich zu Finn. »Wartest du eben kurz?«

Ich sage Brendan Bescheid, was ich vorhabe, und verspreche, bald wieder zurück zu sein.

Es scheint ihn nicht allzu sehr zu stören, aber er hat auch schon zwei Bier intus.

»Wer ist der Kerl?«, fragt Finn, als wir losgehen.

Also, *ich* gehe, *er* marschiert. Er hat so lange Beine, dass es mir schwerfällt, mit ihm Schritt zu halten.

»Brendan. Er arbeitet im Beach Café.«

Finn sagt nichts weiter dazu, will auch nicht wissen, ob ich ihn date. Mir wäre es irgendwie lieber, wenn er nachhaken würde, weil die Vorstellung, dass er sich nichts mehr aus mir macht, auf einmal zu sehr weh tut.

»Moment mal, hast du ein Auto?«, frage ich, als wir uns dem Parkplatz nähern.

Er nickt. »Für eine Woche gemietet.«

»Du bist nur eine Woche hier?«

»Länger konnte ich nicht freimachen …«

»… zwischen den Auftritten«, ergänze ich den Satz mit monotoner Stimme.

Er sieht mich an, aber bricht den Blickkontakt schnell wieder ab. »Nein, ich habe ein paar Meetings, für die ich zurückmuss.«

Er holt einen Autoschlüssel aus der Tasche und richtet ihn auf einen dunkelgrünen Seat Leon.

»Ich wusste gar nicht, dass du kommst«, sage ich, als wir uns angeschnallt haben.

»Ich habe überlegt, ob ich dir schreiben soll«, gibt er zurück und schaut beim Rückwärtsausparken über die Schulter.

»Hättest du besser gemacht.«

Er sieht mich stirnrunzelnd an. »Du hast gesagt …«

»Ich weiß, was ich gesagt habe. Das war mein Verstand, der da gesprochen hat.«

»Tja, aber du hattest recht. War wohl besser so«, erwidert er.

»Klar, ich meine, weiß der Himmel, wie du sonst im letzten Jahr all den Mädchen hättest widerstehen sollen, die sich dir zu Füßen werfen.«

Das soll witzig klingen, aber mein Tonfall ist irgendwie verbittert.

Finn stellt den Schalthebel auf D, fährt aber nicht los.

»Können wir einfach bitte … *nicht*«, sagt er mit einem kurzen Blick auf mich, die dunklen Augenbrauen zusammengezogen.

Seufzend starrt er durch die Windschutzscheibe nach draußen und fährt dann vom Parkplatz.

In angespanntem Schweigen geht es zurück nach St Agnes. Mein Hirn steht knapp vor einem Kurzschluss. Es ist seltsam, Finn am Steuer zu sehen. Immer wieder schaue ich zu ihm hinüber und beobachte, wie er mit seinen langen Armen das Lenkrad dreht, wie lässig er den Blinker bedient und regelmäßig in den Rückspiegel schaut. Als Fahrer strahlt er ein Selbstvertrauen aus, das ich verstörend sexy finde.

»Wohnst du bei dir oder bei Michael?«, fragt er auf dem Weg zur Ausfahrt vom Parkplatz.

»Bei mir.«

Er biegt auf die lange Straße nach Trevaunance Cove ab und hält schließlich vor meinem Haus.

»Dauert nicht lange«, sage ich und lege die Hand auf den Türgriff.

Finn schaut durch das Seitenfenster. »Du hast umgebaut«,

bemerkt er überrascht, als er durch den Glaseinsatz in der Haustür den neuen Flur entdeckt.

»Wusstest du das nicht?«

»Ehrlich gesagt, fand ich es einfacher, nicht nach dir zu fragen.« Er schaut mir in die Augen – wieder nur ganz kurz – und wendet den Blick ab.

Einfacher für *wen*?

Hat auch er gelitten?

»Willst du mit reinkommen und es dir ansehen?«, frage ich aus einem Impuls heraus. »Das Auto kannst du ja gegenüber abstellen.«

Direkt auf der anderen Straßenseite ist ein kleiner Parkplatz frei.

»Musst du nicht schnell zurück?«, fragt Finn, und ja, ich höre einen leicht trockenen, sarkastischen Unterton, der mir sagt, dass es ihm nicht gefallen hat, mich mit einem anderen Typen zu sehen.

»Da war nichts«, platzt es aus mir heraus, was mir den nächsten kritischen Blick einbringt. »Mit Brendan, meine ich.«

Als Finn den Kopf abwendet, scheinen seine Schultern kapitulierend nach unten zu sacken.

»Ich bin wirklich nicht davon ausgegangen, dass du auf mich wartest«, sagt er schroff, und ein Schatten fällt auf seine Wangen. Er presst die Lippen fest aufeinander.

»Ich wusste ja nicht mal, ob du überhaupt wiederkommst …«

»Wir haben gesagt …«

»Ja, ich weiß, was wir gesagt haben, Finn! Aber hättest du mich nicht vorwarnen können, so vor gut einem Monat? So lange hätte ich auf jeden Fall gewartet, verdammt.«

Er grinst mich an.

Mein Herz überschlägt sich.

Dann legt er mir die Hand in den Nacken, zieht mich an sich und küsst mich auf die Lippen.

Das ist der Moment, in dem mich auch der letzte Rest von Selbstbeherrschung verlässt.

»Ich bin ein bisschen traurig, dass ich jetzt im Beach Café keinen Kuchen mehr holen kann.«

Finn lacht tief und dunkel. Es dröhnt aus seiner glatten, muskulösen Brust direkt in mein Ohr. Wir sind völlig nackt – es war gar nicht einfach, mich von meinen nassen Klamotten zu befreien, aber es hat sich gelohnt. Es ist wunderschön, mit ihm im Bett zu liegen.

»Wahrscheinlich habe ich in letzter Zeit eh zu viel Süßes gegessen«, sage ich reumütig.

»Hör auf!« Finn streicht mir über die Hüfte. »Du siehst viel besser aus so.«

Ich habe das Gewicht wieder zugenommen, das ich verloren hatte, und noch ein bisschen mehr.

»Wäre es schlimm, wenn wir nicht zurück zur Party fahren?«, fragt er müde.

»Ja, das wäre furchtbar. Aber ich glaube, es stört mich nicht«, gebe ich zu.

»Wäre es schlimm, wenn ich hier einschlafe?«, fragt er.

»Nein«, antworte ich.

»Wäre es schlimm, wenn wir noch mal Sex hätten?«

Ich hebe den Kopf und sehe ihn an. Der Schalk in seinen Augen entgeht mir nicht.

»Das wäre alles andere als furchtbar«, flüstere ich, greife nach unten und spüre, wie er in meiner Hand wieder zum Leben erwacht.

Finn zieht mich auf sich und drückt einen gierigen, überwältigenden Kuss auf meinen Mund. Unsere tastenden, ringenden Zungen lassen Schockwellen über meinen gesamten Körper laufen.

Ziemlich sicher kehren wir nicht auf die Party zurück.

Während Finn leise neben mir schnarcht, schlüpfe ich aus dem Bett und hole mein Handy, um schnell eine Nachricht in den Gruppenchat zu schicken, den ich mit Rach und Amy habe. Sie haben schon mehrere Nachrichten geschrieben, wollen wissen, wo wir bleiben, ob wir zurückkommen, ob ich noch vorhabe, dem armen Brendan mitzuteilen, dass ich aufgehalten wurde …

Mit schlechtem Gewissen beiße ich mir auf die Lippe und tippe: *Tut mir leid. Ich musste noch was erledigen. Wie war die Party?*

Ach nee, erwidert Rach. *Ich komme gerade von Dan und Amy – ein paar sind nach dem Strand noch mit zu ihnen gegangen.*

Ist Brendan klargekommen?

Sagen wir so, du bekommst in nächster Zeit wahrscheinlich keine Phallussymbole mehr auf deinen Kaffee gemalt.

Ich schreibe ihm.

Ich rufe seine Nummer auf und tippe: *Hey, ich hoffe, es hat dir gefallen heute Abend. Tut mir leid, dass ich es nicht zurückgeschafft habe.*

Drei blinkende Punkte zeigen mir, dass er meine Nachricht liest, dann verschwinden sie.

Seufzend stöpsele ich das Ladekabel ein, dann klettere ich zurück zu Finn ins Bett.

Ein potenzielles Jahr mit Brendan oder eine Woche mit Finn?

Die Antwort ist eindeutig.

Als ich am Morgen zu mir komme, schläft Finn noch neben mir. In der Nacht war er wach, wahrscheinlich lag es am Jetlag. Ich drehte mich um und sah, wie er auf seinem Handy durch Instagram scrollte. Ich strich ihm über den Arm, damit er wusste, dass ich mich über seine Gegenwart freute, aber war zu erschöpft, um mit ihm wach zu bleiben.

Ich bin froh, dass er wieder eingeschlafen ist. Und freue mich unglaublich darüber, dass er noch da ist.

Ich stehe auf und ziehe mein Nachthemd über, bevor ich nach nebenan in meine neue Küche gehe. Sie ist nicht zu vergleichen mit der lichtdurchfluteten Wohnküche unten, aber für mich reicht es. Es war eine geniale Idee von Finn, das mit dem Haus so zu machen.

Während ich zwei Becher Tee zubereite und sie mit ins Schlafzimmer nehme, lächele ich vor mich hin. Wohlige Wärme durchströmt mich. Finn schläft noch immer, rührt sich jedoch, als ich seinen Becher auf den Nachttisch neben seinem Kopfkissen stelle.

»Morgen«, sage ich und staune wieder mal, wie dunkel seine Wimpern und wie blaugrün seine Augen sind. »Tee?«

Stöhnend setzt er sich im Bett auf und schenkt mir ein Lächeln, das die Grübchen in seinen Wangen so gerade erahnen lässt.

»Danke.«

»Hast du gut geschlafen?«, frage ich.

»Einigermaßen. Dein Bett ist auf jeden Fall verdammt bequemer als das Sofa.«

»Ich find's immer noch unglaublich, dass du bei deinen Großeltern auf dem Sofa schläfst. Kein Wunder, dass du es nie lange in Cornwall aushältst.«

»Vielleicht überlege ich es mir anders, wenn ich bei dir schlafen darf.«

»Kannst du gern tun«, sage ich flapsig.

»Wirklich?« Er wirkt überrascht, und bei dem Gedanken, dass er wieder gehen wird, verspüre ich schon jetzt einen heftigen Abschiedsschmerz.

Ich sollte eigentlich darauf achten, dass unsere Beziehung unverbindlich bleibt, nicht ihn einladen, in meinem Bett zu schlafen.

»Musst du heute arbeiten?«, fragt er und greift nach seinem Teebecher.

»Ja, später. Momentan ist Carnival, schon vergessen?«

»Ja, ich habe total vergessen, dass das an diesem Wochenende stattfindet. Wäre bestimmt gut, mit meinen Brüdern hinzugehen.«

»Außerdem ist heute Bettenwechsel. Um vier kommt eine neue Familie, aber ich will versuchen, schon früher fertig zu sein. Später bin ich bei der anschließenden Party im Seaglass.«

»Stehst du da noch hinter der Theke?«

»Ja, macht mir Spaß«, erwidere ich leicht defensiv. »Und es ist unkompliziert. Außerdem arbeite ich super gern mit Chas. Und wenn ich wieder mit der Bildhauerei anfange, ist es der perfekte Sommerjob, weil ich im Sommer so viele Stunden wie möglich machen kann und im Winter dann im Atelier bin, wenn das Seaglass geschlossen ist.«

»Das heißt, du hast noch nicht wieder angefangen mit der Bildhauerei?«, fragt er vorsichtig.

»Hatte eigentlich keine Zeit dazu«, erwidere ich kleinlaut. »Nicht bei der ganzen Arbeit, die ich hier am Haus hatte.«

»Wartest du noch auf die Inspiration?«

»Wahrscheinlich.«

Er sieht mich verständnisvoll an und trinkt einen Schluck Tee. Wenn er die Lider senkt, legen sich seine langen Wimpern fächerartig auf die Wangen. Sie wirken so zart wie Schmetterlingsflügel.

»Ich habe überlegt, ob du Lust hättest, mit mir das Barbara Hepworth Museum zu besuchen«, sagt Finn und stellt den Teebecher auf seiner Brust ab. »Da war ich noch nie.«

»Total gern«, antworte ich, froh darüber, dass wir nicht länger über meine Planlosigkeit reden. »Da war ich seit Jahren nicht mehr. Früher bin ich regelmäßig hingefahren. An welchen Tag hast du gedacht?«

»Montag?«

Mein Magen zieht sich zusammen. »Ah, weiß nicht genau.«

»Hast du da was anderes vor?«

»Nur mich selbst bemitleiden. Das ist der Todestag meiner Eltern.«

»Verbring den Tag nicht allein«, bittet Finn und greift nach meiner Hand.

»Müsstest du nicht bei deiner Familie sein?«

»Die sehe ich oft genug. Fahr mit mir ins Museum«, drängt er.

»Na gut«, flüstere ich.

Finn stellt den Becher auf den Nachttisch und streift mir den Kragen meines Nachthemds über die Schulter. Liebevoll beißt er hinein. Ich erschaudere, und Verlangen überkommt mich. Ich stelle meinen eigenen Becher zur Seite und kehre in Finns Arme zurück.

Es dauert noch mal vierzig Minuten, bis wir das Bett verlassen.

25

Am Montagmorgen taucht Finn in einem beigen Vintage-Frotteeshirt auf, das einen roten und einen blauen Streifen über der Brust hat. Entweder ist es beim Waschen eingelaufen, oder er hat es zwei Nummern zu klein gekauft, denn wenn er die Arme hebt, wird man seinen flachen Bauch sehen.

»Wo bekommst du nur immer deine Klamotten her?«, frage ich, als ich mich anschnalle. Die Traurigkeit, die mich noch am Morgen überwältigt hat, weicht der Belustigung.

»Das hier habe ich in einem Wohltätigkeitsladen gefunden. Hübsches Kleid.«

»Danke.« Es ist ein weites Kleid mit Streublumenmuster. »Wir passen nicht wirklich gut zusammen, was?«

»Genau das gefällt mir«, erwidert er.

Ich schiebe die Sonnenbrille hoch und krame in meiner Tasche nach der Packung mit den Kopfschmerztabletten, von denen ich zwei ohne Wasser schlucke.

»Alles in Ordnung?«, fragt Finn.

»Bald.«

Am Morgen habe ich mit Michael gefrühstückt. Immer wieder wollten mir die Tränen kommen, was ihm unangenehm zu sein schien, deshalb riss ich mich zusammen, bis ich nach Hause gehen konnte, um mich richtig auszuheulen.

Ich setze mir die Sonnenbrille wieder auf die Nase, weil meine Augen immer noch gerötet sind. »Besser nicht drüber reden. Was hast du so getrieben?«

Auf der Fahrt nach St Ives erzählt er mir von seinem gestrigen Tag. Er war mit seinen Brüdern in einem Freizeitpark, abends haben sie Pizza bestellt. Eigentlich wollte Finn danach zu mir kommen, aber ich brauchte wirklich Zeit zum Trauern. Wir haben schon die Nacht von Samstag auf Sonntag zusammen verbracht, nachdem er während meiner Schicht im Seaglass aufgetaucht war. Am Sonntagmorgen verschwand er, als Michael kam.

Michaels Augenbrauen waren schon immer sehr ausdrucksstark, doch als er sah, wie ich Finn in der Tür einen Abschiedskuss gab, zogen sie sich empört zusammen.

»Bist du jetzt ihr Freund?«, wollte er wissen und funkelte Finn böse an.

»Nein, ist er nicht!«, rief ich.

»Das war deutlich«, bemerkte Finn trocken.

»Bist du doch nicht, oder?« Ich sah ihn an.

»Wahrscheinlich nicht«, erwiderte er in demselben liebevollen Ton, hob mein Kinn mit Daumen und Zeigefinger an und drückte mir einen zurückhaltenden Kuss auf den Mund.

»Iiihhh!«, ekelte Michael sich und schob sich an mir vorbei ins Haus.

»Tschüs, Michael!«, rief Finn über die Schulter, während er beschwingt davonging.

Michael und ich haben die Tradition beibehalten, am Sonntagmittag gemeinsam zu essen. Manchmal sind wir bei mir, manchmal bei ihm, manchmal haben wir Gäste, manchmal sind wir nur zu zweit, manchmal läuft es gut, manchmal geht es total in die Hose. Es ist völlig unvorhersagbar, aber irgendwie gefällt es mir so.

Während Finn und ich auf dem Weg zum Museum durch die Straßen von St Ives laufen, reden wir wieder über unsere unterschiedlichen Kleidungsstile. Ich musste gerade über sein T-Shirt lachen.

»Schämst du dich, mit mir gesehen zu werden?«, fragt er mit gespitzten Lippen, seine Grübchen sind trotzdem zu erkennen.

»Andersrum kommt es wohl eher hin«, erwidere ich.

»Waaaas?« Finn macht einen Ausfallschritt zur Seite und zieht eine entsetzte Grimasse.

»Ich muss doch total spießig sein im Vergleich zu den Leuten, mit denen du in L.A. so abhängst.«

»Hör auf. Du bist perfekt.« Er legt mir den Arm um die Schultern und fügt hinzu: »Weit über meinem Niveau.«

Ich schnaube verächtlich, und er lässt mich los, weil es zu kompliziert ist, auf diesen steilen Straßen Arm in Arm zu laufen, ohne zu stolpern.

»Doch«, beharrt er. »Warst du schon immer.«

»Quatsch! Es ist total andersherum, gerade jetzt, wo du losgezogen und berühmt geworden bist.«

Ich boxe ihm gegen den Arm, und er verdreht die Augen.

Wenn es mir im vergangenen Jahr richtig schlecht ging, kehrte ich instinktiv immer wieder zum Instagram-Account von Door 54 zurück und kam nicht mehr davon los. Da gibt es Unmengen schummriger Fotos von vier jungen Typen auf Tour, die betrunken auf die Bühne sacken, sich vom Publikum tragen lassen, aus schnittigen SUVs stolpern oder Clubs mit coolen Namen wie »Fonda« oder »Roxy« besuchen. Und dann die Reels. Einen gibt es, in dem Finn und sein Gitarrist Dylan auf dem Dach eines gedrungenen Bungalows stehen und irgendwelche Gegenstände in einen strahlend blauen Swimmingpool werfen. Der Himmel ist azurblau, im Vordergrund steht eine hohe, schlanke Palme.

Als ich das Reel sah, fühlte ich mich seltsam klein.

Der Finn, den ich kannte – zumindest der Finn, den ich zu kennen glaubte –, schien überhaupt nicht zu dem Finn auf Instagram zu passen.

»Wie läuft es mit der Band?«, will ich wissen. »Kommst du jetzt besser mit deinem Gitarristen klar?«

Ich spreche den Namen nicht aus, keine Ahnung, warum. Vielleicht soll Finn nicht merken, wie viel Wissen ich mir über Door 54 und die Bandmitglieder angeeignet habe.

Ein paar Fun Facts: Der milchgesichtige Drummer Gus ist der Sohn eines bekannten Country-&-Western-Sängers, und Ernie, der Bassist, wurde vor kurzem mit Selena Gomez in einem Club gesichtet.

»Nicht besonders gut«, antwortet Finn. »Ehrlich gesagt, ist die Stimmung ein bisschen angespannt.«

»Warum?«

»Wir haben unterschiedliche Vorstellungen. Die anderen sind alle einer Meinung, ich nicht.«

»Was wollen sie denn?«, frage ich stirnrunzelnd.

»Weg vom Alternative Rock zu einem aggressiveren Metalcore, mehr in die elektronische Richtung. Aber ich finde es gut, wie wir jetzt klingen.«

»Ich finde es auch gut, wie ihr jetzt klingt.«

»Hast du unser Album gehört?« Er sieht mich kurz an.

»Klar.«

»Ach.« Grinsend legt er mir wieder den Arm um die Schultern.

»Mensch, Finn, du reißt mich noch um!«

»Nein, ich passe auf, dass du nicht fällst«, gibt er zurück. »Ist das der Skulpturengarten?« Er lässt mich los, um durch ein bogenförmiges Tor in einer hohen Steinmauer zu schauen.

»Jep.«

Ich trete näher heran und spähe durch die schwarzen

schmiedeeisernen Gitterstäbe auf die Skulpturen, die man zwischen den dichten Bäumen und Büschen kaum sieht.

»Der Eingang ist um die Ecke.« Ich führe Finn weiter.

Als wir das Museum erreichen, halte ich noch immer seine Hand.

Wir bleiben etwas länger in der Eingangshalle, lesen die Informationen über Barbara Hepworth und ihr Leben als Avantgarde-Künstlerin. Ich bin schon sehr oft hier gewesen, doch es gibt stets etwas Neues zu entdecken.

»Willst du immer noch Mitglied in der Royal Society of Sculptors werden?«, fragt Finn, während er eine Liste über die bekanntesten Werke von Barbara Hepworth überfliegt.

Ich hebe leicht die Schultern und nicke in Richtung Treppe. »Im Moment muss ich erst mal überhaupt wieder mit der Bildhauerei anfangen.«

»Schon eine Idee, was du als Erstes machen willst?«, fragt er, als wir in einen Raum mit weißen Wänden und Holzboden im ersten Stock gelangen.

Durch in die Dachschräge gesetzte große Fenster fällt Sonne herein.

»*Wen*, meinst du. Ich interessiere mich am meisten für Menschen.« Ich bleibe stehen und betrachte die stilisierte Darstellung eines Kindes aus Burma-Holz. »Allerdings muss ich dafür jemanden dazu verdonnern, mir Modell zu sitzen.«

»Wenn du willst, kann ich das machen«, bietet Finn an und folgt mir, als ich weitergehe.

»Du fliegst am Freitag zurück.« Dennoch ist es eine nette Geste von ihm.

»Kannst du nicht was Kleines von mir machen, bevor ich wegmuss?«

»Eine winzige Büste?«, frage ich grinsend über die Schulter.

»Oder ein Körperteil«, schlägt er vor, und sein Mund verzieht sich zu einem anzüglichen Lächeln.

»Was für ein Körperteil hattest du da im Sinn?«, frage ich leise.

»Ich bin für alles offen«, erwidert Finn in einem Ton, bei dem mir ein Schauder über den Rücken läuft.

Vor der lebensgroßen Bronzeskulptur von Barbara Hepworths Hand bleibe ich stehen. Sie ist bis ins letzte Detail wiedergegeben, man sieht jede Ader und Falte.

»Also die Hand«, sage ich, und Finn schmunzelt. »Nein, ich nehme lieber deine Nase.«

»Meine *Nase*?«

Er ist so entsetzt, dass ich kichern muss. »Ich finde es schön, dass sie nicht völlig symmetrisch ist.«

»Ähm, ja, aber das liegt nur daran, weil …«

Er bricht ab.

Das Lachen erstirbt auf meinen Lippen. »Weil was?«, frage ich stirnrunzelnd.

»Schon gut«, murmelt er und geht weiter. »Das gefällt mir.«

Er bleibt vor *Pierced Form* stehen, einem Ausstellungsstück mit deutlichen Meißelspuren, das ich als Kind am meisten liebte. Schon damals juckte es mich in den Fingern, die Spuren zu berühren. Es handelt sich um eine große abstrakte Form aus glattem, polierten hellbraunen Holz, das von innen weiß gestrichen ist. Die Form gleicht einer großen aufgeknackten Nuss, durch die sich ein Wurm gefressen hat.

Ich trete näher an Finn heran und nehme seine Hand. Unsere Arme berühren sich. Ich gebe ihm Raum in meinem Schweigen, jedoch nicht in meinen Taten.

»Als ich zwölf war, hat Tylers Vater mir die Nase gebrochen«, sagt er, nachdem wir eine Zeitlang geschwiegen haben.

Ich halte die Luft an und lehne mich etwas stärker gegen ihn. »Das tut mir total leid.«

»Schon gut. Er sitzt längst im Knast. Zwar nicht, weil er mir ins Gesicht geschlagen hat«, stellt er richtig und klingt wieder wie der alte Finn. »Aber er war sein halbes armseliges Leben lang immer wieder wegen Körperverletzung im Knast, der Hohlkopf.«

»Besucht Tyler ihn manchmal?«

»Zum Glück nicht. Der Kerl hat keinen Bock darauf, Vater zu sein.«

»Was ist mit Liams Dad?«

Finn zuckt mit den Schultern. »Keine Ahnung. Mum hat nie verraten, wer es ist. Vielleicht wusste sie es selbst nicht.«

Er drückt meine Hand und führt mich nach draußen in den Garten. Ich verstehe den Hinweis und folge ihm schweigend.

Vor uns erhebt sich *Four-Square (Walk Through)*, eine riesige Bronzeskulptur, die man tatsächlich durchschreiten kann. Sie besteht aus Rechtecken, in die kreisrunde Löcher gearbeitet sind. Ich mag sie, weil ich hier immer mit meiner Großmutter Verstecken gespielt habe.

Außerdem gefällt sie mir, weil sie zwei meiner bevorzugten Patinierungen aufweist: den fälschlich so bezeichneten Grünspan und die Münzbronze. Das Türkisgrün und die goldenen Töne von Münzbronze setzen sich wunderschön vom glänzenden dunkleren Kastanienbraun der übrigen Flächen ab.

»Ist das Bronze?«, fragt Finn neugierig. Mit dem Finger fährt er über den glänzenden Innenrand eines runden Gucklochs.

»Jep.«

»Was muss man machen, damit sie golden wird?«

»Das ist eigentlich die ursprüngliche Farbe von Bronze.

Die Oberfläche wird poliert und lackiert, aber sie muss immer wieder aufgearbeitet werden, damit sie so bleibt.«

»Und woher kommt das Grün?«

»Das ist eine Feuerpatina, die erreicht man mit Hitze und Chemikalien.«

»Ich versteh nicht richtig, wie das mit dem Ton funktioniert. Du modellierst was, und wie geht es dann weiter?«

»Ich stelle eine Gussform her, und dann wird das Modell gegossen.«

»Aber wie macht man das?«

»Ich arbeite mit einer althergebrachten Methode, kombiniere sie aber mit modernen Materialien: Zuerst stellt man eine Silikonform vom Ton her, dann gießt man flüssiges Wachs hinein. Wenn es ausgehärtet ist, wird es aus der Form geholt und mit einem Gemisch für Keramikschalen überzogen. Wenn man das Ganze erhitzt, läuft das Wachs heraus –, deshalb kennt man das auch unter dem Begriff der ›verlorenen Form‹. Der entstehende Hohlraum wird dann mit flüssiger Bronze gefüllt.«

»Kling ganz schön aufwendig.«

»Ist es, aber es lohnt sich.«

»Willst du immer noch deine Oma in Bronze gießen?«, fragt Finn.

»Wieso kannst du dich an alles erinnern, was ich je gesagt habe?«

»Weil es interessant ist.« Er wirft mir einen neckischen Blick zu. »Wenn du ein Buch wärst, würde ich die Hälfte der Sätze unterstreichen«, fügt er keck hinzu, und ich muss laut lachen.

»Mach doch einen Song daraus«, sage ich.

Er grinst. »Klar, die anderen in der Band sind ganz heiß auf Schmonzetten.«

Sein Tonfall verrät, dass er das ironisch meint.

»Ich habe tatsächlich ein Lied über dich geschrieben«, bemerkt er beiläufig.

»Echt?« Mein Kopf schießt zu ihm herum. »Welches denn?«

»Das dritte auf dem Album.«

»›Leah‹?«

»Kennst du es?«

»Ich habe dir doch gesagt, dass ich mir euer Album angehört habe. Sehr oft«, gestehe ich. »Und ich soll Leah sein? Ich dachte, das wäre ein Mädchen, das du gut findest.«

»Ist es ja auch«, erwidert er mit wissendem Blick. Dann grinst er. »Nein, das meiste ist erfunden, abgesehen von so Sätzen wie ›when she talks, I listen‹.«

Finns Wangen laufen rot an, schnell geht er weiter.

»Unglaublich! Ich komme in einem Song von Door 54 vor!« Ich hole ihn ein, meine Freude sprudelt über.

»Genieß es! Wahrscheinlich passiert es nie wieder.«

»Tja, ich glaube auch nicht, dass Metalcore, oder wie das heißt, so richtig zu meiner Persönlichkeit passt.«

Finn bleibt vor einer meiner Lieblingsplastiken stehen, der *Garden Sculpture (Model for Meridian)*, einem gewaltigen aquamarinblauen Gebilde, das Ähnlichkeit mit einer verbogenen Spirale hat. Die Bronzestränge bilden annähernd dreieckige Schlingen.

»Ich glaube, ich spiele nicht mehr sehr lange in der Band«, bemerkt er.

»Steigst du aus?«, frage ich überrascht. »Es geht doch gerade so richtig los.«

»Die anderen wären besser dran mit einem Frontmann, dem es Spaß macht, die Texte so rauszuschreien, wie sie es mögen. Ich würde mich lieber mit meinen eigenen Sachen beschäftigen. Ich kann einfach nicht mein Herz und meine ganze Seele in etwas stecken, wenn ich nicht daran glaube. Wenn man selbst Musik macht, darf man keine Kompromisse eingehen. Künstler, die das tun, können ihre Songs irgendwann nicht mehr hören, und dafür muss man sie einfach zu oft spielen. Ich habe keine Lust auf einen Burn-out, bevor ich fünfundzwanzig bin.«

»Klingt so, als hättest du dich schon entschieden.«

Finn wirkt niedergeschlagen. »Ja, oder? Bei den Festivals bin ich noch dabei, aber dann würde ich am liebsten solo weitermachen. Deshalb muss ich auch so früh zurück – ich habe ein paar Termine mit Plattenfirmen.«

»Wow! Viel Glück, Finn«, sage ich voller Ernst.

»Danke.«

Draußen ist es nicht mehr ganz so heiß, dennoch bin ich dankbar für die Bäume, die uns Schatten spenden. Wir folgen einem gewundenen Weg zum höchsten Punkt des Gartens, vorbei an Blumenbeeten, in denen es vor Hummeln nur so summt und brummt. Das Grundstück ist abgeschieden, eingefriedet von einer hohen Mauer, an der wir eben auf der anderen Seite vorbeigegangen sind, und eingefasst von Haus und Atelier. An der tiefsten Stelle des Anwesens kann man über den Baumwipfeln einen cremeweißen Kirchturm in dem mit Wolken betupften blauen Himmel erkennen, und hinter den mit gelben Flechten überzogenen schiefergrauen Dächern erstreckt sich das kalte blaue Meer, an dem sich die Ausläufer von St Ives bis auf die andere Seite der Bucht entlangziehen.

»Was für ein Ort zum Leben und Arbeiten«, murmele ich.

»Eines Tages werde ich ein erfolgreicher Songtexter, dann kaufe ich dir genau so ein Haus«, witzelt Finn. »Oder du wirst eine berühmte Bildhauerin und kaufst es dir selbst, je nachdem, was zuerst passiert.«

Ich lächele über ihn und seine wilden Träume, und wieder verspüre ich einen Stich vorauseilender Trauer bei dem Gedanken, dass er bald wieder weg ist.

Wir stehen vor dem Gewächshaus. Unbewusst drücke ich Finns Hand, er sieht mich fragend an.

»Möchtest du reingehen?«, fragt er.

»Bin mir nicht sicher.«

Er spürt mein Zögern und hält mich vorsichtig zurück.

»Nein, schon gut«, sage ich aus dem Bauch heraus und gehe weiter.

Kaum betreten wir den kühlen Raum, verziehe ich das Gesicht. Dies ist das Glashaus, nach dem Mum und Dad mein Atelier zu Hause gestaltet haben, komplett mit den weißen Wänden, dem rot gefliesten Boden und dem schrägen Dach mit den eingelassenen Strahlern. Sie haben sogar jede Menge Sukkulenten und Kakteen in Töpfe gepflanzt und an den Wänden aufgestellt.

All die Pflanzen sind eingegangen, weil es zu weh tat, das Gewächshaus zu betreten und sie zu gießen. Ich hatte es lediglich geschafft, meine Arbeiten mit Tüchern zu verhängen und die Tür zu verschließen, damit sich keine Gäste dorthin verirren.

»Es fühlt sich an, als hätte ich einen Kloß aus Marmor im Hals«, bringe ich mit erstickter Stimme hervor.

»Den kannst du nicht runterschlucken, also weine ihn heraus«, erwidert Finn liebevoll und zieht mich an sich.

»Ich hoffe, sie wussten, wie wichtig sie mir sind und wie toll ich das Atelier finde, das sie für mich gebaut haben. Ich glaube, das habe ich nie deutlich genug gesagt.«

Dann bin ich still, mein Körper wird von stummen Schluchzern geschüttelt.

»Natürlich hast du das, Liv. *Natürlich* wussten sie, wie

sehr du sie geliebt hast und wie wichtig sie dir sind«, flüstert Finn mir eindringlich ins Ohr. »Du trägst dein Herz auf der Zunge – das gehört zu den Dingen, die ich am meisten an dir liebe.«

Ich umarme ihn noch fester und lasse den Schmerz so lange heraus, wie es mir richtig erscheint, dann reiße ich mich zusammen, setze die Sonnenbrille auf und überlasse den Garten seiner friedlichen Stille.

26

Wird das *sehr schmutzig?*«, fragt Finn mit leicht verführerischem Lächeln, als er in meine kleine Küche kommt.

»Ich warne dich: Keine Annäherungsversuche, solange ich feuchten Ton an den Händen habe.«

»Ich kann mir eh nicht vorstellen, dass sich Ton auf bestimmten Körperteilen besonders gut anfühlt. Das Schlammbad heute war übel genug.«

Finn war mit seinen Brüdern Quad fahren und schickte mir ein Foto, auf dem die drei mit Schlamm überzogen waren.

Ich ziehe das feuchte Tuch von der Schädelform, die ich am Vormittag vorbereitet habe, und Finn muss zweimal hinsehen.

Es war ein surrealer Moment, als ich die Tür zu meinem Gartenatelier aufschloss. Ich musste abwarten, bis meine Gäste das Haus verlassen hatten, um durch das Tor in den Hof zu gelangen, und vielleicht half das Bewusstsein darüber, dass ich nicht viel Zeit hatte. Und, anders als ich befürchtet hatte, blieb ich relativ gefasst.

Als ich die Tücher abnahm, spürte ich ein Zwicken in der Brust, doch auf der Suche in den Schubladen nach den Werkzeugen und Materialien stieg auch die Vorfreude. Ich bereitete mich darauf vor, etwas zu tun, das für mich einst so selbstverständlich gewesen war wie das Atmen, und auf einmal konnte ich es nicht erwarten, endlich loszulegen.

Mir half, was Finn am Vortag über meine Eltern gesagt hatte –, dass sie gewusst hätten, wie sehr ich sie liebe. Ich erinnerte mich wieder an den Tag, als wir meine Arbeiten ins Atelier brachten. Am Ende, als Michael schon nach Hause gegangen war, schaute ich noch mal hinein, um alles auf mich wirken zu lassen. Dennoch wurde mir schwer ums Herz, als ich überlegte, wie ich meinen Eltern sagen sollte, dass ich das Gartenhaus gar nicht lange nutzen würde, dass ich nicht über den Sommer hinaus bleiben würde. Meine Mutter kam zu mir herein, sah das Schimmern in meinen Augen und nahm mich in die Arme. An sie gedrückt, stieß ich ein »Danke« aus, und in dem Moment waren meine Mum und ich von Liebe umgeben.

Bei der Erinnerung daran werde ich ruhiger.

»Wie hast du den denn so schnell hinbekommen?«, fragt Finn staunend und starrt die grobe Kopfform auf dem Tisch an.

Früh am Morgen habe ich ein Innengerüst gebaut, eine Art Metallskelett aus Eisenrohren und Aluminiumdraht, das ich komplett mit Ton gefüllt habe. Mit den Händen wieder in dem weichen Material zu kneten fühlte sich an, wie nach langer Zeit heimzukehren. Jetzt bin ich bereit, mich an die Feinarbeit zu machen.

»Weiß auch nicht genau. Ich würde sagen, du hast mich inspiriert.«

Finn wirkt gerührt.

»Setz dich hin.«

Er zieht einen Stuhl an den kleinen Tisch vor der hinteren Wand. Die wenigen Möbelstücke passen so gerade in die Küche hinein. Sie ist der einzige Raum im ersten Stock, in dem kein Teppich liegt, deshalb kann ich hier am besten arbeiten. Lieber wäre ich jetzt unten in der großen Wohnküche, aber das Apartment ist seit den Osterferien so gut wie nicht mehr frei gewesen. Die Familie, die momentan unten wohnt, lässt den ganzen Tag den Fernseher laufen. Es ist, als würde ich wieder mit Michael zusammenleben, nur kann ich die Leute nicht bitten, ihn leiser zu machen.

Nicht, dass mein Bruder bei dem Thema je auf mich gehört hätte ...

Davon erzähle ich Finn nebenbei, während ich mich in die Aufgabe hineinarbeite. Er erkundigt sich nach Michael.

»Wie geht's ihm denn so?«

»Ganz gut. Am Sonntag hat er sich ein bisschen aufgeregt, als er gesehen hat, wie du mir einen Abschiedskuss gegeben hast.«

»Hm, er kann mich echt nicht leiden, was?«

»Er braucht immer länger, um mit Leuten warmzuwerden. Außer bei Shirley. Die hat er vom ersten Augenblick an geliebt.«

»Ist sie immer noch seine persönliche Assistentin?«

»Ja! Ich hätte das nie gedacht. Die zwei halten zusammen wie Pech und Schwefel. Zum Glück fackeln sie nichts ab und haben, soweit ich weiß, auch noch keine bleibenden Schäden angerichtet. Shirley gelingt es tatsächlich, Michael zu ermutigen, sich um sich selbst zu kümmern. Viel besser, als ich je erwartet hätte. Sie ist auch sehr flexibel. Manchmal gehe ich auf eine Tasse Tee bei Michael vorbei, dann ist sie noch da, liegt auf dem Sofa und guckt die neueste blutrünstige Thrillerserie mit ihm zusammen. Sie zeigen mir dann immer ziemlich deutlich, dass ich störe, deshalb bleibe ich nie lange. Aber das ist in Ordnung. Sie ist auch nett zu Timothy, Michaels Freund.«

»Hatte Michael auch schon mal eine Freundin?«

»Mehrere. Mit seiner letzten Freundin war er anschließend weiter befreundet, aber dann haben sie sich gestritten, weil sie bei einem Discoabend in ihrem Club einen anderen geküsst hat. Michael hat sich Ewigkeiten geweigert, wieder hinzugehen, bis Dad ihn davon überzeugen konnte, dass er sich damit nur selbst bestraft.«

»Was meinst du mit ›Club‹?«, fragt Finn verwirrt.

»Keinen Club mit Bar oder so«, antworte ich grinsend. »Michael ist in einem Club für Menschen mit Lernbehinderung.« Als unsere Eltern starben, hielt er sich ein Jahr fern. Ich war erleichtert, als er vor kurzem wieder anfing, an den Treffen teilzunehmen. »Von dort kennt er auch Timothy.«

Während wir uns unterhalten, arbeite ich vor mich hin. Unter meinen Händen nimmt Finns Gesicht Gestalt an. Es fühlt sich unglaublich gut an, wieder die Hände im Ton zu haben.

»Ich liebe das«, sage ich leise, nachdem ich eine Weile schweigend weitergemacht habe. Hier und da zupfe ich kleine Stücke ab und verstreiche sie an den Wangenknochen des Modells, um sie stärker hervortreten zu lassen.

Jetzt, versunken im kreativen Prozess, wird das Gefühl noch intensiver, das ich am Vormittag hatte, als ich den Ton in das Gerüst füllte. Es ist wie Heimkommen. Immer wieder habe ich kleine Euphorieschübe.

»Es macht Spaß, dir zuzusehen«, sagt Finn. »Du hast einen unheimlich konzentrierten Gesichtsausdruck.«

Ich schaue ihm in die Augen. »Deinen Wimpern werde ich niemals gerecht werden.«

Er stößt ein leises Lachen aus.

»Dasselbe gilt für deine Haare. So kurz wie jetzt gefallen sie mir übrigens gut.«

Immer, wenn wir zusammen im Bett waren, genoss ich es, mit den Fingern hindurchzufahren. Und den Geräuschen nach zu urteilen, die er dabei machte, gefiel es ihm auch.

»Was denkst du gerade?«, murmelt er.

»Ungezogene Sachen«, antworte ich.

Es durchzuckt uns gleichzeitig, und, ohne nachzudenken, setze ich mich rittlings auf Finns Schoß und presse den Mund auf seinen. Seine Hände umspannen meine Hüften, ich halte meine vom Ton verschmierten Hände hoch, damit ich uns nicht schmutzig mache.

Ich bezweifele, dass ich je mit dieser Skulptur fertig werde.

Ein paar Tage später verabschieden Finn und ich uns zum dritten Mal, und es ist eine Tortur.

»Wollen wir diesmal Kontakt halten?«, fragt er.

Ich zögere. »Weiß nicht.«

Im Moment kann ich mir nicht vorstellen, wie ich es schaffen soll, mich nicht bei ihm zu melden.

»Es tut mir leid, dass ich zur falschen Zeit zurückgekommen bin«, sagt er.

»Was redest du da für einen Blödsinn?« Ich hebe den Kopf von seiner Schulter, aber kann vor Tränen nur verschwommen sehen. Wir stehen oben auf der Treppe und umarmen uns ein letztes Mal. »Du warst genau zum richtigen Zeitpunkt hier.«

»Das freut mich«, murmelt Finn.

Ich begreife, dass er auf meine verpasste Gelegenheit mit Brendan anspielt. Doch ich bereue nichts.

Finn drückt mir einen Kuss auf die Stirn, macht einen Schritt nach hinten und reibt mir über die Oberarme, als wollte er mich wärmen.

»Auf Wiedersehen, Liv.«

Entschlossen geht er die Treppe hinunter, und mir schlägt das Herz bis zum Hals, fast so, als wollte es ihm hinterherspringen. Ich bin kurz davor, ihm nachzurufen, dass er nicht gehen soll, bevor wir uns nicht geeinigt haben, der Sache mit uns eine Chance zu geben, stattdessen beiße ich die Zähne aufeinander.

Mein Kopf weiß, was am besten für mich ist – am besten für uns beide.

Die nächsten Jahre sind die Zeit im Leben, in der man normalerweise den Menschen kennenlernt, mit dem man den Rest seines Lebens verbringen will. Wir wären dumm, in der Hinsicht nicht offen zu sein.

Das heißt aber nicht, dass Finn nicht ein Stück von mir mitnimmt, als er geht.

Und ich habe das Gefühl, dass auch er ein Stück von sich zurücklässt.

27

Dieser Sommer

Am Morgen nach dem Quizabend im Pub wache ich sehr früh auf und starre mit pochendem Schädel an die Decke. Nachdem ich zwei Schmerztabletten mit einem großen Glas Wasser hinuntergespült habe, steige ich aus dem Bett, gehe ins Wohnzimmer und setze mich ans Klavier.

Ich spiele ein Lied pianissimo – ganz leise –, aber wenn Tom schon wach ist, wird er es hören. Und hoffentlich wird er die Botschaft, die ich ihm damit vermitteln will, verstehen: Wenn ich mich dir öffne, zeigst du mir dann auch etwas von deiner Kunst?

Ich esse gerade eine Scheibe Toast in der Küche, als es unten an der Tür klopft.

Ich springe auf, der Rest meines Frühstücks ist vergessen. Strahlend haste ich die Treppe hinunter. Ich weiß, dass er es ist, denn jeder andere hätte auf die Klingel drücken müssen.

Ich reiße die Tür weit auf, und bei Toms Anblick in Jeans und einem langärmeligen Shirt in gedämpftem Blau bekomme ich Nervenflattern. Seine Haare sind noch feucht vom Duschen.

»Die Botschaft ist bei mir angekommen«, sagt er, und seine Augen tanzen. »Fertig?«

Ich sehe die Harke in seiner rechten Hand und stoße einen spitzen Begeisterungsschrei aus.

»Muss nur noch schnell Schuhe anziehen!«

Wir gehen in die entgegengesetzte Richtung von Chapel Porth, nehmen den Küstenweg nach Trevellas Cove. Die Luft ist kühl, der Wind peitscht meine Haare hin und her, während wir uns an der zerklüfteten Küste entlangkämpfen. Tief am Horizont steht eine Wolkenbank, doch der Himmel über uns ist blassblau und weit. Tom hat auf die Gezeitentabelle geschaut; wir müssten beim Höchststand der Ebbe am Ziel ankommen.

»Wie geht's dir?«, fragt er. Der schmale Pfad, auf dem wir laufen, wird breiter, und in der Ferne tauchen die Ruinen der alten Zinnmine Blue Hills auf.

»Eigentlich gar nicht so schlecht«, antworte ich.

Der belebende Wind und die frische Luft haben meinen Kopf frei gepustet. Wenn überhaupt, fühle ich mich gekräftigt.

Wir reden nicht viel, nehmen den Weg hinunter ins Tal in einvernehmlichem Schweigen. Auf der anderen Seite der Bucht ziehen sich Schotterpfade und Abschnitte nackten Felsens über die verwitterten Hänge. Sie erinnern mich an die Spuren, die ich manchmal in der Tonmasse hinterlasse. Die Heide blüht noch nicht.

»Tu einfach so, als sei ich nicht hier«, sage ich zu Tom, als wir uns dem Strand nähern. Ich halte Ausschau nach einem Felsvorsprung, auf dem ich sitzen kann. Er stellt sich in die Mitte der leeren Fläche.

Ich hocke mich hin, er schaut kurz hinüber. Einige Sekunden lang verweilt sein Blick in meinem, dann widmet er seine Aufmerksamkeit dem Sand.

Ihm zuzusehen beflügelt mein Herz. Der Strand ist seine Leinwand, die Harke sein Pinsel. Er hat sich einen Abschnitt weicheren Sands von ungefähr acht mal zehn Metern ausgesucht, in dem er zu zeichnen beginnt. Es entsteht ein knorriger Baum, dessen Zweige sich in Windrichtung neigen. Der Umriss ist in die Länge gezogen, als würde ihn eine steife Brise erbarmungslos wegpusten. In den Hintergrund malt Tom Berge, die in der Ferne immer höher werden, links von dem Baum eine Trockenmauer.

Er legt die Harke beiseite und gestaltet mit den Händen am Fuß des windschiefen Stamms eine rundliche Form. Ich muss lachen, als ich ein Schaf erkenne.

Tom richtet sich auf und sieht grinsend zu mir herüber. Er legt den Kopf schräg und zieht die breiten Schultern leicht fragend hoch.

Er ist fertig.

Ich stehe auf und klettere zu ihm hinüber. Er kommt mir entgegen und hält mir die Hand hin, um mir vom letzten Absatz zu helfen. Als sich unsere Handflächen berühren, steigt mir die Hitze den Arm hoch.

»Total schön.« Ich lasse seine Hand nur ungern los, um mir das Bild genauer anzusehen. »Wo ist das?«, frage ich über die Schulter.

»In Snowdonia«, erwidert Tom, und das Funkeln in seinen Augen scheint schwächer zu werden.

»Wie bist du auf Sandkunst gekommen?«, frage ich ihn auf dem Rückweg.

»Kannst du dich erinnern, dass ich erzählt habe, in meiner Jugend hätte ich ständig gemalt, meine Eltern seien aber nicht so begeistert davon gewesen?«

Ich nicke.

»Sie waren damit einverstanden, dass ich Kunst als Prüfungsfach im GCSE wählte, aber bei den A-Levels haben sie ihr Veto eingelegt. Gerechterweise muss ich sagen, dass ich Mathe und Physik für mein Studium der Luftfahrt brauchte. Deswegen habe ich es ihnen auch nicht übel genommen. Trotzdem war es mir irgendwann unangenehm, in ihrer Gegenwart zu zeichnen. Wir haben früher in Norfolk gewohnt, nicht weit entfernt vom Strand, da habe ich immer allein lange Spaziergänge gemacht, und manchmal habe ich einfach was in den Sand gemalt. Es hat mich entspannt, aber ich habe es nur getan, wenn niemand in der Nähe war. Fühlte sich an wie ein schmutziges Geheimnis.«

»Das ist traurig.«

»Jetzt ist es ja anders«, sagt er mit einem Seitenblick auf mich.

»Gut. Kunst sollte sich nie schmutzig anfühlen. Also, warum Bäume?«

Er überlegt kurz, bevor er antwortet. »Kennst du das, wenn man etwas sieht, das eigentlich gar nicht da ist? Zum Beispiel einen Umriss in den Wolken oder ein Gesicht in einem Felsen?«

»Ja.«

»Ich habe früher in der Natur sehr viele Dinge gesehen. Mein Großvater war genauso. Wir legten uns auf einem Hügel ins Gras und schauten zu, wie die Wolken über uns hinwegzogen. Wie erzählten uns gegenseitig, woran uns die Formen erinnerten. Und als ich ganz früh am Freitagmorgen hier ankam und den Fluss sah, der ins Meer floss, wie er sich seinen Weg durch den Sand bahnte … da musste ich an den alten Apfelbaum hinten in unserem Garten denken. Und ich konnte nicht anders, ich musste ihn zeichnen.«

»War das ein Bild von ihm im Winter?«

»Nein, kurz bevor er einging. Meine Eltern haben ihn schon vor Jahren fällen lassen. Als kleiner Junge bin ich immer darin rumgeklettert, deshalb war ich am Boden zerstört.«

»Und was ist mit der italienischen Zypresse?«

»So eine hatte mein Großvater im Garten. Zypressen erinnern mich immer an ihn.«

Ich lächele sanft. »Und der Wald?«

Tom schmunzelt. »Jetzt kann ich es dir ja verraten, hoffentlich ohne dass es dir befremdlich vorkommt, aber die Idee für den Wald hatte ich von dir.«

»Also hast du doch meinen Post auf Instagram gesehen!«, rufe ich.

»Nein! Ich war wirklich ein paar Tage offline.« Er hält kurz inne. »Ich habe dich am zweiten Tag am Strand gesehen. Du bist die ganze Zypresse abgelaufen und standest dann da und hast aufs Wasser geschaut, und irgendwie musste ich da an ein schönes Mädchen denken, das durch einen Wald geht.« Er lacht verlegen, während mir bei den Worten »schönes Mädchen« innerlich warm wird. »Ich wollte einen Weg für dich erschaffen, über den du laufen kannst.«

»Und genau das habe ich getan«, sage ich ungläubig.

Schweigend sehen wir uns eine Weile an.

»Als ich ein paar Tage später gelesen habe, was du auf Instagram geschrieben hattest, konnte ich es nicht glauben«, gesteht Tom und schaut wieder in die Ferne.

»Das war wirklich ein komischer Zufall«, stimme ich zu.

Doch insgeheim denke ich, dass es sich sehr nach Schicksal anfühlt.

»Bist du früher als Kind oft in Cornwall gewesen?«, frage ich Tom, als wir zurück in Richtung Straße gehen.

Auf dem schmalen Pfad müssen wir hintereinanderlaufen.

»Immer wieder. Mit elf Jahren habe ich sogar mal die gesamten Sommerferien hier verbracht. An den Urlaub erinnere ich mich am besten, weil ich da mit meinem Großvater allein war. Meine Eltern hatten irgendwelche Eheprobleme«, wirft er mir über die Schulter zu. »Mein Vater hatte eine Affäre gehabt, und sie versuchten, sich wieder zusammenzuraufen, deshalb wurde ich für sechs Wochen zu meinem Großvater geschickt, damit sie Zeit und Raum für sich hatten. Und ich für mich, schätze ich. Die Streitereien setzten mir ganz schön zu.«

»Das tut mir leid. Das muss wirklich verstörend gewesen sein.«

Tom widerspricht nicht. »War es, aber es war auch das Beste, was sie in dem Moment für mich tun konnten.«

»Bist du Einzelkind?«

Ich weiß nicht, ob er meine Frage gehört hat, denn zuerst antwortet er nicht. »Ja«, sagt er schließlich. »Und ich war manchmal einsam, aber dieser Sommer damals war einfach toll. Immer zusammen mit meinem Großvater, Sandburgen bauen, Bilder malen ... Er war schon Rentner, deshalb hatte er alle Zeit der Welt für mich. Nur blieb ihm nicht alle Zeit der Welt, wie sich herausstellte«, fügt er düster hinzu. »Er ist kurz danach gestorben.«

»Das tut mir total leid.«

»Wie es sich anhört, hast du deiner Großmutter auch sehr nahgestanden.«

»Ja. Als sie starb, war ich am Boden zerstört. Sie ist neunzig Jahre geworden, aber es war trotzdem schwer, sie gehen zu lassen.«

»Mein Großvater war erst einundsechzig.«

»Das ist jung. Woran ist er gestorben?«

»Sein Herz hat schlapp gemacht.« Tom schaut hinaus aufs Meer, und ich sehe, dass er schluckt. »Ich war gerade auf die weiterführende Schule gekommen. Auf verquere Art hat sein Tod dazu geführt, dass meine Eltern wieder zusammenkamen. Er war der Vater meines Vaters.«

»Sind deine Eltern noch verheiratet?«

»Ja. Inzwischen seit über dreißig Jahren.«

»Das ist tröstlich zu wissen.«

»Ja.« Er stimmt mir so leise zu, dass seine Antwort fast vom Wind fortgetragen wird.

Schließlich kommen wir beim Driftwood Spars Inn vorbei. Rauch windet sich aus dem Schornstein, im Gasthaus brennt Licht. Es hat eben erst aufgemacht.

»Sieht sehr gemütlich aus«, bemerkt Tom, als er durch ein Fenster hineinspäht.

»Lust auf ein Bierchen am Kamin?«, schlage ich vor.

»Ein Konterbier?« Er hebt die Augenbraue.

»Warum nicht?«

»Ich bring die besser erst zurück nach Hause.« Er hebt die Harke an.

Ich nehme sie ihm ab. »Die stelle ich schnell um die Ecke.«

Als ich das Gasthaus betrete, lehnt Tom schon am Tresen und schaut mir entgegen.

»Was willst du trinken?«, fragt er.

»Ähm ... einen Tee, bitte«, sage ich zu dem jungen Mädchen hinter der Bar.

»Erst groß tönen«, neckt er mich und bestellt ein Bitter Shandy für sich.

Wir setzen uns an einen Tisch am schmiedeeisernen Kamin. Draußen mag es Juni sein, aber es ist kalt an diesem Morgen, und ich bin froh über die Wärme, reibe mir die Hände und halte sie vor die Flammen. Tom sieht sich um und registriert die Gegenstände, die an den grob gehauenen Steinwänden und unter den dunklen Deckenbalken hängen: altmodische Laternen, Flinten und Schwerter, Steuerräder von Schiffen und Gezeitenuhren aus Messing.

»Kann man hier auch übernachten?«, will er wissen.

»Ja, die haben ein B&B. Warum, überlegst du auszuziehen?«, necke ich ihn.

»Ich überlege zu *bleiben*«, erwidert er mit Nachdruck.

»In Aggie?« Mein Herz gerät ins Stocken.

Tom nickt. »Die restlichen zweieinhalb Wochen kommen mir einfach nicht genug vor. Ist dein Apartment den Rest des Sommers ausgebucht?«

»Leider ja«, erwidere ich.

»Und die anderen Wohnungen, die du betreust?«

»Alles geblockt. Aber du könntest hier an der Theke fragen. Vielleicht hast du ja Glück.« Ich kann ein Grinsen nicht unterdrücken. »Freut mich sehr, dass du länger bleiben willst.«

Offensichtlich von mir ermutigt, greift er nach seinem Pint. »Gefällt mir wirklich super hier.«

»Früher mal wollte ich so schnell wie möglich fort, aber jetzt kann ich es mir nicht mehr vorstellen wegzuziehen.«

»Wo wolltest du denn damals hin?«

Ich erzähle ihm von meinen Plänen, nach London zu ziehen, und dass ich irgendwann wieder nach Italien wollte.

»Und das willst du jetzt nicht mehr?«

»Ich würde immer noch gern irgendwann eine Künstlerresidenz bekommen oder an einem Bildhauersymposium teilnehmen, aber ich möchte nicht mehr für längere Zeit im Ausland bleiben.«

»Was ist denn ein Bildhauersymposium?«

»Da werden mehrere bildende Künstler und Künstlerinnen eingeladen, die dann zu einem bestimmten Thema ein Werk anfertigen. So was gibt es in verschiedenen Ländern auf der ganzen Welt.«

»Ich würde mir gern Werke von dir ansehen.«

»Das meiste sind Auftragsarbeiten, die sind natürlich nicht

mehr in meinem Besitz, aber mein aktuelles Projekt ist ein öffentlicher Auftrag«, erwidere ich mit einem Anflug von Stolz. »Es ist noch in der Gießerei, wo es den letzten Schliff erhält. Ich muss morgen vorbeifahren und nach dem Rechten sehen.«

»Wo ist denn die Gießerei?«

»In der Nähe von St Ives. Du kannst gern mitkommen, wenn du Lust auf einen Ausflug hast«, sage ich, ohne groß nachzudenken.

Bisher habe ich so was weder Michael noch meinen Freundinnen angeboten. Tatsächlich könnte ich nicht mal sagen, ob ich seit meinem Studium je wieder wissentlich ein unfertiges Arbeitsstück fremden Blicken ausgesetzt habe. Keine Ahnung, was das mit Tom ist, aber bei ihm habe ich den Mut, etwas von mir preiszugeben.

»Ja, gern.« Seine goldbraunen Augen versenken sich in meinen, seine Mundwinkel heben sich.

»Hast du schon was von deinem Haus gehört? Ob es verkauft ist?«, erkundige ich mich und schenke mir Tee nach. Mein Gesicht wird warm.

»Nein, nichts.«

»Aber du hast dein Handy nicht wieder abgestellt, oder?«

»Nein, auch wenn es eine Versuchung ist«, brummt er und hebt sein Pintglas an.

»Ist die Beziehung zu deiner Ex sehr angespannt?«

»Na ja, sie ist nicht gerade gut. Wir waren drei Jahre zusammen, es war immer schon klar, dass es unangenehm werden könnte, wenn Schluss ist.«

»Drei Jahre sind eine lange Zeit.«

»Ja, ich dachte eigentlich, ich wäre angekommen.«

»Also hattet ihr Pläne für eine gemeinsame Zukunft?«

»Schon. Der nächste Schritt wäre gewesen zu heiraten«, gesteht Tom trübsinnig.

Er hätte sie geheiratet? Und Rach meinte, es sei nichts Ernstes gewesen.

»Ein Pärchen nach dem anderen in unserem Freundeskreis verlobte sich, und es hieß immer, wir seien die Nächsten, aber irgendwie traten wir auf der Stelle. Als wir ein Paar wurden, hatte ich das Gefühl, es wäre der richtige Zeitpunkt, um sesshaft zu werden, aber wir passten nicht richtig zusammen. Zu Beginn wollte ich das nicht wahrhaben, aber irgendwann ließ es sich nicht mehr leugnen. Wir hatten von Anfang an unterschiedliche Erwartungen.«

»Wolltet ihr euch beide trennen?«

»Sie war diejenige, die letztendlich Schluss gemacht hat. Ehrlich gesagt, kann ich das immer noch nicht ganz begreifen.«

Das ist das Zeichen für mich, ihn nicht weiter zu bedrängen. Obwohl ich mich frage, was der Auslöser für die Trennung war.

»Gibt es in *deinem* Leben eine wichtige Person?«, fragt Tom beiläufig.

»Nein«, antworte ich.

Es fühlt sich richtig an, als ich es sage.

28

Der Sommer vor drei Jahren

Achtung! Dies ist die automatische Erinnerungsfunktion einen Monat vor dem anstehenden Ereignis ...

Mein Herz macht einen Sprung, als ich die Nachricht lese, die beim Aufwachen im Display erscheint. Schnell tippe ich eine Antwort in der Hoffnung, dass Finn noch wach ist.

Hast du schon ein Ticket gebucht?

Es ist Viertel nach acht. Wie spät ist es also in L.A.? Es muss mitten in der Nacht sein. Als drei blinkende Punkte anzeigen, dass er liest oder antwortet, halte ich den Atem an.

Jep. Bist du Single?

Ich lache vor mich hin. *Was glaubst du wohl?*

Ändere das bitte nicht in absehbarer Zukunft.

Ich schicke ihm einen Smiley zurück und springe aus dem Bett.

Als Finn letztes Jahr zurückflog, konnte ich mich keine sieben Tage zusammenreißen, dann sendete ich ihm ein *Du fehlst*, worauf er antwortete: *Du fehlst MIR. So unendlich.*

Kaum bekam ich seine Nachricht, rief ich ihn an.

»Na, *das* ist ja mal eine Überraschung«, sagte er, und auch wenn ich ihn nicht sehen konnte, war ich mir ziemlich sicher, dass er grinste.

»Ich möchte nicht, dass wieder ein ganzes Jahr Funkstille herrscht«, gestand ich, überglücklich, seine Stimme zu hören.

»Freut mich, dass du zur Besinnung gekommen bist«, erwiderte er.

Ich war nicht zur Besinnung gekommen, ich hatte den Verstand verloren.

Wir schrieben und telefonierten regelmäßig. Ich durchlebte mit ihm Höhepunkte wie die Treffen mit Plattenfirmen, aber auch Tiefpunkte, als er sich von seiner Band trennte. Finn teilte mein Glück, als ich wieder mit der Bildhauerei anfing, und ebenso meinen Schmerz, wann immer ich merkte, wie sehr ich Mum und Dad vermisste.

Wollte ich etwas loswerden oder hatte ich eine Neuigkeit zu vermelden, war Finn derjenige, den ich anrief.

Und das war das Problem.

Es gab Zeiten, in denen ich mein Leben in St Agnes gar nicht mehr bewusst erlebte. Ich vergaß Rachs Geburtstag, tauchte eine Stunde zu spät bei der Hauseinweihung von Amy und Dan auf, versetzte beinahe Shirley, die mit mir sprechen wollte, weil Michael sich mit seinem besten Freund Timothy zerstritten hatte. Die Jungs vertrugen sich wieder, bevor wir einschreiten mussten, aber das war nicht der Punkt. Es ging darum, dass ich nicht da war, wenn meine Freunde und mein Bruder mich brauchten.

Ich erzählte Finn, dass ich Rachs Geburtstag vergessen hatte. Er hatte Verständnis, doch als ich das nächste Mal etwas versiebte, war es mir zu peinlich, mich ihm anzuvertrauen.

Ungefähr zur selben Zeit spürte ich, dass auch er nicht ganz offen mit mir war. Er hatte sich mit seinem Vater gestritten, was er herunterspielte, und eine Auseinandersetzung mit einem ehemaligen Bandkollegen gehabt, die er als unwichtig abtat.

Als ich ihn am ersten Weihnachtstag anrief, blieb er oberflächlich und beendete das Gespräch nach kurzer Zeit, weil er zum Mittagessen bei seinem Vater sein musste. Ich gestand ihm, wie gern ich seine Familie kennenlernen würde, und er schlug vor, mich über FaceTime anzurufen, wenn er dort sei, doch dann dauerte es drei Tage, ehe er sich wieder meldete, und an Silvester und Neujahr sprachen wir gar nicht miteinander, weil er auf einer großen Party gewesen war und am nächsten Tag noch so in den Seilen hing, dass er nicht ans Handy ging. Später gestand er mir, er sei mies drauf gewesen und habe mich nicht runterziehen wollen.

Das wirft bei mir die Frage auf, ob das unbeschwerte Leben, das er in L.A. führt, wirklich so toll ist, wie er immer behauptet.

Als Finn einen Monat später ins Seaglass kommt, sehe ich ihn sofort. Ich beobachte, wie er den ganzen Laden absucht, bis er mich entdeckt, nehme die warme Freude wahr, die sich auf seinem Gesicht ausbreitet. Ein Spiegelbild meiner eigenen Gefühle. Ich bediene gerade einen Gast, mehrere Freunde stürzen sich auf Finn, doch sobald ich frei bin, komme ich hinter der Theke hervor, und er löst sich von seinen Kumpeln, schließt mich fest in die Arme und drückt mich an sich.

»Du hast mir so gefehlt«, brummt er mir ins Ohr.

Ich löse mich von ihm, um ihn anzustrahlen, er nimmt die Hände von meiner Taille und umschließt mein Gesicht, um mich dort, mitten im Raum, vor allen zu küssen.

»Ein Glück, dass mein Freund heute Abend nicht hier ist«, flüstere ich, lege die Hände auf Finns Schultern und verschränke sie in seinem Nacken.

Im ersten Moment ist er perplex, dann zieht er die Nase kraus und boxt mir spielerisch gegen den Arm. »He, keine Witze darüber!«

Ich grinse und gebe ihm einen Kuss. »Ich will keinen anderen«, sage ich. »Zumindest nicht in den nächsten zwei Wochen«, füge ich lässig hinzu und kichere an seiner Schulter.

»Es könnte sein …« Er hält inne, worauf ich ihn streng ansehe. »Es könnte sein, dass ich ein paar Termine verschieben konnte.« Er lächelt mich an.

»Erzähl!« Ich bin gespannt wie ein Flitzebogen.

»Ich bleibe einen Monat hier.«

Ich schnappe nach Luft. »Wirklich?«

Er nickt mit funkelnden Augen.

»O Finn, das ist ja großartig!« Ich drücke ihn an mich, so fest es geht.

Wenn er nach vier langen gemeinsamen Wochen geht, wird es noch viel mehr weh tun. Aber die schlichte Wahrheit lautet, dass kein anderer Mann auch nur ansatzweise dieselben Gefühle in mir auslöst wie Finn. Dabei hätte es in den vergangenen Monaten genug Möglichkeiten gegeben. Deutlich mehr als in den Jahren zuvor.

Mir ist klar, dass ich nicht ewig mit Finn in diesem Schwebezustand bleiben kann, aber im Moment stellt sich diese Frage nicht. Zumindest in diesem Sommer gehöre ich ihm. Mit den Folgen kann ich mich auch später noch beschäftigen.

Am Sonntagmorgen wache ich auf und fühle mich wie durch den Wolf gedreht. Ich bin die halbe Nacht wach gewesen – wir beide. Ich wollte Finn und seinem Jetlag Gesellschaft leisten, dafür wird mir heute alles weh tun …

Mit einem Lächeln ziehe ich meinen Morgenmantel über und gehe nach unten in den Flur, wo ich die Tür zum Apartment öffne. Die Gäste, die eigentlich einen Tag zuvor hätten eintreffen sollen, mussten ihren Urlaubsantritt auf Montag verschieben, so dass wir ausnahmsweise das ganze Haus für uns haben.

In der hellen, luftigen Küche bereite ich uns beiden Tee zu, als Finn in dem gemieteten Seat Leon durchs Tor fährt, den er vom Parkplatz auf der anderen Straßenseite herübergeholt hat. Ich öffne die Hintertür, als er aus dem Wagen steigt. »Hey, ich bin hier!«, rufe ich.

Er hält mir den ausgestreckten Daumen hin und macht den Kofferraum auf, um einen abgewetzten olivgrünen Rucksack herauszuhieven, gefolgt von einem schwarzen Hartschalenkoffer. Als er ihn zu mir herüberrollt, muss ich lachen.

»Du hast wirklich vor, den Sommer über hierzubleiben.«

»Ich hoffe, das ist in Ordnung«, gibt er mit keckem Grinsen zurück.

»Sind deine Großeltern denn einverstanden, dass du nicht bei ihnen wohnst?«, frage ich und mache ihm Platz, damit er hereinkommen kann.

»Doch. Kann ja auch sein, dass du es dir anders überlegst und mich rausschmeißt.«

»Unwahrscheinlich.«

Als Finn mich in die Arme nimmt und mich küsst, stelle ich mir kurz vor, dass so unser Leben aussehen könnte. Ein ganz normaler Moment an einem ganz normalen Tag, an dem wir uns in unserer Küche küssen, während der Wasserkessel pfeift.

Ich trete vom Abgrund zurück – dort wartet nur großer Kummer auf mich. Denn diese wunderbare Geschichte mit uns wird wieder auf Eis gelegt, sobald Finn ans andere Ende der Welt zurückgekehrt ist.

Ich versuche, die Gedanken beiseitezuschieben und den Moment mit ihm zu genießen, doch irgendwann muss ich der Tatsache ins Auge sehen, dass unsere gemeinsame Zeit begrenzt ist.

29

»Wow!«, ruft Finn, als ich ihm zeige, woran ich in letzter Zeit gearbeitet habe.

Es ist ein Porträt von David Schulman, mein erster Auftrag, erteilt von seiner Frau Arabella.

Den Kopf von Finn habe ich letztes Jahr nicht fertiggestellt. Als er mir Modell saß, war das etwas ganz Besonderes; es vermittelte mir das Gefühl, lebendig und mit dem Schaffensprozess verbunden zu sein. Doch als Finn zurück in L.A. war, verlor ich jedes Interesse an der Skulptur.

Es juckte mir stattdessen in den Fingern, mit frischem, unberührten Ton zu arbeiten. Eine Zeitlang beschäftigte ich mich mit dem Material an sich, schuf wunderschöne abstrakte Formen, die meinem Herzen guttaten und es heilten. Und schließlich kehrte auch der Wunsch zurück, mich wieder dem figürlichen Arbeiten zuzuwenden.

Nachdem das Seaglass im Herbst zugemacht und die meisten Touristen unsere Halbinsel verlassen hatten, sah ich mich auf der Suche nach Inspiration in Museen, Galerien und verschiedenen Künstlerateliers um.

Arabella lernte ich im Januar auf einer Kunstausstellung in St Ives kennen. Sie war ohne Begleitung unterwegs und strahlte eine unglaubliche Selbstsicherheit aus. Arabella war Anfang achtzig, hatte die grauen Haare zu einem strengen Knoten zusammengebunden und trug ein langes schwarzes Kleid sowie einen diamantenbesetzten Kamm im Haar, in dem sich das Licht fing und der funkelnde Reflexe an die dunklen Wände warf. Immer wieder musste ich zu ihr hinübersehen, doch sie war diejenige, die schließlich auf mich zuging, als ich gerade ein großes Gemälde betrachtete, das eine Blume zeigte.

»Ich find's nicht so spannend, und Sie?«, fragte sie geradeheraus.

»Ähm …« Ich sah mich nach der Malerin um und hoffte, dass sie nicht in Hörweite war.

»Zu viel Farbe«, fügte Arabella hinzu, um dann mein Blümchenkleid und die lange rote Strickjacke zu mustern. »*Ihnen* steht Farbe, meine Liebe. Aber nicht diesem Gemälde. Und mir schon gar nicht.«

Ich lächelte sie an, bekam aber den Mund nicht auf. Ich zerbrach mir den Kopf, welches Thema ich anschneiden könnte, damit sie bei mir stehen blieb – Smalltalk fiel mir schwer, da ich Angst hatte, etwas Dummes zu sagen.

»Ich bin in Trauer«, informierte sie mich.

»Das tut mir sehr leid. Wen haben Sie verloren?«

»Meinen Mann David, vor einem Jahr. Krebs.«

»Das tut mir sehr leid«, wiederholte ich.

»Sind Sie Künstlerin?«, erkundigte sie sich.

»Wäre ich gern.«

»Da ist nichts zu wollen, entweder man ist es oder nicht.«

»Dann bin ich Künstlerin«, erklärte ich. Ihre Einstellung gefiel mir.

»Welche Richtung?«

»Bildhauerei.«

»Eine Bildhauerin! Wie interessant. Wir brauchen dringend mehr Bildhauerinnen. Die großen Aufträge für öffentliche Kunst gehen viel zu oft an Männer, das ist deprimierend. Was genau ist Ihr Thema?«

»Hauptsächlich Menschen, aber es ist schon länger her, dass ich irgendwas halbwegs Ordentliches fertiggestellt habe.«

»Wieso?«

»Es gab ein paar Rückschläge.« Ich hielt inne, doch sie schien darauf zu warten, dass ich weitersprach, und ohne darüber nachzudenken, fing ich an zu erzählen. »Meine Eltern sind vor ein paar Jahren gestorben, da habe ich eine Zeitlang die Begeisterung für meine Kunst verloren. Ich habe gerade erst wieder damit angefangen.«

»Wie alt sind Sie?«, fragte Arabella. Die Tragödie meines Lebens schreckte sie nicht ab.

»Vor kurzem fünfundzwanzig geworden.«

»Sie haben Ihre Eltern sehr früh verloren«, stellte sie fest, vielleicht ihre Art, Beileid zu bekunden, ohne es ausdrücklich zu sagen. »Erzählen Sie mir von Ihrem Lieblingsobjekt!«, forderte sie mich auf. »Was haben Sie geschaffen, auf das Sie stolz sind?«

Und so erzählte ich ihr von meiner Großmutter. Arabella gab mir ihre Kontaktdaten und bat mich, ihr Bilder meiner Werke zu mailen, was ich am nächsten Vormittag tat, und eine halbe Stunde, nachdem ich sie abgeschickt hatte, antwortete sie und bat mich, eine ähnliche Skulptur von ihrem verstorbenen Ehemann anzufertigen, die in Bronze gegossen werden solle.

Ich kann mein Glück noch immer nicht fassen.

»Sieht fertig aus«, sagt Finn, als ich ihm Davids Kopf zeige.

»Ist er auch. Hab vor ein paar Tagen endlich aufgehört, dran herumzubessern. Am Montag bringe ich ihn in die Gießerei.«

»Und dann?«

»Dann wird daraus eine Gussform erstellt, und der Kopf wird in Bronze gegossen.«

Ehrfürchtig schüttelt er den Kopf. »Du hast es geschafft. Du verdienst deinen Lebensunterhalt als Bildhauerin.«

Ich lächele. »Meinen Lebensunterhalt kann ich davon noch nicht komplett bestreiten – ich muss weiter im Seaglass arbeiten –, aber ich bin glücklich. Ich habe das Beste aus beiden Welten: aufregende Sommermonate und den Rest der Zeit Ruhe und Frieden, damit ich künstlerisch tätig sein kann.«

Finn beugt sich vor und küsst mich auf den Mund. »Klingt perfekt. Und das ist jetzt dein Atelier?« Er sieht sich im ehemaligen Schlafzimmer meiner Eltern um.

»Ja, würde ich sagen. Die Küche war einfach nicht groß genug.«

Ich habe das Bett zur Seite geschoben und an die Wand gelehnt. Möbel und Teppich sind mit Plastikfolie abgedeckt.

»Als Michael reinkam, meinte er, hier sähe es aus wie in einem Raum, wo Dexter seine Opfer umbringt«, sage ich lachend.

Ich wusste damals nicht, was das bedeutet, habe aber nachgesehen und musste mich schütteln.

Finn schmunzelt. »Guckt er immer noch so gern Filme über Serienmörder?«

»Mehr als alles andere.«

»Wie geht's ihm so?«

»Ganz gut. Letzten Monat hatte er einen schlimmen Husten, der einfach nicht verschwinden wollte, aber jetzt scheint er auf dem Weg der Besserung zu sein. Menschen mit Downsyndrom neigen zu Infekten, ich habe mir Sorgen gemacht. Ich habe immer Angst, dass er irgendwann im Krankenhaus landet.«

»War er nicht schon mal mit einem Infekt im Krankenhaus?« Finn zieht die Augenbrauen besorgt zusammen.

»Richtig, mit einem Atemwegsinfekt. Habe ich dir das damals erzählt?«

»Ja, vor ein paar Jahren.«

»Tja, das letzte Mal, als er im Krankenhaus lag, waren Mum und Dad noch da, und die waren beide Mediziner. Keine Ahnung, wie ich mit seinen Bedürfnissen in so einer Lage umgehen müsste. Ich hätte wahnsinnige Angst. Allerdings nicht halb so viel wie Michael selbst.« Ich seufze. »Manchmal denke ich, dass meine Eltern mich nur bekommen haben, damit Michael nicht allein zurückbleibt, wenn sie mal nicht mehr sind. Der Altersunterschied zwischen uns ist so groß.« Ich betrachte das Foto von unserer Familie an der Wand, das im Studio aufgenommen wurde. »Früher habe ich immer gedacht, dass ich aus Versehen gezeugt wurde, aber jetzt frage ich mich, ob meine Eltern das nicht doch geplant hatten.«

»Deine Eltern haben dich bekommen, weil sie dich wollten, Liv«, sagt Finn liebevoll und drückt meine Hand.

»Ist es nicht seltsam, dass du und ich auch nach so langer Trennung sofort wieder vertraut miteinander umgehen können?«, frage ich unvermittelt.

»Für mich ist das ein Mysterium«, erwidert Finn mit einem süßen Grinsen und zieht mich in seine Arme.

»Ein Mysterium«, wiederhole ich an seinem Hals. Mir gefällt der Klang des Worts. Ich schaue in den Garten, auf die drei großen Palmen ganz hinten. »Ich habe jetzt schon Angst davor, wie sehr du mir fehlen wirst, wenn du nicht mehr da bist«, murmele ich.

»Ich auch. Als ich letzten Sommer zurückgeflogen bin, war ich total fertig.«

Ich hebe den Kopf, um sein Gesicht zu studieren. »Wirklich?«

Finn runzelt die Stirn. »Absolut.«

Ich bin doch nicht allein mit meinem Schmerz.

»Wie läuft es mit der Band? Haben dir die anderen verziehen, dass du ein Soloprojekt gestartet hast?«

»Nein, die sind immer noch stinksauer. Sie reden nicht mehr mit mir.«

»Tja, Dylan scheint damit zufrieden zu sein, dass er die Texte jetzt herausschreien kann«, sage ich trocken. Der ehemalige Gitarrist wurde kurzerhand zum Sänger ernannt.

»Hey, wollen wir essen gehen?«, fragt Finn aus einer Laune heraus.

»Michael kommt zum Sonntagsessen rüber, du kannst gern hierbleiben.«

Finn wirkt unsicher, doch dann nickt er.

»Ah, wir können ja grillen! Nutzen wir den Garten richtig aus, solange unten keine Gäste sind! Wir könnten auch Amy, Dan und Rach einladen, was meinst du?«

»Klingt super«, erwidert Finn, amüsiert über meine Begeisterung.

Ich schicke unseren Freunden schnell eine Nachricht, dann rufe ich Michael an und schlage ihm vor, dass er Timothy mitbringt.

»Astrein!«, ruft mein Bruder.

Als Michael später vor der Tür steht, ist er jedoch alles andere als begeistert, Finn zu sehen.

»Was will *der* denn hier?«, fragt er schlecht gelaunt.

Es geht wieder los ...

»Michael, sei bitte nicht so unhöflich zu Finn«, sage ich ruhig. »In den nächsten vier Wochen werde ich viel Zeit mit ihm verbringen, und ich wünsche mir, dass ihr euch versteht.«

»Also ist er doch dein Freund, oder was?«, gibt mein Bruder vorwurfsvoll zurück und schielt zu mir herüber.

Während ich Finn ansehe, merke ich, dass ich diesmal keine richtige Antwort auf diese Frage weiß. »Hm, vielleicht ja. Für einen Monat.«

Finn grinst.

»Sei bloß nett zu meiner kleinen Schwester!«, warnt Michael ihn.

»Ich bin immer nett zu ihr«, gibt Finn zurück.

»Kann ich dir nur raten.«

»Okay, okay, es reicht«, gehe ich dazwischen. »Kommt Timothy auch?«, frage ich Michael.

Mürrisch schüttelt er den Kopf. »Er wollte kommen, aber er hat den Bus verpasst.«

»O nein!«

»Wo wohnt er denn?«, erkundigt sich Finn.

Michael runzelt die Stirn. »Warum willst du das wissen?«

»Wenn es nicht so weit ist, könnte ich ihn abholen.«

»In Perranporth.«

Finns Kiefer zuckt.

»Das musst du nicht tun«, sage ich schnell.

Doch er schüttelt den Kopf. »Nein, schon gut. Würdest du mitkommen?«, fragt er Michael. »Dann kannst du mir zeigen, wo er wohnt.«

»Sein Haus liegt am Stadtrand, nicht im Zentrum«, erkläre ich Finn in der Hoffnung, dass er nicht an dem Haus vorbeifahren muss, wo er früher gewohnt hat, denn das vermeidet er seit Jahren. »Aber ruf ihn vorher an und frag ihn, ob er immer noch Lust hat«, schlage ich Michael vor.

Als Finn eine halbe Stunde später zurückkommt, hat Michael deutlich bessere Laune.

Er geht ins Haus vor, Timothy folgt ihm. Beide tragen die gleichen weiten roten T-Shirts.

»Wir haben das Haus gesehen, wo Finn früher gewohnt hat«, verkündet mein Bruder fröhlich.

»Ehrlich?« Ich werfe Finn einen kurzen Blick zu.

»Das ist ein Drecksloch!«

»Michael!«, stoße ich aus.

»Schon gut«, mischt Finn sich ein, der hinter den beiden hereinkommt. »Er hat ja recht.«

»Überall war Unkraut.« Verkündet Michael geradezu schadenfroh. »Und es ist winzig klein!«

»Das war ein Wohnwagen«, meldet sich Timothy zu Wort, angestachelt von Michaels Begeisterung.

»Nein, ein Mobilheim«, stellt Finn für mich klar.

Es kommt flapsig heraus, aber sein Blick, der länger auf meinem Gesicht verweilt, sagt mir, dass ihm meine Reaktion nicht so gleichgültig ist, wie er vorgibt.

»Ihr hört euch an, als hättet ihr ein großes Abenteuer erlebt. Michael, kannst du Timothy und Finn was zu trinken holen, bitte? Die anderen sind auch gleich da.«

Sobald Michael und Timothy gegangen sind, greife ich nach Finns Arm, trete zu ihm und gebe ihm einen Kuss auf den Mund.

Mit gesenktem Blick wendet er sich ab.

»Tyler hat mich gefragt, ob ich mit ihm zu der Stelle fahren würde, wo Mums Sachen gefunden wurden.«

Nach einem entspannten Tag mit unseren Freunden bin ich schon fast eingeschlafen, als Finns Stimme mich wieder zurückholt. Ich öffne die Augen und sehe ihn an. In der Dunkelheit meines Schlafzimmers kann ich seine Gesichtszüge kaum erkennen.

»Wie fühlt sich das für dich an?«

Ich spüre, dass er unschlüssig ist, ob er mir überhaupt davon erzählen soll.

»Das letzte Mal war ich mit dir zusammen dort.« Er stößt einen tiefen Seufzer aus. »Er will sehen, wo sie gesprungen ist.«

»Oh«, sage ich und überlege. »Hat er auch eure Großeltern gefragt, ob sie mitgehen?«

»Glaub ich nicht. Er meinte, das will er ihnen nicht zumuten.«

»Und, machst du es?«

Es dauert einen Moment, ehe er mit angespannter Stimme antwortet. »Es kommt mir irgendwie verlogen vor, mit ihm dahinzugehen.«

»Wie meinst du das?«

»Ich glaube nicht, dass sie von der Klippe gesprungen ist.«

Jetzt bin ich hellwach. Ich taste nach meiner Nachttischlampe und knipse sie an, denn bei diesem Gespräch will ich Finns Gesicht sehen.

Als es hell wird, zuckt er zurück, reißt sich aber zusammen und sieht mich blinzelnd an. Dann faltet er sein Kopfkissen zusammen, setzt sich hoch und schiebt es sich in den Rücken.

»Als sie fort war und ich ihre Sachen weggeräumt habe, ist mir aufgefallen, dass einiges fehlte: zum Beispiel ihre zwei Lieblingsoutfits und ihre alten Cowboystiefel, die sie wirklich gemocht hat. Ich habe meine Großmutter danach gefragt, und sie meinte, Mum müsste sie in den Müll geworfen haben.«

Ich setze mich auf und lege meine Hände auf Finns warme, glatte Brust, spüre, wie sein Herz unter meinen Fingern pocht. Ich weiß nicht, ob er gerade versucht, eine Alternative zu der erschütternden, allgemein akzeptierten Tatsache zu finden, dass seine Mutter sich das Leben genommen hat, oder ob an seinen Spekulationen etwas dran sein könnte.

»Was glaubst du denn, wo sie hingegangen ist?«

Er schaut eine Weile an die Decke, ehe er mit einem Schulterzucken erwidert: »Sie hat immer gesagt, sie wolle nach Goa und da noch mal neu anfangen. Vielleicht hat sie das getan.«

»Hast du mal mit deinem Therapeuten darüber gesprochen?«

Er sieht mich durchdringend an. »Woher weißt du, dass ich eine Therapie hatte?«

»Das hast du mal erwähnt, als es um deinen richtigen Namen ging.«

»Ja, stimmt«, bestätigt er düster. »Darüber rede ich normalerweise nicht. Aber, nein, das war da kein Thema.«

»Was machst du jetzt mit Tyler?«, frage ich nach einer Weile.

»Keine Ahnung.«

»Du könntest ihm doch die Stelle zeigen, wo die Kleidung gefunden wurde, ohne zu sagen, dass sie gesprungen ist.«

»Vielleicht. Ich könnte sagen, dass sie uns dort verlassen hat.«

»Oder wo sie entschieden hat, euch zu verlassen?«

Er schüttelt den Kopf. »Die Entscheidung hat sie schon lange im Voraus getroffen. Sie muss das Ganze monatelang geplant haben. Weißt du, in dem Jahr hat sie mehr Geld für unsere Weihnachtsgeschenke ausgegeben als in den anderen Jahren zusammen. Sie wollte unsere Gesichter beim Auspacken sehen, damit sie eine schöne Erinnerung an uns mitnehmen konnte, an einen Moment, wo wir so glücklich waren wie seit Ewigkeiten nicht mehr. Und nachdem sie sich den Kick geholt hatte, verpisste sie sich und versaute jedem Einzelnen von uns, meine Großeltern eingeschlossen, ein für alle Mal das Weihnachtsfest.«

»Das tut mir so leid, Finn.« Mein Herz zieht sich zusammen, wenn ich mir vorstelle, welche Schmerzen und welches Leid er, seine Brüder und seine Großeltern ertragen mussten. Wie weh es ihnen bis heute jedes Jahr zu Weihnachten tut, dem Fest, wo alles besonders präsent ist.

Seufzend nimmt Finn meine Hand von seiner Brust, um den Arm um mich zu legen. »Mach das Licht aus!«

Ich liege da, doch mein Kopf kommt nicht zur Ruhe, während sein Atem allmählich gleichmäßiger wird.

30

Finn schreckt auf und sieht sich mit verschlafenem Blick fragend um.

»Die neuen Gäste sind da«, flüstere ich.

»Mein Gott«, stößt er schlaftrunken aus.

»Tarek wollte damals, dass ich mehr Geld in den Schallschutz investiere, aber ich musste sparen.«

Schon seit einer Viertelstunde bin ich wach und höre mir an, wie die neuen Mieter der Ferienwohnung alles andere als leise das Auto ausräumen. Sie müssen die Nacht durchgefahren sein, um so früh hier zu sein. Es ist erst Viertel vor sieben, aber sie haben ab heute gebucht und für eine ganze Woche gezahlt, also kann ich mich nicht beschweren. Ich bin nur froh, dass ich gestern Abend noch sauber gemacht habe.

»Das ist ja lauter hier als zu Hause«, beschwert sich Finn. Unten redet ein kleines Kind mit hoher Stimme ohne Punkt und Komma.

»Du kannst jederzeit gehen«, bemerke ich trocken.

Er sieht mich an. »Willst du mich etwa loswerden?«

»Nein!«

»Ich bin ein alter Griesgram, was?«

»Nur ein bisschen.«

»Ich hab nicht gut geschlafen.«

»Aber du warst schneller weg als ich.«

»Das kann sein, doch dann bin ich mitten in der Nacht

aufgewacht. Da hast du so laut geschnarcht, dass die Wände wackelten.«

»Ich schnarche nicht!«

»Das haben meine Ohren anders in Erinnerung.«

Ich ziehe das Kissen hinter meinem Kopf hervor und schlage damit nach Finn.

»He!« Er lacht.

»Alles in Ordnung?«

Unser ernstes Gespräch in der Nacht fällt mir wieder ein.

Er zieht die Nase kraus und zuckt mit den Schultern. »Na ja.«

»Ich habe dich gern bei mir«, flüstere ich.

Er sieht mich eine Weile an, dann grinst er, rollt sich auf mich und drückt meine Handgelenke auf die Matratze.

»Wenn wir sie hören, können sie uns dann auch hören?«, fragt er neckisch.

»Das möchte ich gar nicht herausfinden!«

»In dem Fall bist du besser leise.«

Ich muss erst später arbeiten, deshalb beschließen wir, zum Frühstück in die Blue Bar zu gehen, doch zuerst müssen wir zu Fuß hoch zu Finns Großeltern, um sein Auto zu holen – dort hatte er es abgestellt, nachdem er Timothy am Vorabend heimgebracht hatte.

Sie wohnen in einem kleinen, netten Bungalow ganz oben auf dem Hügel und haben einen Blick über die Dächer des Orts bis zum Ozean in der Ferne. Ihr Vorgarten ist einfach gehalten: in der Ecke ein großer Rosenbusch mit korallfarbenen Blüten, ansonsten ordentlich gemähter Rasen.

»Möchtest du meine Großeltern kennenlernen?«, fragt Finn ohne jede Vorwarnung, als wir uns dem Haus nähern.

»Ja, sehr gern«, erwidere ich erfreut.

Das ist ein gutes Zeichen. Von seiner amerikanischen Familie habe ich noch niemanden kennengelernt – nicht mal über FaceTime –, ich habe mir schon Sorgen gemacht, ob Finn mich lieber aus seinem Privatleben raushalten will.

Die Haustür wird von seinem Großvater geöffnet, einem kleinen untersetzten Mann von Ende sechzig. Er hat schütteres graues Haar und eine rote Knollennase. Da ist null Ähnlichkeit mit Finn, aber mir gefällt das Leuchten in seinen Augen, als er uns erblickt.

»Wen hast du denn da mitgebracht?«, fragt er amüsiert, und da erkenne ich doch die Verwandtschaft der beiden.

»Das ist Liv«, sagt Finn beiläufig. »Wir wollten mein Auto abholen und dachten, wir sagen mal kurz Hallo.«

»Kommt rein, kommt rein!« Der Großvater zieht sich rückwärts in einen schmalen Flur zurück und weist auf das Wohnzimmer. »Trudy!«, ruft er über meine Schulter, als ich an ihm vorbeigehe. Er folgt uns. »Finn ist hier und hat seine Freundin mitgebracht!«

Ich höre Klirren und einen leisen Schrei aus Richtung Küche. Dann kommt eine kurz geratene Frau herbeigeeilt, die sich schnell die Hände an einem Geschirrtuch abtrocknet.

»Hallo!«, ruft sie. Ihr Blick springt zwischen unseren Gesichtern hin und her, um schließlich auf mir ruhen zu bleiben.

»Oma, das ist Liv«, sagt Finn. »Liv: meine Oma.«

»Hallo!«, wiederholt sie freundlich. »Wie schön, dass wir endlich die berühmte Liv kennenlernen.«

»*Oma* …«, raunt Finn, erkennbar peinlich berührt.

»Tyler! Liam!«, ruft sie nach hinten, dann macht sie einen Schritt auf mich zu und drückt mich fest an sich.

Sie hat keinerlei Ähnlichkeit mit meiner Großmutter, die groß, schlank und elegant war, verbreitet jedoch unverwechselbare Oma-Vibes.

Liam schlurft ins Zimmer, offensichtlich nicht gerade erfreut, bei dem unterbrochen worden zu sein, was auch immer er am ersten Montagvormittag in den Sommerferien gemacht hat. Er muss jetzt dreizehn sein. Sein Gesicht ist deutlich runder geworden, als es noch vor ein paar Jahren war. Seine Haare sind länger und glatter und ganz schön fettig.

»Hallo, Liam! Schön, dich wiederzusehen«, sage ich.

Er brummt etwas vor sich hin, das klingt wie: »Alles klar.«

»Tyler!«, blafft Finns Opa.

Ich höre ein genervtes, tiefes Stöhnen, dann erstirbt das Geräusch von Gewehrsalven in einem nahe gelegenen Zimmer. Finn räuspert sich und hebt die Augenbraue, als sein zweiter Bruder hereingeschlendert kommt, um uns zu begrüßen.

Tyler ist jetzt fünfzehn und fast so groß wie Finn, aber deutlich dünner. Er hat kantige Gesichtszüge: hohe Wangenknochen, etwas eng stehende Augen und ein markantes Kinn.

Sie sind so groß geworden. Die Jungen, die ich vor ein paar Jahren vor Michaels Haus auf Stippy Stappy gesehen habe, sind fast nicht mehr zu erkennen.

»Möchtet ihr eine Tasse Tee?«, fragt Finns Oma.

Tyler und Liam drucksen herum, als wären sie lieber woanders.

Ich werfe Finn einen kurzen Blick zu.

»Wir wollten eigentlich frühstücken gehen«, erwidert er.

»Für eine Tasse ist doch immer Zeit, oder?«, schlage ich vor, damit seine Großeltern nicht so enttäuscht sind.

Finn sieht mich von der Seite an, dann nickt er. »Klar.«

»Setzen Sie sich doch, Liv!«, fordert Trudy mich auf und huscht in die Küche.

Finn geht ihr nach, Tyler und Liam verdrücken sich, so dass Finns Opa betreten in der Mitte des Zimmers zurückbleibt, allein mit mir.

Auf dem Beistelltisch steht ein Foto von Finns Mutter. Es ist mir sofort aufgefallen, mein Blick wurde von ihren dunklen Haaren, ihren Grübchen und den unglaublichen bläulichgrünen Augen angezogen. Auf dem Bild muss sie ungefähr Anfang zwanzig sein und wirkt glücklich.

Was ist danach bloß passiert?

»Meine Großeltern haben Angst, dass Tyler auf die falsche Bahn gerät«, erklärt Finn mir später, als wir nach dem Frühstück am Strand entlanglaufen.

»O nein.« Ich sehe ihn kurz an. »In welcher Hinsicht?«

»Er trinkt und raucht und hat Ärger in der Schule. Sie wollen, dass ich mich um ihn kümmere, einen guten Einfluss auf ihn ausübe.«

»Und, machst du das?«

Hoffnung flammt in mir auf. Doch Finn schüttelt den Kopf, und ebenso schnell erlischt sie wieder.

»Ich bin schon viel zu lange hier.«

Bei seiner Bemerkung wird mir übel.

»Du bist doch erst vor drei Tagen gekommen!«

»So meinte ich das nicht«, murmelt er und legt mir den Arm um die Taille, um mich kurz an sich zu drücken. Dann nimmt er meine Hand. »Hör zu, das hat nichts mit dir zu tun. Du bist einfach großartig.« Er bleibt stehen, schaut mich an und dreht mein Kinn zu sich, so dass ich ihm in die Augen sehen muss. »Nur deinetwegen komme ich überhaupt. Glaub mir das bitte.« Wir gehen weiter. »Wenn ich zu lange hier bin, wird alles dunkel und bedrohlich. In L.A. ist das anders.«

»Aber ist denn in L.A. alles gut?«, frage ich zögernd.

Sein Blick trifft meinen. »Wie meinst du das?«

»Na ja, weil du dich ja mit deinen Bandkollegen zerstritten hast. Und dann noch der Ärger mit deinem Vater …«

»*Jeder* streitet sich mal«, unterbricht Finn mich kurz angebunden.

»Ich meine damit nur, dass ich den Eindruck habe, das Leben in L.A. ist auch nicht immer so toll, wie du sagst«, versuche ich es noch mal.

Finn runzelt die Stirn, sein Griff wird fester. »Es ist nicht perfekt, klar. Aber das heißt nicht, dass es nicht hundertmal besser ist, als es hier jemals sein könnte.«

Ich hasse es, wenn er so was sagt.

»Was ist denn so aufregend da?«, frage ich gereizt und lasse seine Hand los.

»Ach, Liv!«, sagt er ungeduldig.

»Nein, im Ernst jetzt, ich will das wissen. Wogegen trete ich an?«

»Das ist Blödsinn. Es geht nicht um dich, es geht um mich, um das, was ich vom Leben will. In L.A. gibt es eine wichtige Musikszene, Auftritte, Beziehungen zur Musikindustrie. Wenn ich in Cornwall bleiben würde, käme ich nie auf einen grünen Zweig. Und ja, vielleicht ist es mit meinem Dad im letzten Jahr nicht so gut gelaufen, aber er ist mein Dad. Ich habe ihn lieb. Es hat Jahre gedauert, eine vernünftige Beziehung zu ihm aufzubauen – es würde mir fehlen, mit ihm ein Bier vor dem Fernseher zu trinken oder ihn mal schnell im Aufnahmestudio zu besuchen.«

»Warum hast du uns einander noch nicht über FaceTime vorgestellt?«

Er wirft mir einen kurzen Blick zu. »Ist es das, was dich so stört?«

Die Verletztheit in meinem Gesicht gibt ihm die Antwort.

»Wenn es dir wichtig ist, mache ich das. Es ist nur ein bisschen seltsam, so was über einen kleinen Bildschirm zu machen. Bin bestimmt aufgeregt, wenn meine beiden Welten aufeinanderprallen. 'tschuldigung, das klingt melodramatisch.«

»Es ist nur melodramatisch, wenn du es so empfindest. Aber ist das wirklich so für dich? Hat dieses Leben hier in Cornwall so gar nichts mit dem in Amerika zu tun?«

Finn denkt eine Weile nach, dann nickt er. »Du darfst nicht vergessen, dass ich mein altes Leben hinter mir lassen musste, als ich nach L.A. zog. Nach dem, was passiert war, nachdem ich meine Großeltern und meine Brüder verlassen musste, war ich komplett am Boden. Ich habe nur überlebt, weil ich mich auf das konzentriert habe, was da war. Als ich zu meinem Vater zog, kannte ich ihn so gut wie gar nicht, aber er war für mich da, er hat mir geholfen, die Zeit durchzustehen, hat einen Therapeuten aufgetrieben, damit ich jemanden hatte, mit dem ich den ganzen Scheiß besprechen konnte. Er hat sich *gekümmert*. Ich meine, verdammt, wahrscheinlich hat allein meine Existenz dazu geführt, dass seine Ehe in die Brüche ging. Das hätte er mir nachtragen können. Mein älterer Bruder und meine Schwester hätten mir das Leben zur Hölle machen können. Haben sie aber nicht. Sie sind gute Menschen. Sie haben für mich gesorgt. Ich bin ihnen eine Menge schuldig.«

»Wenn dein Vater seine Frau betrogen hat, hatte er wahrscheinlich schon vorher ein Problem mit ihr. Ich glaube nicht, dass du der Grund für die Scheidung warst, aber ich verstehe, was du sagst.«

Wir verstummen.

Ich stoße einen tiefen Seufzer aus, der die Spannung in meinem Schultern ein bisschen löst, dennoch bin ich getroffen. Es klingt nicht so, als sei Finn auch nur im entferntesten offen für die Idee, L.A. zu verlassen. Wie sollen wir eine Fernbeziehung führen, wenn sie keinerlei Perspektive hat?

Wir sind gerade an der Höhle vorbeigekommen, wo wir im letzten Jahr Dans Geburtstag gefeiert haben. Auch heute herrscht Springflut, und nicht weit entfernt liegt, halb begraben im Sand, der Kessel der SS Eltham, einem Dampfer, der in den späten 1920er Jahren in Chapel Porth strandete. Ich kann mich erinnern, dass Dad uns etwas über das Unglück vorlas, als Michael sich dort für den Job als Parkwächter bewarb. Unser Vater hoffte, die Geschichte würde meinem Bruder helfen, die Stelle zu bekommen. Vielleicht hatte er recht.

Ich schaue Richtung Parkplatz und finde, dass wir rübergehen sollten, um Michael zu begrüßen. Als ich es Finn vorschlagen will, merke ich, dass er mit gequältem Gesichtsausdruck zu den Klippen hinübersieht. Ich folge seinem Blick und kann in der Ferne, hinter dem alten Maschinenhaus der Wheal-Coates-Mine, einen Felsvorsprung ausmachen.

Mir läuft ein Schauder über den Rücken, als mir einfällt, was Finn am Vorabend gesagt hat – sein Verdacht, dass seine Mutter sich gar nicht das Leben genommen, sondern ihren Selbstmord nur vorgetäuscht hat, um noch mal von vorne zu beginnen. Ihre Leiche wurde nie gefunden.

Andererseits wurden von der elf Mann starken Besatzung der SS Eltham auch nur zwei leere Rettungsboote angespült. Michael war immer fasziniert von Rätseln um verschwundene Menschen.

»Bei deinen Großeltern stand ein Foto von deiner Mutter«, sage ich leise.

»Ich hasse das Bild«, knurrt Finn.

Ich schaue ihn an. »Ich fand, sie sieht schön darauf aus.«

»Stimmt. Sie war mal ein richtiger Hingucker. Aber als sie uns verließ, sah sie nicht mehr so aus. Sie war ausgezehrt, verkümmert. Das Foto ist so verlogen. Wenn ich in dem Zimmer bin, drehe ich es immer zur Wand. Das treibt meine Großeltern in den Wahnsinn.«

»Wahrscheinlich fehlt sie ihnen.«

Mit düsterem Blick beißt er sich auf die Unterlippe.

»Sprich mit mir!«, bitte ich Finn. »Du hast nie mit mir über deine Mutter geredet. Du erzählst nie irgendwas aus deiner Kindheit.«

»Weil ich mein Leben lang versuche, die Zeit zu vergessen.«

»Es könnte dir doch helfen, das alles zu verarbeiten. Nicht nur mit einem Therapeuten, sondern auch mit einer Freundin.«

»Verdammt, Liv!«, fährt er mich an. »Was willst du denn wissen? Dass meine Mutter vor unser aller Augen am Küchentisch Crack genommen hat? Dass ich manchmal ins Wohnzimmer kam, während sie mit irgendwelchen Fremden gefickt hat? Dass sie mich mal geschlagen hat, weil ich gefragt habe, warum nichts zu essen im Kühlschrank ist? *Was willst du wissen?*« Bei jeder Frage, die ihm über die Lippen geht, verzieht sich sein Gesicht stärker vor Wut. Seine Stimme wird immer zorniger.

»Das tut mir unglaublich leid«, sage ich entsetzt.

Mir war nicht klar, was da bei ihm unter der Oberfläche brodelt. Es ist, als hätte ich ihn über eine Schwelle gestoßen.

Ich greife nach seiner Hand, doch er dreht sich von mir weg.

»Meine Kindheit war im Arsch, und meine Mutter war im Arsch, und Tyler und Liam sind wahrscheinlich auch bald im Arsch, und ich kann nichts daran ändern, weil ich auch total im Arsch bin!«

»*Finn* …« Ich hauche seinen Namen nur. Wenn ich ihn doch trösten könnte.

Seine Brust hebt und senkt sich, sein Gesichtsausdruck ist wirr, und ich würde ihm so gern die Hände auf den Körper legen und ihn beruhigen. Ich möchte das Feuer löschen, das tief in ihm lodert.

Niemand, der so was mitmacht, übersteht das unbeschadet.

Das hat meine Mutter gesagt.

Und wie auf Knopfdruck entweicht alles Leben aus ihm. Er presst die Handballen auf die Augen, und als er sie wieder sinken lässt, wirkt er vollkommen niedergeschlagen.

»Wir gehen besser zurück«, sagt er mit flacher Stimme.

Ich drücke ihn an mich, und er erwidert die Umarmung, doch sie fühlt sich kraftlos an.

31

Nach unserem Gespräch am Strand fasse ich Finn mit Samthandschuhen an, aber er scheint nicht die Absicht zu haben, das Thema weiter zu vertiefen, und ist bald wieder der Alte. Ich versuche, es ihm gleichzutun, weil er das offensichtlich von mir erwartet, kann aber seinen Schmerz nur schwer vergessen. Ich fühle mich ihm näher, auch wenn ich vermute, dass er dieses Gespräch mit mir lieber nie geführt hätte.

Im Laufe der Wochen kristallisiert sich bei uns ein Rhythmus heraus. Oft kommt Finn ins Seaglass, wenn ich dort arbeite, setzt sich an die Theke und unterhält sich mit mir, dann gehen wir nach Hause, wo wir knutschen und kuscheln und bis spät in die Nacht reden, um am Vormittag gemütlich im Bett zu frühstücken. Das alles erscheint mir selbstverständlich, ein Ausblick auf das Leben, das wir führen könnten. Doch wenn solche Gedanken auftauchen, verbiete ich sie mir.

Zwischen uns herrscht die unausgesprochene Übereinkunft, nur über unverfängliche Themen wie unsere Freunde oder die berufliche Zukunft zu sprechen. Finn erzählt mir, dass er viele Lieder geschrieben hat, und wenn die Gäste unten das Apartment verlassen, spielt er mir manchmal seine Kompositionen auf dem Klavier vor, das ich wieder ins Wohnzimmer gestellt habe. Ich bin unfassbar stolz, dass seine Bemühungen endlich zu etwas geführt haben und ein großes Plattenlabel mit ihm ein Soloalbum machen will. Er ist allerdings unzufrieden mit den Vertragsbedingungen und will sich nicht auf einen Mehrplattenvertrag einlassen. Finn hasst die Vorstellung, dass jemand anderes über seine Karriere bestimmt, dass man ihm vorschreibt, was er zu tun und zu lassen hat, sogar was er anzuziehen hat. Er wäre lieber ein anonymer Komponist und Texter. Er überlegt, ein Projekt mit einem kleinen Indielabel zu machen, um etwas mehr Freiheit zu haben.

Letztendlich vertraut er mir doch Geschichten über seine Familie und seine Freunde in Amerika an. Ich sauge jedes Detail auf, erfahre viel über seinen Bruder und seine Schwester, auch über seinen ungestümen kleinen Neffen Jimmy, der gerade vier geworden ist. Finn erzählt mir von seinem Vater und dessen neuer Freundin, und mir wird ganz warm ums Herz, wenn ich mir mit ihm Bilder von den Menschen ansehe, die ihm etwas bedeuten.

Er berichtet mir von den Ausflügen, die er mit seinen Brüdern unternimmt. Ich warte ab, ob er über seine Kindheit sprechen will, doch ich werde ihn nicht noch mal bedrängen, nicht wie an jenem Tag am Strand. Ich will nicht, dass er schlechte Erinnerungen mit mir verbindet – immerhin hat er gesagt, ich sei das Einzige, was seine Reisen nach Cornwall erträglich mache, und das will ich nicht aufs Spiel setzen.

Ich frage mich allerdings, wie wir eine Zukunft haben sollen, wenn er sich nicht vorstellen kann, hier zu leben. Aber vermutlich will ich es einfach nur nicht wahrhaben: Es geht nicht.

Nachdem ich mir das klargemacht habe, beschließe ich am Todestag meiner Eltern, den Vormittag allein zu verbringen. Als ich aufwache, schläft Finn noch. Es gelingt mir, mich leise anzuziehen und das Haus zu verlassen, bevor er etwas merkt.

Doch er findet mich auf einer Bank oberhalb der Klippen südlich von St Agnes, unweit der Stelle, zu der er mit mir am ersten Todestag gegangen ist.

»Hey«, sagt er mit grimmigem Gesichtsausdruck, während er näher kommt.

Inzwischen kann ich mit meiner Trauer besser umgehen, doch an diesem besonderen Tag trifft sie mich wie eine Fuhre Wackersteine, und dann muss ich einfach weinen.

Ich bin nicht unglücklich, Finn zu sehen.

Er setzt sich neben mich und streckt den Arm nach mir aus. Ich frage nicht, woher er wusste, wo ich sein würde, und er fragt nicht, warum ich gegangen bin, ohne etwas zu sagen. Ich rutsche an ihn heran und schmiege schluchzend meine Wange an seine Schulter.

Am Horizont hängt ein grauer Schatten über dem Ozean, eine Regenbank, die auf uns zuzieht. Bald wird sie sich über uns entleeren, doch das ist mir völlig egal.

»Hast du heute irgendwas Besonderes mit Michael vor?«, fragt Finn.

Ich schüttele den Kopf, Tränen rinnen mir über die Wangen. »Nein. Letztes Jahr wollte er nicht mal darüber reden. Inzwischen spreche ich eigentlich mit niemandem mehr darüber, außer mit dir.«

Er lehnt seinen Kopf an meinen.

»Alles in Ordnung?«, frage ich, weil er so still ist.

»Ich habe nur gerade an Tyler gedacht.«

Ich trockne meine Tränen und nehme seine Hand, um aufmerksam zuzuhören.

»Ich werde mit ihm auf die Klippen gehen und ihm zeigen, wo Mums Klamotten gefunden wurden«, erklärt Finn. »Aber ich werde ihm nichts von meiner Theorie erzählen. Das bringt ihn nur durcheinander. Ich habe das Gefühl, dass er mir entgleitet, und so eine Aktion könnte uns wieder näher zusammenbringen.«

»Waren die Jungs schon mal bei dir in L.A.?«

»In den letzten Jahren nicht, aber ich habe überlegt, ob sie vielleicht Lust hätten, Weihnachten rüberzukommen.«

»Waren sie denn schon mal Weihnachten da?«

»Nein«, antwortet Finn und drückt meine Hand.

Ich schenke ihm ein, wie ich hoffe, aufmunterndes Lächeln. »Ich glaube, das wäre echt gut für euch alle.«

Bisher hat Finn es vermieden, seine zwei Welten zusammenzuführen, aber vielleicht braucht er genau das. Momentan ist er hin- und hergerissen, mit einem Bein hier und einem in Amerika. Vielleicht würde es ihm helfen, sich nicht so zerrissen zu fühlen, wenn er Weihnachten mit seinen Brüdern und Großeltern gemeinsam in L.A. feiern würde, zusammen mit dem Rest seiner Familie.

Gründlich betrachtet er mein Gesicht. »Deine Augen haben heute dieselbe Farbe wie das Meer.«

»Du hättest die meiner Mutter sehen sollen, die waren strahlend blau wie der Sommerhimmel. Meine erinnern eher an Gewitterwolken.«

»Komm mit mir nach L.A.!«, flüstert Finn.

Ich erstarre. »In den Urlaub?«

»Nein, um dort mit mir zu leben.«

Ich schüttele den Kopf. »Finn, das geht nicht. Das weißt du doch.«

Sein Gesichtsausdruck wird härter. »Warum nicht?«

»Ich kann St Agnes nicht verlassen. Ich kann Michael nicht allein lassen. Er braucht mich.«

Finn zieht den Arm hinter mir hervor und beugt sich vornüber, die Ellenbogen auf die Oberschenkel gestützt. So starrt er aufs Meer, während die ersten Regentropfen fallen.

»Ich weiß nicht, was ich tun soll«, sage ich. »Diesmal fühlt es sich anders an mit dir.«

Wir sind einen Schritt weiter gegangen, was es sowohl besser als auch schwerer macht.

»Es wird unerträglich sein, wenn ich nach Hause fliege«, sagt er geknickt. »Du fehlst mir, wenn ich nicht hier bin. Ich denke die ganze Zeit an dich. Ich hasse es, dich zurückzulassen.«

»Dann tu es nicht!«, flehe ich ihn an. Der Regen läuft mir über die Wangen und vermischt sich mit meinen Tränen. »Du wirst hier gebraucht. Können wir das nicht irgendwie hinbekommen?«

Ich weiß, dass es unfair ist, ihm noch mehr Druck zu machen. Er hat mir seine Gefühle gestanden. Doch ich kann nicht anders.

»Bitte mich nicht hierzubleiben, Liv.« Finn ist mit den Nerven am Ende.

»Dann bitte du mich nicht, mit dir zu gehen.«

Er sieht mich an und nickt stumm. In meinem Herzen reißt ein Abgrund auf.

Ich habe das niederschmetternde Gefühl, gerade unser Ende besiegelt zu haben.

»Wir können nicht ewig so weitermachen«, sage ich kläglich. »Nicht für alle Zeit.«

»Was sollen wir sonst tun?«, fragt er.

»Wir hätten uns an die Regeln halten sollen.« Es klingt verbittert. »Dann hätten wir zumindest die Chance gehabt, unser Leben weiterzuführen, und würden uns nicht so zerrissen fühlen.«

»Willst du zu dem Zustand zurück?«, fragt Finn zögernd.

Ich weiß, dass es das Beste wäre. Das wusste ich von Anfang an. Doch bei der Vorstellung zerreißt es mir das Herz.

»Vielleicht sollten wir nicht mehr ganz so oft miteinander sprechen. Nur einmal im Monat oder so, damit wir auf dem Laufenden sind. Um nicht mehr so eingebunden in das Leben des anderen zu sein.«

Kurz denkt Finn über meinen Vorschlag nach, die Lippen zu einem dünnen Strich zusammengepresst, dann nickt er knapp.

Nachdem er fort ist, finde ich meinen Trost in der Arbeit mit Ton.

32

Dieser Sommer

Die Wärme von Toms Blick vermischt sich mit der schimmernden Hitze auf meiner Haut. Ich unterhalte mich gerade mit einem Mitarbeiter der Gießerei über eine Naht, die noch nachgearbeitet werden muss. Ammoniak sticht mir in der Nase, der brennende Geruch geschmolzenen Metalls im Ofen kratzt mir im Hals, jedoch nicht unangenehm. Ich bin unheimlich gern hier. An diesem Ort kommt alles zusammen, hier wird die Vision, die hinter meiner harten Arbeit steht, Wirklichkeit.

Dann besprechen wir die Patinierung und den Grünton, den ich zu erreichen hoffe, und als wir fertig sind, lächele ich zu Tom hinüber und winke ihn herbei. Er hat sich im Hintergrund gehalten, um nicht im Weg zu sein. Als der Mitarbeiter der Gießerei sich entfernt, gesellt er sich mit blitzenden goldbraunen Augen zu mir.

Ehrfürchtig schüttelt er den Kopf. »Dein erster öffentlicher Auftrag! Wie fühlst du dich jetzt? Du bist bestimmt total stolz. Das ist unglaublich, Liv! Ich bin schwer beeindruckt.«

Das ist so lieb von ihm, dass mir unerwartet Tränen in die Augen schießen.

»Oh«, sagt er leise und drückt mir verständnisvoll die Schulter. Ich wische mir die Tropfen aus den Wimpern.

»Du hättest mich mal vor ein paar Jahren sehen sollen, als ich die Skulpturen von meinen Eltern gemacht habe«, sage ich und lache leise. »Als sie aus den Formen geschlagen wurden, war ich völlig überwältigt. Die Mitarbeiter der Gießerei haben mich erst mal in Ruhe gelassen.« Mein Lächeln wird schwächer. »Ich würde alles darum geben, wenn sie jetzt hier wären und diesen Moment miterleben könnten.«

Die Tränen, die ich bis jetzt zurückhalten konnte, beginnen zu fließen, und Tom breitet verständnisvoll die Arme aus und zieht mich an sich.

»Das tut mir so leid«, murmelt er in mein Haar.

Meine Brust drückt gegen seinen Oberkörper, und meine Nerven kribbeln, weil wir uns so nah sind, dennoch fühlt sich dieser Moment irgendwie selbstverständlich an.

»Schon gut«, presse ich hervor, während er mir über den Rücken streicht. »Es gibt Tage, da denke ich stundenlang nicht an sie, und dann fühlt es sich wieder an, als hätte ich sie gerade erst gestern verloren.« Ich löse mich viel schneller von ihm, als mir recht ist, weil ich dringend ein Taschentuch brauche. »Meine Eltern waren alles andere als kreativ, aber ich weiß, dass sie stolz gewesen wären«, stoße ich hervor und schnäuze in ein Taschentuch, das ich in meiner Tasche gefunden habe. »Außerdem bilde ich mir ein, dass sie dankbar dafür wären, dass ich die Kunst habe. Klingt das seltsam? Die Bildhauerei hat mir geholfen, meine Trauer zu verarbeiten. War eine gute Therapie.«

»Das klingt überhaupt nicht seltsam.« Tom stößt einen kleinen Seufzer aus. »Ich wünsche mir auch oft, dass mein Großvater noch da wäre und sehen könnte, wie ich fliege«, gesteht er. »Ich weiß, dass er großen Spaß daran gehabt hätte.«

»Deine Eltern sind doch bestimmt auch stolz, oder?«

Sein Lächeln wird wärmer. »Meine Mutter hat sich früher immer genau erkundigt, wie die Rettungseinsätze gelaufen sind, und flippte dann völlig aus, weil sich das alles so gefährlich anhörte. Aber so ist sie nun mal. Sie behauptet, dass sie Horrorfilme hasst, aber guckt sich zwei Stunden lang einen an, die ganze Zeit mit den Händen vorm Gesicht, und erschrickt sich zu Tode.«

Ich muss über das Bild grinsen. »Und dein Vater?«, frage ich.

»Wahrscheinlich freut er sich im Stillen. Er kann das nicht so zeigen, aber ich habe mitbekommen, wie er Freunden von meinem Job erzählt hat.« Toms Lächeln wird schwächer, er wendet den Blick ab.

»Es tut mir leid, dass sie deine künstlerischen Ambitionen nicht unterstützt haben«, sage ich unvermittelt.

Er schüttelt den Kopf und grinst schief. »Ich kann meine Sachen nicht ansatzweise mit dem vergleichen, was du machst.«

Ich runzele die Stirn. »Das stimmt nicht.«

»Liv.« Er sieht mich an, wahrscheinlich soll es ein nachdrücklicher Blick sein, doch bei seinem Gesichtsausdruck zieht sich alles in mir zusammen. »Ich male Bilder in den Sand.«

Wenn er sich selbst so klein macht, könnte ich ausrasten.

»Kunst ist Kunst«, sage ich.

»Du hast recht«, stimmt er mir zu, plötzlich ernst. »Nur weil meine Bilder nach sechs Stunden weggespült werden, während deine Bronzen ewig Bestand haben, sind sie nicht weniger wichtig.«

Ich verdrehe die Augen über seinen Sarkasmus. Er grinst mich an, in seinen Augen blitzt Humor.

»Hast du Lust, anschließend in die Tate Gallery zu gehen?«, fragt er.

»Ja, klar!« Unheimlich gern würde ich den Tag mit Tom verbringen.

»Ich kann es nicht erwarten, die berühmten Sandskulpturen von Barbara Hepworth zu sehen«, fügt er hinzu und versucht dabei, ein ernstes Gesicht zu machen.

Ich schlage ihm neckisch auf den Arm. »Du musst auf jeden Fall mal nach Florenz und dir Michelangelos sensationelle Straßenkunst anschauen. Wirklich sehenswert.«

Tom legt den Kopf in den Nacken und lacht. Beim Verlassen der Gießerei schmunzeln wir beide vor uns hin.

»Du bist bestimmt schon oft hier gewesen«, sagt Tom fast entschuldigend, als wir bei strahlendem Sonnenschein die steile Straße in St Ives hinunterlaufen, in der Luft die Geräusche eines Sommertags am Meer. Der Strand befindet sich direkt gegenüber der Galerie auf der anderen Straßenseite.

»Ein paarmal«, gebe ich zu. »Aber es macht immer Spaß. Ich möchte auf jeden Fall mal wieder in die Tate Modern in London.«

»Wann warst du das letzte Mal dort?«, fragt er.

»So mit sechzehn, siebzehn Jahren? Klar, ich könnte allein nach London fahren. Sollte ich auch tun. Ich will mir unbedingt noch ein paar Plastiken ansehen.«

»Welche denn?«, hakt Tom neugierig nach, während am Ende der Straße der auffällige runde weiße Eingang der Tate in Sicht kommt.

»In Richmond-upon-Thames gibt es eine lebensgroße Bronze von Virginia Woolf, die ich mir gern genauer ansehen würde. Die Künstlerin Laury Dizengremel hat Woolf auf einer Bank sitzend dargestellt. Sie wirkt sehr entspannt. Man kann sich tatsächlich neben sie setzen und zusehen, wie die Boote auf dem Fluss vorbeifahren.« Mir gefällt dieser interaktive Aspekt. »Wusstest du, dass es in London mehr Denkmäler von Tieren gibt als welche zu Ehren von bekannten Frauen?«

Tom verzieht das Gesicht. »Echt? Das ist ja heftig.«

»Allerdings! Eine andere Statue, die ich unbedingt noch sehen möchte, ist die von Emmeline Pankhurst in Manchester. Sie steht auf einem Stuhl und heißt die Menschen willkommen. Aber das ist ja noch weiter weg.«

Von derselben Bildhauerin, Hazel Reeves, gibt es auch ein Denkmal des Eisenbahningenieurs Sir Nigel Gresley auf dem Bahnhof King's Cross in London. Das interessiert mich nicht so. Dennoch würde ich ihre Arbeit gern aus der Nähe sehen: Für die über zwei Meter zwanzig hohe Statue wurde eine halbe Tonne Ton verwendet.

Als Frau kommt man nur schwer in die Bildhauerszene hinein, aber Hazel und Laury machen mir Hoffnung.

»Haben Rach oder Amy keine Lust auf einen kleinen Ausflug in die Großstadt?«, fragt Tom, als wir die Außentreppe zum Eingang der Tate emporsteigen.

»Nee, meine Freundinnen interessieren sich nicht so für Kunst und Kultur.«

»Also, wenn du Gesellschaft willst, brauchst du dich nur bei mir zu melden«, sagt Tom beiläufig und hält mir die Tür auf.

Es fühlt sich an, als würde sich ein Ballon in meinem Brustkorb ausdehnen, doch die Erkenntnis, dass Toms einmonatiger Aufenthalt im Beach Cottage bereits fast zur Hälfte vorüber ist, bringt diesen Ballon zum Platzen.

»Du musst bald zurück nach Wales«, werfe ich ihm über die Schulter zu.

»Ja, und? Es soll angeblich Züge von Wales nach London geben, weißt du?«, neckt er mich und legt die Hand auf meinen Rücken, während wir uns dem Ticketschalter nähern.

Bei dem Gedanken, dass er gern Kontakt mit mir halten würde, wird mir innerlich warm.

Es wäre möglich … Wales ist nicht L.A.

Während wir von einem Raum in den nächsten gehen und zwischendurch innehalten, um die Kunstwerke zu betrachten, habe ich das surreale Gefühl, als sei dies unser erstes Date. Als wir vor einem bunten abstrakten Gemälde von Patrick Heron stehen bleiben, streift Tom meinen Arm. Im ersten Moment will ich zurückzucken, rühre mich dann jedoch nicht vom Fleck, Tom ebenso wenig, und plötzlich ist mir das Kunstwerk völlig egal; ich spüre nur noch das pochende Gefühl im Bauch.

Eine gefühlte Ewigkeit verharren wir reglos, und mir wird klar, dass Tom an genau dem Tag nach St Agnes kam, als ich mich für einen Neuanfang bereit machte.

Vielleicht ist es Schicksal, oder es ist nur Zufall. Wie auch immer, es ist wunderschön.

33

Am nächsten Abend kommt Tom ins Seaglass, während ich hinter der Theke stehe und Cocktails für die Gäste mixe, die sich den Sonnenuntergang anschauen wollen.

Die Stimmung ist sehr entspannt. Aus den Boxen dringt Lorde, die Sonne fällt durch die offenen Balkontüren auf die großen runden Tische, an denen die Leute auf Barhockern sitzen. Es freut mich, dass Tom den Laden mal so zu sehen bekommt. Als er das letzte Mal hier war und es draußen leicht regnete, war die Bar so gut wie leer.

»Hallo!«, rufe ich ihm entgegen.

»Hey«, erwidert er und wirkt ebenso glücklich über unsere Begegnung wie ich.

Er trägt ein olivgrünes T-Shirt, das seine breiten Schultern betont. Seine Haut hat die Farbe von goldenem Honig.

»Ich mache die hier noch schnell fertig, dann komme ich zu dir.«

Lächelnd stützt er die Ellenbogen auf den Tresen, während ich den Inhalt meines Cocktailshakers in drei Kelchgläser fülle. Ich spüre, wie er mich beobachtet, als ich drei lilafarbene Blüten von den Veilchen auf dem Tresen abzwicke und sie vorsichtig in den Schaum auf die Maracuja-Martinis lege.

Die Frau, die sie bestellt hat, bringt die Gläser zu ihren Freundinnen an einen nahe gelegenen Tisch, und die drei freuen sich über die hübschen essbaren Blüten.

»Schön, dass du wieder hier bist.« Ich wische mit einem Lappen über den Tresen.

Innerlich schmelze ich dahin.

Tom sieht mich liebevoll an. Mir fällt ein, dass Rach sagte, er würde mich die ganze Zeit anstarren.

Gestern in der Gießerei musste ich auch daran denken.

»Möchtest du was trinken?«, frage ich.

Die Frauen mit den Cocktails zücken ihre Handykameras.

»Ja, ein Ale wäre schön. Welche lokale Marke kannst du empfehlen?«

»Lou's Brew? Die ist nach der Wirtin vom Drifty benannt. Warst du schon mal in der Kleinbrauerei vom Driftwood Spars?«

»Ja, vor ein paar Tagen. Mensch, es ist so schön hier.«

Jedes Mal, wenn er das sagt, mag ich ihn ein bisschen mehr.

Finn konnte nie schnell genug aus St Agnes wegkommen.

»Willst du das gegen ein anderes tauschen?« Ich weise auf das abgegriffene Taschenbuch von *Der Ruf der Wildnis*, das er auf den Tresen gelegt hat, und schenke ihm das Bier aus der Flasche ein.

»Ja, wollte ich wohl, wenn das in Ordnung ist?«

»Na klar. Dafür sind die Bücher ja da.« Es freut mich, dass Tom unser Angebot mit der Gratislektüre nutzt. »So brauchst du immerhin keine Bücherstapel mit nach Hause zu schleppen.«

»Die müsste ich alle hierlassen. Ich habe lediglich einen Rucksack dabei.«

»Den Rucksack, den du auf dem Rücken hattest, als du hier das erste Mal reinkamst?«

Tom nickt.

»Dein gesamtes Hab und Gut passt in das kleine Ding?«, frage ich staunend.

»Eigentlich ist das ein ziemlich großer Rucksack«, erwidert er schmunzelnd. »Willst du auch eins?«, fragt er hoffnungsvoll, als ich sein Bier kassiere.

»Wenn ich hinter der Theke stehe, kann ich nichts trinken, aber warte mal kurz. Libs?«, rufe ich meiner Kollegin zu. »Ich mache mal eben Pause, ja? Geht das?«

»Alles gut«, antwortet sie und nickt.

»Und, was trinkst du?«, fragt Tom.

»Ich nehme einen von denen«, sage ich lächelnd und weise zu den jungen Frauen mit den Maracuja-Martinis hinüber.

Allerdings in der alkoholfreien Version, da ich noch arbeiten muss, aber das ist mein Lieblingscocktail.

Es ist erst fünf Uhr, oben sitzen nur wenige Gäste. Daher gibt es noch keinen Ansturm auf die Küche. Tom und ich gehen zu den Sofas hinüber und setzen uns einander gegenüber.

»Ich hatte übrigens kein Glück bei der Suche nach einer Unterkunft«, sagt er beiläufig. Mein Herz zieht sich zusammen. Ich hatte nicht gewusst, wie ernst es ihm damit ist, länger in Aggie zu bleiben.

»Das Driftwood Spars hatte hier und da mal einen Tag was frei, aber nichts für länger«, fügt Tom hinzu.

Enttäuscht ziehe ich die Nase kraus.

Er macht es mir nach.

Wir lachen beide.

Tom liest die Werbetexte auf den Romanen von Harlan Coben und Lisa Jewell vor, damit ich ihm sage, welches Buch er als Nächstes lesen soll. Schritte kommen die Treppe hoch, ich sehe hinüber.

Mein Magen zieht sich zusammen: Schlaksig schlendert Tyler auf mich zu, mit dichten dunklen Wimpern und zerzausten Haaren. Ich verliere die Fassung und springe auf.

»Hi, Liv«, sagt er.

Er hat so viel Ähnlichkeit mit Finn. Ein Jahr lang habe ich ihn nicht gesehen.

»Hi!«, rufe ich. »Alles in Ordnung?«

Meine Stimme klingt seltsam, ganz hoch und hektisch.

»Doch, klar«, entgegnet er cool. »Ich wollte nur mal fragen, ob du hier noch jemanden gebrauchen kannst.«

Ich fühle mich überrumpelt. Finns Bruder soll bei mir im Seaglass arbeiten? Ich weiß nicht, wie ich damit umgehen soll.

»Oh«, sage ich bedauernd. »Im Moment haben wir eigentlich genug Leute. Außerdem muss man über achtzehn sein«, füge ich schnell hinzu.

»Ich bin achtzehn.«

»Seit wann?«, bringe ich hervor.

»Seit letzten Monat.«

»Oh, wow! Herzlichen Glückwunsch!«

Er sieht mich an, fragt sich wahrscheinlich, warum ich mich so seltsam benehme. Bin ich gerade ungerecht? Es ist nicht seine Schuld, dass Finn jetzt nach vorne blickt.

Es sticht mir ins Herz, aber der Schmerz ist nicht mehr so stark.

»Mensch, ja ... Keine Ahnung, Tyler, vielleicht ja doch?« Ich überdenke meine reflexartige Ablehnung. »Bill könnte wohl Hilfe in der Küche gebrauchen. Oder muss es unbedingt ein Job an der Theke sein?«

»Ich würde schon am liebsten Cocktails mixen, aber erst mal reicht es mir auch, in der Küche auszuhelfen.« Er klingt so selbstsicher wie früher.

»Ich lasse mir das durch den Kopf gehen. Kannst du mir deine Nummer geben?« Mein Handy liegt unten hinter der Theke.

»Sag du mir doch einfach deine Nummer!«, fordert Tyler

mich auf, bevor ich die zweite Möglichkeit in Erwägung ziehe: ein Blatt Papier aus der Küche zu holen und die Nummer aufzuschreiben.

»Äh, okay.«

Ich rattere meine Nummer herunter, Tyler gibt sie in sein Handy ein, ruft mich an und legt nach wenigen Sekunden auf.

»Jetzt hast du meine Nummer«, sagt er.

»Super. Danke. Ich melde mich bald.«

Er ist so selbstsicher. Weiß genau, was er will.

In der Hinsicht ganz anders als sein Bruder.

Er war nicht immer so, raunt es in meinem Kopf.

»Ach, und ich soll dich von Finn grüßen«, ruft er im Gehen über die Schulter.

Mit brennendem Gesicht schaue ich ihm nach.

Als ich mich wieder zu Tom umdrehe, sieht der mich fragend an.

»Ich muss wieder an die Arbeit«, murmele ich.

Später am Abend komme ich nach einer der schlimmsten Schichten, die ich je hatte, nach Hause. Die ganze Zeit musste ich daran denken, dass Finn mir über Tyler Grüße ausrichten ließ. Ich weiß immer noch nicht, ob er zur Hochzeit von Amy und Dan im August kommt –, Amy sagt, er hätte noch nicht auf die Einladung reagiert. Sie hat mir versprochen, Bescheid zu sagen, sobald er sich meldet, doch es macht mich ganz nervös, es nicht genau zu wissen.

Als ich auf meine Haustür zugehe, sehe ich durch die Vorhänge Licht in Toms Schlafzimmer. Kurz frage ich mich, ob er da oben auf mich wartet, dann verwerfe ich den Gedanken. Seit Jahren wartet niemand mehr nachts auf mich.

Bei der Erinnerung an Mum fühle ich mich plötzlich furchtbar einsam. Ich trete in den Flur und schließe die Haustür hinter mir. Toms Tür geht auf, ich zucke zusammen.

»Entschuldigung, ich wollte dich nicht erschrecken«, sagt er. »Wollte nur gucken, ob alles in Ordnung ist?« In seinem Blick steht Besorgnis, dann bemerkt er die Tränen in meinen Augen. »O nein, nicht in Ordnung, oder?« Er will auf mich zugehen, bleibt aber abrupt stehen.

Ich weiche zurück und schlucke, doch der Kloß im Hals will einfach nicht verschwinden.

»Möchtest du auf ein Glas reinkommen?«, fragt Tom.

Am liebsten würde ich direkt nach oben gehen und mich im Bett verkriechen, doch ich nehme das Angebot an.

Als ich mich im Wohnzimmer in eine Sofaecke kuschele, ein Glas Rotwein in der Hand, gesteht mir Tom, dass er sich Sorgen um mich gemacht hat. Er sitzt am anderen Ende des Sofas und sieht mich an.

»Als der Typ reinkam, der Arbeit gesucht hat, wirktest du ein bisschen aufgewühlt«, sagt er. »Willst du darüber sprechen?«

Ich spüre den Kloß im Hals immer noch, so dass Tom mir die Erregung auf jeden Fall anhören wird, sobald ich anfange zu sprechen, dennoch antworte ich ihm.

»Ich kenne seine Familie näher«, erkläre ich. »Genauer gesagt, seinen Bruder.«

»Finn?«

Es wirkt surreal, Finns Namen aus Toms Mund zu hören.

Ich nicke.

»Ist er dein Ex?«, fragt er.

»Er ist nie irgendwas von mir gewesen«, erwidere ich ausdruckslos.

»Wo ist er jetzt?«

»In L.A. Da ist er schon die ganze Zeit. Ein paar Jahre

lang hatten wir eine Art On-Off-Beziehung, aber auf die Entfernung war das einfach nicht durchzuhalten.«

Seufzend wendet Tom den Blick ab und kratzt sich mit dem Daumennagel über die Unterlippe. Er wirkt nachdenklich.

»Ja, das ist schwer«, sagt er schließlich. »Würde ich dir nicht verübeln, wenn du seinen Bruder nicht jeden Tag auf der Arbeit sehen willst.«

»Ich war echt perplex«, gestehe ich.

Tom grinst mir zu. »Er war ganz schön selbstsicher, was?«

»Ja, nicht?«, platzt es aus mir heraus. Mit großen Augen beuge ich mich vor und muss plötzlich breit grinsen.

»Würde mich nicht überraschen, wenn es mit ihm etwas schwieriger werden sollte«, sagt Tom.

»Das habe ich auch schon gedacht! Bin mir nicht sicher, wie gut er sich unterordnen kann.« Kaum habe ich das ausgesprochen, habe ich ein schlechtes Gewissen. »Er hat schon eine Menge mitgemacht«, erkläre ich und betrachte meine Hände. »Keine Ahnung. Vielleicht sollte ich ihn mal probearbeiten lassen.«

»Hast du denn was für ihn zu tun?«, will Tom wissen. Als wir uns ansehen, stelle ich fest, dass seine Belustigung einem ernsteren Ausdruck gewichen ist.

»Tatsächlich haben wir bald eine freie Stelle zu besetzen. Unser stellvertretender Küchenchef zieht in ein paar Wochen nach London, aber das ist natürlich keine Option für Tyler. Allerdings ist unsere Küchenhilfe Samstag nicht da und ab nächsten Mittwoch im Urlaub, und ich habe noch keinen Ersatz für ihn gefunden.« Bei der Erkenntnis kommt leichte Panik in mir auf. »Allerdings glaube ich nicht, dass Tyler Spaß an dem Job hätte – klar, ein bisschen muss man da auch Essen vorbereiten, aber in erster Linie wäscht man Töpfe und Pfannen, wischt den Boden und hält die Arbeitsflächen sauber.

Bill hat nicht viel Geduld mit Leuten, die sich dumm anstellen, der würde an die Decke gehen, wenn Tyler den Job nicht ernst nimmt. Ich glaube, es wäre eine zu heftige Feuertaufe für einen Menschen mit seinem Temperament. Mal sehen, ob ich ein paar Thekenschichten verschieben kann. Da würde Tyler ja am liebsten aushelfen.«

Vielleicht könnten wir ihn als Springer einsetzen. Auch wenn die Vorstellung, dass Finns kleiner Bruder rumrennt, leere Gläser einsammelt und spült, Eis nachfüllt und Fässer wechselt, meine Phantasie strapaziert.

»Das ist echt nett von dir«, sagt Tom und sieht mich bedeutungsschwer an. »Die Mädels stehen bestimmt Schlange, wenn er hinter der Theke Cocktails mixt.«

Ich pruste los, und Toms Mundwinkel ziehen sich nach oben. Sein Blick versinkt in meinem. Das Olivgrün seines T-Shirts bringt die goldenen Flecken in seinen Pupillen zum Funkeln.

»Wahrscheinlich wäre er wirklich ein ganz ordentlicher Barkeeper. Ich sehe schon regelrecht vor mir, wie er neben Luke und Kwame mit den Flaschen jongliert und die Mädels beeindruckt.«

Cocktails gibt es bei uns erst seit letztem Jahr, nachdem ich Chas dazu überreden konnte. Auch unsere Küche ist besser geworden, da mussten wie mit den Getränken nachziehen. Früher gab es nur Bier und Schnaps.

Mich durchfährt ein Stich der Sehnsucht nach den alten Zeiten. Seit das Seaglass renoviert wurde, kann ich mir nicht mehr vorstellen, dass dort eine Band wie Mixamatosis auf der Bühne steht.

Dan, Tarek, Chris und Kieran haben eh schon vor längerer Zeit ihre Instrumente an den Nagel gehängt.

Im Gegensatz zu Finn.

Ich stoße einen lang gezogenen Seufzer aus. Alles und jeder hat sich weiterentwickelt, selbst das Seaglass.

»Und wie willst du nun deine Küchenhilfe ersetzen?«, fragt Tom.

»Keine Ahnung.« Ich fahre mir durchs Haar und versuche, die Strähnen zu entwirren. »Geschäftsführerin zu sein ist wirklich verdammt schwierig.«

Der Dienstplan ist für mich der Teil der Arbeit, den ich am wenigsten gern mache – mit Schichten und Mitarbeitern jonglieren, die diesen oder jenen Tag freihaben wollen. Dazu Krankmeldungen, Urlaubsvertretungen, Einstellungen und Kündigungen, Weiterbildung, der Umgang mit nervtötenden Leuten, die sich einfach nicht einfügen wollen – und hin und wieder mit einem arroganten Arschloch, das glaubt, es besser zu wissen als ich. Außerdem kümmere ich mich um Bestellungen und den Lagerbestand. Für die Küche übernimmt das alles immerhin Bill.

»Also, wenn du Hilfe brauchst, sag Bescheid«, bietet Tom an.

Ich lächele, denn ich denke, dass er es nicht ernst meint.

Er kann kochen – in den Genuss bin ich selbst schon gekommen –, als Küchenhilfe wäre er definitiv überqualifiziert.

»Ist mein Ernst«, sagt er.

Ich beuge mich vor und sehe ihm in die Augen. »Tom, hast du mitbekommen, was man für den Job tun muss?«

»Ja, aber ich habe kein Problem damit, richtig anzupacken. Mir juckt es in den Fingern, was anderes zu machen, als nur rumzusitzen und zu lesen.«

»Hast du nichts Besseres zu tun? Schließlich machst du hier Urlaub.«

Er sieht mich schief an. »Ich weiß nicht genau, was ich hier mache.«

Wie meint er das? Muss er nicht bald zurück nach Wales zu seiner Arbeit? Hat er überhaupt noch einen Job dort? Vielleicht nimmt er sich eine Auszeit.

Mein Gesichtsausdruck wird weicher. »Möchtest du darüber reden?«, frage ich.

Tom stöhnt und reibt sich mit der Hand übers Gesicht. »Eigentlich nicht. Aber ich langweile mich zu Tode. Ich würde wirklich gern aushelfen.«

»Ich wäre dir sehr dankbar, wenn du das machst«, sage ich grinsend. Es gefällt mir, wie sich dieser Abend entwickelt.

»Dann ist es gebongt«, sagt er.

34

In den nächsten zwei Nächten bekomme ich kaum Schlaf. Das Wetter ist großartig, so dass wir uns im Seaglass noch mehr die Hacken ablaufen als sonst. Ich bin vollkommen fertig, aber zum Teil ist es wahrscheinlich auch emotionale Erschöpfung. Immer wieder muss ich daran denken, dass Finn mich über seinen kleinen Bruder hat grüßen lassen. Tyler hat es nur beiläufig erwähnt, aber Finn muss geahnt haben, dass sich bei mir ein Gedankenkarussell in Bewegung setzen würde.

Als ich Tom am späten Samstagnachmittag in seiner Wohnung abhole, steht etwas anderes in seinem Blick, und aus irgendeinem Grund fällt es mir schwer, ihn direkt anzusehen. Auf dem Weg zur Abendschicht im Seaglass spüre ich, dass meine Müdigkeit von einer gewissen Erwartungshaltung vertrieben wurde.

Nach Aussage meines Chefkochs Bill ist Tom in der Küche gut zu gebrauchen. Als Bill und sein Stellvertreter nach Hause gehen, bleibt Tom noch auf ein Glas an der Theke, und nachdem wir aufgeräumt haben, schließen wir uns mit den übrigen Kollegen und Kolleginnen ein und feiern privat weiter. An diesem Abend herrscht ein angenehmes Zusammengehörigkeitsgefühl unter den Mitarbeitern, und es macht großen Spaß, ihn in Ruhe ausklingen zu lassen. Um halb eins sind – bis auf Tom und mich – alle weg.

Wir haben uns eine Flasche Rosé geteilt und uns mit lustigen Anekdoten unterhalten. Mittlerweile sind wir schon ziemlich beschwipst, was man daran merkt, dass wir immer lauter lachen und alberner werden. Der Alkohol hilft mir über meine anfängliche Schüchternheit hinweg, Tom wirkt völlig entspannt. Er sitzt mir halb zugewandt, einen Fuß auf der Stütze meines Hockers. Gelegentlich stößt sein Knie gegen meins, und jedes Mal scheint meine Haut anschließend zu vibrieren, doch keiner von uns zieht zurück, um dem anderen auszuweichen. Tom hat eine Jeans an, ich ein gerüschtes, relativ kurzes Sommerkleid, weshalb ich unseren Körperkontakt wahrscheinlich viel deutlicher spüre als er.

Ich erzähle, dass ich an der Uni einmal meinen Rock mit einem Bunsenbrenner in Brand gesetzt habe, merke aber, dass Tom immer wieder auf meine Lippen schaut. Kaum ist mir das bewusst, kann ich an nichts anderes mehr denken. Als sein Knie mich das nächste Mal berührt, lässt er es dort.

Ich fühle, welche Hitze von dieser Stelle ausgeht. Sie erwärmt mein Blut und setzt mich von Kopf bis Fuß in Brand. Unser Gespräch verstummt, wir sitzen nur da und sehen uns in die Augen.

»Ich glaube, wir gehen besser nach Hause«, murmele ich, als das Schweigen zu eindringlich wird.

Er zieht sein langes Bein zurück und erhebt sich träge, ich rutsche vom Barhocker.

»Ich gucke nur noch kurz, ob alles in Ordnung ist.«

Offenbar ohne nachzudenken kommt er mir hinterher. So ist er einfach, habe ich festgestellt: Wenn etwas erledigt werden muss, ist er dabei.

»Kannst du das Licht ausmachen?«, rufe ich über die Schulter, als ich in die Küche gehe. Zufrieden mit dem, was ich sehe, komme ich wieder heraus. Die Deckenleuchten sind gelöscht, nur die Lichterketten brennen noch.

»Tut mir leid, ich finde den Schalter nicht.« Tom sieht sich suchend um.

»Hinter dir.« Ich weise auf die dunkelblaue Wand hinter den Sofas und gehe durch den Raum auf ihn zu.

Ich beuge mich an ihm vorbei, um den Schalter zu betätigen, an den die Lichterketten angeschlossen sind, und als ich mich wieder aufrichte, stehen wir ganz nah nebeneinander. Mir schnürt sich der Hals zu.

Mein Blick wandert zu ihm hoch. Toms Augen schimmern im Licht des Vollmonds. Die Dunkelheit um uns herum verbreitet ein Gefühl von Intimität.

Er sieht mich an, doch keiner von uns beiden rührt sich. Mir ist klar, dass er vor kurzem noch in einer ernsthaften Beziehung war und ich definitiv noch nicht über Finn hinweg bin, aber so, wie wir uns gerade anschauen, ist alles andere in diesem Moment egal.

Wie in Zeitlupe greift er nach mir, sanft wandert seine Hand über die Rundung meiner Taille. Die Wärme seiner Finger brennt sich durch den dünnen Baumwollstoff meines Kleides bis auf die Haut.

Ich halte die Luft an und rücke ein wenig näher an ihn heran, um die Hände auf den Bund seiner Jeans zu legen.

Tom stöhnt. Ich wende ihm das Gesicht zu, er senkt den Mund auf meinen.

Als unsere Lippen aufeinandertreffen, ist mir, als bekäme ich einen elektrischen Schlag, dann breitet sich auf meinem gesamten Körper eine Gänsehaut aus, während wir uns küssen, erst vorsichtig, dann intensiver. Seine Hände wandern höher und umschlingen meine Taille, was ich als Einladung verstehe, ihn ebenfalls zu berühren, und endlich tue ich das, was ich mir schon seit einer Woche ausmale: Ich schiebe die Hände unter den Saum seines T-Shirts.

Als ich seinen flachen Bauch spüre, die weichen Haare betaste, die vom obersten Jeansknopf heraufreichen, die Konturen und Muskeln seiner Brust ertaste, wird mir schwindelig.

Mit schwerem Atem lasse ich die Hände über seine feste, glatte Haut und seine harten Muskeln gleiten. Ich möchte jeden Zentimeter von ihm erkunden, und ihm scheint es recht zu sein, denn er drückt mich fest gegen seine Hüften.

Sein Atem kommt stoßweise, seine Küsse werden fordernder. Seine Zunge wagt sich immer weiter vor. Durch den intensiven Körperkontakt wird mir weich in den Beinen. Schwindelig und benommen steuere ich uns Richtung Sofa. Ich könnte allein von seinen Küssen leben. Er ist umwerfend.

Tom lässt sich auf die Kissen fallen und zieht mich auf sich.

»Mannomann, Liv«, murmelt er an meinen Lippen, die Stimme dunkel und schwer vor Verlangen. Ich kann nicht mehr klar denken. »Sollen wir zu Hause weitermachen?«

»Nein, ich will nicht mehr warten«, erwidere ich.

Das habe ich lange genug getan.

35

Der Sommer vor zwei Jahren

Es ist der erste Samstag im August, der Tag, an dem in St Agnes immer Carnival gefeiert wird, und ich sitze im ersten Stock des Seaglass und versuche, für einen Moment zur Ruhe zu kommen, bevor der Wahnsinn losgeht. Es ist erst Mittag – später will ich mit Michael in den Ort, um mir den Umzug anzusehen.

Dieses Jahr sind meine Freunde unter den Teilnehmern – Rach fährt auf einem Wagen der Surfer mit, Amy hat sich einer Comedytanzgruppe angeschlossen. Dan gehört zu den acht Leuten, die den Riesen namens Bolster bewegen. Shirley ist schon früher mit Michael und Timothy in den Ort gegangen, um dabei zu helfen, die große Marionette mit Blumen zu schmücken. Carnival ist ein ganz besonderer Tag in Aggie. Dann steht der Ort völlig Kopf – das gesamte Dorf feiert mit. Ich freue mich schon darauf, meine Freunde in Aktion zu sehen.

Anschließend findet eine Party im Seaglass statt. Wir haben einen großartigen neuen Küchenchef, Bill, der eine tolle Speisekarte für uns zusammengestellt hat. Chas ist ja alles immer sehr entspannt angegangen, aber dieses Jahr will er offenbar unbedingt vorankommen. Er hat sogar einen Instagram-Account für das Seaglass angelegt und postet dort regelmäßig.

Vor ein paar Wochen habe ich mir dort auch einen eigenen Account als Künstlerin eingerichtet. Inzwischen bekomme ich immer häufiger Aufträge. Selbstvermarktung ist eigentlich nicht so mein Ding, aber heutzutage läuft das nun mal so, also muss ich mitmachen, wenn ich als Bildhauerin auf mich aufmerksam machen will.

In beruflicher Hinsicht war das letzte Jahr sehr erfolgreich. Nachdem Finn im letzten Sommer zurückgeflogen war, stürzte ich mich kopfüber in die Arbeit; und als Chas im Oktober die Schotten des Seaglass für den Winter dicht machte, habe ich nur noch bildhauerisch gearbeitet.

Arabella Schulman, die Frau, die mir den Auftrag gab, eine Statue ihres verstorbenen Ehemanns nach dem Vorbild des Porträts meiner Großmutter anzufertigen, bat mich um eine ähnliche Skulptur ihres verstorbenen Sohns.

Es hatte Spaß gemacht, ihren Ehemann zu modellieren, der ein langes, glückliches Leben gehabt hatte, doch die Arbeit an der Skulptur ihres Sohnes ist mir emotional ziemlich nahegegangen. Er war vor mehreren Jahrzehnten bei einem Motorradunfall ums Leben gekommen, und mein Herz zog sich jedes Mal zusammen, wenn ich mir alte Fotos von ihm ansah und mir den Schmerz seiner Mutter vorstellte. Ich verarbeitete teilweise auch meine eigene Trauer in dem Projekt und dachte oft unverhofft an Mum und Dad. Allmählich schien ich bereit dazu, mich mit ihnen künstlerisch auseinanderzusetzen.

Ich rechnete damit, dass Arabella die Tränen kommen würden, wenn ich ihr die Skulptur zeigte, doch sie betrachtete ihren Sohn nur sehr lange und sagte dann: »Und jetzt möchte ich, dass du mich machst. Aber ganz schnörkellos realistisch«, verkündete sie. »Ich bin ja noch nicht gegangen.«

Eine Statue von Arabella anzufertigen war eine völlig neue Erfahrung. Sie saß mir fast den ganzen Januar, Februar und März Modell, und gegen Ende dieser intensiven gemeinsamen Zeit eröffnete sie mir, dass sie für mich einen Ort organisieren würde, an dem ich meine Arbeiten ausstellen könnte. Mir war nicht klar, wie einflussreich sie in der Kunstszene ist. Sie hatte viele Jahre eine Galerie in London und ist immer noch gut vernetzt.

Nachdem ich Arabellas Büste fertiggestellt hatte, war ich bereit, mich an meine Eltern zu wagen.

Es war ein absolut herzzerreißender Prozess, der mich immer wieder völlig vereinnahmte. Manchmal arbeitete ich die ganze Nacht und den nächsten Vormittag durch.

Als das Seaglass im April wieder die Türen öffnete, begann ich nicht sofort, wieder dort zu arbeiten. Zu sehr war ich noch in meine Bildhauerei versunken.

Im Mai machte Arabella ihr Versprechen wahr und organisierte mir Ausstellungsfläche in einer Galerie in St Ives, wo ich meine Verstorbenen zeigen konnte, zu der nicht nur meine inzwischen in Bronze gegossene Großmutter, sondern auch Arabellas verstorbener Mann und Sohn gehörten.

Als ich überlegte, wie ich die Serie nennen sollte, kam mir der Satz von Arabella in den Sinn: *Ich bin ja noch nicht gegangen.*

Und so bat ich darum, auf die Plaketten das Wort »*Gegangen*« zu setzen.

Rach, Amy, Chas und Dan kamen in die Ausstellung, auch Michael und Shirley besuchten sie. Rach brachte sogar eine neue Freundin von der Arbeit mit.

Umgeben von Freunden und Verwandten in meinem Abschnitt der Galerie zu stehen und mit Kunstbegeisterten zu sprechen gehörte zu den stolzesten Momenten meines Lebens. Nach dem ersten Abend hatte ich schon den nächsten Auftrag sicher, und eventuell würden sich noch weitere ergeben.

Als meine Aufregung um das Modellieren meiner Eltern sich im Juni allmählich legte, kehrte ich ins Seaglass zurück.

Ich wusste nicht, wie es sich anfühlen würde, wenn ich nach monatelanger Arbeit als Künstlerin wieder hinter der Theke stehen würde, aber ich stellte fest, dass ich es wunderbar fand. Das Seaglass ist für mich wie eine zweite Heimat, und Chas und die Mitarbeiter sind so was wie eine zweite Familie. Außerdem liebe ich einfach den Adrenalinrausch, den eine anstrengende Schicht in mir freisetzt.

Spätabends und an freien Tagen verpasste ich den Plastiken meiner Eltern den letzten Schliff, und letzten Monat war es endlich so weit, dass sie in Bronze gegossen werden konnten.

Als sie in der Gießerei aus ihren Gipsformen geschlagen wurden, musste ich weinen. Ich hatte sie in Teilen gießen lassen müssen, und es war noch eine Menge zu tun: Die Bronze musste sandgestrahlt werden, die einzelnen Stücke mussten zusammengeschweißt werden, eine Aufgabe, an der die Mitarbeiter der Gießerei noch immer sitzen, dennoch waren die Skulpturen schon im Rohzustand wunderschön. Ich hatte fast vier Jahre gebraucht, um dahin zu kommen; es war ein unglaubliches Erfolgserlebnis für mich.

Ich war mit mir im Reinen. Ich konnte es nicht erwarten, die beiden Büsten mit nach Hause zu nehmen.

Und vor allem konnte ich es nicht erwarten, sie Finn zu zeigen.

Das steht bis heute aus. Ich habe keine Ahnung, wann oder ob er überhaupt wiederkommt.

Nachdem er zurück nach L.A. geflogen war, blieben wir in Kontakt und versuchten, uns an unsere neue Regel zu halten, einmal im Monat miteinander zu sprechen, doch selbst das erwies sich als zu schmerzhaft.

Als Erstes merkten wir, dass wir während der Telefonate zurückhaltender wurden, um uns vor dem Schmerz zu schützen, der unweigerlich auf den immer neuen Abschied folgte.

Anfang Februar war es dann vorbei mit unseren guten Vorsätzen, weil Michael mit einem Atemwegsinfekt ins Krankenhaus kam.

Dort lag er drei Wochen, und immer, wenn ich nach Hause wollte, umklammerte er meine Hand und flehte mich an, nicht zu gehen. Allerdings durfte ich nicht über Nacht auf der Station bleiben.

Die Ärzte und Krankenschwestern waren eigentlich super, doch es gab ein paar, die nicht richtig wussten, wie man mit Michaels Bedürfnissen umgeht, so dass er Angst bekam und unruhig wurde.

Zumindest konnte ich ihn jeden Tag besuchen, was nicht der Fall gewesen wäre, wenn ich weiter weg gewohnt hätte. Shirley durfte zum Glück auch zu ihm sowie ein paar Freunde aus seinem Club, doch das reichte nicht. Schluchzend gestand Michael mir, dass Mum und Dad ihm fehlten, und das machte mich total fertig. Auch ich sehnte mich furchtbar nach unseren Eltern. Das war ungefähr die Zeit, als ich begann, sie in Ton abzubilden.

Während dieser Wochen meldete ich mich öfter bei Finn, doch letztlich fühlte ich mich nach unseren Gesprächen immer schlechter als zuvor. Wenn ich ihn weinend anrief, sagte er oft, er sei gerade essen oder im Studio. Dann riss ich mich zusammen, weil ich ihn nicht stören wollte. Er nahm damals gerade sein erstes Soloalbum für ein unabhängiges Plattenlabel auf und war manchmal einfach nicht verfügbar. Ich weiß, dass es ihm weh tat, mich nicht trösten zu können.

Letztlich gestand ich ihm unter Tränen, dass es zu schmerzhaft für mich sei und es besser sei, gar keinen Kontakt zu halten, als sich jedes Mal abgelehnt zu fühlen, auch wenn er das nicht so meinte. Diese Entscheidung zu fällen war unglaublich schwer, aber ich glaube, Finn hatte Verständnis.

Seit über vier Monaten haben wir nun nichts mehr voneinander gehört. Mittlerweile ist schon August, und ich bin kurz davor, einzuknicken und mich bei ihm zu melden. Bis jetzt hat mein Stolz die Neugier in Zaum gehalten. Ich habe das Gefühl, mich selbst bloßzustellen, wenn ich nach so langer Zeit als Erste wieder Kontakt aufnehme.

Normalerweise kommt Finn immer rüber, wenn Tyler und Liam Schulferien haben, aber die beiden waren über Weihnachten in L.A., deshalb kann es natürlich sein, dass Finn sie diesen Sommer gar nicht besucht. Bei der Vorstellung, dass ich ihn nicht sehen werde, wird mir schlecht, doch der Schmerz, wenn er zurückkehrt und dann wieder verschwindet, wird noch viel größer sein.

Ich konzentriere mich auf mein Handy und poste zwei Fotos von den Büsten meiner Eltern, um zu zeigen, welche Fortschritte die Gießerei diese Woche gemacht hat. Als ich auf meine Nachrichten klicke, lese ich, dass ich zehn neue Follower habe. Mein Blick fällt auf einen bestimmten Namen: Finn Lowe.

Kurz setzt mein Herz aus.

Da bist du …

Für sein Soloalbum hat Finn seinen Nachnamen zu Lowe geändert. Ich nehme an, dass er der Meinung war, Finn Finnegan würde doch nicht so gut klingen.

Er hat all meine Beiträge gelikt und mehrere kommentiert.

Umwerfend, schreibt er zu einer Nahaufnahme des Gesichts meiner Mutter.

Wunderschön, zu einem anderen Bild.

Mein Herz fängt an zu rasen.

Ich folge ihm schon länger auf Instagram, schreibe aber nie einen Kommentar. Mir wird komisch, wenn ich mir seine Postings ansehe, deshalb vermeide ich es lieber. Wenn ich Bilder von ihm und seinem ach so tollen Leben in L.A. betrachte, fühle ich mich furchtbar weit von ihm entfernt. Doch da er nun meine Bilder kommentiert hat, kann ich nicht widerstehen, ihm zu antworten.

Nervös beginne ich zu tippen: *Oh, hallo, Fremder! In nächster Zeit wieder mal in unseren Gefilden?*

Ich glaube nicht, dass Finn schon wach ist, deshalb schließe ich die App bewusst und gehe nach unten hinter die Theke.

Chas steht in der Ecke, den Blick auf die Wand gerichtet, einen Ellenbogen auf den Tresen gestützt. Irgendwas an seiner Körperhaltung kommt mir seltsam vor. Er wirkt kleiner. Er wirkt *älter*, wird mir klar, aber das ist ja nur logisch. Im nächsten Jahr feiert er seinen siebzigsten Geburtstag.

»Alles in Ordnung?«, frage ich.

Er dreht sich über die Schulter zu mir um. Sein sonst immer tief gebräuntes Gesicht wirkt seltsam blass.

Chas zieht die Nase kraus. »Fühl mich gerade nicht so gut.«

»Was ist denn?«, frage ich besorgt, denn solange ich ihn kenne, hat Chas noch nicht einen Tag wegen Krankheit gefehlt.

»Keine Ahnung«, erwidert er. »Vielleicht hab ich mir irgendwas eingefangen.«

»Symptome?«

»Übelkeit. Leichter Schwindel.«

»Geh besser nach Hause«, sage ich und streiche ihm über den Rücken.

»Nein, ist schon gut«, bügelt er mich ab.

»Dann geh wenigstens nach draußen auf den Balkon und setz dich da hin, um ein bisschen frische Luft zu schnappen.«

Dass er genau das tut, macht mir Sorgen.

Als ich mich im Seaglass verabschiede, um erst Michael abzuholen und dann ins Dorf zu gehen, behauptet Chas, es ginge ihm schon wieder besser. Draußen ist es windig und wolkenverhangen, auch wenn zum Glück kein Regen angesagt ist. Als Michael und ich die Bäckerei um die Ecke erreichen, zerrt der Wind an den bunten Wimpelketten, die an den Häusern entlang der Hauptstraße befestigt sind. Wild flattern sie im Wind. Die Straßen sind bereits voller Menschen, die auf den Umzug warten.

Michaels Gesicht strahlt vor Vorfreude. Er liebt den Carnival. Ich ermuntere ihn jedes Jahr, am Umzug teilzunehmen, aber er schüttelt immer heftig den Kopf, deshalb stehe ich wieder mit ihm am Rand und leiste ihm Gesellschaft.

Wenn meine Freunde mich bedrängen, ich solle auf einem der Wagen mitfahren oder bei den Bands und Tanzgruppen mitlaufen, führe ich immer Michael als Ausrede an – gern auch vor mir selbst –, doch tatsächlich bricht mir der kalte Schweiß aus, wenn ich mir nur vorstelle, dass mich all diese Leute anstarren.

Umso überraschter war ich, dass ich, als ich im Mai meine Kunst ausstellte, die Aufmerksamkeit tatsächlich genoss. Es war das erste Mal seit der Uni, dass ich meine Arbeiten öffentlich zeigte. Wahrscheinlich ist Kunst das einzige Thema, über das ich richtig gut reden kann.

»Da kommt Bolster!«, ruft Michael, als er aus der Ferne Trommelschläge vernimmt.

Ich stehe hinter ihm, während er aufgeregt auf der Stelle hüpft, den Blick aufmerksam auf die Straße gerichtet, wo der Umzug gleich auftauchen wird. Ich höre die Vorfreude in den Gesprächen der Kinder und Erwachsenen um uns herum.

Plötzlich hält mir jemand die Augen zu. Ich erschrecke mich fast zu Tode, schnelle herum und streife den Oberkörper des

Übeltäters. Als ich Finn vor mir erblicke, tiefe Grübchen in den Wangen, kippe ich fast aus den Schuhen.

»Du meine Güte!«, kreische ich. »Was machst du denn hier?«

»Ich wollte dich überraschen«, sagt er. Michael wendet sich um, entdeckt Finn und verdreht demonstrativ die Augen, bevor er wieder nach vorne schaut.

»Hey, Michael, wie geht's dir?«, fragt Finn freundlich.

»Bolster kommt«, ist die kühle Antwort.

Nachdem Finn im vergangenen Sommer zurückgeflogen war, fand Michael mich in Tränen aufgelöst bei mir zu Hause.

Es war nicht das erste Mal.

»Ich finde es blöd, dass er dich so traurig macht«, sagte er.

»Wer?«, fragte ich, denn ich hatte nicht erklärt, warum ich weinte.

»Finn.«

Mein Bruder ist cleverer, als ich ihm manchmal zugestehe, und plötzlich wurde mir klar, warum er nach so langer Zeit immer noch etwas gegen Finn hatte. Wir sprachen uns ein bisschen aus, und ich versuchte, Michael zu beschwichtigen, doch er hat offensichtlich immer noch das Gefühl, mich beschützen zu müssen.

»Ty! Liam!«, ruft Finn über die Köpfe der Zuschauer vor der Bäckerei hinweg und wedelt wild mit den Armen, um seine Brüder auf sich aufmerksam zu machen. »Kommt rüber!«

Als sie sich auf den Weg machen, wendet er sich wieder Michael und mir zu.

»Wann bist du angekommen?«, frage ich.

»Gestern Abend.«

Warum hat er mich nicht vorgewarnt?

»Da, guck! Guck!«, unterbricht Michael uns und zupft an meinem Ärmel.

Hinter der Trommelgruppe biegt Bolster um die Ecke, eine schwerfällige, fast zehn Meter große Figur. Ich muss laut lachen, als ich Dan sehe, der in einem alten Kartoffelsack steckt und mit Hilfe eines langen Stabs einen der Arme der gewaltigen Marionette bewegt.

»Einmalig«, murmelt Finn grinsend und legt mir von hinten leicht die Hände auf die Hüften. »Hast mir gefehlt«, flüstert er mir mit tiefer Stimme ins Ohr.

Meine Gefühle fahren Achterbahn.

»Du hast mir auch gefehlt«, antworte ich, kann ihm jedoch nicht in die Augen sehen. »Ich gehe davon aus, dass du Single bist?«

Er erstarrt. »Ja. Und du?«

Ich nicke.

Vor einem Monat hatte ich ein Date, aber es hat nicht gefunkt. Oder falls da ein Funke war, war er so schwach im Vergleich zu dem brennenden Verlangen, das ich für Finn empfinde, dass es mich einfach nicht weiter interessierte. Ich habe eh zu viel zu tun, um Männer zu treffen.

Finn schiebt sich näher heran, legt eine Hand auf meinen Bauch, und ich spüre, wie er sich entspannt.

Ich kann kaum atmen, so nah ist er mir.

Zur Party taucht Finn mit seinen Brüdern im Seaglass auf. Sie setzen sich an einen Tisch nah am Balkon. Ich komme hinter dem Tresen hervor, um schnell Hallo zu sagen.

»Was läuft da?«, fragt Finn stirnrunzelnd, offenbar alles andere als begeistert von unserer Musikauswahl.

»Keine Ahnung. Hast du Lust, die Musik zu übernehmen?«, frage ich mit zuckersüßer Stimme.

»Und ob!« Er springt auf und steuert auf die Theke zu.

Ich beobachte, wie er Chas in den Arm nimmt und sich

mit einem Grinsen und einem Augenrollen zu seinen Brüdern umdreht. Wie ist er denn drauf?

Liam sieht mich mit geschürzten Lippen an. Tyler ist sprachlos. Die beiden sind jetzt vierzehn und sechzehn. Seit letztem Jahr ist Tyler noch ein bisschen gewachsen, Liam hingegen ist sowohl breiter als auch größer geworden. Ob er wohl Rugby spielt?

»Wie geht's euch?«, erkundige ich mich, während Finn Chas zu überreden versucht, ihm die Musik zu überlassen.

»Gut«, brummt Liam.

»Okay«, erwidert Tyler.

»War es schön, Weihnachten in L.A. zu feiern?«

Tyler zuckt mit den Schultern und nickt, Liam scheint etwas aufzutauen. »Wir waren in Disneyland.«

»Super! Hat das Spaß gemacht?«

Das wusste ich schon. Finn sprach davon, ich hatte aber nicht weiter nachgehakt.

»Ja«, sagt Tyler.

»Waren eure Großeltern auch mit?«

»Ja, aber nicht in Disneyland.«

»Muss schön gewesen sein zu sehen, wo Finn lebt.« Ich bin ein klein wenig neidisch, weil ich noch nicht dort war, aber bei der Vorstellung, seine Heimat kennenzulernen, werde ich sonderbar unruhig. »Und, wollt ihr noch mal hin?«, frage ich.

»Ja. Wir fahren Weihnachten wieder«, antwortet Tyler.

»Cool!«

»Vielleicht machen wir das jetzt immer so, Jungs, was?« Finn ist zurückgekommen und hat die letzten Sätze mitgehört.

Ich neige den Kopf in Richtung Lautsprecherbox. »Wer ist das?«

»Liily«, entgegnet er.

»Ätzend«, bemerkt Tyler.

»Ich gehe besser mal wieder hinter die Theke«, sage ich.

Finn greift nach meiner Hand und drückt sie. »Bis später.«

Um zehn Uhr bringt er seine Brüder nach Hause. Als sie gehen, schaue ich zur Tür hinüber, und bei der Erkenntnis, dass er sich nicht von mir verabschiedet hat, überfällt mich eine Schwermut, die in der nächsten Dreiviertelstunde nicht weichen will.

Dann kommt er zurück, und die Welt ist wieder in Ordnung.

Lächelnd tritt Finn an die Theke, wo ich gerade ein Bier zapfe. Er stützt die Ellenbogen auf den Tresen und beugt sich vor.

Es dauert einen Moment, bis ich verstehe, dass er einen Kuss von mir will.

Ich schließe den Hahn und recke mich ihm entgegen. Als sich unsere Lippen kurz und zart berühren, kribbelt es an meinem ganzen Körper. Ich ziehe mich zurück und erröte, er lächelt mich an. Dann muss ich weiterzapfen, und er lässt mich nicht aus den Augen.

»Ich dachte, du wärst nach Hause gegangen«, sage ich, nachdem der Gast bedient ist.

Finn runzelt die Stirn. »Ohne mich zu verabschieden?« Sein beleidigter Gesichtsausdruck ist mir plötzlich sehr vertraut.

Ich nehme all meinen Mut zusammen und frage: »Möchtest du hinterher mit zu mir kommen?« Als er nickt, bin ich erleichtert.

Ein Tumult und Rufe aus der hinteren Ecke lenken mich ab. Als ich erkenne, weshalb alle so aufgeregt sind, schnürt sich mir die Kehle zu: Chas liegt auf dem Boden.

Ich stürze zu ihm hinüber. Unsere neue Barkeeperin starrt ihn entsetzt an.

»Chas? Ist alles in Ordnung?«, frage ich eindringlich.

Er hat die Augen geöffnet, aber sein Gesicht ist aschgrau, er hält sich die Brust.

Rach schiebt sich neben mir hinter die Theke.

»Er hat schon heute Nachmittag über Schwindel und Übelkeit geklagt«, erkläre ich ihr.

Sie weist Amy an: »Ruf den Notarzt!« Dann befiehlt sie ihrer Freundin Ellie über die Theke hinweg: »Hol den Defi!«

Sie meint den tragbaren Defibrillator, der seit einigen Jahren im Surf Life-Saving Club hängt, genauer gesagt: seit in der Gemeinde genug Geld gesammelt wurde, um ihn zu kaufen.

Zu mir sagt Rach: »Ich glaube, er hat einen Herzinfarkt.«

36

Finn, Rach und Ellie sind noch als Einzige mit mir im Seaglass.

Dan begleitet seinen Onkel im Krankenwagen, Amy fährt im Auto hinterher. Wir sind zurückgeblieben, tief verunsichert.

Ich kann mir diesen Laden schlichtweg nicht ohne Chas hinter der Theke vorstellen. Ich stehe unter Schock.

Als Ellie hinüberlief und den Defibrillator holte, blieb sie total ruhig und gefasst. Zusammen mit Rach arbeitet sie als Freiwillige für den Surf Life-Saving Club und hat an einem Kurs über Wiederbelebung teilgenommen, so dass die beiden genau wussten, was zu tun ist. Rach hatte bereits Chas' T-Shirt aufgeschnitten, gemeinsam mit Ellie klebte sie die zwei Elektroden auf seine Brust. Chas war ansprechbar – er hatte noch keinen Herzstillstand –, wenn nötig, hätte ihm der Defi einen elektrischen Schock versetzt, um sein Herz wieder zum Schlagen zu bringen.

Ich fühlte mich absolut nutzlos. Dan und Finn übernahmen die Aufgabe, die Gäste nach draußen zu bringen, damit die Sanitäter freie Bahn hatten.

»Ich schätze, es wird Zeit zu gehen«, sagt Rach müde und klopft auf Ellies Oberschenkel.

»Ja«, stimme ich zu und sehe mich um.

Den Rest kann ich auch am nächsten Morgen sauber machen – ich habe die Angestellten vor zwanzig Minuten nach Hause geschickt.

Ich bringe Rach und Ellie zur Tür. »Geh schon mal vor, ich komme sofort runter«, flüstert Rach Ellie zu, nachdem ich mich von ihr verabschiedet und mich noch mal bedankt habe.

Ellie verschwindet, und Rach sieht mich mit Sorge in ihren grünbraunen Augen an.

»Dir auch noch mal ein großes Dankesch…«, will ich sagen, doch sie unterbricht mich.

»Liv?«

»Ja?«

»Ellie ist meine Freundin.«

Verständnislos starre ich sie an. Dann begreife ich, alles auf einmal, und atme aus. Ich ziehe Rach an mich, um sie fest zu drücken. Wieso hat sie sich mir nicht früher anvertraut?

»Ich dachte, du wolltest was von Chris!«, zische ich, als wir uns wieder voneinander lösen.

»Wollte ich auch«, gibt sie mit einem belustigten Schulterzucken zurück, dann wird sie ernst. »Ich wollte es dir schon früher sagen, aber bei allem, was passiert ist …«

»Ich bin froh, dass du's trotzdem getan hast.« Ich streiche ihr über den Arm.

»Ich wollte schon gehen, aber dann dachte ich, scheiß drauf, das Leben ist zu kurz. Das hat der heutige Abend mal wieder bewiesen.«

»Wir sprechen bald«, sage ich mit Nachdruck.

Rach nickt und sieht an mir vorbei zu Finn hinüber, der noch an dem Tisch sitzt, von dem wir aufgestanden sind, und in seinem Handy herumscrollt.

»Eine gute Nacht«, sagt Rach ebenso bedeutungsschwer.

Es ist nach ein Uhr, als Finn und ich endlich im Beach Cottage ankommen.

Er wirkt kaputt, und mir wird klar, dass er einen furchtbaren Jetlag haben muss.

»Mir ist schleierhaft, wie du dich noch auf den Beinen halten kannst«, sage ich, als wir die Treppe zu meinem Zimmer hochsteigen.

»Wahrscheinlich laufe ich nur noch auf Adrenalin«, antwortet er.

»Ich auch. Möchtest du ein Wasser, einen Tee oder so?«, frage ich, oben angekommen, über die Schulter.

»Ich will nur dich.«

Abrupt bleibe ich stehen und drehe mich um. Bei dem feurigen Blick in seinen Augen wird mir ganz warm.

Er nimmt mich in die Arme und presst die Lippen auf meine, küsst mich langsam und innig.

Meine Knie zittern, ich umschlinge seine schmale Taille, dann geht es plötzlich ganz schnell, wir stolpern in mein Zimmer und landen auf meinem Bett.

Hastig streifen wir unsere Kleidung ab, doch gerade, als ich denke, jetzt ginge es richtig los, zögert Finn und sieht mir so tief in die Augen, dass sich mir der Hals zuschnürt.

»Finn«, flüstere ich mit erstickter Stimme und nehme sein Gesicht in die Hände.

Er beugt sich vor, küsst mich zärtlich auf die Lippen und lässt sich langsam auf mich sinken, und zum ersten Mal seit fast einem Jahr sind sich unsere Körper wieder ganz nah. Es ist ein rohes Gefühl, nicht nur in körperlicher Hinsicht. Ich weiß nicht, warum es so weh tut.

»Diesmal hast du keinen Koffer mitgebracht«, sage ich am nächsten Morgen. Wir teilen uns ein Kopfkissen, ich liege in Finns Armbeuge.

»Den habe ich bei meinen Großeltern gelassen.«

»Bringst du ihn später rüber?« Ich neige den Kopf, um ihn anzusehen.

»Weiß noch nicht«, sagt er, und seine Unentschlossenheit klingt seltsam, wie aufgesetzt.

»Warum fühlt es sich so anders an als letztes Jahr?«

Er reagiert nicht sofort. Vielleicht denkt er über meine Frage nach, vielleicht überlegt er auch nur, wie er mir die Antwort beibringen soll.

Als er schließlich spricht, bin ich ganz Ohr.

»Ich glaube, letztes Jahr war ein bisschen zu hart«, gesteht er leise und schmiegt seinen Kopf an meinen. Er hält inne. »Wenn ich ehrlich bin, war ich mir lange nicht sicher, ob ich wiederkommen soll.«

»Nicht sicher wegen Aggie oder meinetwegen?«

»Beides.«

Als er meine Hand von seiner Brust nimmt, seine Handfläche gegen meine drückt und unsere Finger miteinander verschränkt, ist mir schwer ums Herz. Ich betrachte unsere Hände, und alles ist verschwommen.

»Ich bin froh, dass du gekommen bist«, sage ich mit tränenerstickter Stimme und spüre, dass er seinen Griff leicht verstärkt. »Wie lange bleibst du?« Ich drehe den Kopf, um ihn anzusehen.

»Zehn Tage.« Er schaut immer noch auf unsere verschränkten Finger.

»Oh.« *Das ist gar nichts.*

»Wie geht es Michael?«, fragt Finn. »Gestern schien er wieder ganz der Alte zu sein.«

»Ja, ist er.«

Wenn ich daran denke, wie fremd Finn mir war, als Michael im Krankenhaus lag und ich regelrecht traumatisiert war, werde ich unendlich traurig. Irgendwann hatte ich

Angst, meinen Bruder zu verlieren, und mir wurde klar, dass eine Welt ohne ihn unerträglich für mich wäre.

»Er ist wirklich unverwüstlich.«

Finn wird ernst. »Es tut mir leid, dass ich nicht für dich da sein konnte.«

Ich nicke und muss den Kloß im Hals hinunterschlucken.

»Was hast du heute vor?«, wechsele ich nach einer Weile das Thema.

»Gar nichts. Du?«

»Ich muss heute Vormittag zurück ins Seaglass und sauber machen.«

»Willst du heute öffnen? Nach gestern Abend?«

»Keine Ahnung.«

Als wir aufwachten, las ich eine Nachricht von Amy, in der stand, Chas sei stabil, aber ich habe keine Ahnung, wann er wieder arbeiten kann oder ob überhaupt. Was, wenn nicht? Auf einmal ist die Zukunft des Seaglass unsicher, so wie die Zukunft aller, die dort arbeiten.

»Könntest du für Chas einspringen, was meinst du?«, fragt Finn.

»Als Geschäftsführerin?«, frage ich zurück.

Er nickt.

»Ja, schätze schon. Ich meine, ich arbeite dort schon lange genug. Inzwischen kenne ich mich aus.«

Ich beschließe, Dan anzuschreiben und ihn nach seiner Meinung zu fragen. Zufällig ist er gerade bei seinem Onkel im Krankenhaus und antwortet nur eine Minute später.

Onkelchen sagt, bitte mach zum Brunch auf, aber kannst ruhig früh schließen. War eine harte Nacht.

Wie geht es ihm?, erkundige ich mich, erfreut zu hören, dass Chas wach ist und sogar über die Arbeit sprechen kann. Das muss ein gutes Zeichen sein, oder?

Redet schon wieder davon, aufs Surfbrett zu steigen.

Ich grinse erleichtert, auch wenn mir klar ist, dass es noch nicht überstanden ist. Dann mache ich mich daran, den übrigen Mitarbeitern zu schreiben.

»Also heute kein Sonntagsessen mit Michael?«, fragt Finn, als ich mein Handy weglege und in seine Arme zurückkehre.

»Das machen wir nicht mehr jedes Wochenende.«

»Nein?« Es scheint ihn zu wundern.

»Wir sehen uns oft genug unter der Woche, deshalb haben wir nicht das Gefühl, es sei wichtig. Ungefähr einmal im Monat koche ich aber für uns.«

»Schön.«

»Ja. Funktioniert gut. Dadurch kann er auch öfter sonntags in Chapel Porth arbeiten. Er mag die Schichten sehr gern. Sonntags ist die Wahrscheinlichkeit am größten, dass Oldtimer kommen.«

Wir verstummen.

»*Oh, hallo, Fremder*«, sagt Finn irgendwann belustigt.

Ich schiele hinüber und sehe, dass er auf sein Handy schaut und meine Nachricht auf Instagram gefunden hat.

»Ja, das war eine Überraschung, deine Kommentare unter meinen Posts zu sehen«, bemerke ich trocken.

Er drückt mir einen Kuss auf die Schläfe. »Ich bin so stolz auf dich«, brummt er in mein Haar.

Ich stutze und sehe ihn an.

»Du hast es geschafft«, sagt er. »Deine Eltern. Plastiken. Es geht los.«

Liebevoll lächele ich ihn an. Seine Anerkennung bedeutet mir unglaublich viel.

»Erzähl mir von dir!«, fordere ich ihn auf.

»Später. Zuerst möchte ich wissen, wie du das gemacht hast.«

Ich schildere ihm die Ausstellung im Mai. Irgendwann sehe ich auf der Uhr, wie spät es ist, und bekomme einen Riesenschreck. Ich lasse Finn im Bett liegen und ziehe mich schnell fürs Seaglass an.

Als ich aus dem Badezimmer komme, knöpft er seine Jeans zu.

»Bist du weg?«

»Ja, ist wahrscheinlich besser, wenn ich zu meinen Großeltern gehe.«

»Wann sehen wir uns wieder?«

Die altbekannte Unruhe überfällt mich aufs Neue. Plötzlich habe ich das Gefühl, im Treibsand zu versinken, unsicher, wie ich zu ihm stehe.

»Später?«, fragt er.

»Heute Abend?«, hake ich nach.

»Wenn du Zeit hast.«

»Hab ich.« Mit Sicherheit bemerkt er meine Erleichterung.

Finn lächelt mich an, doch seine Grübchen sind kaum zu sehen.

37

Da in den letzten vierundzwanzig Stunden so viel passiert ist, habe ich komplett vergessen, dass ich Michael versprochen hatte, ihn heute zum Discoabend in seinem Club zu bringen. Lange bin ich ohne Auto ausgekommen, irgendwann wurde es bloß lächerlich, und als ich von Arabella den Auftrag bekam, eine Skulptur von ihr anzufertigen, fragte sie mich, ob wir das Modellsitzen bei ihr zu Hause machen könnten. Bei dem Honorar, das sie mir zahlte, war es das Mindeste, darauf einzugehen – und es erwies sich als großes Plus, jeden Tag aus dem Haus zu kommen. Außerdem bekam ich Sehnsucht, in meinem Gartenatelier zu arbeiten. Ich bin fest entschlossen, es in diesem Herbst zu nutzen, sobald die Feriengäste fort sind, auch wenn ich nicht weiß, wie lange das funktioniert. Ich befürchte, dass es dort im Winter nicht warm genug sein könnte.

Als ich Finn von Michaels Discoabend berichte, schlägt er vor, mich und meinen Bruder zu begleiten.

»Wir könnten in Perranporth noch was essen.«

Ich wundere mich über seinen Vorschlag, bin aber gleichzeitig erfreut, da er seine Heimatstadt seit Jahren meidet.

Wir nehmen eine Abkürzung zu Michaels Haus in der Reihe von neun kleinen Cottages und klopfen. Er kann ja mit uns zu meinem Auto laufen. Ich habe mir angewöhnt, es in der ruhigen Straße zu parken, in der Dan und Amy wohnen.

Aufgekratzt kommt Michael aus dem Haus gestürmt. Er trägt ein schickes schwarzes Hemd, das Shirley für ihn gebügelt haben muss, weil ich aus Erfahrung weiß, dass *er* das ganz bestimmt nicht getan hat. Beim Anblick von Finn verändert sich der fröhliche Gesichtsausdruck meines Bruders und wird skeptisch abschätzig. Ich kenne niemanden, der so ein ausdrucksstarkes Mienenspiel hat wie er.

»Kommt Timothy auch in den Club?«, fragt Finn, als wir gemeinsam den Hügel hochgehen.

»Ja«, antwortet Michael kurz angebunden.

»Noch mehr Freunde von dir?«

»Ja, alle.«

»Auch Mädchen?«

Mein Bruder schielt zu Finn hinüber. »Ja.«

»Cool.«

»Kannst ja mitkommen, wenn du willst.«

Meine Augenbrauen schießen hoch. Ich werfe Finn einen kurzen Blick zu, doch er konzentriert sich auf Michael.

»Das darf ich?«

»Ja. Jeder kann da rein.«

»Braucht man keine Eintrittskarte?«, frage ich und überlege verzweifelt, wie wir aus der Nummer wieder rauskommen.

»Die kann man da kaufen.«

»Sieht aus, als würden wir heute Abend tanzen gehen, Baby«, neckt mich Finn, nimmt meine Hand und schwingt sie hin und her.

Michael beobachtet uns und verdreht die Augen, jedoch nicht so übertrieben wie sonst.

Ich fahre meinen blauen Honda Civic, Finn sitzt neben mir, die langen Beine ausgestreckt. Es ist nur eine kurze Strecke, trotzdem hat er sein Handy mit der Anlage des Autos verbunden und überlegt, was er anmachen soll, um uns in Feierlaune zu bringen.

»Warte mal, Mikey, diesen Song wirst du lieben«, verkündet er.

»Ich heiße nicht Mikey!«, fährt mein Bruder ihn an.

»Er hasst das«, erkläre ich Finn schnell.

»Warte mal, Michael, diesen Song wirst du lieben«, wiederholt Finn in genau derselben Tonlage wie zuvor, ohne auch nur im Geringsten beleidigt zu sein.

Er stellt »Michael« von Franz Ferdinand an.

Ich werfe einen kurzen Blick in den Rückspiegel auf meinen Bruder, der hinten sitzt und aus dem Fenster guckt. Er fängt an, mit dem Kopf zu wippen.

»Ah, das ist cool!«, ereifert er sich und zieht sich an den Kopfstützen nach vorn. Sein Gesicht strahlt vor Begeisterung.

»Schnall dich an!«, mahne ich ihn.

Er lässt sich zurückfallen und bewegt den Kopf im Takt des Lieds, während er den Gurt befestigt. Hin und wieder singt er ein paar Worte mit.

Als der Refrain einsetzt, fällt Finn mit donnernder Stimme ein, und Michaels Gesicht leuchtet vor Entzücken. Er grölt mit, und ich habe Schwierigkeiten, mich aufs Fahren zu konzentrieren, so sehr muss ich über die beiden lachen.

Wir halten auf dem Parkplatz gegenüber vom Club, und kaum habe ich den Motor abgestellt, springt Finn aus dem Wagen und läuft vorne herum, um Michaels Tür zu öffnen und ihm die Hand hinzuhalten. Grinsend klatscht sich mein Bruder mit ihm ab.

Seit Ewigkeiten versucht Finn, sich mit meinem Bruder anzufreunden – seine Hartnäckigkeit gehört zu den Eigenschaften, die ich an ihm bewundere. Es freut mich über alle Maßen, dass Michael jetzt endlich aufzutauen scheint.

Viele Freunde meines Bruders wohnen in Perranporth, und zig von ihnen sind bereits da, als wir das Gebäude betreten. Aus den Boxen dröhnt P!nk, über das Parkett der Tanzfläche schweifen rote, grüne und blaue Discolichter. Es ist schon ziemlich voll, und zwar sind nicht nur die da, die regelmäßig Michaels Club besuchen, sondern auch viele Bekannte, Verwandte und Sozialarbeiter.

Michael steuert schnurstracks auf Timothy zu. Finn und ich gehen ebenfalls hin, um Michaels Freund zu begrüßen. Die beiden unterhalten sich ganz aufgeregt, halten aber unvermittelt inne, als wir näherkommen.

»Hallo!«, grüßt Timothy fröhlich. Finn und er nehmen sich in den Arm und klopfen sich gegenseitig auf den Rücken.

»Ich gehe an die Theke!«, ruft Finn, um die Musik zu übertönen, nachdem ich Timothy ebenfalls umarmt habe. »Was wollt ihr trinken?«

Die Jungs bestellen zwei Bier, dann sieht er mich fragend an.

»Ich komme mit«, sage ich, weil mein Bruder nicht das Gefühl haben soll, ich würde ihn beaufsichtigen.

Das ist auch der Grund, warum ich bisher an keinem dieser Discoabende teilgenommen habe, doch es sind so viele Verwandte hier, dass ich ein schlechtes Gewissen bekomme.

Ich folge Finn durch die Menge zur Theke, die sich von der einen Seite des Raums zur anderen zieht. Die Abtrennung ist mit bunten Lichterketten geschmückt. Auf dem Teppich davor stehen mehrere Tischgruppen.

Finn beugt sich über den Tresen und bestellt.

Ich finde es super, dass er das mitmacht. Ich bewundere ihn dafür.

Wir bringen Michael und Timothy ihre Getränke und stellen uns mit unseren dicht nebeneinander an einen Tisch, damit wir uns bei der lauten Musik unterhalten können.

»Tyler und Liam machten gestern einen guten Eindruck«, rufe ich ihm ins Ohr.

Finn lächelt. »War toll, als sie Weihnachten in L.A. waren.«

»Liam meinte, Disneyland hätte total Spaß gemacht.«

Finn lacht. »Ja, das war aufregend. Tyler hatte sich mit einem Mädchen angefreundet und war mit ihr in allen Fahrgeschäften, und Liam und ich hatten auch echt Spaß zusammen.«

»Wie macht sich Tyler denn so?«, erkundige ich mich.

»Ganz gut, finde ich. Dieses Jahr ist er besser in der Schule. Hat nicht so viel Ärger wie sonst. Wir telefonieren regelmäßig.«

»Und deine Großeltern? Wie hat es ihnen gefallen?«

»Die waren begeistert.«

Finn schaut auf die Tanzfläche, ein schwaches Lächeln der Erinnerung auf dem Gesicht. Dann sieht er mich an und strahlt regelrecht. Man kann sein Glücksgefühl spüren.

»Ich hoffe, dass wir das jetzt jedes Jahr so machen können«, sagt er und richtet den Blick wieder auf die Tanzenden.

»Freut mich, dass es so gut gelaufen ist.«

Er nickt und legt seine Hand unterm Tisch auf die Innenseite meines Oberschenkels. Ich trage ein kurzes Sommerkleid mit weitem Rock, und mir wird brennend heiß, als sein Daumen meine nackte Haut streift.

Ich genieße es, wie gern er mich noch immer berührt. Dass Finn mir seinen Besuch nicht angekündigt hat, mir nicht mal Bescheid gesagt hat, als er da war, hat mich ziemlich aus der Bahn geworfen. Beim Umzug kam er zu mir, aber er hat nur zögernd die Arme um mich gelegt und mich erst viel später geküsst. Als wir anschließend zu mir gingen, überlegte ich, ob wir vielleicht erst wieder warm miteinander werden müssten. Selbst heute Morgen wirkte er noch nachdenklich.

Sein Geständnis, dass er nicht genau wusste, ob er diesen Sommer kommen sollte, verunsichert mich. Wenn seine Familie ihn regelmäßig in den Staaten besucht, gibt es für ihn keinen Grund mehr herzufliegen. Wird er irgendwann beschließen, überhaupt nicht mehr nach England zu reisen?

Bei der Vorstellung wird mir eiskalt.

Ich beschließe, so zu reagieren wie immer und die Zeit zu genießen, die wir miteinander haben, doch es fühlt sich irgendwie anders an, als hätten wir beide Mauern um uns errichtet. Das gefällt mir nicht. Ich möchte, dass er ganz bei mir ist, mit allen Sinnen.

Ich schiebe ihm die dunklen Haare hinter die Ohren. Seit dem letzten Jahr sind sie lang geworden – fast so lang wie in unserem ersten Sommer.

Finn wendet mir den Kopf zu, seine blaugrünen Augen funkeln unter den dunklen Wimpern. Ich beuge mich vor und küsse ihn zärtlich auf den Mund. Als er den Kuss intensiviert, wird mir wärmer. Nach ein paar Sekunden löst er sich von mir und schielt zu Michael und Timothy hinüber.

»Du bringst mich noch in Schwierigkeiten«, murmelt Finn.

»Erzähl mal, was bei dir alles so passiert ist«, fordere ich ihn auf und rücke näher an ihn heran. Am liebsten würde ich auf seinem Schoß sitzen. »Wie läuft das Songschreiben?«

»Gut.« Er verzieht die Lippen zu einem angedeuteten Grinsen. »Kann sein, dass ich bald gute Neuigkeiten habe.«

»Was denn?«, hake ich nach.

Er sieht mich nur kurz an. »Es ist noch nicht hundertprozentig sicher.«

»Hör auf! Sag schon!«

»Kennst du Brit Easton?«

Die wunderschöne Sängerin mit den dunklen Korkenzieherlocken und den leuchtend grünen Augen?

Ungläubig starre ich ihn an. »Machst du Witze?«

»Tja, wenn *du* sie kennst, muss sie wirklich angesagt sein«, spottet Finn.

»Ich habe zwei Lieder von ihr auf meiner Playlist«, sage ich und stoße ihn an.

»Ah, stimmt. Deine berühmte Playlist ...«

»Finn!« Ich gehe nicht auf seinen Ablenkungsversuch ein. »Was ist mit ihr?«

»Jessie, der Sänger von All Hype – die Band, mit der wir auf Tour waren – hat mein Soloalbum Brit vorgespielt, weil er dachte, es könnte ihr gefallen. Vor ein paar Monaten hat sie sich dann bei mir gemeldet und gefragt, ob ich Lust auf ein Treffen hätte. Wir haben uns von Anfang an gut verstanden.« Er zuckt mit den Schultern. »Ich hatte das Album aufgenommen, weil ich dachte, es könnte mir helfen, stärker als Songwriter wahrgenommen zu werden, also, von daher ist das ziemlich cool.« Er überlegt. »Brit hat gesagt, sie würde gern eine Coverversion von ›We Could Be Giants‹ aufnehmen.«

»Nein! Ich liebe das Lied!«

»Danke.« Unter dem Tisch drückt er meinen Oberschenkel, dann gleiten seine Finger weiter nach unten, um sich unter meine Knie zu schieben. »Ich meine, ich glaube es auch erst, wenn der Vertrag unter Dach und Fach ist, aber sie scheint ganz heiß drauf zu sein.«

Brit Easton ist eine Pop-Ikone, während Finn eher vom Rock kommt. Seine Soloprojekte sind irgendwo dazwischen anzusiedeln. Ich kann mir gut vorstellen, wie Brit den Songs ihre ganz eigene Note verleiht.

»Sie hat auch vorgeschlagen, mal was mit mir zusammen zu schreiben«, fügt Finn beiläufig hinzu.

»Hey, Hammer!«

Das ist wirklich eine unglaubliche Nachricht.

»Wie gesagt, ich glaube es erst, wenn es so weit ist.«

»Und, mochtest du sie? Als ihr euch kennengelernt habt?«

»Doch, sie war ganz nett«, sagt er zurückhaltend.

»Ist sie keine Diva?«

Er stöhnt. »Du darfst nicht alles glauben, was du auf Social Media liest. Nur weil eine Frau weiß, was sie will und wie sie es bekommt, ist sie noch lange keine Diva. Du müsstest sie mal sehen, wenn sie dasteht und ein ganzes Orchester dirigiert. Sie hat unglaublich was auf dem Kasten.«

Er ist so begeistert, dass es mir schon unangenehm ist.

»Muss ich mir Sorgen machen?«, frage ich in dem Versuch, einen Witz zu machen, auch wenn es wahrscheinlich zu besorgt rüberkommt.

»Nein, nein«, wehrt er ab.

»Wie oft hast du dich schon mit ihr getroffen?«

»Ein paarmal.«

Jetzt mache ich mir auf jeden Fall Gedanken. Es klingt, als wäre da mehr zwischen den beiden als das rein Berufliche.

»Wahnsinn«, sagt er grinsend, den Blick auf die Tanzfläche gerichtet. »Michael und Timothy gehen richtig ab.«

Ich schaue zu meinem Bruder und seinem besten Freund hinüber, die mit mehreren Kumpeln wild Pogo tanzen. Aus den Boxen dröhnt »Come On Eileen«. Um die Gruppe herum bewegen sich zahllose Leute zur Musik.

»Na los, das ist lustig. Das lassen wir uns nicht entgehen.« Unterm Tisch nimmt Finn seine Hand von meinem Bein. Er schiebt seinen Stuhl nach hinten und greift nach meiner Hand, um mich mitten hinein ins Gewühl zu ziehen.

An dem Abend lache ich, bis mir die Tränen kommen, und doch werde ich die ganze Zeit das nagende Gefühl nicht los, dass sich alles verändern wird.

38

Am vierten Todestag meiner Eltern wandern Finn und ich zu der Stelle auf den Klippen westlich von St Agnes.

»Dieses Jahr scheinst du mir viel besser drauf zu sein«, sagt er, als wir uns auf die Bank setzen. Lässig legt er mir den Arm um die Schultern.

Heute ist die Sicht nicht besonders gut. Seenebel ist vom Meer heraufgezogen und legt sich auf alles wie ein weißes Laken. Dennoch möchte ich gerade an keinem anderen Ort sein.

»Bin ich auch«, stimme ich zu.

Der Kummer entzieht mir immer mal wieder den Boden unter den Füßen, er ist auch jetzt da, ein schwerer Wackerstein in meinem Bauch, aber meistens kann ich an Mum und Dad denken, ohne allzu traurig zu werden, besonders seitdem ich ihre Skulpturen fertig habe.

»Und was sind deine Pläne für die nähere Zukunft?«

Ich merke, dass es genau dieselbe Frage ist, die er mir in unserem ersten gemeinsamen Sommer stellte, doch jetzt klingt sie geradeheraus und unaufgeregt, nicht so trocken und sarkastisch wie damals.

Mir kommt der Gedanke, dass unsere Beziehung ausgeglichener und reifer geworden ist.

»Zuerst mal muss ich diesen Sommer hinter mich bringen«, erwidere ich lächelnd.

In der vergangenen Woche habe ich so viel gearbeitet wie

nie zuvor, weil ich Chas vertreten habe. Immerhin hat unser Küchenchef Bill mir beim Lagerbestand und beim Bestellen geholfen. Gemeinsam bekommen wir es offenbar ganz gut hin, das Seaglass zu führen.

Chas war es wichtig, weiterhin in alle Entscheidungen eingebunden zu sein. Mittlerweile durfte er das Krankenhaus verlassen, und es geht ihm gut. Er hat vor, in der übernächsten Woche wieder einzusteigen, was mir viel zu früh vorkommt, aber immerhin hat er allen versprochen, dass er es langsam angehen lässt.

»Ich glaube, ich nehme das Angebot mit den anderen Ferienwohnungen an«, sage ich.

Vor ein paar Tagen hielt mich eine Nachbarin, die in der Reihe von alten Fischercottages unten am Hügel wohnt, auf dem Weg zur Arbeit an und fragte mich, ob ich Interesse hätte, die Verwaltung von drei Ferienunterkünften von ihr zu übernehmen. Sie werde auch nicht jünger und hätte sich überlegt, etwas kürzerzutreten. Wenn ich Lust hätte, könnte sie bei den Besitzern ein gutes Wort für mich einlegen. Ich bat um ein paar Tage Bedenkzeit.

»Mit der zusätzlichen Arbeit komme ich klar, denke ich, vor allem im Winter. Wahrscheinlich würde es mir guttun, hin und wieder mal aus dem Haus zu kommen, wenn das Seaglass geschlossen ist, sonst laufe ich noch Gefahr, eine vereinsamte Künstlerin zu werden, die sich in ihrem Atelier versteckt.«

Finn grinst. »Und was macht die Bildhauerei? Was liegt da als Nächstes an?«

»Für die Gegangen-Reihe muss ich noch eine Büste fertigstellen. Den Auftrag habe ich von einer Frau während meiner Ausstellung bekommen. Und ich hoffe auf einen weiteren Auftrag von einem Pärchen, das mit Arabella befreundet ist.«

»Worum geht's dabei?«

»Sie möchten ein lebensgroßes Standbild von einem Vorfahren für ihren Skulpturengarten. Sie haben einen Landsitz in der Nähe von Bodmin. Angeblich hat die Familie Verbindungen zum Königshaus«, füge ich grinsend hinzu.

»Wow«, sagt Finn. »Das hört sich an, als könnte es was Großes werden.«

»Wenn der Auftrag zustande kommt, könnte er mir weitere Türen öffnen.«

»Warum hast du mir nichts davon erzählt?«

»Es ist noch nicht hundertprozentig sicher«, wiederhole ich seinen Spruch über Brit.

Seit dem Discoabend im Club haben wir nicht mehr über die Sängerin gesprochen, was aber nicht bedeutet, dass ich nicht an sie gedacht hätte.

»Wann weißt du Bescheid?«, fragt Finn.

»Die beiden haben mich erst mal gebeten, ein kleineres, maßstabsgetreues Modell zu erstellen«, erwidere ich. »Wenn es ihnen gefällt, bekomme ich hoffentlich den Auftrag für eine lebensgroße Version.«

Das Ganze ist ein wirklich aufregendes Projekt. Vor sechs Wochen habe ich das Pärchen beim Briefing kennengelernt. Sie gingen mit mir zu der Stelle, wo die Statue aufgestellt werden soll. Es war schon was Besonderes, mir eins meiner Werke auf einem Sockel inmitten von Rosenbüschen in der umwerfenden Parklandschaft vorzustellen. Wenn das Paar sich entschließen sollte, mich zu beauftragen, wäre es das größte Kunstwerk, an dem ich je gearbeitet habe. Ich bemühe mich, meine Aufregung im Zaum zu halten, auch wenn Arabella behauptet, die Sache sei längst geritzt. Lord und Lady Stockley unterstützten mit Vorliebe aufstrebende junge Künstlerinnen und Künstler, sagte sie. Ich freue mich, als solche betrachtet zu werden.

Vielleicht lade ich mir zu viel auf mit der Verwaltung der drei zusätzlichen Feriencottages, aber die Kunstwelt ist kurzlebig. Wer weiß, wann oder ob überhaupt neue Aufträge kommen? Ich habe lieber zu viel als zu wenig zu tun. Ich könnte es so einrichten, dass in meinem Cottage freitags Bettenwechsel ist, dann hätte ich samstags mehr Zeit, um die anderen drei zu putzen.

Der Nebel verdunstet, löst sich auf wie aus dem Boden steigende Luftgeister. Vor uns erstreckt sich das Meer, eine weite blassblaue Leinwand, die sich leicht im Wind kräuselt.

»Ich hoffe, du hast mit deiner Musik so richtig Erfolg«, sage ich und lehne mich an ihn.

»Danke«, brummt Finn.

»Das wird komisch sein, wenn es richtig Fahrt aufnimmt. Über dich im Internet zu lesen oder von anderen zu hören …«

»Das heißt, du willst nicht zur Einmal-im-Monat-Regel zurück?«

Ich schlucke. »Ich glaube, das wird zu schwer. Meinst du nicht?«

»Leicht war es nicht«, stimmt er mir seufzend zu.

Wir haben uns so gut geschlagen. Bei uns beiden geht es gerade beruflich voran; wahrscheinlich sollten wir uns jetzt auf unsere jeweilige Karriere konzentrieren und alle Ablenkungen meiden. Es sieht nicht so aus, als seien wir zukünftig in der Lage, den anderen mit voller Kraft zu unterstützen, nicht auf diese große Entfernung.

Finn beobachtet mich, während ich meine Gefühle einzusortieren versuche. Schließlich nickt er und wendet den Blick ab.

Eine sonderbare Ruhe legt sich über mich.

Vor uns fällt das Sonnenlicht durch einen Riss in den Wolken, ein goldener Strahl, der das Wasser zum Funkeln bringt.

»*Here comes the sun*«, singt Finn und fügt das »*Doo-doo-doo*« am Ende an.

»Kannst du mir das ganze Lied vorsingen?«, bitte ich ihn leise und lege den Kopf an seine Schulter.

Das tut er. Und als es heißt, es sei ein langer, einsamer Winter gewesen, habe ich das Gefühl, er singe von uns.

39

Dieser Sommer

Ich liege im Bett im unteren Schlafzimmer, auf der Seite, und bin zu aufgedreht, um einzuschlafen. Tom ruht auf dem Bauch neben mir, einen Arm unter das Kopfkissen geschoben, das schöne Gesicht mir zugewandt. So gerade kann ich im schwachen Licht die breite Fläche seines Rückens und seiner Schultern erkennen und mich kaum zusammenreißen, nicht die Hand auszustrecken und mit den Fingern über seine warme Haut zu fahren.

Er hat sich den Schlaf verdient nach dem, was er heute Abend geleistet hat, denke ich mit einem Lächeln.

Nachdem wir im Seaglass schnellen, heißen Sex auf einem Sofa hatten, gingen wir zu mir, wo eine langsamere zweite Erkundungsrunde folgte. Schwer zu sagen, was besser war – der Mann weiß ganz genau, was er tut.

Er ist der Erste, mit dem ich so etwas erlebt habe, seit Finn und ich uns vor fast sechs Jahren küssten. Ich will die Erinnerung an Finn verdrängen und versuche, mich auf Tom zu konzentrieren, doch ich kann nichts dagegen tun, wenn mich die Gedanken an früher überwältigen.

Lass ihn gehen, Liv!, mahne ich mich, während sich das Gefühl in meiner Brust ausdehnt. *Genug ist genug.*

Ich möchte wieder dieses Glühen in mir spüren, das ich gerade noch genossen habe, als ich daran dachte, was Tom und ich heute Nacht getan haben, wie sich unsere Körper aneinanderpressten, wie verbunden wir uns fühlten.

Ich mag, wie er mich betrachtet, wie besonders ich mich bei ihm fühle. So lange schon lebe ich mit einer Leere im Herzen, doch wenn ich mit Tom zusammen bin, fühle ich mich nicht leer. Dann ist mein Herz übervoll.

Finn und ich haben eine gemeinsame Vergangenheit, aber ein großer Teil davon ist negativ behaftet, viele unserer gemeinsamen Erinnerungen sind von Schmerz getrübt. Tom hat mich nicht so gebrochen erlebt, und ich bin dankbar für den Neuanfang, der uns vergönnt ist. Das mit ihm fühlt sich frisch und rein und *gut* an, und ich hoffe, dass es von jetzt an nur noch aufwärtsgeht.

Während ich mich auf Toms regelmäßigen Atem konzentriere und mich ihm immer mehr anpasse, lösen sich die Gedanken an Finn allmählich auf.

Die Klingel reißt mich aus meinen Träumen, doch im ersten Moment bin ich noch in der Vergangenheit gefangen. Angst droht, mich zu übermannen.

Dann quietscht das Bett, und Tom legt seine warme Hand auf meine Schulter. Er sagt, er würde sich darum kümmern, und steht auf.

Wahrscheinlich der Postbote, denke ich schläfrig und höre, wie Tom in seine Jeans schlüpft und sich ein T-Shirt über den Kopf zieht.

Ich kuschele mich träge unter die Decke, meine Augen fallen wieder zu. Ich habe es nicht eilig, diesen wunderbaren Kokon zu verlassen. Vielleicht können wir heute Vormittag noch eine dritte Runde einläuten …

»Wer bist du denn?«, höre ich Michaels Stimme.

Ich reiße die Augen auf. Mir fällt ein, dass heute Sonntag ist. Da kommt kein Briefträger. Aber es kann doch noch nicht Zeit zum Mittagessen sein, oder? *Wie spät ist es?*

»Ich bin Tom. Hallo, du bist bestimmt Michael«, höre ich Tom freundlich antworten. »Habe schon viel über dich gehört.«

Ich sitze aufrecht im Bett.

»Bist du Livs Freund?«

Ich erstarre.

»Ähm, also, nee, nicht so ganz, aber vielleicht …«

»Gut, sie hat nämlich schon einen«, unterbricht Michael Tom. »Und der heißt Finn.«

Scheiße! Ich kraxele aus dem Bett und suche hektisch nach meinen Klamotten. Wo sind die bloß?

»Ah, okay«, sagt Tom ruhig.

»An den musst du erst mal rankommen«, verkündet Michael.

Verdammt nochmal, wo ist nur mein Kleid? Ich entdecke es vor der Tür zum Badezimmer. Es ist auf links gedreht, ich schiebe die Hände in die Ärmel und versuche, es wieder auf rechts zu wenden.

»Aha«, sagt Tom, während ich mir das Kleid hastig über den Kopf ziehe. Auf BH und Slip verzichte ich.

»Er ist *richtig* berühmt«, fügt Michael hinzu.

O Gott …

»Seine Lieder laufen im Radio und überall!«

Mein Bruder steht nun direkt vorm Schlafzimmer. Offenbar ist er ohne Aufforderung einfach an Tom vorbeimarschiert.

»Und er kommt bald wieder, er kommt nämlich jeden Sommer her, und Liv ist meine kleine Schwester, und du passt mal besser auf!«, schimpft Michael. Ich stürze aus dem Schlafzimmer.

»Michael!«, fahre ich ihn an.

Neben Toms hochaufragendem Körper wirkt mein Bruder so klein – sein Kopf reicht kaum bis zu Toms Brust.

»Ah, da bist du ja!«, freut sich Michael.

»Was machst du hier?«, will ich wissen.

Er scheint zu begreifen. Seine dunklen Augenbrauen ziehen sich zu einem verwirrten Blick zusammen, er sieht an mir vorbei in das Zimmer, aus dem ich gerade gekommen bin. Seine Aufmerksamkeit richtet sich auf die zerknüllte Bettdecke.

»Nein, was machst *du* hier?«, fragt er mit Nachdruck. »Das ist nicht dein Bett.«

»Möchte jemand eine Tasse Tee oder Kaffee?«, wirft Tom ein.

»Tut mir total leid«, flüstere ich, als mein Bruder wieder weg ist.

Er ist nicht lange geblieben; er wollte nur kurz vorbeischauen, um mir zu sagen, dass er heute nicht zum Mittagessen kommt. Ein Kollege von ihm ist krank, deshalb hat sein Chef ihn gefragt, ob er einspringen könne.

»Finn ist *nicht* mein Freund«, erkläre ich mit Bestimmtheit und widerstehe dem Drang, mich zu schütteln, während Tom ein Schälchen mit Granola, Beeren und Joghurt vor mich stellt.

Wir sind in der Küche unten. Die Sonne reicht noch nicht in diesen Teil des Hauses, aber es ist so ein strahlender Tag, dass das Licht von allen Seiten hereinflutet. Am liebsten würde ich eine Sonnenbrille aufsetzen, bin aber zu faul, um nach oben zu gehen.

»Du bist mir keine Erklärung schuldig«, sagt Tom ruhig und setzt sich mit einem Schälchen Müsli mir gegenüber.

»Vom Gefühl her doch. Besonders nach meiner Reaktion auf seinen Bruder, der mich am Donnerstag im Seaglass angesprochen hat. Du musst ja denken, ich hätte versucht, dich in die Irre zu führen. Habe ich aber nicht.«

Tom schüttelt abwehrend den Kopf.

»Finn und ich haben letzten Sommer endgültig Schluss gemacht, das ist bei Michael bloß noch nicht angekommen«, erkläre ich. »Er weiß das eigentlich. Ich habe es ihm gesagt. Aber das geht ins eine Ohr rein und aus dem anderen wieder raus.«

»Klingt so, als wollte er es nicht hören«, bemerkt Tom.

Ich schnaube genervt. »Bis vor relativ kurzer Zeit konnte er Finn nicht ausstehen. Bei Michael dauert es manchmal eine Zeitlang, bis er sich an jemanden gewöhnt hat.«

»Er will dich beschützen«, stellt Tom fest.

Ich schiebe die Hand über den Tisch und streiche mit den Fingern über seine. Er nimmt meine Hand und drückt sie.

»Wie geht es dir heute Morgen?« Er schaut von seinem Müsli hoch und studiert mein Gesicht.

»Bis zu dem brutalen Wecken ging es mir erstklassig.«

Ein Grinsen zieht sich über Toms Gesicht, und ich würde am liebsten über den Tisch klettern und mich auf seine sinnlichen Lippen stürzen. Bartstoppeln zieren seine Wangen, seine Haare sind vom Schlaf sexy zerzaust.

Toms Daumen streicht über meine Fingerknöchel, und ich muss daran denken, wie geschickt und umsichtig seine Hände gestern Nacht waren.

Sein Blick wird dunkel.

»Hast du heute Vormittag irgendwas vor?«, frage ich. Mein Unterleib steht in Flammen.

»Mich wieder mit dir ins Bett legen?«, schlägt er vor.

Ich wüsste nicht, was ich lieber täte.

40

Lasst euch nichts anmerken, aber wir haben miteinander geschlafen. Ich sag euch das nur, weil ich keine Lust habe, dass ihr gleich losschreit, wenn ihr …«

Amy unterbricht mich mitten im Satz mit einem Quietschen und klatscht in die Hände, während Rach das Gesicht zur Decke hebt und mit wie zum Beten zusammengelegten Händen »Danke!« ruft. Dabei weiß ich ganz genau, dass sie mit Religion nichts am Hut hat.

Dann nehmen sie einander in die Arme und hüpfen auf der Stelle.

Ich stehe da und sehe meine Freundinnen fassungslos an.

Es ist Montagabend, wir sind wieder beim Quiz im Pub. Als Amy mir eine Nachricht schickte und fragte, ob ich Tom wieder mitbringen wolle, war ich gerade bei ihm.

Tarek hat keine Lust mehr auf den Quizabend, behauptete sie.

Ich weiß nicht, ob das stimmt oder ob meine Freundinnen da ihre Finger im Spiel haben, doch Tom schien sich über die Einladung zu freuen.

Er steht mit Dan an der Theke, während Amy, Rach und ich darauf warten, dass unser üblicher Sechsertisch abgeräumt wird. Ellie ist noch nicht da.

»Was soll das, deswegen so rumzuspinnen?«, frage ich entrüstet.

»Wir freuen uns!«, ruft Amy.

»Ihr wisst aber, dass er in weniger als zwei Wochen wieder weg ist, oder?«, flüstere ich. »Das ist nur ein Urlaubsflirt.«

Sofort störe ich mich an dem Ausdruck. Das Ganze fühlt sich nicht an wie »nur ein Urlaubsflirt«.

»Ja, aber es bedeutet, dass du nach vorne schaust, nicht mehr zurück«, erklärt Rach ernst mit schimmernden Augen.

Der Gesichtsausdruck und ihr Tonfall sind so untypisch für sie, dass ich kurz das Gefühl habe, in einem Paralleluniversum zu sein.

Der Kellner unterbricht uns mit der Nachricht, dass unser Tisch bereit sei, dann kommen Tom und Dan mit unseren Getränken um die Ecke. Ich setze mich also hin. Alles erscheint mir sehr surreal.

Tom nimmt mir gegenüber Platz und lächelt mich liebevoll an. Unter dem Tisch berühren sich unsere Knie. Keiner zieht seins zurück.

Nach den Reaktionen von Amy und Rach achte ich stärker auf die Dynamik an unserem Tisch. Mir fällt auf, dass Dan sich vorbeugt, um einen Krümel von Amys Nase zu wischen, was sie sich ohne ein Zucken gefallen lässt, Rach mit dem Finger das Unendlichkeitszeichen in Ellies Handbeuge malt, wenn sie glaubt, dass niemand guckt. Ich sehe die kleinen Zeichen der Zuneigung zwischen ihnen, die unendliche Liebe in ihren Blicken.

Sonst tut es mir immer weh, wenn meine Freunde so intim mit dem Menschen umgehen, mit dem sie den Rest ihres Lebens verbringen wollen, deshalb habe ich mir angewöhnt, den Blick abzuwenden. An diesem Abend jedoch nicht. Zu erleben, wie Amy und Rach sich darüber freuen, dass ich jemanden gefunden habe, macht mir noch mal schmerzlich bewusst, dass mein Herz in den letzten sechs Jahren in der

Warteschleife hing. Ich hatte noch nie eine uneingeschränkte, dauerhafte, glückliche Beziehung mit jemandem. Beim Anblick meiner Freundinnen spüre ich, dass ich mich danach sehne. Sehr sogar.

»Du warst still heute«, bemerkt Tom auf dem Heimweg.

Eigentlich müsste ich überglücklich sein. Wir haben wieder gewonnen, in erster Linie dank seines Wissens über Erdkunde und Medizin. Wie sich herausstellte, ist sein Vater Arzt. Noch etwas, das wir gemeinsam haben.

»Bin etwas nachdenklich«, erwidere ich und hake mich bei ihm unter. Wir gehen an der dunklen Straße entlang, die durch das bewaldete Tal mit den steilen Hängen führt.

Mit meiner Geste möchte ich ihn beruhigen. Ich will nicht, dass er denkt, ich hätte Bedenken, was uns betrifft. In den letzten beiden Nächten habe ich bei ihm geschlafen, und das würde ich am liebsten auch ein drittes Mal tun.

»Alles in Ordnung?«, fragt Tom.

»Ja, klar. Ich habe nur ein bisschen nachgedacht.«

Er verstummt.

Wales ist nicht L.A., rufe ich mir in Erinnerung. Wer sagt denn, dass dies nicht der Beginn einer dauerhaften Beziehung sein könnte?

Wir sind auf dem schmalsten Abschnitt der Straße, von hinten nähert sich ein Auto. Ich gehe zur Seite, um Platz zu machen, und fühle Toms kräftige Hände auf den Schultern, der sich als Schutz vor mich stellt.

Mein Herz wird groß und weit.

Nein, es öffnet sich.

Am Mittwochmorgen gehen wir gemeinsam zum Seaglass hinunter, nachdem wir fast den ganzen Tag zusammen verbracht haben. Ich habe ein paarmal angedeutet, dass ich ihn nicht zu sehr in Beschlag nehmen will, schließlich kostet ihn der Urlaub hier viel Geld, aber irgendwie landeten wir immer wieder in den Armen des anderen.

Heute springt Tom für unsere Küchenhilfe ein, die Urlaub hat. Auch als ich das zweite und dritte Mal nachhakte, ob es wirklich okay für ihn sei, versicherte er mir: »Wenn ich etwas sage, meine ich es normalerweise auch so. Das kannst du mir ruhig glauben.«

Ich fand die Aussage unerträglich sexy. Ich liebe seine direkte Art, seine Zuverlässigkeit. In einen Mann wie Tom könnte ich mich verlieben.

»Es wird lustig, die nächsten anderthalb Wochen mit dir zusammenzuarbeiten«, sage ich lächelnd, als wir die Außentreppe hochsteigen.

»Ich schlafe mit der Chefin«, neckt er zurück. »Ist das denn für *dich* okay?« Er lehnt sich an die Mauer und beobachtet, wie ich die Schlüssel heraushole.

»Und wie. Obwohl ich das wahrscheinlich vor den anderen nicht zeigen werde.«

»Ich werde versuchen, die Hände bei mir zu lassen, solange jemand zuguckt«, verspricht er, als ich aufschließe.

Und ich weiß schon jetzt, dass mir das nicht gefallen wird.

Tom hilft mir, das Seaglass vorzubereiten, und am Ende öffnen wir die Balkontüren.

Es ist ein sonniger Tag mit nur sehr wenig Wind. Das tiefe Wasser des Meeres jenseits der Bucht ist heute besonders blau. Die Wellen, die sich am Strand brechen, sind von einem blassen Kristallgrün.

Chas liebte den Ausblick an Tagen wie diesen. Dann konnte er ihn richtig genießen. Sobald etwas mehr Dünung da war, zog es ihn raus aufs Brett.

Als er endlich beschloss, sich auf die Weltreise zu machen, von der er immer geträumt hatte, haben wir uns alle für ihn gefreut. Doch ich vermisse ihn. Und so, wie es sich anhört, fehlen wir ihm auch. Letzte Woche haben wir eine Postkarte von ihm aus Maui bekommen. Es ginge ihm hervorragend, aber er freue sich schon darauf, im August zurückzukommen. Dan musste seinen Onkel wirklich bequatschen, damit der sich auch einen Teil des Sommers freinahm. Im Juni, Juli und August ist immer die Hölle los – in diesen drei Monaten verdienen wir fast das komplette Geld für das gesamte Jahr. Wenn Chas hier gewesen wäre, hätte er nie im Leben die Beine hochgelegt.

Ehrfürchtig schüttelt Tom den Kopf, als wir nebeneinander am Geländer stehen und den Ausblick auf uns wirken lassen.

»Ich find's unglaublich, dass du hier leben und arbeiten kannst.«

»Zieh doch um!«, witzele ich.

»Ist verlockend.«

Ich lache.

»Das meine ich ernst«, sagt Tom, und als er mir einen Seitenblick zuwirft und ich seinen Gesichtsausdruck sehe, stellen sich die Härchen auf meinen Armen auf, denn es könnte sein, dass er es wirklich ernst meint. »Mir ist klar, dass ich noch keine drei Wochen hier bin, aber ich fühle mich so heimisch in Cornwall. Vielleicht, weil ich als Kind so oft hier war, aber die Vorstellung, mich nun von diesem Ort verabschieden zu müssen …« Er wirkt erschüttert. »Dabei wird mir wirklich übel. Tut mir leid, das ist echt gruselig, aber ist nun mal die Wahrheit«, brummt er und richtet sich auf.

Ich stütze den Ellenbogen auf das Geländer und sehe ihn an. »Könntest du denn bleiben?«, frage ich.

Er nickt andeutungsweise und ahmt dann meine Körperhaltung nach. »Es gibt nichts in Wales, wohin ich zurückmuss.«

»Was ist mit der Arbeit?«

Seine Stirn legt sich in Falten, er wendet den Kopf zum Meer und schaut nachdenklich in die Ferne. »Ich suche mir hier was.«

Die Such- und Rettungskräfte sind in Newquay stationiert, nur eine halbe Autostunde entfernt, das wäre also ohne weiteres möglich.

»Macht dir das Angst?«, fragt Tom vorsichtig und sieht mich an.

»Wieso?«

»Die Aussicht, dass ich hierbleibe.«

Ich stoße ein leises Lachen aus. »Soll das ein Witz sein?«

Erst als seine Schultern sinken, wird mir klar, dass er sie gerade vor Anspannung hochgezogen hat.

Tom studiert mein Gesicht, dann sagt er: »Die Geschäftsführerin vom Driftwood Spars meint, sie könnte es vielleicht so einrichten, dass sie Anfang Juli für eine Woche ein Zimmer für mich hätte. Sie hat hier und da mal ein paar Tage was frei, ich stehe bei ihr auf der Warteliste.«

»Das ist ja super!«

Er freut sich über meine Reaktion.

Wir werden von Tyler unterbrochen, der um die Ecke auf den Balkon kommt.

»Oh, hey!«, rufe ich. »Du bist früh dran.«

»Nein, bin ich nicht«, erwidert er stirnrunzelnd.

Ich sehe auf die Uhr. »Oh, so spät schon. Ich muss aufmachen«, sage ich zu Tom und drücke schnell seinen Arm, bevor ich es mir anders überlege.

Ich habe mich am Montag bei Tyler gemeldet, weil ich zu

dem Schluss gekommen bin, dass er nichts dafür kann, dass mich der Gedanke an seinen Bruder verletzt.

Verletzt er mich noch?

Im Moment nicht, nein. Aber das könnte etwas mit dem wunderschönen Mann zu tun haben, der gerade nach oben in die Küche gegangen ist.

41

Es ist Freitagnachmittag, etwas mehr als eine Woche später, und ich bin auf dem Weg ins Seaglass, nachdem ich das Beach Cottage für eine vierköpfige Familie vorbereitet habe. Heute Morgen ist Tom bei mir ausgezogen und im Driftwood Inn eingezogen, und es war furchtbar, ohne ihn unten im Apartment zu sein. Als ich ihm beim Packen zusah, war ich am Boden zerstört, obwohl er ja hierbleibt. Wenn er heute nach Wales zurückgekehrt wäre, wie es eigentlich geplant war, wäre ich am Ende gewesen.

Die Zeit mit ihm war magisch. Wir haben jede Nacht zusammen in seinem Bett verbracht und jeden Morgen gemeinsam in der Wohnküche am großen Tisch gefrühstückt. Er läuft immer mit mir runter zum Seaglass, und obwohl die Küche früher zumacht als die Theke, wartet er, bis meine Schicht zu Ende ist, und geht dann mit mir nach Hause. Er war auch noch mal mit mir in der Gießerei, um nach der Patinierung zu sehen, und ich saß immer wieder am Strand, um ihm beim Zeichnen im Sand zuzuschauen. Es fühlt sich an, als hätte ich einen kleinen Einblick in ein Leben erhascht, das plötzlich möglich scheint, eine Zukunft mit jemandem, der zu mir steht, mit dem ich zusammen aufwache, mit dem ich Haus und Herd teile.

Unsere Küchenhilfe ist morgen wieder da, dafür hat der stellvertretende Küchenchef ein paar Tage freigenommen, um seinen Umzug nach London in anderthalb Wochen vorzubereiten, deshalb wird Tom dessen Rolle übernehmen und noch etwas länger im Seaglass arbeiten.

Wir haben immer noch keinen Ersatz für den zweiten Koch gefunden. Ich hatte gedacht, die Küchenhilfe könnte befördert werden, aber der Junge ist erst seit Ostern bei uns, und Bill braucht jemanden mit mehr Erfahrung.

Als ich ins Seaglass komme, steht Tyler vor der Anlage. Der Beach-House-Sound ist verstummt.

»Verstell bitte nichts an der Musik, Tyler, ja?«, rufe ich, als »Ready to Start« von Arcade Fire einsetzt.

Er macht ein langes Gesicht. »Da lief so ein öder Scheiß.«

»Das passt aber zu der entspannten Atmosphäre, die wir hier haben wollen«, gebe ich zurück und gehe zur Theke hinüber, leicht genervt von seiner Musikauswahl.

»Ich dachte, du magst Rock.«

Er ist erstaunlich selbstsicher für einen Achtzehnjährigen. Es scheint ihm nichts auszumachen, wenn er eine Bestellung falsch ausliefert oder es nicht schafft, ein vernünftiges Pint zu zapfen. Am Vortag hatte er auf einem Bier so viel Schaum, dass Luke ihn fragte, ob er ein Schirmchen reinstecken solle. So was juckt Tyler überhaupt nicht.

»Ich bin jetzt nicht in der Stimmung dafür. Kannst du es wieder umstellen, ja? Oder mach was anderes an, keine Ahnung, Cigarettes After Sex oder The xx.«

Tyler schnaubt verächtlich. »Oder vielleicht mal was aus diesem Jahrzehnt«, murmelt er und wählt noch eine andere Band.

Wenigstens ist es kein Rock, deshalb halte ich den Mund. Ich muss mir sehr gut überlegen, worüber ich mich mit diesem Jungen streite.

Ich schaue an Tyler vorbei zu Tom, der an der Wand zu

den Toiletten steht. Er wirft mir einen belustigten, wissenden Blick zu und kehrt in die Küche zurück.

»Wie kommt Tyler klar?«, fragt Tom später am Abend.

»Im Großen und Ganzen ziemlich gut. Er muss noch ein bisschen schneller werden, aber ich denke, das wird schon.«

Am ersten Tag habe ich Ewigkeiten gebraucht, um ihm alles zu zeigen, zum Glück haben mir Libby und Luke unter die Arme gegriffen; seit Tyler Kwames wertvollen Cocktailshaker hat fallen lassen, hat der keine Nachsicht mehr.

»Bilde ich mir das ein, oder hat Michael gesagt, Tylers Bruder wäre berühmt?«

Urgs.

»Musst du nicht drauf antworten.« Gutmütig winkt Tom ab, als er sieht, was ich für ein Gesicht mache.

»Nein, schon gut«, sage ich trübsinnig.

Alle haben sauber gemacht und sind nach Hause gegangen, nur wir beide sitzen mit einem letzten Glas oben auf den Sofas, wo die Lichterketten den Raum in ein warmes Licht tauchen.

Ich habe es nicht eilig, nach Hause zu kommen, und Tom zieht es offenbar ebenso wenig in sein Zimmer im Driftwood Inn.

»So berühmt ist er auch nicht. Aber er hatte ein paar Hits mit jemandem, der berühmt ist. Er schreibt Songs.«

»Aha. Michael meinte, seine Lieder wären im Radio. Ich habe gedacht …«

»Er hat früher in einer Band gespielt, dann hat er ein Soloalbum bei einer unabhängigen Plattenfirma herausgebracht, aber eigentlich wollte er immer nur Songs schreiben, deshalb arbeitet er jetzt mit anderen Musikern zusammen.«

»Welche dabei, die ich kenne?«

»Ich weiß nicht, welche Art von Musik du hörst. Als du bei mir im Apartment gewohnt hast, hattest du nie was an.«

Was eine willkommene Abwechslung war.

Ich beschließe, es ihm zu erzählen. Was soll die Heimlichtuerei?

»Er hat am neuesten Album von Brit Easton mitgeschrieben.«

Toms Augenbrauen schnellen hoch. »Aha. Also schon richtig berühmt.«

»Bist du auf dem Laufenden, was Prominente angeht?«, frage ich.

Er zuckt mit den Schultern. »Nicht besonders, warum?«

Ich seufze. »Beim Schreiben der Songs für das Album haben sich Finn und Brit ineinander verliebt. Sie sind jetzt ein Paar – die Fotos von ihnen sind überall.«

Tom sieht mich mitleidig an. »Es ist nicht leicht, den Ex mit jemand anderem zu sehen, schon gar nicht mit einer Berühmtheit.«

»Er ist nicht wirklich mein Ex.« Ich hoffe, ich klinge nicht so verletzt und verbittert, wie ich mich fühle.

Tom trinkt einen Schluck Whisky und lehnt sich auf dem Sofa zurück, den Blick ruhig auf mich gerichtet.

»Michael hat gesagt, er kommt jeden Sommer her.«

Verdammt nochmal, warum muss er sich jedes einzelne Wort merken, das mein Bruder je von sich gegeben hat?

Ich nicke langsam. »Die letzten sechs Jahre war er jeden Sommer hier. Und ich habe unbewusst mein Leben für ihn auf Eis gelegt«, gestehe ich mit sarkastischem Unterton.

Mein Kopf wollte nicht, aber mein Herz hat diese kranke Scheiße die ganze Zeit mitgemacht.

»Aber damit ist jetzt Schluss. Ich schau nach vorn«, verkünde ich mit Nachdruck.

Genau wie auch Finn es tut.

»Danke, dass du es mir erzählt hast«, sagt Tom leise.

»Allmählich habe ich das Gefühl, dass wir unterschiedlich viel von uns preisgeben«, erwidere ich mit leisem Lachen, doch meine Worte sind ernst gemeint.

»Das tut mir leid«, entgegnet er befangen. »Ich bin hergekommen, weil ich aus meinem Leben rauswollte.«

»Um kopfüber in meinem zu landen.«

»Ist das ein Problem?«, fragt er vorsichtig.

»Nein, finde ich gut.«

Er grinst. »Gefällt mir, wie offen und ehrlich du bist.«

»Das ist mir jetzt peinlich.«

»Nein, bitte, ich mag das wirklich. Cara war unheimlich verschlossen.«

»Musst du gerade sagen«, erwidere ich nur halb im Spaß.

»Normalerweise bin ich nicht so.« Er setzt sich auf. »Cara und ich hatten uns nichts mehr zu sagen. Ich dachte, ich wäre durch mit Beziehungen. Hiermit habe ich nicht gerechnet.«

»Womit?«

»Mit dem hier.« Er weist auf mich und ihn.

Tom hält den Blickkontakt etwas länger, dann schaut er zur Küche hinüber.

Halb dreht er sich mir wieder zu. »Was erwartest du dir vom Leben?«, will er wissen.

Seine unerwartete Frage überrascht mich im ersten Moment.

»Am liebsten möchte ich eigentlich genau das weitermachen, was ich jetzt tue: den Sommer über diesen Laden führen, um im Winter als Bildhauerin zu arbeiten. Vielleicht habe ich irgendwann so viele Aufträge, dass ich nichts anderes mehr tun muss, aber mir gefällt der Ausgleich durch die Arbeit hier.«

Ich trinke einen Schluck Rosé und lächele Tom an. Er betrachtet mich immer noch.

»Was ist mit einer Familie?«, fragt er.

Ich lege den Kopf schräg. »Ich würde gern jemanden finden, mit dem ich den Rest meines Lebens verbringe.« Sofort habe ich Dan und Amy beziehungsweise Rach und Ellie vor Augen. Ob ich jemals so großes Glück haben werde?

»Kinder?«, fragt er.

»Irgendwann, wenn es geht.«

Er senkt den Blick auf seinen Whisky.

»Und du?«, frage ich.

»Gefällt mir, wie sich *dein* Leben anhört«, gesteht er. Seine Stimme klingt seltsam rau.

Ich sehe, dass seine Wangenknochen arbeiten.

»Ist alles in Ordnung, Tom?« Irgendwie habe ich das Gefühl, dass etwas nicht stimmt.

Er atmet lang und schwer aus und sieht mir schließlich in die Augen.

»Ich kann keine Kinder bekommen«, sagt er niedergeschlagen. »Ich denke, das solltest du wissen.«

In meinem Kopf dreht sich alles. *Er denkt, das sollte ich wissen?*

Das sagt eine Menge. Wir kennen einander erst seit wenigen Wochen, aber ich habe immer wieder das Gefühl, in die Zukunft zu sehen.

Und Tom hat mir gerade bestätigt, dass es ihm ebenso geht. Er kann sich ebenfalls eine Zukunft mit mir vorstellen – falls ich die Tatsache akzeptiere, dass er keine Kinder bekommen kann.

Wir sehen uns in die Augen, und ich spüre, dass wir versuchen, die Gedanken des anderen zu lesen. Bei seinem Geständnis hat sich mein Magen zusammengezogen, doch die

Vorstellung, eine Familie zu gründen, ist mir immer noch sehr fern. Falls Tom der Richtige für mich wäre, würden wir schon eine Möglichkeit finden.

Unvermittelt stehe ich auf und setze mich zu ihm aufs Sofa.

»Weißt du das schon lange?«, frage ich einfühlsam. Ich bin ihm ganz nahe, meine Knie schmiegen sich an seinen Oberschenkel.

»Seit ein paar Monaten.«

Leicht fahre ich mit den Fingern über seinen Hinterkopf, um ihn hoffentlich zu beruhigen. Seit er hier ist, sind seine Haare etwas länger und durch die Sonne auch heller geworden.

»Hat das was damit zu tun, warum ihr euch getrennt habt, Cara und …«

»Auch.«

Als in seinen Augen Tränen schimmern, bricht es mir das Herz.

»Das tut mir so leid.« Ich kuschele mich an seine Schulter und lege die Hand auf seine Brust. »Es gibt ja auch andere Wege, ein Kind zu bekommen.«

»Ich weiß«, erwidert er und legt die Hand auf meine. »Wir hätten es mit künstlicher Befruchtung versuchen oder über eine Adoption nachdenken können, aber …« Er schüttelt den Kopf. »Es hat nicht sollen sein mit uns«, sagt er und verstummt.

Ich hebe den Kopf, gebe ihm einen Kuss auf die Wange und lächele sanft. »Siehst du? Du kannst doch mit mir reden.«

Er lacht leise. Als er mich ansieht, glänzen seine Augen noch immer, aber jetzt steht darin ein anderes Gefühl, das ich nicht deuten kann.

Er senkt den Kopf und drückt mir einen zärtlichen Kuss auf die Lippen.

Nach einer Weile lösen wir uns voneinander und sehen einander an. Dann stürzen wir uns aufeinander, und es passt kein Blatt mehr zwischen unsere Körper.

In der Nacht kehrt Tom nicht in sein Zimmer im Driftwood Inn zurück.

42

Der letzte Sommer

Ich kann dir gar nicht genug danken«, sage ich zu Arabella im sonnendurchfluteten Rosengarten des Anwesens von Lord und Lady Stockley, wo wir gekühlten Champagner aus schmalen Kristallgläsern trinken.

Heute wurde die Statue enthüllt – ganz feierlich, ich habe sogar eine Rede gehalten –, und abends gibt es zur Feier des Anlasses ein Dinner.

»Das hast du ganz allein geschafft, meine Liebe«, sagt sie und sieht mich bedeutungsschwer an.

»Das stimmt nicht, aber es ist lieb von dir, das zu sagen.«

Sie hat sich für den Anlass in Schale geworfen, trägt ein dunkelblaues Abendkleid und ein schwarzes Schultertuch, dazu eine schwere Perlenkette um den Hals. Ihre langen Haare sind wie immer zu einem Knoten hochgesteckt. Arabellas Look erinnert mich an unsere erste Begegnung in St Ives vor zweieinhalb Jahren. Die Frau hat mein Leben verändert.

Ihr Blick wandert wieder zur Statue hinüber. Der alte Lord Stockley trägt einen Tweedmantel und stützt sich auf einen Rechen. Den Rücken dem Haus zugewandt, schaut er in den Garten. Zu seiner Zeit war er ein begeisterter Gärtner.

»Hast du Ideen, wie du an Gemeinden oder Wohlfahrtsverbände herantreten könntest, um einen Auftrag aus öffentlicher Hand zu bekommen? Es ist schon eine Weile her, dass ich Geldmittel beschafft habe, aber du kannst auf mich zählen, wenn du mich brauchst«, sagt Arabella.

Sie weiß, dass ich immer noch gern Mitglied der Royal Society of Sculptors werden würde. Inzwischen ist unser Verhältnis ziemlich eng – mit Arabella tausche ich mich am liebsten über Kunst und Bildhauerei aus.

»Ich denke mal drüber nach«, erwidere ich und drücke liebevoll ihren Arm.

»Tu das«, sagt sie. »Du hast gerade einen Lauf. Mach das Beste draus.«

Es ist schon spät, als ich Arabella nach St Ives gebracht habe und wieder in St Agnes bin. Ich habe Gäste im Apartment, deshalb parke ich meinen Wagen wie immer oben auf dem Hügel vor Dan und Amys Haus. Jetzt, da ich drei weitere Häuser zu versorgen habe, nervt es noch mehr, ihn immer von dort zu holen, aber ich parke nun mal nicht gern bei mir am Straßenrand, um meine Putzutensilien einzuladen. Die meisten Autos kommen zwar vorbei, aber größere Fahrzeuge haben Schwierigkeiten, und nach Chas' Herzinfarkt letzten Sommer bin ich immer ganz nervös, denn es könnte ja sein, dass ein Rettungswagen durchmuss. Dann gab es vor ein paar Jahren den Vorfall, dass ein verirrter Feuerwerkskörper den Ginster hinter dem Drifty in Brand steckte und die Feuerwehr wegen der dort geparkten Autos keinen Zugang bekam.

Die Straße, in der Dan und Amy wohnen, ist angenehm ruhig. In der Nähe leben Finns Großeltern, die ich schon ein paarmal getroffen habe, einmal als ich seltene Wintergäste im Haus hatte. Bei der Begegnung konnte Trudy gar nicht oft genug betonen, wie gut die Zusammenarbeit zwischen Finn und Brit Easton verliefe.

Nachdem Finn vergangenen Sommer abgereist war, gelang es ihm und mir tatsächlich, uns an unser Kontaktverbot zu halten. Nur als er einen Vertrag bei einer größeren Plattenfirma unterschrieb, brach er sein Versprechen – eben jener Vertrag sollte es ihm später ermöglichen, mit Brit zusammenzuarbeiten.

Ich bekam eine Nachricht von ihm: *Das musst du dir ansehen*, mit einer angehängten Presseerklärung.

Ich freute mich total für ihn und schrieb ihm das auch.

Später hörte ich von Dan, dass Finn eine größere Geldsumme erhalten habe, die es ihm ermöglichte, sich auf das Songwriting zu konzentrieren. Der Vertrag würde ihm Zugang zu allen wichtigen Leuten verschaffen.

Das einzige Mal, dass *ich* Kontakt zu ihm aufnahm, war Weihnachten, als ich ihm ein lustiges Meme schickte mit der Unterschrift: *Denke an dich x*.

Er sandte mir was Witziges zurück, dazu den schlichten Text: *Frohe Weihnachten x*.

Das war so oberflächlich. Ich hatte gehofft, Finn würde zwischen den Zeilen lesen, wie oft ich an ihn dachte und dass ich unsere Vereinbarung gern ändern würde. Und doch beließ ich es dabei. Das gesamte Jahr musste ich übermenschliche Willenskraft aufbringen. Aber ich war wild entschlossen, nicht einzubrechen.

Aus Gewohnheit schaue ich in die Straße, in der Finns Großeltern wohnen, und muss zweimal hinsehen, als ich einen dunkelgrauen Seat Leon vor ihrem Haus entdecke.

Mir dreht sich der Magen.

Ist er etwa da?

Und wenn ja, warum hat er mir nichts gesagt?

Ich bleibe stehen und starre auf das Haus. Schwach brennt Licht in den Fenstern, aber es ist halb zwölf – um diese Uhrzeit kann ich nicht mehr klopfen. Selbst mitten am Tag würde ich zögern. Wenn Finn mich sehen wollte, würde er sich melden. Warum tut er es nicht?

Vielleicht ist er gerade erst angekommen. Ich versuche, mir einzureden, dass es nicht anders sein kann, dennoch bin ich auf dem Heimweg neben der Spur. Es kann natürlich sein, dass Finn heute Abend im Seaglass vorbeigegangen ist. Normalerweise arbeite ich freitags, aber heute war ich auf der Dinnerparty von Lord und Lady Stockley, um meine Statue zu enthüllen.

Als ich die Treppe hoch zu meinem Zimmer gehe, kommt mir eine Idee. Ich hole mein Handy heraus und tippe dieselbe Nachricht, die er mir geschickt hat, als er mir von Brit erzählte.

Das musst du dir ansehen …

Ich hänge ein Foto an, das Arabella gemacht hat. Es zeigt mich neben der Statue von Lord Stockley. Eine Minute lang sitze ich da und starre nervös auf mein Handy.

Als drei Punkte erscheinen, macht mein Herz einen Satz.

Schwer beeindruckt, schreibt Finn zurück. *Bist du morgen zu Hause?*

Ich stelle mich dumm. *Ja. Warum?*

Ich bin hier, aber noch vollkommen fertig vom Flug. Hab die ganze Zeit mit Ty gesprochen und leg mich jetzt hin. Brunch?

Gern. Willkommen zurück!

Danke. Blue Bar? 10 Uhr? Ich hol dich ab.

Freu mich.

Er schickt mir einen emporgereckten Daumen, und ich sitze da und schaue noch mal zwanzig Sekunden auf mein Display.

War es ein Fehler, ihn auf Abstand zu halten?

43

Brit Easton ist einer der schönsten Menschen, die ich je gesehen habe. Das Foto, das ich vor Augen habe, wenn ich an sie denke, wurde in diesem Jahr auf dem rosa Teppich bei der Preisverleihung der Billboard Women in Music aufgenommen. Sie trägt eine schicke schwarze Hose und ein kurzes schwarzes Oberteil, das den Blick auf ihren absolut flachen karamellbraunen Bauch freigibt. Die Haare sind mit goldenen Perlen geschmückt und fallen ihr in glänzenden schwarzen Zöpfen auf die Schultern. Ein Vierziger-Jahre-Rot ziert ihre vollen Lippen, ihre stechenden grünen Augen funkeln unter dickem Eyeliner und den, wie ich bei Gott hoffe, falschen Wimpern – so viel Glück kann nun wirklich niemand haben. Als ich das Bild zum ersten Mal sah, wurde mir schlecht. Finn arbeitete seit einem Monat mit ihr zusammen.

Kein Wunder also, dass ich am Samstagmorgen viel Wert darauf lege, für unsere Verabredungen so gut wie nur möglich auszusehen, doch trotz meiner Bemühungen wirke ich müde und abgespannt. Mein sechster Sinn hat mich die halbe Nacht wachgehalten.

Ich trage ein mittellanges Kleid in klassischem Grün – Finn hat mal zu mir gesagt, dass mir Grün super stehen würde.

Als er vorfährt, lehne ich an der taillenhohen Steinmauer, die sich am Bach vor meinem Haus entlangzieht. Durch die Windschutzscheibe sehe ich, dass er einen seltsamen Gesichtsausdruck hat. Die Lippen sind zu einem schmalen

Strich zusammengepresst, zwischen seinen Augenbrauen stehen Falten. Als er mich aus dem Auto anschaut, wirkt sein Blick gequält.

Seine Mundwinkel ziehen sich zu einem gezwungenen Lächeln hoch, als ich die Beifahrertür öffne.

»Hey!«, ruft er und beugt sich über die Mittelkonsole, um mich in den Arm zu nehmen, nur kurz – gerade so lange, dass ich die kalte Meeresluft auf seiner Haut rieche. Doch wie er mich diese zwei Sekunden lang umklammert, kommt mir fast … verzweifelt vor. »Du bist eine Augenweide«, bemerkt er beiläufig. »Schönes Kleid.«

Kurz darauf fügt er hinzu: »Wie du da an der vermoosten Mauer standest, zwischen all dem Farn, sahst du aus, als kämst du direkt aus einem Märchen.«

Amüsiert von seiner Beschreibung muss ich lachen. »Danke. Du siehst auch gut aus«, sage ich und betrachte ihn genauer.

Seine dunklen Haare sind im Nacken lang, um das Gesicht herum kürzer gehalten und umschmeicheln seine kantigen Wangenknochen in einem zerzausten Look. Seine Augen sind so schön wie immer, doch in seinem Blick liegt eine Emotion, die ich mir nicht richtig erklären kann. Irgendwie wehmütig, fast schon sehnsüchtig. Ich bin in Alarmbereitschaft.

»Arbeitet Michael heute?«, fragt Finn.

Für jeden anderen würde es normal klingen. Aber nicht für mich. In meinen Ohren klingt er angespannt.

»Ja, glaub schon.«

»Ich habe nur überlegt, ob wir die Reihenfolge ändern sollen: In Chapel Porth parken und ihm Hallo sagen, dann von dort zur Blue Bar laufen.«

»Gute Idee!«

»Hast du großen Hunger?«

»Nein, eigentlich nicht.«

Ich habe überhaupt keinen Appetit, aber mir geht es bestimmt besser, wenn ich erst mal weiß, was mit Finn los ist.

Oder auch nicht.

Die Fahrt nach Chapel Porth ist nicht lang. Unterwegs erkundige ich mich nach seinem Flug und erfahre auch das Neuste über Finns Familie in England. Tyler, Liam und seine Großeltern waren letztes Jahr zu Weihnachten wieder in L.A. Das wusste ich bereits aus erster Hand von seiner Großmutter Trudy, die so stolz war, dass sie mir bei unserer zufälligen Begegnung unbedingt davon erzählen musste. Trotzdem ist es schön, das Ganze noch mal aus Finns Perspektive zu hören. Klingt ganz so, als hätte es allen super gefallen. Es muss eine Erleichterung für die Familie sein, Weihnachten nicht mehr in St Agnes zu verbringen, wo alles sie an die Geschehnisse von damals erinnert.

Der Parkplatz in Chapel Porth ist schon so gut wie voll, aber direkt am Ufer steigen gerade zwei Surfer in ihren Van, so dass wir Glück haben und uns direkt die Parklücke sichern. Michael ist schwer mit der Einweisung des Autos vor uns beschäftigt und bekommt gar nicht mit, dass wir da sind. Als wir aussteigen, ist er schon auf halbem Weg zur anderen Seite des Parkplatzes, wo er in seinem roten T-Shirt und der grellgelben Jacke einen Autofahrer in eine Lücke dirigiert. Er ist so sehr in seinem Element, dass er dem Fahrer den ausgestreckten Daumen hinhält und ihn fröhlich angrinst. Unwillkürlich muss ich lächeln.

Ein kanariengelbes Lotus-Cabrio rollt auf den Parkplatz, und mein Bruder platzt fast vor Aufregung. Als der Fahrer anhält, um auf Anweisungen zu warten, hält Michael ihm die Hand zum Einschlagen hin.

»Ich fasse es nicht!«, platzt es ungläubig aus Finn heraus. »Guck dir an, wie freundlich er zu absolut Fremden ist! Und mich behandelt er immer wie einen Haufen Hundescheiße.«

Ich muss lachen, doch als mir klarwird, dass Finn vielleicht wirklich ein klein wenig verletzt ist, greife ich nach seiner Hand und drücke sie.

Er erwidert die Geste nicht, und mein Magen zieht sich zusammen. Ich lasse seine Hand los.

Michael hat uns den Rücken zugekehrt, aber als er sich umdreht und mich erblickt, leuchtet sein Gesicht auf. Dann erkennt er Finn neben mir, und ich rechne damit, dass seine Miene sich wieder zu der typischen Ablehnung verzieht, jedoch falsch gedacht. Wenn überhaupt, strahlt mein Bruder jetzt noch mehr.

»Finn!«, ruft er und breitet die Arme aus. Beim Anblick von Finn, der mich über Michaels Schulter mit vor Staunen und Freude geweiteten Augen ansieht, geht mir das Herz auf.

»Was machst du hier?«, fragt mein Bruder, als sie sich voneinander lösen.

»Ich will mit deiner Schwester brunchen gehen.«

»Hast du Lust auf eine Tasse Tee?«

»Mit dir?«, fragt Finn.

»Ja, ich kann Pause machen.«

»Okay, wenn das kein Problem ist …«

Wir holen uns einen Parkschein, dann husche ich zum Bestellen ins Café, und Michael besteht darauf, Finn seinem Chef vorzustellen. Sie unterhalten sich in der Hütte neben dem Café, während ich darauf warte, dass unsere Getränke zubereitet werden.

Finn wirkt verändert, was ich zuerst an nichts festmachen kann, dann erkenne ich, dass er seit letztem Jahr ein bisschen zugenommen hat. Immerhin ist er siebenundzwanzig, so alt wie ich, und kein superdünner Indieboy mehr. Aber das ist nicht das Einzige, was sich an seinem Äußeren geändert hat. Seit wann trägt er keine ausgeleierten T-Shirts und Second-Hand-Klamotten mehr? Er hat eine schwarze Jeans und ein blassblaues Shirt an, die beide neu wirken. Mein Herz zieht sich zusammen. Ich drehe mich zur Theke um und halte meine Karte zum Bezahlen bereit.

»Ich habe dir einen Muffin geholt«, sage ich zu Michael, als ich zu den Männern rübergehe.

»Danke, Schwesterlein!«, antwortet er fröhlich. »Magst du was davon?«, fragt er Finn.

»Nee, alles gut, danke. Will mir nicht den Appetit verderben.«

Wir setzen uns und reden, bis Michael wieder arbeiten muss, dann gehen Finn und ich Richtung Strand, um am Meer entlang zur Blue Bar zu laufen. Ich werde das Gefühl nicht los, dass irgendwas nicht stimmt. Solange ich nicht weiß, was los ist, werde ich keinen Bissen hinunterbekommen.

Ich ziehe an seiner Hand. »Finn, warte!« Wir sind auf Höhe seines Autos.

»Was ist?« Er dreht sich um.

»Du musst mir sagen, was los ist.«

»Wovon redest du?«, fragt er misstrauisch.

»Irgendwas ist anders. Zwischen uns. Ich komme nicht an dich heran. Warum?«

Eine Weile sieht er mir in die Augen, dann lässt er die Schultern hängen.

»Es ist wegen Brit, nicht?«

Er senkt den Kopf, und als er mir wieder in die Augen schaut, ist sein Blick voller Bedauern.

Eine dunkle Welle schlägt über mir zusammen.

Er holt seine Schlüssel aus der Tasche, öffnet das Auto und macht mir Zeichen, wieder einzusteigen.

Wir sitzen vorne, einander zugewandt.

»Hast du mit ihr geschlafen?« Meine Stimme ist kaum mehr als ein Flüstern.

Ich weiß, dass ich kein Recht habe, ihn das zu fragen – so hatten wir es abgesprochen: *Wenn du Single bist und ich auch … Ich erwarte nicht von dir, dass du auf mich wartest …* Wir haben uns nichts versprochen, auch *ich* hatte ein paar Dates. Es ist nicht Finns Schuld, dass aus denen nie was geworden ist.

Aber jetzt könnte es sein, dass Finn eine tiefergehende Beziehung zu jemandem aufgebaut hat.

Er sagt nichts, sondern nickt nur andeutungsweise und sieht mich gequält an.

»O Gott.« Ich schaue nach vorne, krümme mich und schlage die Hände vor die Augen.

»Es tut mir leid«, flüstert er.

»Ist es ernst?«, frage ich in den Fußraum.

Als er nicht sofort antwortet, richte ich mich auf und sehe ihn an.

Er schluckt mit aschfahlem Gesicht. »Könnte sein«, gibt er zu.

»O Gott.« Wieder verberge ich den Blick hinter den Händen. »War es das mit uns?«

»Liv …« Kläglich legt er mir die Hand auf den Rücken.

Mehr kommt nicht von ihm, deshalb zwinge ich mich, ihn wieder anzusehen. Sein Ausdruck ist schmerzerfüllt.

»Liebst du sie?« Ich bringe die Frage fast nicht heraus.

Er schüttelt den Kopf, doch nicht als Antwort auf meine Frage, eher aus Unwillen, sich damit zu beschäftigen.

»Ich habe dich so gern, so unglaublich gern«, sagt er. »Du fehlst mir. Du bist immer in meinen Gedanken, aber ich wünsche mir jemanden, der das ganze Jahr über alle Höhen und Tiefen mit mir teilt, nicht nur im Sommer. Bevor ich Brit kennenlernte, war mir nicht klar, wie sehr ich mich danach sehne.«

»Das heißt, du redest richtig mit ihr? Du öffnest dich ihr?«

Er nickt, und ich glaube, das schmerzt mich noch mehr als zu wissen, dass er mit ihr geschlafen hat. Wenn er nicht schon in sie verliebt ist, läuft es auf jeden Fall in die Richtung. Sie hat ihre Hand nach seinem Herzen ausgestreckt, und ich würde es ihr am liebsten aus den Fingern reißen.

»Warum bist du dann hergekommen?«, frage ich. Tränen rinnen mir über die Wangen.

»Weil ich dich sehen wollte.«

»Nur um mir zu sagen, dass es vorbei ist?«

»Nicht unbedingt.«

Bei dem Blick in seinen Augen schöpfe ich Hoffnung.

»Aber wir können nicht so weitermachen«, sagt Finn. »Irgendwas muss sich ändern.«

»Heißt das, du ziehst hierher zurück?« Keine Ahnung, warum ich so sarkastisch klinge, aber ich spüre, wie es in mir vor Wut brodelt.

»Du weißt, dass das nicht geht«, entgegnet er leise.

»Tja, und du weißt, dass ich hier nicht wegkann.«

»Warum nicht?« Seine Frage klingt so vernünftig, dass mein Zorn noch heftiger kocht.

»Was soll das heißen: Warum nicht? Du hast doch gesehen, warum nicht! Die Antwort steht da drüben, auf dem Parkplatz!«

»Michael braucht dich gar nicht so sehr, wie du immer glaubst.«

»Du hast doch keine Ahnung, wovon du sprichst«, murmele ich.

»Er hat mehr Freunde als *du*, verdammt nochmal!«, bricht es aus Finn heraus. Er ist jetzt richtig sauer. »Er hätte überhaupt kein Problem damit, wenn du öfter mal weg wärst.«

»Hätte er wohl«, entgegne ich.

»Michael ist für dich doch nur eine Ausrede. In Wahrheit hast du einfach nur Angst. Du hast Angst, aus deiner Komfortzone rauszumüssen. Seit deine Eltern tot sind, ist dieser Ort wie eine Krücke für dich.«

»Das stimmt nicht.«

Finn ist noch nicht fertig. »Ich glaube, dass du so richtig in deinem Elend aufgehst, wenn ich wegfliege. Du hast mir selbst erzählt, dass du dich dann immer in die Arbeit stürzt. Du verarbeitest den Schmerz in deinen Skulpturen. Du brauchst ihn zum Arbeiten.«

Er erzählt mir nichts, was ich nicht schon wüsste, doch es bringt mich richtig in Rage, dass er den Nerv hat, es laut auszusprechen.

»Bisher habe ich kein einziges Werk von dir gesehen, das aus einem Gefühl der Freude heraus entstanden ist. Deshalb war ich zuerst so glücklich, als ich die Statue von Lord Wieheißt-er-noch-gleich gesehen habe, weil der wirklich zufrieden wirkt, aber dann ist mir eingefallen, dass der auch tot ist und dass dich die Arbeit daran wahrscheinlich auch wieder fertiggemacht hat.«

»Wie kannst du es wagen, so was zu sagen!«, rufe ich. »Du bist so ein Heuchler! Deine Lieder sind voll von Andeutungen auf deine Jugend, auf diesen Ort, deine tragische Kindheit … Du schreibst praktisch so lange, wie ich dich kenne, Songs über deine Schmerzen und dein Leid! Du hast sogar Lieder über *meinen* Schmerz und *mein* Leid geschrieben! Und wie viele Songs sind wohl entstanden, nachdem du *mich* verlassen hast? Du nutzt den Schmerz auch für dich aus – du bist genau wie ich!«

»Ich will aber nicht mehr so sein!«, ruft Finn. »Ich will glücklich sein, Liv! Ich will ein schönes Leben haben! Eine richtige Freundin! Irgendwann eine Frau und Kinder! Ich will *dich*, aber du bist ja offensichtlich nicht bereit dazu!«

Ein Klopfen an der Fensterscheibe lässt uns beide zusammenfahren. Verstört späht Michael zu uns hinein.

Ich mache die Tür auf. »Was ist los?«

»Warum streitet ihr euch?«, fragt er mit erhobener Stimme.

»Tun wir ja gar nicht.«

»Ich habe euch gehört!«, ruft er.

»Wir diskutieren nur«, sage ich und versuche, mich zu beruhigen.

Finn beugt sich über die Mittelkonsole, um Michael direkt anzusprechen.

»Deine Schwester glaubt, sie könnte nicht weg aus St Agnes«, sagt er.

»Finn!«, schimpfe ich vorwurfsvoll.

Ich dachte, er würde mir den Rücken stärken, nicht meinen Bruder noch in unseren Ärger hineinziehen.

»Warum nicht?«, fragt Michael.

Er schreit nicht mehr, aber könnte jeden Moment wieder anfangen.

»Weil sie dich nicht allein lassen will«, erklärt Finn erstaunlich ruhig.

»Ich bin nicht allein«, erwidert Michael stirnrunzelnd und tritt von einem Bein aufs andere. Er sieht so klein aus, wie er da steht, mit seinen lediglich einen Meter fünfzig geht er in der gelben Warnjacke fast unter.

Finn sieht mich vielsagend an. »Hörst du das?«

»Lass das!«, warne ich ihn.

»Wo willst du denn hin?«, fragt Michael mich verdutzt.

»Ich will nirgends hin.«

»Sie lügt«, ruft Finn auf dem Fahrersitz. »Sie kommt nicht zu mir nach L.A., sie geht nicht nach Italien, sie fährt nicht mal nach London. Sie bleibt hier in St Agnes, sie bleibt bei dir. Weil sie glaubt, dass sie auf dich aufpassen muss.«

»Du musst nicht auf mich aufpassen!«, sagt Michael mit zusammengezogenen Brauen. »Ich will nicht, dass du meinetwegen hierbleibst.«

Er regt sich auf, und ich könnte Finn dafür ermorden, dass er meinen Bruder so in Rage bringt.

»Schon gut, Michael«, sage ich und greife nach seiner Hand. »Schon gut. Ich gehe ja nicht weg. Ich *will* dich nicht allein lassen.«

»Nein!« Erbost entzieht Michael mir seine Hand. »Du passt nicht auf *mich* auf.« Er spricht jedes Wort langsam und bedeutungsschwer aus, so wie unsere Eltern es ihm beigebracht haben. »*Ich* passe auf *dich* auf«, verkündet er. »DU. BIST. MEINE. KLEINE. SCHWESTER.«

Entsetzt starre ich ihn an.

So sieht er das? Dass er derjenige ist, der sich die ganze Zeit um mich kümmert?

Könnte darin ein Körnchen Wahrheit stecken?

Er fand es furchtbar, als ich bei ihm wohnte, aber er hat es ertragen. Ich denke an all die Sonntage, an denen er sich zum Mittagessen zu mir rüberschleppte und klagte, dass er eigentlich keine Lust hätte und lieber vorm Fernseher sitzen oder arbeiten und die ganzen Oldtimer auf dem Parkplatz sehen würde. Habe ich ihn womöglich die ganze Zeit falsch verstanden? War er derjenige, der *mir* einen Gefallen getan hat? Hat *er mich* unterstützt? Weil er dachte, ich bräuchte ihn?

Die Welt um mich herum verschiebt sich, sie zwingt mich, die Situation aus einem neuen Blickwinkel zu betrachten.

Doch selbst wenn Finn und Michael recht haben, wie soll ich jetzt nach L.A. gehen? Selbst wenn ich Lust hätte dorthinzuziehen – was ich nicht habe. Finn hat sich längst in eine andere verliebt.

44

Am kornblumenblauen Himmel stehen weiße Wattewölkchen, als ich mich der Bank am Ende der Klippen nähere, die in meiner Vorstellung unsere Bank ist. Dort sitzt bereits eine einsame Gestalt, die Schultern hochgezogen, die Ellenbogen auf den Knien.

Ich war mir nicht sicher, ob ich Finn vor seinem Abflug noch mal sehen würde. Nach Chapel Porth verlangte ich von ihm, mich sofort nach Hause zu bringen. Ich war so sauer auf ihn, weil er Michael in unseren Streit hineingezogen hatte, dass ich Finn nicht mal ansehen konnte, ganz davon zu schweigen, den gesamten Vormittag in seiner Gesellschaft zu verbringen.

In den letzten Tagen habe ich viele Tränen vergossen, während ich versucht habe zu begreifen, was gesagt wurde. Auch wenn ich verstehe, warum mein Bruder und Finn so argumentieren, sehe ich nicht, was das ändern sollte. Langsam beginnt es für mich als Bildhauerin zu laufen – ich will nicht in L.A. noch mal von vorn beginnen, in einer Stadt, zu der ich null Verbindung habe. Vielleicht wäre es okay für Michael – und Rach und Amy –, wenn ich wegginge, aber für *mich* wäre es das nicht. Das scheint mir im Moment ein zu großes Opfer zu sein. Und warum hängt das alles an mir? Wo ist denn bitte *sein* Opfer? Wo ist der Kompromiss?

Als Finn mich entdeckt, richtet er sich langsam auf. Sein Gesichtsausdruck ist düster, aber erleichtert. Er streckt die

Hand nach mir aus, und sein untröstlicher Blick fleht mich an, sie zu ergreifen.

Ich tue es. Vielleicht zum letzten Mal.

Wir sitzen nebeneinander und schauen aufs Meer, das smaragdgrün mit dem eisigen Blau verschmilzt. Meine Wangen sind feucht.

Es ist der Todestag meiner Eltern, aber die Tränen, die ich heute vergieße, gelten nicht ihnen.

»Liv«, sagt Finn mit rauer Stimme, legt den Arm um meine Schultern und zieht mich an sich.

Ich leide mit ihm. Es tut so weh. Wie soll ich jemals solche Gefühle für jemand anderen haben?

»Du hättest immer jederzeit herkommen können, nicht?«, sage ich leise. »Aber du bist extra immer so gereist, dass du am 11. August hier warst. Ich habe gedacht, es sei wegen der Schulferien.«

»Ich bin immer deinetwegen hergekommen. Wegen des Jahrestages. Wenn man so was mit jemandem durchgemacht hat, löst man diese Bindung nicht so ohne weiteres.«

In einem Flashback sehe ich die Nacht damals vor mir, erinnere mich daran, wie Finn mit mir auf dem Sofa saß, als die Polizeibeamten die Nachricht überbrachten, wie ich ihn umklammerte und einen Schmerz hinausschrie, wie er seinen Flug absagte und bis nach der Beerdigung an meiner Seite blieb, wie er mich auf jede erdenkliche Weise unterstützte. Ich habe mir nie so richtig klargemacht, wie es für ihn gewesen sein muss, den Schmerz eines anderen Menschen in einem so rohen emotionalen Ausmaß mitzuerleben. Es muss etwas in ihm verändert haben. In der Zeit bildete sich ein Band zwischen uns, ein Band, das nicht zerstört werden kann. Diese Verbindung zwischen uns wird immer bestehen bleiben.

Aber ich will nicht mit ihm verstrickt sein, wenn er jemand anderen liebt.

»Erzähl mir von ihr!«

Ich spüre, wie Finn unter meiner Hand erstarrt. Dieses Gespräch will er nicht führen.

»Ich muss es wissen, Finn. Wie ist es passiert?«

Seufzend lässt er mich los und weicht meinem Blick aus. »Wenn man mit einem Künstler zusammenarbeitet, muss man herausfinden, wie er oder sie tickt, deshalb haben wir viel Zeit miteinander verbracht, bevor wir überhaupt mit dem Schreiben anfingen. Beim Kaffee haben wir uns über das Leben, über Freundschaften und das Ende früherer Beziehungen unterhalten und dabei nach Ideen für Songs gesucht. Das ist ein sehr persönlicher Prozess, aber er fühlte sich gut an. Brit hat sich auf mich eingelassen und sich mir anvertraut. Auch sie hatte eine harte Kindheit, das ist eine Gemeinsamkeit zwischen uns. Es ist kaum möglich, so etwas nicht an sich heranzulassen, wenn jemand sich mit Leib und Seele der Kunst hingibt.«

Am liebsten würde ich die Wattebäuschchen vom Himmel zupfen und sie ihm in den Mund stopfen, damit er nicht weiterredet. Aber ich habe ihn ja gefragt. Mit Sicherheit fühlte er sich geschmeichelt, als so eine unglaublich erfolgreiche Sängerin wie Brit sich ihm öffnete.

»Weiß sie von mir?«

Er schluckt. »Ja.«

»Weiß sie, dass du hier bist, um mich zu sehen?«

»Ja.«

»Und was sagt sie dazu?«

»Sie war sehr mitgenommen, als ich sie verließ.«

Das ist surreal: die Vorstellung, dass Brit Easton sich Gedanken über Finns Gefühle für *mich* macht.

»Trotzdem bist du gekommen.«

»Ich musste.«

»Ist es das Ende für uns?«, flüstere ich.

»Kommt drauf an.«

»Worauf?«

»Darauf, was du seit Chapel Porth denkst.«

Ich wische meine Tränen fort. »Wenn ich mit dir nach L.A. ginge, würdest du dann mit ihr Schluss machen?« Das ist eine hypothetische Frage.

Er nickt mit gequältem Gesichtsausdruck.

»Also ist das ein Ultimatum. Entweder komme ich mit, oder es ist vorbei.«

Er zögert, aber hält meinem Blick mit gepeinigter Miene stand.

Dann antwortet er. »Ja.«

»Und wenn ich sagen würde: Zieh nach St Agnes, sonst verlierst du mich für immer? Was würdest du dann tun?«

»Ist das deine Antwort?« Seine blaugrünen Augen werden misstrauisch.

»Ich weiß es nicht!« Ich bin mir nicht sicher, ob ich alles für ihn aufs Spiel setzen könnte. Was ist, wenn er sich doch für Brit entscheidet? »Es kann doch nicht sein, dass wir uns gegenseitig Ultimaten stellen!«

»Es war schon immer klar, dass es auf ein Ultimatum hinauslaufen würde, Liv«, sagt Finn düster. »Hast du gedacht, das mit uns würde einfach im Sande verlaufen? Das, was uns verbindet, versickert nicht im Sand. Meine Liebe zu dir wird nie einfach so enden.«

Mit großen Augen starre ich ihn an.

»Natürlich liebe ich dich, Liv!«, beteuert er gequält.

Ich breche in Tränen aus, beuge mich vornüber, mein Körper erbebt schluchzend.

Finn nimmt mich in die Arme, ich vergrabe mein Gesicht an seinem Hals, spüre, wie er unter mir zittert. Auch er lässt seinen Gefühlen freien Lauf.

»Ich liebe dich auch«, sage ich, und er umklammert mich fester. Unsere Haut ist feucht von den Tränen des anderen.

Während unser Schluchzen schwächer wird und sich unser Atem beruhigt, sehe ich mich an einem Scheideweg. Die eine Richtung führt mich zu Finn und einem ungewissen Leben in L.A., die andere zu Michael, zum Seaglass und zu meinen Freunden in St Agnes, einem Ort, den ich von ganzem Herzen liebe. Und da wird mir etwas klar.

Liebe ist nicht genug.

45

Dieser Sommer | Der siebte Sommer

Ich erinnere mich noch daran, als ich das erste Mal ein Foto von Finn und Brit sah. Das war im Dezember, mehrere Monate, nachdem er in die Staaten zurückgekehrt war. Laut Bildunterschrift kamen sie gerade von dem Variety's Hitmakers Brunch in L.A., wo die fünfundzwanzig erfolgreichsten Hits in Amerika gefeiert wurden – einer davon war Brits Coverversion von »We Could Be Giants«.

Auf dem Bild liefen die beiden durch eine schmuddelige, graffitiverschmierte Seitenstraße in Downtown L.A. Finn ging voran, den langen Arm nach hinten ausgestreckt, Brits Hand fest in seiner. Die beiden wirkten angespannt, weil sie von Paparazzi umzingelt waren. Ich sah, dass Finn die Zähne fest aufeinanderbiss und den Blick starr geradeaus richtete, wodurch seine Wangenknochen noch stärker hervortraten. Dazu seine dunklen Wimpern und zerzausten Haare – er sah einfach umwerfend aus. Brit hatte den Blick auf den Boden gerichtet und ließ sich von Finn führen. Ihre schwarzen Ringellocken verdeckten halb ihr Gesicht, sie hatte seine Jeansjacke über den Schultern.

Es war dieselbe Jacke, die er für mich auf einen Felsen gelegt hatte, damit ich dort sitzen konnte, dieselbe Jacke, die er mir geliehen hatte, als ich in den Gezeitentümpel stolperte.

Es war sehr schmerzhaft, dieses Bild zu sehen, auch wenn jeder andere, der regelmäßig Promi-Tratsch verfolgt, eher fasziniert gewesen wäre. Wer war dieser heiße Typ, der Brit Eastons Herz erobert hatte?

Im Januar und Februar tauchten immer neue Fotos im Netz auf: Bilder der beiden am Strand von Santa Monica, beim Eisessen; Finn hinter der Bühne, wo er voller Bewunderung Brits Auftritt im Madison Square Garden verfolgt; hinter dem Steuer eines Wagens, während er vor einer Ampel hält; beim Verlassen von Bars, Restaurants, Nachtclubs und Veranstaltungsorten. Immer, wenn Finn weiß, dass er beobachtet wird, ist sein Gesichtsausdruck reserviert, doch sobald er unwissentlich fotografiert wird, erkennt man die Bewunderung für sie in seinem Blick.

Journalisten und Blogger verfolgten die Entwicklung ihrer Romanze und enthüllten, wie die zwei sich bei der Arbeit an Brits neuster Platte ineinander verliebten.

Als im März die erste Singleauskopplung erschien, kletterte sie sofort auf Platz eins, und als Brits Album einen Monat später herauskam, stieg es direkt in fünf Ländern auf Platz eins ein.

Als ich zum ersten Mal tiefe Grübchen in Finns Wangen sah, weil er Brit anschaute, musste ich weinen. Den gesamten Mai über konnte ich mir kein einziges Lied anhören, das mich an ihn erinnerte.

Anfang Juni meldete sich Brit erstmals öffentlich zu Wort.

»Wir sind sehr glücklich«, sagte sie. »Wir schauen gerade, wie sich das alles entwickelt, und genießen die Zeit zu zweit.«

Als ich das hörte, ging ich los und ließ mir die Haare abschneiden.

Ich würde gern sagen, dass ich über Finn hinweg bin. Ich hatte ein Jahr Zeit, um nach vorn zu schauen. Als ich in den Monaten nach seiner Rückkehr nichts über ihn und Brit in der Presse las, machte ich mir unbewusst Hoffnung, dass er wieder zu mir zurückkehren würde.

Diese Hoffnung kann ich nun begraben.

Ich war nicht darauf vorbereitet, dass er mich zurücklässt. Ich glaubte nicht, dass ich je so weit sein würde.

Doch dann kam Tom.

»Mir fehlt unsere Küche«, murmelt Tom, als wir nebeneinander im Bett liegen, an die Decke schauen und zuhören, wie die zwei kleinen Kinder in der Wohnung unter uns wie am Spieß schreien. Der Vater brüllt, sie sollten leise sein, seine Stimme dröhnt durch die Bodendielen zu uns herauf.

Ich lächele, weil Tom »unsere Küche« gesagt hat.

»Mir auch.«

»Was würdest du tun, wenn du eine Familie hättest?«, fragt er. »Würdest du das Cottage wieder umbauen?«

»Ja, wenn ich es mir leisten könnte.«

Tom hat nur drei der letzten dreizehn Nächte in seinem Zimmer im Drifty geschlafen. Irgendwie landet er immer in meinem Bett.

Ich hatte gedacht, es sei seltsam, ihn in meiner Wohnung zu haben, in meinem Schlafzimmer, wo mich so vieles an Finn erinnert, doch Tom scheint sich überall einzufügen, egal, wo er ist. Es kommt mir normal vor, in einem Raum mit ihm zu sein. Es ist, als würde ich ihn schon seit Monaten kennen, nicht erst seit sechs Wochen.

Aus dem Grund war ich auch überrascht, als ich gestern Abend die Neuigkeit von Bill erfuhr …

»Ich glaube, wir haben einen Ersatz für unseren stellvertretenden Küchenchef gefunden«, sagte er fröhlich.

»Wen denn?«, fragte ich, erfreut zu hören, dass ein weiteres Problem gelöst war.

»Tom!«, rief Bill mit einem Gesichtsausdruck, als läge das auf der Hand.

Ich war irritiert. Schließlich suchten wir nach einem langfristigen Ersatz. Bill eröffnete mir, dass Tom offensichtlich vorhatte, in Cornwall zu bleiben. Erst dachte ich, Bill hätte was durcheinandergebracht, doch dann meinte er, dass Tom in Perranporth was zum Mieten gefunden hätte. Außerdem erzählte er mir, Tom hätte aus seiner Zeit bei der Marine Erfahrung als Koch, noch etwas, wovon ich keine Ahnung hatte.

Es gibt so viel über ihn, das ich noch nicht weiß.

Ich drehe mich im Bett um und betrachte sein Profil.

Er sieht mich an.

»Am Sonntag muss ich nach Caernarfon.«

Mein Herz zieht sich zusammen, und kurz habe ich Angst, dass Bill etwas falsch verstanden hat und Tom seine Zelte abbricht.

»Warum?«

»Muss meine Sachen packen. Sieht so aus, als sei der Hausverkauf in trockenen Tüchern.«

»Und dann kommst du zurück?«

»Ja.«

Meine Erleichterung muss genauso sichtbar sein wie meine Angst kurz zuvor.

»Wie kommst du dahin?«, erkundige ich mich.

»Genauso, wie ich hergekommen bin.«

»Fährst du mit dem Auto zurück?«

»Nein.«

»Und deine ganzen Sachen?«, frage ich besorgt.

»Die muss ich mir nachschicken lassen. Cara übernimmt die Möbel.«

»Würden deine Sachen denn in mein Auto passen? Ich meine: Soll ich dich hinfahren?«

Er sieht mich mit großen Augen an. »Würdest du?«

»Wäre das seltsam?«

»In welcher Hinsicht?«

»Ist Cara auch da?«

»Nein, sie ist schon ausgezogen.«

Ich grinse ihn an, doch sein Lächeln schwindet. Er setzt sich auf und schwingt die Beine aus dem Bett.

»Alles gut bei dir?«

»Ja, ja«, sagt er über die Schulter. Ich betrachte seinen geschmeidigen, muskulösen Rücken. Als ich ihn berühren will, steht er auf, geht ins Bad und macht die Tür hinter sich zu.

Es ist *nicht* alles gut bei ihm. Ich weiß nicht, warum er gelogen hat.

Ein paar Tage später hat er es sich anders überlegt.

Wir frühstücken gerade an dem kleinen Tisch in meiner Küche, da erzählt er mir, dass er am nächsten Tag doch mit Bus und Bahn reisen wird.

»Wenn du nicht willst, dass ich mitkomme, könnte ich dich auch bei meiner Versicherung eintragen lassen. Dann kannst du allein fahren.«

Ich bemühe mich, vernünftig und ruhig zu sprechen. Ich nehme an, Tom möchte vermeiden, dass ich die Scherben seines kaputten Lebens sehe, vielleicht wird Cara auch trotzdem da sein. Oder er will mir einfach nicht zur Last fallen.

»Nein, ist schon gut, Liv«, sagt er.

»Tom, das ist eine verdammt lange Reise. Du musst gut zehn Stunden hierher gebraucht haben. Warum tust du dir das an, wenn es auch in der Hälfte der Zeit geht und du deine ganzen Sachen mitnehmen könntest?«

Seine Gesichtsmuskeln sind angespannt, er scheint meinem Blick auszuweichen.

»Liegt es an mir?«, frage ich leise.

»Nein, Liv, es hat nichts mit dir zu tun«, versichert er mir mit Nachdruck und greift über den Tisch nach meiner Hand.

Nun sieht er mir doch in die Augen, und ich stelle erleichtert fest, dass er es ernst meint.

»Warum lässt du dich nicht von mir fahren? Wir könnten morgen nach dem Mittagessen aufbrechen und Dienstagabend zurückkommen. Ich habe die beiden Tage eh frei.«

»Danke, aber nein«, erwidert er bestimmt und entzieht mir die Hand, um nach seinem Löffel zu greifen. »Das muss ich allein machen.«

»Gut, wenn das so ist, melde ich dich bei meiner Versicherung als Fahrer an«, verkünde ich.

Ich will ihm durch meine Beharrlichkeit helfen, doch er schlägt mit dem Löffel auf den Tisch.

»Ich will nicht in deiner Versicherung stehen!«, fährt er mich mit blitzenden Augen an und schiebt den Stuhl nach hinten.

»Warum nicht?«, finde ich den Mut zu fragen. Tom läuft im Zimmer auf und ab.

»Weil ich nicht Auto fahre«, blafft er.

Fragend sehe ich ihn an, während er sich frustriert mit der Hand durch die Haare fährt.

Ich weiß nicht, was ich sagen soll. Er ist doch Hubschrauberpilot!

Oder etwa nicht?

Wieso hat er keinen Führerschein?

Dann geht es mir auf: Er hat ihn verloren.

Was ist passiert?

Ist er zu schnell gefahren?

Hat er zu viel getrunken und sich hinters Lenkrad gesetzt?

Hat er jemanden verletzt?

Jemanden getötet?

Hat er seinen Job verloren, weil er jemanden getötet hat?

Ist er deshalb hier?

Moment mal. *Ist er auf der Flucht?* Er kam hier nur mit einem Rucksack an. *Wer macht so was?*

Als Tom merkt, dass ich mir den Kopf zerbreche, stößt er einen langen, schweren Seufzer aus.

»Ich bezweifele sehr, dass du dir die Erklärung denken kannst«, sagt er, und seine Stimme klingt extrem erschöpft. Er setzt sich wieder an den Tisch und reibt sich das Kinn.

»Warum sagst du es nicht einfach?«, frage ich leise.

Er schaut weg.

Kurz darauf sucht sein Blick wieder meinen. In seinen goldbraunen Augen steht Resignation.

»Weil es alles verändert. Und so weit bin ich noch nicht.«

Jetzt bin ich völlig verwirrt.

Seufzend streckt Tom die Hand nach mir aus, ein Friedensangebot. Eine Weile betrachte ich sie, dann lege ich meine Hand hinein. Sein Daumen fährt über meine Fingerknöchel.

»Ich habe eine Wohnung in Perranporth gefunden.«

Endlich erzählt er es mir!

»Bill hat mich gefragt, ob ich Interesse an der Stelle als stellvertretender Küchenchef hätte. Ich habe gesagt, ich würde mal mit dir sprechen.«

»Das weiß ich schon von ihm«, gestehe ich und verfolge, wie sein Daumen träge hin und her streicht.

Tom legt den Kopf schräg. »Davon hast du nichts gesagt.«

»Ich habe auf dich gewartet.«

Fünf Sekunden vergehen, ehe er antwortet. »Lass mich erst mal Wales erledigen.«

»Und dann was?«

»Dann reden wir.«

Ich schlucke und nicke, stehe auf und räume meinen Teller vom Frühstückstisch.

Ich habe keinen Bissen gegessen.

46

Während Tom weg ist, tue ich etwas, das ich sehr schnell bereue: Ich suche im Internet nach ihm.

Ich finde keinen einzigen Hinweis darauf, warum er seinen Führerschein verloren haben könnte, entdecke dafür jedoch einen Artikel über ihn und seine Arbeit. Dass ich jemals seine Behauptung angezweifelt und gedacht habe, er sei in Wahrheit gar kein Hubschrauberpilot, beschämt mich zutiefst. Ich habe das Gefühl, Tom hintergangen zu haben.

Jetzt ist Samstagmorgen, und ich bin früh aufgewacht, weil mein Kopf nicht zur Ruhe kommt.

Ob etwas Schlimmes passiert ist, als er im Dienst war? Im Artikel war von den schwierigen Einsätzen im Nationalpark Snowdonia und auf dem Meer die Rede, wenn eine Einsatzkraft auf eine Klippe oder ein Schiff abgeseilt wird oder der Hubschrauber auf schmalen Stellen in den Bergen landen muss. Da kann alles Mögliche schiefgehen? Ob er an einer posttraumatischen Belastungsstörung leidet?

Wenn mein Kopf doch mal Ruhe geben würde! Tom wird mit mir reden, wenn er so weit ist, und bis der Tag kommt – wobei ich auch akzeptieren muss, dass es vielleicht *niemals* so weit ist –, muss ich seine Privatsphäre respektieren.

Auf dem Nachttisch leuchtet mein Handy auf. Ich schlüpfe aus dem Bett und schaue mir die neue Nachricht an. Als ich sehe, dass sie von Tom kommt, macht mein Herz einen Sprung.

Bin wieder da. Schreibst du mir, wenn du aufwachst?

Sofort tippe ich: *Bin wach! Wo steckst du?*

Es ist erst halb sechs. Wann ist er in Cornwall angekommen? Spät am Vorabend? Er hatte gesagt, er wolle direkt nach Perranporth. Für drei Wochen hat er dort ein Mobilheim in einer Ferienanlage gemietet, nicht ganz die dauerhafte Unterkunft, von der Bill sprach, aber immerhin war da etwas frei, so dass Tom bis zur ersten Augustwoche versorgt ist.

Am Strand. St Agnes, lautet die Antwort.

Bin in 10 Min da!

Das Handy klingelt. Tom ist dran.

»Hallo?«

»Ich kann auch zu dir kommen«, sagt er, und die leichte Belustigung in seiner warmen, tiefen Stimme schleicht sich in meinen Brustkorb.

»Ist das eine Frage?«, quetsche ich heraus.

»Bin in zehn Minuten da«, wiederholt er meinen Spruch.

Ich stürze sofort ins Bad, um mir die Zähne zu putzen.

In den zwei, drei Minuten, die ich in der offenen Wohnungstür stehe und darauf lausche, ob ich Toms Schritte höre, habe ich das surreale Gefühl, nicht mehr genau zu wissen, wie er aussieht. Dann erkenne ich sein schönes Gesicht durch den Glaseinsatz in der Haustür, und mein Magen schlägt Purzelbäume rückwärts.

Er lächelt mich zaghaft an, seine goldbraunen Augen beobachten mich mit einem gewissen Misstrauen, als ich vortrete, um ihn hereinzulassen. Seit er vor drei Tagen aufgebrochen ist, hat er sich nicht rasiert; seine dunkelblonden Haare sind ungekämmt, er trägt den schwarzen Rucksack und den anthrazitgrauen Kapuzenpulli, den er anhatte, als er noch ein Fremder für mich war. Seine Körpergröße und sein Umfang sollten mich einschüchtern – er wirkt so groß und stark. Ich müsste vorsichtig sein, denn ich weiß ja, wie streng er seine Geheimnisse hütet. Ich habe immer noch keine Ahnung, warum er in Cornwall ist, warum er momentan nicht als Hubschrauberpilot arbeitet und warum er keinen Führerschein hat. Ich habe noch nicht richtig begriffen, woran seine Beziehung gescheitert ist und warum er Wales offensichtlich verlassen will. In vielerlei Hinsicht ist er mir ein Rätsel, und doch spüre ich, als er vor mir steht, wie mein Herz sich nach seinem sehnt, unbedingt den Raum zwischen uns überbrücken will.

Es tut körperlich weh, mich von ihm wegzubewegen, ohne ihn zu berühren, doch ich begebe mich in den Bereich vor dem Treppenaufgang, damit er die Tür hinter uns schließen kann.

Ich steige nicht die Treppe hoch, wie ich es normalerweise tun würde, vielleicht weil ich mich danach sehne, ganz dicht bei ihm zu sein. In der fensterlosen Dunkelheit fühlt sich die Luft um uns herum aufgeladen an.

Ich gleite mit den Händen über seine Brust und seine Schultern, er legt mir die Hände auf die Taille und zieht mich eng an sich. Mein Herz rast, als Tom seinen Mund auf meine Lippen drückt.

Wir küssen uns langsam und innig. Schauder laufen mir über den Rücken, meine Beine werden weich. Ich will ihm den Rucksack von den Schultern schieben, doch er ist zu schwer. Kurz löst sich Tom von mir. Es ist, als würde man zwei Magneten auseinanderreißen. Er lässt den Rucksack zu Boden gleiten. Sofort schließen wir die Lücke wieder, zwischen uns passt kein Blatt.

Ich habe kaum genug Platz, um mich an die Knöpfe seiner Jeans zu machen, bin aber wild entschlossen. Während seine Hände an meinen Oberschenkeln hinaufwandern und den Saum des Sommerkleids anheben, das ich schnell übergeworfen habe, spüre ich kurz Sandkörner an Toms Fingern, dann nehme ich nur noch seine Berührung und sein heißes Keuchen wahr, als er merkt, dass ich keine Unterwäsche trage.

Er nutzt die Situation voll aus, und nach nicht mal einer Minute stöhne ich verzweifelt an seinen Lippen: »Ich will dich.«

»Ich habe nichts dabei«, erwidert er abgehackt mit rauer Stimme, ohne mich loszulassen.

»Ich bin gesund. Du auch?« Ich bekomme die Worte kaum heraus. Ich verliere den Verstand.

»Ja. Was ist mit Empfängnisverhütung?«

»Kann nichts passieren.«

Kurz kommt mir der Gedanke, warum er danach fragt, wenn er doch keine Kinder haben kann, dann lenken mich seine starken Arme zu sehr ab, die mich hochheben. Kurz darauf sind wir eins.

Anschließend komme ich nur langsam wieder zu Atem. Das war so heiß, so überwältigend. Er ist noch in mir, ich kann sein leises Lachen an meinem Hals ebenso hören wie spüren.

»Ich hoffe, deine Gäste unten schlafen mit Stöpseln in den Ohren.«

»Oh, Mist!«

Die Treppe zieht sich über die Hinterwand des Elternschlafzimmers im Erdgeschoss, das heißt, die Gäste sind direkt unter uns.

»Das ist die Revanche dafür, dass sie uns ständig so früh geweckt haben«, flüstere ich und unterdrücke ein Kichern.

Die Familie, die seit zehn Tagen unten wohnt, hat zwei besonders laute Kinder, doch vor allem die dröhnende Stimme und das unvermittelte Gebrüll des Vaters kosten mich eine Menge Selbstbeherrschung.

»Sollen wir nach oben gehen?«, murmelt Tom.

Ich nicke. Ich möchte nicht, dass er mich loslässt, und zu meiner Überraschung tut er das auch nicht. Tom nimmt mich auf den Arm und trägt mich die Treppe hinauf ins Schlafzimmer. Sein Rucksack bleibt dort zurück, wo er ihn abgelegt hat. Toms Kraft ist so dermaßen sexy.

»Wäre gut, wenn ich mal duschen könnte«, sagt er, als er die Tür hinter uns mit dem Fuß zustößt.

»Ich auch.«

Also trägt er mich in das angeschlossene Bad, setzt mich dort vorsichtig ab und greift hinter mir nach der Armatur. Es bereitet mir großes Vergnügen, seinen Körper einzuseifen und den Sand abzuwaschen. Er scheint genauso viel Spaß daran zu haben, sich um mich zu kümmern.

»So habe ich mir unser Wiedersehen nicht vorgestellt«, sagt er anschließend zu mir, als wir wieder nackt im Bett liegen und unsere Gliedmaßen ineinander verschränken.

Toms Stimme ist überraschend leise und nachdenklich.

»Nicht?«, frage ich.

»Ich wollte direkt nach Perranporth, um in Ruhe anzukommen.«

»Da warst du noch nicht?« Eigentlich hatte er die Nacht dort verbringen wollen.

»Nein, ich bin sofort hergekommen.«

»Du konntest es nicht erwarten.«

»Genau.«

»Warst du wieder am Strand, um zu malen?« Ich habe den Sand an seinen Fingern nicht vergessen.

»Nein, ich wollte dich sehen. Im Sand habe ich nur gemalt, um die Zeit totzuschlagen.«

Ich lächele an seiner Schulter.

Er streicht mir über die Wange und hebt vorsichtig mein Kinn an, damit ich ihn ansehe.

»Ich verliebe mich langsam in dich, Liv«, sagt er zärtlich und voller Ernst.

Mein Herz will fast platzen. Ich schaue in seine Augen, die vor Gefühl glänzen. Bevor ich antworten kann, spricht er weiter.

»Und das macht mir eine Heidenangst.«

»Ich verliebe mich auch gerade in dich«, sage ich, um ihm zu versichern, dass er nicht allein ist.

»Das ist noch furchtbarer.«

Dieser Satz, zusammen mit seinem plötzlich gequälten Gesichtsausdruck, lässt mich verstummen.

»Warum?«, frage ich zaghaft.

»Wir müssen reden.«

47

»Seit den Bäumen hast du dich weiterentwickelt«, bemerke ich, als wir den Strand erreichen.

Tom hatte mich gefragt, ob ich Lust hätte, einen Spaziergang mit ihm zu machen, obwohl es erst sieben Uhr morgens ist.

Falls er nun endlich bereit sein sollte, sich mir zu öffnen, würde ich mit ihm gehen, wann und wohin er wollte.

»Die sollten nie mein ›Erkennungszeichen‹ oder so sein. Ich male und zeichne einfach gern«, sagt er mit einem süßen Lächeln und hält mir die Hand hin, damit ich mit seiner Hilfe von der Bootsrampe steigen kann.

Die Flut hat viel Sand fortgespült, der Strand ist jetzt flacher. Im Moment rieselt der Fluss über Steine und Kiesel, so dass man nichts von den Rinnsalen sieht, die mich immer an Toms Apfelbaum erinnern. Doch heute hat er zahllose Buchstaben und Zeichen in den Sand gemalt.

»Was hat es mit diesem Alphabet auf sich?«, frage ich, während wir über As, Bs und Cs in unterschiedlichen Schriftgrößen und -arten laufen. Manche sind groß, andere kleingeschrieben, manche wirken wie fett gedruckt, andere kursiv. Alle sind perfekt.

»Das ist nicht das Alphabet«, erwidert Tom.

Äh, sieht für mich aber so aus, denke ich und entdecke D, E und F, in der Ferne noch L, M und N. Die Buchstaben ziehen sich immer weiter und verschränken sich ineinander.

Dann fallen mir weitere Symbole im Sand auf. Sie sehen aus, als hätte man ein X vorne zusammengebunden, so dass es fast wie ein kleines A aussieht, dann noch ein Symbol, eine Mischung zwischen einer Acht und einem S, wieder ein anderes gleicht einem umgekippten T.

»Was ist das?«, frage ich.

»Aeronautische Zeichen.«

Ich grinse Tom an und weise auf ein großes V in Kursivschrift. »Wofür steht das?«

»Geschwindigkeit.«

»Und das?« Ich deute auf ein kleines schräges H auf dem Boden.

»Höhe über dem Meeresspiegel.«

O Gott, er ist so heiß.

Vielleicht kann er das Feuer in meinen Augen sehen, denn seine Stimme wird ganz tief und verführerisch. »Und das da«, sagt er und scheint jetzt regelrecht mit mir zu spielen, »steht für *Schubkraft.*«

Ich muss kichern.

Er lächelt mich an, doch ich sehe die Sorge in den Tiefen seiner schönen Augen. Er nickt in Richtung alte Hafenruinen, die wie eingestürzte Jengasteine aussehen, und wir überqueren seine Leinwand aus Sand.

»Ich bin kein Helikopterpilot mehr, Liv«, sagt er leise. »Ich habe vor ein paar Monaten aufgehört.«

In meiner Brust zieht sich alles zusammen, denn sein jämmerlicher Ausdruck sagt mir, dass es keine freiwillige Entscheidung war. Ich warte darauf, dass er mir den Grund nennt.

Wir setzen uns nebeneinander auf einen Abschnitt der alten Hafenmauer. Die flachen, breiten Steine sind kalt und feucht von der Meeresluft, und ich bin froh, dass ich mir

Jeans und Pulli übergezogen haben, bevor wir das Haus verließen.

Tom sieht mir in die Augen. »Weißt du noch, dass du mich gefragt hast, ob ich ein Einzelkind bin?«

»Ja.«

Damals sprachen wir darüber, dass er als kleiner Junge immer Ferien in Cornwall machte und einmal sechs Wochen lang bei seinem Großvater blieb, weil seine Eltern eine schwierige Zeit durchlebten. Ich begreife allerdings nicht, was das mit seinem Beruf zu tun haben soll.

»Das war nicht die ganze Wahrheit. Ich hatte einen älteren Bruder, den ich aber nie kennengelernt habe. Er starb mit zehn Monaten im Schlaf. Plötzlicher Kindstod, meinten die Ärzte.«

»Deine armen Eltern«, flüstere ich und drehe mich Tom zu.

»Ende letzten Jahres hatte mein Vater einen Herzstillstand. Er hat es überlebt, war aber im Vorfeld schon öfter ohnmächtig geworden, und genauso erging es meinem Großvater vor seinem Herzinfarkt.«

Mit gefurchter Stirn höre ich zu.

Toms Gesichtsausdruck ist ernst. »Wie sich herausstellte, hat mein Vater eine Herzkrankheit, die sich auf den Rhythmus seines Herzschlags auswirkt. Sie kann Arrhythmien auslösen – schnelle, unregelmäßige Herzschläge –, aber auch Schwindel, Bewusstlosigkeit und in manchen Fällen Krämpfe. Normalerweise reguliert sich der Herzrhythmus nach wenigen Minuten, und man kommt wieder zu Bewusstsein. Doch im Fall meines Großvaters und meines Vaters schlug das Herz längere Zeit arrhythmisch, was zum Herzstillstand führte. Mein Opa war damals allein, aber mein Vater hatte einen Freund da, der zum Glück wusste, wie man Wiederbelebungsmaßnahmen durchführt, so dass es ihm gelang, das

Herz wieder zum Schlagen zu bringen. Später bekam mein Vater die Diagnose ›Long-QT-Syndrom‹. LQTS.«

Noch nie gehört.

»Das ist eine seltene Krankheit«, fährt Tom fort und macht eine kleine Pause, bevor er erklärt: »Und sie ist vererbbar.«

Ich starre ihn an, mir wird kalt. Ich greife nach seiner Hand, meine Nerven sind zum Zerreißen gespannt.

»Wahrscheinlich war das die wahre Todesursache bei meinem Bruder«, sagt Tom.

»Hast du das auch?« Zischend ziehe ich die Luft ein, vollkommen überfordert von der Situation. Ich könnte auf der Stelle losweinen.

»Das weiß ich nicht genau«, gesteht er zärtlich und erlaubt mir, seine Hände auf meinen Schoß zu ziehen. »Aber es kann gut sein.«

»Hast du irgendwelche Symptome?« Auf einmal habe ich einen so dicken Kloß im Hals, dass es schwer ist, die Frage überhaupt herauszubekommen.

»Vor fünf Monaten habe ich das Bewusstsein verloren.«

Ich erschrecke.

»Noch am selben Tag habe ich aufgehört zu fliegen«, fährt er fort. »Die Vorstellung, dass ich im Cockpit ohnmächtig werde, während wir auf einem Einsatz sind ... Da brauche ich keine Diagnose, ich weiß auch so, dass ich keinen Heli mehr fliegen darf.«

»Aber inzwischen hast du dich untersuchen lassen?«

Tom schüttelt den Kopf.

»Warum nicht?«, frage ich verwundert.

»Ich bin noch nicht so weit. Das ist auch ein Grund, warum Cara und ich uns getrennt haben.«

Ich will noch etwas sagen, doch der Satz bringt mich zum Schweigen. Das wird mir eine Lehre sein.

»Sie konnte nicht damit umgehen, dass LQTS vererbbar ist. Soweit mir bekannt ist, kann ich zwar Kinder bekommen, aber ich habe ihr gesagt, dass ich nicht das Risiko eingehen werde, diese Krankheit an ein Kind weiterzugeben. Viele Betroffene haben trotzdem Kinder, das ist ihr gutes Recht, aber ich könnte das nicht.«

»Gibt es Therapien dafür?«

Er nickt. »Mein Vater nimmt Betablocker, und irgendwann bekommt er wahrscheinlich einen ICD.«

»Was ist das?«

»Ein implantierbarer Cardioverter-Defibrillator, ein kleines elektrisches Gerät, das mit dem Herzen verbunden ist und den Herzschlag überwacht. Bei einem plötzlichen Stillstand bringt es das Herz wieder zum Schlagen.«

Wusste er nicht bei unserem ersten Quizabend die Antwort auf eine komplizierte Frage über den natürlichen Schrittmacher des Herzens? Gab es nicht von Anfang an Hinweise auf ein Geheimnis?

»Kannst du auch so ein Teil bekommen?«, frage ich hoffnungsvoll.

Tom schüttelt den Kopf. »Sie werden eigentlich nur Menschen eingepflanzt, die schon einen Herzstillstand hatten.«

»Das heißt, dein Herz könnte einfach *stehen bleiben*?«

Mir ist, als müsste ich mich übergeben.

Er nickt. »Stress, Anstrengung oder Schock können einen Stillstand auslösen. Selbst ein plötzliches Geräusch wie ein losschrillender Alarm könnte die Ursache sein, genauso gut kann es im Schlaf passieren, wenn der Herzschlag runterfährt.«

Von nun an werde ich ihn nicht mehr aus den Augen lassen. Und all meine Wecker im Handy löschen.

»Es kann auch geschehen, wenn man schwimmt«, sagt er.

»Und man hat natürlich ein größeres Risiko zu ertrinken, wenn man im Wasser bewusstlos wird.«

»Du gehst nie wieder ins Wasser«, verkünde ich, dankbar, dass er noch nicht im Meer war, seit er hier ist, zumindest meines Wissens nicht.

Toms Gesicht wird weicher. »Zum Glück bin ich kein Fan von kaltem Wasser.«

Ich stoße einen leisen Seufzer der Erleichterung aus.

»Aber ich will mein Leben nicht verändern, Liv. Ich will nicht auf Sport oder auch nur auf Schwimmen verzichten, wenn ich Lust darauf habe, ich will auch nicht in ständiger Angst vor lauten Geräuschen oder einem Schock leben. Das Leben ist zu kurz, und ich will es bestmöglich auskosten. Viele Menschen mit LQTS haben ein langes, erfülltes, glückliches Leben. Meinen Traumberuf kann ich nicht mehr ausüben, und daran muss ich mich erst mal gewöhnen.« Seine Augen beginnen zu glänzen, er wendet den Blick ab und räuspert sich. »Aber ich will so leben, wie ich es mir vorstelle, ohne dass mir jemand etwas vorschreibt. Ich könnte morgen auch sterben, wenn ich diese Krankheit nicht hätte.«

Ich muss an meine Eltern denken.

»Cara, meine Eltern und meine engsten Freunde liegen mir die ganze Zeit in den Ohren, dass ich mich untersuchen lassen soll, dass ich Medikamente nehmen und meinen Lebensstil ändern soll. Deshalb brauchte ich eine Auszeit. Ich musste weg von alldem, um Frieden und Ruhe zum Nachdenken zu haben. Und dann habe ich dich kennengelernt. Es macht mir eine Riesenangst, dass ich dich in diesen Scheiß reinziehe, Liv. Ich kann es gut verstehen, wenn du lieber gehst.«

Ich beuge mich vor und küsse ihn auf den Mund, damit er still ist.

»Ich gehe nicht«, sage ich bestimmt. Heiße Tränen schießen mir in die Augen. »Vielleicht können die anderen nicht verstehen, dass du jeden Tag so leben willst, als sei es dein letzter. Aber ich kann das.«

48

»Also, die Sache ist die …« Ich setze eine Stimme auf, die klingt, als würde ich mit einem kleinen Kind sprechen, obwohl ich tatsächlich im leeren Seaglass auf dem Sofa auf Toms Schoß sitze und in sein enorm belustigtes Gesicht schaue. »Die Sache ist die: Ich liebe dich. Und du liebst mich.« Ich lege den Kopf zur Seite, und er tut mir den Gefallen, zustimmend zu nicken.

Vor einer Woche haben wir einander unsere Liebe gestanden. Seitdem sind meine Gefühle für ihn nur noch stärker geworden.

»Ich will so viel Zeit wie möglich mit dir verbringen und du so viel wie möglich mit *mir*«, fahre ich fort. »Deshalb ist es total unsinnig, dass du dich nach einer anderen Unterkunft umsiehst, wo doch die perfekte Lösung für dich mit den Händen greifbar ist.«

Toms dreiwöchiger Aufenthalt im Ferienpark in Perranporth nähert sich dem Ende.

Er hebt die Augenbraue. »Schlägst du mir gerade vor, bei dir einzuziehen, Liv?«

»Warum nicht? Im Grunde genommen wohnst du eh schon bei mir. Dieses Mobilheim war komplette Geldverschwendung.«

Er grinst, aber seine Augen bleiben ernst. »Wir kennen uns erst seit zwei Monaten.«

»Ja, und? Das Leben will gelebt werden, oder?« Mein

Herz zieht sich zusammen. Bestimmt zuckt dabei ein Schmerz über mein Gesicht, der Tom nicht entgehen kann, ich versuche jedoch, ihn mit einem fröhlichen Lächeln abzulenken.

Das mache ich schon seit drei Wochen so. Man sollte meinen, dass ich darin mittlerweile besser geworden wäre.

»Ich liebe dich«, murmelt er und drückt mir einen sanften Kuss auf die Lippen, damit ich weiß, dass er meine Tapferkeit zu schätzen weiß.

Das Letzte, was er will, ist eine hysterische Frau an seiner Seite, die ihn ständig daran erinnert, dass er buchstäblich jede Sekunde – *o Gott!* – tot umfallen könnte.

Als ich das aufs Neue erkenne, wird mir abwechselnd heiß und kalt. Der Stress, meine Ängste vor ihm zu verbergen, wird noch zu *meinem* vorzeitigen Ende führen.

Ich löse mich von ihm und sehe ihn an. »Los, dann holen wir deine Sachen und bringen sie zu mir.«

Lächelnd senkt er den Kopf und flüstert in die Kuhle unter meinem Hals: »Zuerst habe ich noch etwas anderes vor.« Seine Hände wandern meine Oberschenkel hinauf, ich bekomme eine Gänsehaut an den Armen.

Ich beschließe, ihm seinen Willen zu lassen. Momentan würde er bei mir mit so gut wie allem davonkommen.

Nachdem Tom mir die ganze Wahrheit darüber erzählt hatte, warum er hier in Cornwall ist, fiel es mir schwer, von seiner Seite zu weichen. Er hat hier Ruhe und Frieden gesucht und will bleiben, weil er sich in die Gegend verliebt hat.

Und in mich.

Dass er ausgerechnet bei uns einen Neuanfang wagen will, dass er von allen Dörfern, Orten und Städten, die er hätte nehmen können, ausgerechnet St Agnes erwählt hat, erfüllt mich mit so großer Genugtuung, wie ich es nie geahnt hätte.

Es hat jedes Mal so weh getan, wenn Finn Cornwall – und mir – den Rücken zukehrte.

Meistens gelingt es mir, Finn aus meinem Kopf zu verbannen, aber aus irgendeinem Grund taucht er in letzter Zeit doch wieder öfter in meinen Gedanken auf. Es ist kein Liebeskummer, auch wenn es immer noch weh tut. Aber ich sehe jetzt mit einem anderen Blick auf unsere Beziehung. Finn hat mir durch die düsterste, trübste Zeit meines Lebens geholfen. Er war für mich da, als ich an meinem absoluten Tiefpunkt war, und er kam jedes Jahr aufs Neue her und half mir durchzuhalten. Er war die italienische Zypresse für meinen kränkelnden Apfelbaum, und dafür werde ich ihn immer lieben. Ich bin auch unglaublich stolz auf das, was er geschafft hat. Er schlägt sich super und hat es verdient, glücklich zu sein. Und er hat es verdient, mit jemandem zusammen zu sein, der glücklich ist.

Irgendwie kommt es mir wie Ironie des Schicksals vor, dass ausgerechnet jetzt, wo es mir so gut geht wie nie zuvor, sowohl seelisch als auch beruflich, er nicht mehr da ist, um das mitzuerleben. Er hat mich begleitet, bis ich flügge war, doch ein anderer Mann sieht mich fliegen.

Was ich an meiner Beziehung zu Tom auch mag, ist die Tatsache, dass sie sich aus einem Gefühl der Stärke heraus entwickelte. Ich bin nicht mehr ein Schatten meiner selbst, durch Schmerz und Trauer verkrüppelt, uns zieht es nicht in gegensätzliche Richtungen. Mir gefällt, dass ich stark genug bin, um ihn zu unterstützen, wenn er mich braucht.

Ich hoffe, Finn ist klar, wie sehr ich die Liebe und Unterstützung zu schätzen weiß, mit denen er mich in all den Jahren überschüttet hat. Hoffentlich weiß er, dass ich ihm ewig dankbar sein werde.

Eines Tages werde ich es ihm sagen, auch wenn ich nicht

weiß, wann. Er hat nun endlich eine Antwort auf die Einladung zur Hochzeit von Amy und Dan geschickt, nämlich dass er es leider nicht schafft, momentan ist er mit jemandem im Studio und wird dort gebraucht.

Meine Gefühle sind in der Hinsicht absolut widersprüchlich. Einerseits will ich ihn auf keinen Fall in meiner Nähe haben – ich bin immer noch verletzt, und es wäre schrecklich, ihm auf der Hochzeit zu begegnen, vor allem, da Tom nun dabei ist.

Andererseits kann ich mir nicht vorstellen, einen ganzen Sommer ohne ihn zu verbringen.

Auch als ich an der Enthüllung meines ersten öffentlichen Kunstwerks teilnehme, ist Finn noch oft in meinen Gedanken.

Er war es, über den ich durch jenen Tag in Chapel Porth das Thema fand. Wochenlang hatte ich seine Worte im Kopf: *Bisher habe ich kein einziges Werk von dir gesehen, das aus einem Gefühl der Freude heraus entstanden ist.*

Und eines Tages hatte ich die Idee.

Es war ein Albtraum, meinen Bruder zu überreden, mir mehrere Stunden am Tag Modell zu sitzen, über Monate hinweg. Als wir fertig waren, schimpfte er, er wolle mich nie wiedersehen, doch jetzt, wo ich neben Michael stehe, vor uns die lebensgroße Bronzestatue von ihm, muss ich sagen, dass sich jede Sekunde Einsatz gelohnt hat.

Zumindest was mich angeht. Michael wirkt eher verlegen.

Eine Wohlfahrtsorganisation für das Downsyndrom hat das Kunstwerk in Auftrag gegeben, nachdem ich mit der Idee auf sie zugegangen war. Wir waren uns einig, dass es mehr Denkmäler bräuchte, die Minderheiten darstellen, und sie gaben mir die Erlaubnis für eine Spendenaktion. Arabella brachte sich ein, Lord und Lady Stockley steuerten einen großzügigen Betrag bei. Heute wurde Michael als Standbild auf einer Grünfläche direkt vor der Zentrale der Wohltätigkeitsorganisation aufgestellt. Und weil ich ständig das Wort »Freude« im Kopf hatte, habe ich meinen Bruder so fröhlich wie nur möglich dargestellt, mit einem breiten Lachen im Gesicht.

Was lustig ist, weil er sich gerade kopfschüttelnd über den offiziellen Pressefotografen aufregt.

»Sag mal ›Cheese‹, Michael!«, fordere ich ihn auf.

»Cheese!« Er unterstreicht seinen Sarkasmus mit einem übertriebenen Augenrollen.

»Stell dir vor, dass ein Aston Martin DB5 auf den Parkplatz in Chapel Porth fährt«, ruft Tom.

Michael muss über Toms Vorschlag lachen, ich falle ein. Der Pressefotograf macht schnell noch ein paar Fotos.

Michael hat sich von Serienmörderthrillern weiterentwickelt zu Spionagefilmen und arbeitet sich gerade durch jeden einzelnen James Bond, der je gedreht wurde. Das ist schon eher mein Ding als der blutrünstige Kram, den er sich sonst reinzieht, deshalb leisten Tom und ich ihm ab und zu vor dem Fernseher Gesellschaft. Ich muss immer lachen, wie die beiden reagieren, sobald ein auffälliges Auto ins Bild kommt.

In den letzten Wochen hat Michael sich mit Tom angefreundet. Es hilft, dass auch Tom ein großer Motorsportliebhaber ist, außerdem kennt er jedes Luftfahrzeug, das auf dem Bildschirm erscheint, mit genauer Typenbezeichnung.

Vor ein paar Wochen haben wir gemeinsam *Spectre* geschaut. Der von Christoph Waltz gespielte Bösewicht flog gerade in einem ultramodernen schwarzen Hubschrauber, da hielt Michael mitten im Popcornkauen inne, und sein Kopf schoss stumm fragend zu Tom herum.

»Eurocopter AS365 Dauphin N2«, sagte Tom wie aus der Pistole geschossen, während Daniel Craig und Léa Seydoux den Heli auf der Themse mit einem Schnellboot verfolgten. »Früher bekannt als Aérospatiale SA 365 Dauphin 2«, fügte Tom hinzu.

»Woher *weißt* du das?« Michael staunte Bauklötze.

»Ich war mal Hubschrauberpilot«, erwiderte Tom achselzuckend.

Wir saßen aneinandergekuschelt auf dem Sofa, Michael hatte das andere für sich. Ich verspannte mich, aber Toms Brust blieb ganz locker unter meiner Hand, seine langen Beine waren ausgestreckt und an den Knöcheln verschränkt, die Füße ruhten auf dem Couchtisch.

Michael hingegen war kaum noch zu halten. »Du warst mal Hubschrauberpilot?«, wiederholte er staunend.

»Jep.«

Michael stellte den Film auf Pause und wollte genau wissen, in welchem Luftfahrzeug Tom schon geflogen war.

Als wir später zu Hause im Bett lagen, gestand Tom, es sei schön gewesen, übers Fliegen zu reden, ohne Druck zu haben und erklären zu müssen, warum er es nicht mehr macht.

Es war ein wunderschöner Moment der Verbindung zwischen den beiden Männern.

Die Fotos sind mittlerweile im Kasten, ich muss den Journalisten von der regionalen Presse noch ein paar kurze Interviews geben. Aus dem Augenwinkel sehe ich, dass Rach Michael in den Arm nimmt. Jetzt, da er nicht mehr für den Fotografen posieren muss, umarmt und herzt er alle.

Ich bin meinen Freunden unendlich dankbar, dass sie mit mir nach Middlesex gekommen sind. Dan und Amy sind ebenfalls da, obwohl sie in drei Tagen heiraten. Tom unterhält sich mit ihnen; wie ich ihn kenne, bietet er wahrscheinlich an, in letzter Minute noch bei möglichen Aufgaben zu helfen.

Er fängt meinen Blick auf und lächelt. Kurz verliere ich den Faden und weiß nicht mehr, was ich sagen wollte.

Sobald ich meine Pflicht erfüllt habe, gehe ich zu ihm.

Er nimmt mich in die Arme und flüstert mir ins Ohr: »Ich bin lächerlich stolz auf dich.«

Ich lege den Kopf in den Nacken und gebe ihm grinsend einen Kuss auf die Wange. Dan und Amy beobachten uns lächelnd.

Amy hat sich so gefreut, als sie hörte, dass Tom und ich in der nächsten Woche zwei Übernachtungen in London gebucht haben. Für mich ist es eine große Sache, denn es ist das erste Mal seit Jahren, dass ich Michael allein lasse. Als Tom mich fragte, ob ich meinen Bruder gern mitnehmen würde, war ich ihm unendlich dankbar. Wollte ich aber auf gar keinen Fall. Erstens hätte Michael keinen Spaß daran – als ich ihn das letzte Mal in eine Galerie geschleppt habe, stand er nur herum und verkündete laut: »*Laaaangweilig!*« Zweitens möchte ich mit Tom ein paar Nächte allein verbringen. Die Vorstellung, Hand in Hand durch Galerien und Museen zu schlendern, meine Leidenschaft mit jemandem zu teilen, der sie versteht und zu schätzen weiß – ich kann es nicht erwarten.

Ich bin froh, etwas zu haben, auf das ich mich freuen kann, etwas, das mich von dem Umstand ablenkt, dass sich am Sonntag der Todestag meiner Eltern jährt und ich nun ganz genau weiß, dass Finn nicht hier sein wird.

Fünf Jahre lang kam er jeden Sommer an diesen Ort zurück, aber jetzt hat er sich Hals über Kopf in eine andere Frau verliebt. Und nicht in irgendeine. Wie habe ich mir je einbilden können, mit Brit Easton konkurrieren zu können?

Oft habe ich geträumt, dass Finn Brit verlässt, mich um Verzeihung bittet und zu mir zurückkehrt, dass er verkündet, er würde für mich nach St Agnes ziehen.

Wenn ich mir das Szenario nun vorstelle, überläuft mich ein kalter Schauder. Was würde ich tun, wenn ich mich zwischen Finn und Tom entscheiden müsste? Finn und ich haben so viele gemeinsame Erinnerungen – wäre ich wirklich stark genug, ihn abzuweisen?

Doch es ist sinnlos, sich mit einem Szenario auseinanderzusetzen, das niemals eintreten wird.

49

Einige Tage später geben Amy und Dan sich das Jawort. Rach und ich sind Amys Brautjungfern, und ich muss mich schwer zusammenreißen, als sie ihr Ehegelübde sprechen. Es ist überwältigend. Die beiden kennen sich seit der Highschool, und ein Sommerflirt im Alter von zweiundzwanzig Jahren hat jetzt dazu geführt, dass sie einander ewige Treue schwören.

Sie haben sich für eine Hochzeit in der Pfarrkirche von St Agnes entschieden, und mir gelingt es überraschend gut, die Erinnerungen an die Beerdigung meiner Eltern vor sechs Jahren auszublenden. Immerhin findet der anschließende Empfang nicht am selben Ort statt. Chas hat das Seaglass heute für die Öffentlichkeit geschlossen, damit sein Neffe dort feiern kann. Und das ist wirklich überaus großzügig, schließlich handelt es sich um einen Samstag im August, einer unserer umsatzstärksten Tage. Vor kurzem ist Chas von seiner Weltreise zurückgekehrt und stand sofort wieder hinter der Theke.

»Mensch, hat mir die alte Dame gefehlt«, sagte er, die Hände auf den Tresen gestützt. Sein Gesicht war voller Liebe und Staunen, als er sich umsah, dann schaute er mit einem sehnsüchtigen Ausdruck quer durch den Raum hinaus aufs Meer.

Ich nahm an, seine Nostalgie würde nachlassen, sobald er wieder einen der chaotischen Freitagabende erleben würde, doch stattdessen schien er den Adrenalinrausch regelrecht zu genießen.

Ich hoffe, er lässt es langsam angehen, fühle mich aber besser vorbereitet, weil ich jetzt dazu in der Lage bin, eine Herz-Lungen-Wiederbelebung durchzuführen. Nachdem Tom mir von seiner Krankheit erzählt hatte, bat ich Rach, es mir zu zeigen. Sie erklärte mir auch, wie man den Defibrillator benutzt.

Damals vergoss ich viele Tränen auf dem Sofa meiner Freundin.

Tom sitzt neben Ellie in der Bank – als wir vor ein paar Wochen an einem Quizabend teilnahmen, haben Dan und Amy ihn eingeladen. Vorher zog mich Dan kurz zur Seite, drückte mich an sich und flüsterte mir ins Ohr: »Schön zu sehen, dass du glücklich bist.«

Kurz davor gab es einen surrealen Moment, als ich merkte, dass Amy und Rach einander skeptische Blicke zuwarfen, während ich lachend eine Anekdote erzählte. An jenem Tag waren Tom und ich vorher am Strand gewesen, und er hatte kleine Tiere in den Sand gemalt. Ich hatte ihm von Brendan und dessen Bildern im Milchschaum berichtet, an denen er sich scherzhaft versuchte zu messen. Als Tom einen Elefanten mit ellenlangem Rüssel malte, konnte ich mich vor Lachen kaum noch halten.

Aus irgendeinem Grund fanden Rach und Amy meine Geschichte nicht so lustig, wie ich gedacht hatte, und dann wurde mir klar: Aus den Lautsprechern kam »The Boys of Summer« in der rockigen, härteren Version von The Ataris. Sie ähnelt sehr dem Cover, das Mixamatosis am letzten Abend mit Finn als Sänger spielte. Meine Freundinnen hatten die ganze Zeit darauf gewartet, dass es mir auffiel.

»Ich bin fein mit allen Songs, die ihr auf die Playlist für

eure Hochzeit setzt«, versicherte ich Amy mit einem Lächeln und drückte ihre Hand.

»Auf Brit Easton werde ich verzichten«, versprach sie.

»Okay, dafür wäre ich dankbar.«

Wir treten aus der Kirche unter den klaren blauen Himmel. Die dröhnenden Glocken sind in ganz St Agnes zu hören. Passanten bleiben stehen und sehen zu, wie wir Rosenblätter auf die wunderschöne Braut und den schicken Bräutigam werfen. Amy trägt ein schlichtes weißes Kleid mit einem eleganten Wasserfallausschnitt und Dan einen dunkelgrauen Anzug.

Rach hat ebenfalls einen grauen Anzug gewählt, allerdings in einem helleren Ton als Dan. Es ist dieselbe Farbe, die die Trauzeugen Tarek und Chris tragen. Sie war Amy so dankbar, dass sie kein Kleid anziehen musste.

Ich habe mich für ein langes fließendes Kleid in Smaragdgrün und schwindelerregend hohe goldene Sandaletten entschieden; Tom in seinem dunkelblauen Anzug sieht umwerfend aus. Es ist mir fast peinlich, wie heiß er ist. Er überragt die meisten, und durch den schmalen Schnitt seines Sakkos wirken seine Schultern übertrieben breit.

Als ich die Schuhe auswählte, dachte ich nicht an die steilen Straßen, aber auf dem Weg hinunter nach Trevaunance Cove stützt Tom mich, meine Hand fest in seiner.

Seit er mir von seiner mutmaßlichen Herzkrankheit erzählt hat, ist er unglaublich ruhig geworden. Er scheint tatsächlich nicht viel über seine Gesundheit nachzudenken, ich hingegen habe festgestellt, dass ich öfter den Kopf auf seine Brust drücke, wenn wir im Bett liegen, und lausche, wie sein Herz so vor sich hin schlägt. Er ist in vielerlei Hinsicht so stark, sowohl körperlich wie psychisch. Das gibt mir Zuversicht. Ich hoffe, dass ich mir im Laufe der Tage und Wochen, hoffentlich sogar Monate und Jahre, weniger Sorgen um ihn mache.

Als wir Stippy Stappy erreichen, müssen wir hintereinandergehen. Ich entdecke Michael auf der Gartenbank vor seinem Cottage und muss grinsen.

»Hallo!«, ruft er und winkt uns fröhlich zu.

»Sehen wir uns gleich?« Ich winke zurück.

»Ja! Ich komme!«, erwidert er munter.

Er ist zur Party nach dem Empfang eingeladen. Amy und Dan haben für ihre engsten Freunde und Angehörige ein Meeresfrüchte-Buffet bestellt. Wenn das Essen vorbei ist, werden die Tische unten abgeräumt, um Platz für alle anderen zu schaffen, die dann mitfeiern.

Ich habe keine Ahnung, wie Chas dafür sorgen will, dass es eine geschlossene Gesellschaft bleibt, wenn so viele Leute nachkommen, andererseits glaube ich kaum, dass es Dan und Amy auffallen würde. Gefühlt haben sie alle eingeladen, die sie kennen.

Der letzte Abschnitt hinunter zum Seaglass bietet einen atemberaubenden Anblick: Amy und Dan führen die Prozession an, die langen hellblonden Haare der Braut wehen im Wind, und vor den beiden erstreckt sich das glitzernde Türkis der keltischen See.

Die Mitarbeiter stehen draußen, um die Gäste willkommen zu heißen, und als Amy und Dan die Stufen emporsteigen, regnet es wieder Rosenblätter.

Später, als das Essen vorbei ist und wir die Reden hinter uns gebracht haben, gehen meine Freundinnen und ich nach draußen auf den Balkon, damit die Tische für die Party weggeräumt werden können. Die goldgelbe Sonne nähert sich dem Horizont, jetzt kommen die Lichterketten zur Geltung, die wir außen am Gebäude aufgehängt haben.

Tom lehnt sich ans Geländer, und ich stelle mich zwischen seine Beine. Automatisch legt er die Arme um mich und zieht mich an sich, so dass mein Rücken sich an seinen Oberkörper schmiegt. Mein Herz ist erfüllt von Liebe.

Chas kommt mit einem Pint Bier herüber und legt seinem Neffen einen drahtigen Arm um die Schultern. Er hat einer Indieband aus der Gegend geholfen, ihre Ausrüstung auf der Bühne drinnen aufzubauen.

»Wenn Kieran hier wäre!«, ruft Chas. »Dann würde ich die Jungs von der Bühne werfen und euch draufschicken.«

Kieran, der ehemalige Sänger von Mixamatosis, ist letztes Jahr mit seiner Freundin beziehungsweise zukünftigen Frau nach Kanada gezogen.

»Mir fehlt auch die gute alte Zeit«, sagt Tarek verträumt und stößt mit einem Glas Cola gegen Chas' Bier.

»War Hammer damals, oder?«, stimmt Dan zu und tätschelt liebevoll den Oberkörper seines Onkels.

»Vielleicht wird es Zeit für ein Wiedersehen«, sagt Amy und grinst.

Chas schaut an mir vorbei zu Tom und hebt die Augenbraue. »Kannst du singen?«

Tom schüttelt schmunzelnd den Kopf.

Als Chas von seiner Weltreise zurückkam, war er erstaunt zu sehen, dass ich mich in einer ernst zu nehmenden Beziehung befinde.

»Ich dachte, du wärst mit diesem Laden verheiratet, so wie ich«, scherzte er.

Mit meiner Arbeit im Seaglass schien er zufrieden zu sein, und ich habe die Rolle als Geschäftsführerin wirklich gern ausgefüllt, bin aber auch froh, jetzt wieder einen Gang zurückschalten zu können, auch wenn es bis Ende August noch viel zu tun gibt. Wenn der Herbst kommt, wird es schön sein, wieder mehr Zeit für die anderen Dinge im Leben zu haben.

Ich kann es nicht erwarten, den Winter hier mit Tom zu verbringen. Er wird es lieben, die deutlich ruhigeren Strände zu besuchen, und ich freue mich schon darauf, mein Gartenatelier wieder zu benutzen – Tom meint, ich sollte mir eine Heizung einbauen lassen, damit es nicht zu kalt wird.

Es wird schön sein, den Rest des Hauses für uns zu haben; aufzuwachen und hinunter in die Wohnküche gehen zu können. Ich hätte nie gedacht, dass ich mich mal so auf das Ende des Sommers freuen würde.

Michael kommt zu uns auf den Balkon und grinst breit, als er uns erblickt.

»Da ist er!«, ruft Rach und winkt meinen Bruder heran.

»Hab gehört, du bist jetzt berühmt«, sagt Chas, als Michael alle umarmt hat.

Michael beäugt ihn fragend von der Seite.

»Deine Statue!«, erklärt Chas.

»Ah, ja!« Michael grinst wieder.

Dann schaut er an Rach vorbei zum anderen Ende des Balkons, und sein Gesicht beginnt zu strahlen.

»FINN!«, ruft er und fuchtelt wild mit den Armen.

Es ist, als würden alle Lichter im Universum erlöschen und nur ein einzelner Scheinwerfer Finn beleuchten, der unter den überraschten Rufen unserer Freunde, die offensichtlich nichts von seinem Besuch ahnten, über den Balkon auf uns zukommt.

Ich spüre, wie ich schrumpfe, wie sich alles in mir zusammenzieht und ich immer kleiner werde. Tom neben mir erstarrt.

Finn ist nur noch wenige Meter entfernt, da fallen seine

meergrünen Augen auf mich, und mich trifft das unverfälschte Gefühl in ihnen. Dann bricht er den Blickkontakt ab und mustert Tom.

Kurz darauf umringen ihn unsere Freunde.

Ich sehe Amy fragend an.

Ich wusste es nicht, artikuliert sie lautlos mit weit aufgerissenen Augen und schüttelt den Kopf.

Ich beobachte Finn, und die Jahre fallen in sich zusammen, sie kippen und purzeln ineinander, einzelne Phasen unserer Liebesgeschichte tauchen in meinen Gedanken auf.

Ich sehe, wie er in einem löchrigen schwarzen Pulli mich im Spiegel auf der Toilette betrachtet und grinsend sagt, ich sei Olivia Arterton.

Ich sehe ihn auf der Bühne, ein Lächeln auf den Lippen, während mir dämmert, dass er »22« von Taylor Swift singt.

Ich sehe ihn kurz vor unserem ersten Kuss, nachdem ich eins seiner Grübchen berühren wollte und er meinen Finger festhielt und hineinbiss.

Ich sehe ihn hier draußen auf dem Balkon, wie der Wind ihm die Haare in dunklen Strähnen auf die Wangen peitschte, nachdem ich ihn Danny Finnegan genannt hatte.

Ich sehe ihn mit mir an einem Tisch im Taphouse, als er sagte, dass nichts, was ich erzählte, langweilig sei.

Ich sehe ihn mit Michael und seinen Freunden Pogo tanzen und seinen ungläubig erfreuten Blick über die Schulter meines Bruders, als der ihn zum ersten Mal umarmte.

Ich sehe ihn am Strand …

In meinem Brett …

Auf den Klippen …

Und im Seaglass.

Er ist überall.

Wie konnte ich ihn nur vergessen?

Mir fällt nicht auf, dass ich einen Schritt von Tom weg gemacht habe, bis ich merke, dass er nicht mehr neben mir steht.

50

Ich denke, ich gehe allmählich nach Hause«, sagt Tom gegen halb elf zu mir.

Ich habe mich gerade zu ihm an die Theke gesellt, wo er sich mit Bill unterhält, der nach dem Essen noch zum Feiern geblieben ist. Vorher habe ich mit Rach und Ellie getanzt und dabei versucht mir einzureden, dass mir jede Bewegung von Finn *nicht* schmerzlich bewusst ist.

Offenbar hatte Dan zu ihm gesagt, wenn er es sich in letzter Minute noch anders überlegen sollte, sei er immer willkommen. Sieht so aus, als sei das tatsächlich passiert.

Wir beide haben nur ein paar Worte miteinander gewechselt. Kurz nachdem er angekommen war, ging er direkt zur Bar, um Tyler zu begrüßen, mit Dan, Tarek und Chris im Schlepptau. Chas unterhielt sich mit ein paar Freunden, und ich kehrte schnell an Toms Seite zurück.

Ich wusste nicht genau, was ich sagen sollte, Tom machte mir auch keinen Druck, aber ich bemerkte immer wieder, wie er mich prüfend ansah und zu verstehen versuchte, welche Gefühle gerade in mir wüteten.

»Was? Nein!«, protestiere ich. »Du kannst noch nicht gehen! Ist alles in Ordnung?«

»Ja, schon. Ich bin nur … ein bisschen müde und …«

»Wenn du gehst, komme ich mit.«

»Sei nicht albern. Bleib hier und feiere noch ein bisschen«, beharrt er.

»Ich hole nur schnell meine Tasche, die liegt hinter der Theke«, verkünde ich bestimmt.

Tom seufzt, und seine goldbraunen Augen sehen mich eindringlich an. »Wenn ich wirklich nicht allein gehen darf, dann muss ich wohl noch bleiben.«

»Klingt nach einem guten Plan.« Erleichtert klopfe ich auf seine Brust und werde mit einem schwachen Lächeln belohnt. »Ich liebe dich«, erinnere ich ihn. Ich habe das Gefühl, er braucht diese Bestätigung jetzt.

»Ich liebe dich auch«, antwortet er.

Ich lasse mich von ihm umarmen und schmiege zärtlich die Wange an seine Brust. Nach außen hin mag ich ausgeglichen wirken, doch in mir spielt alles verrückt.

Ich sehe, dass Chas am anderen Ende der Theke mit dem Frontmann der Band redet. Irgendwas führt er im Schilde. Als er hinter dem Tresen hervorkommt und auf die leere Bühne springt, sinkt mein Mut.

»Was haltet ihr davon, wenn der Bräutigam und seine Kollegen von Mixamatosis uns was vorspielen?«, ruft er ins Mikrophon. »Den alten Zeiten zuliebe? Heute ist sogar ihr alter Frontmann da.«

Jubel brandet auf, die Gäste rufen im Takt: »Sin-gen! Singen!«

Das Gebrüll wird lauter, schließlich bricht tosender Applaus aus, als Dan, Tarek, Chris und Finn die kleine Bühne erklimmen. Kurz tuscheln sie miteinander, dann schauen sie sich die Ausrüstung der Band an. Mit dem Rücken zum Publikum verfolgt Finn, wie seine alten Bandkollegen die Instrumente prüfen, die man ihnen leihweise überlässt, dann dreht er sich um und greift zum Mikro. Sein Blick wandert über die Menge. Kurz bleibt er an mir hängen, hüpft weiter zu Tom und schweift dann hinüber zu Amy, die in der Nähe steht.

»Dieses Lied ist für die Braut«, sagt er mit einem lässigen Grinsen.

Tom legt den Arm um meine Taille, beugt sich vor und flüstert mir ins Ohr: »Bin gleich wieder da.«

»Aber du gehst nicht, oder?« Panisch sehe ich ihn an.

»Nur zum Klo«, versichert er mir und drückt mich wieder an sich. Sein Blick geht zur Bühne hinüber. Kurz bleibt er da hängen, ein paar Sekunden, und ich sehe, wie Toms Kiefer sich anspannt, bevor er sich abwendet.

Ich richte meine Aufmerksamkeit auf die Band und merke, dass Finn mich anschaut. Während die anderen den nächsten Song anspielen, senkt er die Augen, und augenblicklich erkenne ich die Melodie von »Never Tear Us Apart« von INXS.

Finns tiefe, gefühlvolle Stimme erfüllt den Raum. »Don't ask me …«

Mir stellen sich die Nackenhaare auf, so wie beim ersten Mal, als ich ihn singen hörte. Mir entgeht nicht, dass es ein Lied derselben Band ist.

Es ist eine erstaunliche Wahl für die Hochzeit von Dan und Amy, und als Finn wieder den Blick hebt und mir in die Augen sieht, habe ich das Gefühl, dass er den Text nur für mich singt.

Ich bin *erledigt*.

Beim Zusehen bekomme ich einen Kloß im Hals und versuche, meine Reaktion zu kontrollieren. Finn starrt mich mit zusammengezogenen Augenbrauen an, und der gesamte Raum scheint in weite Ferne zu rücken.

Damit komme ich nicht klar.

»Denk nicht mal dran!«, zischt mir Amy ins Ohr, als ich während des Instrumentals endlich den Blick von der Bühne abwende.

»Woran?«, frage ich mit belegter Stimme und starre betäubt an ihr vorbei.

»Er ist Vergangenheit. Lass ihn in Frieden.«

»Leichter gesagt als getan.«

»Ich muss dir was sagen, und du musst mir gut zuhören«, verkündet sie eindringlich, fast wütend, während das Instrumental aufhört und Finns Stimme wieder einsetzt.

Nur widerwillig sehe ich Amy an, kann mich nicht richtig auf sie konzentrieren, weil seine Stimme so schön ist.

Doch niemand sollte einer Braut an ihrem Hochzeitstag etwas abschlagen. Schon gar nicht *dieser* Braut.

»Wenn ich daran denke, wann du am glücklichsten warst, fällt mir sofort der Sommer ein, als du von der Uni kamst. Dir stand die ganze Welt offen, du warst so aufgeregt und gespannt darauf, was die Zukunft für dich bereithalten würde. Du hast gestrahlt. *Gefunkelt.* Und seit Tom bei dir ist, habe ich dieses Strahlen endlich wieder gesehen.«

Ihr steigen Tränen in die Augen, mein Kopf kribbelt.

»Hör auf, Liv!«, fleht Amy mich an, während das Lied verklingt und alle jubeln. Die Gäste schauen zu ihr, aber sie reagiert nicht, obwohl das Stück ihr gewidmet war. Sie blickt nicht mal in Richtung Band, sondern spricht mir eindringlich ins Ohr. »Wenn du das tust, endest du in derselben verfluchten Achterbahn, in der du seit Jahren sitzt. Er fährt eine Zeitlang mit, zerreißt dir das Herz und springt wieder runter. Ich kann nicht zusehen, wie du das tust, nicht wenn du so nah dran bist, dein Glück zu finden.«

Sie tritt zurück und sieht mich fest an, während die ersten Takte von »Fire« von Kasabian aus den Lautsprechern dröhnen. Die Jungs haben nur ein Stück gespielt.

Bin ich wirklich kurz davor, mein dauerhaftes Glück zu finden? Wie lange kann das halten, was ich mit Tom habe?

Was ist, wenn sein Herz eines Tages einfach aufhört zu schlagen, während wir am Strand entlanggehen? Es könnte durchaus sein, dass ich morgens aufwache und er nicht mehr lebt.

Hinter Amy kommt Tom von der Toilette zurück. Ich senke den Kopf, blinzele schnell und versuche, mich zusammenzureißen. Ich möchte nicht, dass er mich so verstört sieht.

»Bitte, Liv!«, fleht Amy.

Ich nicke knapp und gehe Tom entgegen, um mich in seine Arme zu werfen.

»Ich glaube, ich will jetzt auch nach Hause.«

Er umarmt mich fest und drückt meinen Kopf an seine Brust. Ich höre den stampfenden Bass aus den Boxen, der durch meinen Körper vibriert, und bilde mir ein, dass es sein Herz ist, das gegen meins schlägt.

Am nächsten Morgen, dem Todestag meiner Eltern, schwindet meine Entschlossenheit. Ich sitze Tom am Frühstückstisch gegenüber und habe ihm gerade gesagt, dass ich einen Spaziergang über die Klippen machen möchte.

»Willst du Gesellschaft?«, fragt er beiläufig und gibt sich Granola auf den Löffel.

Ich räuspere mich. »Ich glaube, ich muss allein sein.«

Als wir in der Nacht nach Hause kamen, respektierte er mein Bedürfnis zu schweigen. Ich schlief in seinen Armen ein und wachte auch darin auf, deshalb hatte ich gedacht, das würde ihn beschwichtigen.

Doch an seinem Gesichtsausdruck lese ich ab, dass er alles andere als beruhigt ist. Ich habe das Gefühl, dass er mir tief in die Seele schaut.

Ich nehme allen Mut zusammen. »Ich muss mit Finn reden«, bringe ich heraus.

Kurz sehen wir uns in die Augen. Toms Blick flackert unruhig, dann nickt er und senkt ihn. Er legt den Löffel zurück ins Schälchen.

»Ich liebe dich«, flüstere ich. »Ich habe nur das Gefühl, dass ich noch etwas mit ihm klären muss.«

»Wird das nicht immer so sein?«, fragt Tom. »Solange du dich nicht traust, eine richtige Beziehung mit ihm einzugehen, wirst du dich doch immer fragen, wie es hätte sein können. Und wenn er bis jetzt nicht zu einer Beziehung bereit war, wieso glaubst du, dass sich das geändert hat?«

»Das glaube ich ja gar nicht«, gebe ich gereizt zurück. »Er hat eine Freundin.«

»Wenn ich daran denke, wie er dich gestern Abend angesehen hat, Liv, kann von der wohl keine Rede mehr sein.«

Mein Herz zieht sich zusammen.

Sichtlich frustriert reibt Tom sich das Gesicht.

»Geh!«, sagt er mit rauer Stimme. »Tu, was du tun musst. Ich bin hier, wenn du zurückkommst.«

»Danke«, flüstere ich, strecke die Hand aus und drücke seine. »Ich bin gleich wieder zurück, dann gehen wir zu Michael.«

Wir wollen heute mit ihm zu Mittag essen.

Ich fühle mich furchtbar, als ich Handy und Schlüssel einstecke, aber wenn ich das jetzt nicht zu Ende bringe – und es ist meine volle Absicht, dem Ganzen ein Ende zu setzen –, werde ich es für alle Zeit bereuen.

Ich stehe nicht noch ein Jahr, geschweige denn den Rest meines Lebens durch, ohne das Ganze zu einem vernünftigen Abschluss gebracht zu haben.

51

Als ich den Pfad an der Küste entlang nehme, das Meer und die Insel Bawden Rocks zu meiner Rechten, werde ich meine Schuldgefühle einfach nicht los, Tom zu Hause zurückgelassen zu haben. Ich hoffe, er kann mir verzeihen.

Vor ein paar Minuten habe ich Finn geschrieben: *Ich gehe zu unserer Bank.*

Er hat geantwortet. *Bin auch schon auf dem Weg.*

Er wusste, dass ich heute dorthin will. Wie lange hätte er dort auf mich gewartet? Unerträglich, darüber nachzudenken.

Als er in Sicht kommt, zieht sich meine Brust zusammen. Er schaut sich über die Schulter um und erblickt mich. Man könnte ihn für eine Statue aus Stein halten, wenn ihm die dunklen Haare nicht vom Wind ins Gesicht gepeitscht würden und seine Augen nicht meine vorsichtigen Schritte auf ihn zu verfolgten.

Seine Lippen sind zu einem schmalen Strich zusammengepresst, doch als ich zu ihm trete, lächelt er schwach und steht auf.

»Hi«, sagt er und breitet die Arme aus.

Ich zögere – ich will nicht, dass er mich drückt –, aber ich kann ihm nach so langer Zeit keine Umarmung verwehren.

Als wir uns halten, sind mein Kopf und mein Herz vollkommen in Aufruhr. Schnell will ich mich wieder lösen, doch als ich es versuche, wird Finns Griff fester.

Schließlich lässt er mich los.

»Wie geht es dir?«, fragt er, und wir setzen uns auf die Bank, drei Handbreit voneinander entfernt. »Finde ich gut, deine neue Frisur.«

»Oh, danke.« Verlegen schiebe ich mir die Haare hinter die Ohren. Bis zum gestrigen Abend kannte er mich nur mit langen Locken. »Ganz in Ordnung«, erwidere ich, doch es klingt unschlüssig. »Und dir?«

Er sieht hinaus aufs Meer, die Adern an seiner Schläfe pochen. »War schon mal besser.«

Ich rutsche herum. »Wo ist Brit?«

Finn zuckt mit den Schultern. »Wahrscheinlich in L.A. und zerschneidet meine Sachen. Ironie des Schicksals«, fügt er sarkastisch hinzu, »wenn man bedenkt, dass ich aufgehört hatte, mottenzerfressene T-Shirts zu tragen.«

Seine Worte lösen eine Vielzahl von Emotionen in mir aus. »Habt ihr euch getrennt?«

»Jep«, antwortet er ausdruckslos.

»Warum?«

Er zögert kurz, dann wirft er mir einen Seitenblick zu. »Deinetwegen.«

»Meinetwegen?« Mir dreht sich der Magen. »Was habe ich mit eurer Beziehung zu tun?«

»Ich habe ihr gesagt, dass ich zu dir fliege, und sie war alles andere als begeistert. Sie hat gesagt, wenn ich das machte, wäre es vorbei mit uns. Also nehme ich an, es ist vorbei.«

»Nein, Finn«, erwidere ich entschlossen. »Das lässt sich doch wieder einrenken.«

»Nein. Ist zu spät.«

»Es ist nie zu spät. Nicht, wenn du um sie kämpfst. Du kannst zurückfliegen, du kannst sie jetzt sofort anrufen und ihr versichern, dass du gar nicht hier sein willst, dass du bereust, hergeflogen zu sein.«

»Aber das wäre gelogen«, sagt er dumpf und starrt hinaus aufs Meer.

Ich sehe ihn an, mein Herz rast.

Erneut wendet er sich mir zu.

»Liebst du ihn?«, fragt er.

Es fällt mir schwer, die bange Verzagtheit in seinen blaugrünen Augen zu ertragen, doch ich zwinge mich, den Blickkontakt nicht abzubrechen.

»Ja.«

Einen Moment scheint die Zeit stillzustehen, dann schlägt Finn die Hände vors Gesicht.

Sein am Boden zerstörter Anblick, die Tränen, die ihm unvermittelt in die Augen schießen, brennen sich in meine Netzhaut. Ich vermute, dieses Bild werde ich mit ins Grab nehmen.

Vorsichtig lege ich ihm die Hand auf den Rücken. Sein Körper bebt unter meinen Fingern, dann beginnt er zu zucken. Ich kann seinen Schmerz kaum ertragen, deshalb erlaube ich ihm, mich verzweifelt zu umklammern, als er sich zu mir umwendet.

Es dauert nicht lange, da verliere auch ich die Beherrschung.

»Ich liebe dich, Liv«, schluchzt er. »Ich liebe sie nicht so wie dich.«

»Das geht aber nicht«, sage ich unter Tränen. »So läuft das nicht mit der Liebe. Ich liebe Tom auch nicht so wie dich. Das heißt aber nicht, dass ich ihn nicht genauso innig und leidenschaftlich lieben würde, es ist nur anders. Ich liebe ihn deshalb nicht weniger.«

Finn stößt einen rasselnden Seufzer aus und atmet genauso erschüttert wieder ein, dann lässt er mich los und reibt sich die Augen mit den Handballen, um seine Tränen zu trocknen.

Ich suche in meiner Jeanstasche nach Taschentüchern, gebe ihm eins und behalte eins für mich. Beide putzen wir uns laut vernehmlich die Nase.

»Und wenn ich hierherziehen würde?«, fragt er mit rot umrandeten Augen.

Erschrocken starre ich ihn an und erkenne die Hoffnung, die bei meiner Reaktion in seinem Gesicht aufflackert.

»Du willst nicht in St Agnes leben«, erinnere ich ihn mit schwacher Stimme.

»Doch«, behauptet er. »Für dich.«

»Aber du wärst hier nicht glücklich«, gebe ich zu bedenken.

»Doch«, wiederholt er in demselben Tonfall. »Wenn ich dich dafür hätte.«

»Finn!«, rufe ich und schüttele verzweifelt den Kopf. »Hör auf damit. Es ist zu spät.«

»Du hast eben selbst gesagt, dass es nie zu spät ist. Dass ich zurückkehren und um Brit kämpfen soll.«

Es tut weh, ihren Namen aus seinem Mund zu hören – was sagt mir das? Ich bin nicht mal ansatzweise über ihn hinweg.

»Was wäre, wenn ich hierbliebe und um dich kämpfen würde?«, fragt er.

Ich schlucke und versuche mich zu beruhigen. »Das möchte ich nicht«, erwidere ich eindringlich. »Ich will mit Tom zusammensein. Er … er ist herzkrank«, gestehe ich, ohne zu überlegen. »Er kann daran sterben.«

Drei Sekunden vergehen.

»Ist das dein Ernst?«

Er fragt es nicht voller Mitgefühl oder Besorgnis. Sein Tonfall klingt wie jemand, der sagt: *Willst du mich verarschen?*

»Warum, bitte, kommt das bei dir so heraus?«, will ich wissen.

»Na, das ist ja wohl typisch, oder? Leid und Schmerz, das sind deine großen Themen. Die dich als Künstlerin antreiben.«

»Willst du damit etwa sagen, dass ich nur mit Tom zusammen bin, um mich künstlerisch ausleben zu können?«

»So habe ich das nicht gemeint.«

»Wenn doch, würde ich dir das nie verzeihen.«

»Tut mir leid«, beeilt er sich zu versichern. »Das war überhaupt nicht meine Absicht.«

»Ich liebe ihn, Finn«, sage ich mit Nachdruck. »Aber nicht, weil ich mich zu Leiden und Schmerz hingezogen fühle. Was ich für ihn empfinde, ist rein und klar. Ich liebe ihn, weil er stark und verlässlich ist. Weil er sich für St Agnes entschieden hat. Weil er sich für *mich* entschieden hat. Tom hat nie an uns gezweifelt.« Ich greife nach Finns Hand, und seine Augen füllen sich erneut mit Tränen. »Ich weiß nicht, ob ich mich je bei dir bedankt habe«, sage ich mit belegter Stimme und kann nur noch verschwommen sehen. »Ich weiß nicht, was ich all die Jahre ohne dich getan hätte. Ich bin dir so dankbar, Finn. Du hast mir durch die schwerste Zeit meines Lebens geholfen – du bist mir *so* wichtig gewesen. Ein Teil von mir wird dich immer lieben. Aber ich habe mich für *ihn* entschieden. Du musst mich gehen lassen.«

»Du kennst ihn doch erst seit kurzem«, erwidert er heiser. »Wie kannst du dir da so sicher sein?«

»Weiß ich nicht, ich bin es einfach.«

»Stört es dich, wenn ich hinter den Kulissen warte, falls du dich vielleicht doch anders entscheidest?«, fragt er in dem Versuch, das Ganze locker zu nehmen, doch sein Schmerz trifft mich ins Herz.

»Tu das nicht, Finn!«, flehe ich ihn an. »Ich habe vor, sehr lange mit Tom zusammen zu sein.«

Vielleicht für den Rest meines Lebens. Und wenn nicht für den Rest *meines* Lebens, dann wenigstens für den Rest seines.

Als ich zurück ins Beach Cottage komme, sind auch meine letzten Tränen getrocknet, doch ich fühle noch die Spuren auf meinen Wangen. Verrückterweise überlege ich, ob Tom darin ein Muster erkennen wird, dann frage ich mich, ob er sie überhaupt sehen wird.

Was, wenn er nicht mehr da ist? Warum sollte er bleiben?

Weil er es mir versprochen hat, erinnere ich mich.

Wenn ich etwas sage, meine ich es normalerweise auch so. Das kannst du mir ruhig glauben.

Als er das zum ersten Mal zu mir sagte, dachte ich, ich könnte mich in ihn verlieben.

Das habe ich getan. Ich liebe ihn. Und ich vertraue ihm. Er wird da sein.

Als ich vor meiner Haustür stehe und versuche, mich zu fangen, bevor ich die Schlüssel aus der Hose hole, beruhigt sich mein Herz allmählich. Ich schließe auf und trete in den Flur. Im Apartment unten ist es still. Ich vermute, dass unsere Gäste unterwegs sind.

Unsere Gäste. Ich spüre, wie richtig sich das anfühlt. Tom und ich sind jetzt ein Team. Ich weiß, dass er an meiner Seite sein wird, wohin ich auch gehe.

Ich öffne die Tür zur Wohnung oben, und als ich sehe, dass er auf dem Treppenabsatz sitzt und auf mich wartet, wird mein Herz ganz weit. Seine Miene ist skeptisch –, bis er meinen Blick auffängt.

»Ich liebe dich«, sage ich, und alle Anspannung fällt von meinen Schultern.

Er steht auf und lächelt mich erleichtert an.

Ich drücke die Tür hinter mir zu und gehe zu ihm.

Als wir uns auf dem Treppenabsatz umarmen, Herzen und Körper im Einklang, kommt etwas in mir zur Ruhe. Seit Finns Rückkehr hatte sich wieder eine innere Unruhe in mir breitgemacht, die mich schon früher immer quälte.

Damals konnte ich sie nur durch Bildhauerei besänftigen, doch nun in Toms Armen zu liegen erinnert mich an das erste Mal, als ich nach dem Tod meiner Eltern die Hände in kalten Ton schob.

Es fühlt sich an, als sei ich heimgekehrt.

Epilog

Ein Sommer später …

»O Mann«, brummt Tom und wischt sich mit dem Handrücken den Schweiß von der Stirn.

»Beim letzten Mal in Florenz war es auch so heiß.«

Er grinst mich an. »Freust du dich, wieder hier zu sein?«

»Total.«

Wir kommen gerade aus der Galleria dell'Accademia, wo ich Tom die Davidstatue gezeigt habe.

Heute jährt sich der Todestag meiner Eltern, was einer der Gründe ist, warum ich mir diesen Zeitpunkt für meine lang ersehnte Rückkehr nach Italien ausgesucht habe. Vor ein paar Wochen habe ich Finn geschrieben, dass ich unterwegs sein würde. Ich bin davon ausgegangen, dass er dieses Jahr nicht nach St Agnes kommen wird – er ist wieder mit Brit zusammen, und soweit ich weiß, sind die beiden glücklich –, dennoch wollte ich kein Risiko eingehen.

Er antwortete: *Hoffe, du hast viel Spaß.* Das war alles.

Wahrscheinlich bedauert er, dass ich ihn nie in L.A. besucht habe. Es ist nicht so, dass ich es nicht wollte. Nach unserem Streit damals auf dem Parkplatz in Chapel Porth, als Michael mir versicherte, ich bräuchte nicht seinetwegen in St Agnes zu bleiben, habe ich mir alles unzählige Male durch den Kopf gehen lassen. Es stimmte, ich bewegte mich wirklich nicht aus meiner Komfortzone hinaus. Michael würde schon klarkommen, wenn ich von Zeit zu Zeit mal verreiste. Ich musste es einfach wagen.

Tom und ich begannen mit kleinen Auszeiten hier und da – zum Beispiel mit dem Kurztrip nach London nach Amys und Dans Hochzeit. Jetzt haben wir uns sogar ins Ausland gewagt und wollen erst ein paar Tage hier in Florenz verbringen, bevor wir weiterfahren nach Pietrasanta, um die Stadt und den nahe gelegenen Marmorsteinbruch zu besichtigen.

»*Gelato*?«, frage ich Tom.

»Klar, her damit.«

Wir stellen uns an der Theke an und warten vor der bunten Auswahl von Eissorten. Tom wählt Pfirsich, das dieselbe Farbe wie sein T-Shirt hat. Ich drücke einen Kuss auf seine Schulter und lächele ihn an.

»Danke, dass du mitgekommen bist.«

»Wo gehen wir als Nächstes hin?«, fragt er grinsend.

Zwei Sommer später …

Als ich nach Hause komme, sitzt Tom in dem Zimmer, das früher das Schlafzimmer meiner Eltern war. Er schaut aus dem Fenster auf die Palmen, den Rücken zur Tür.

Vorsichtig klopfe ich an die Wand, verwundert, dass er mich nicht auf der Treppe gehört hat.

»Oh, hey!« Er springt auf.

Ich hasse es, ihn so zu erschrecken. Ständig habe ich Angst, dass sein Herz aufhört zu schlagen. Doch im Moment scheint es ganz zuverlässig zu sein.

Vor ein paar Monaten gab es einen Moment, als ihm schwindelig wurde. Er hatte gerade ein Sandkunstwerk für Surfers Against Sewage fertiggestellt, das sich am Strand von Perranporth über hundert Quadratmeter erstreckte – Rach hatte ihn darum gebeten, um auf die Meeresverschmutzung aufmerksam zu machen. Sie hatte dafür gesorgt, dass ein Pressefotograf vor Ort war. Als Tom die Hand Halt suchend nach mir ausstreckte, bekam ich Panik. Tagelang lief ich ihm wie ein kleines Hündchen hinterher.

Ich sorge mich, dass die großformatigen Werke ihm zu viel abverlangen, würde ihn jedoch nie bitten, damit aufzuhören. Ich respektiere, dass er sein Leben so lebt, wie er will.

»Du warst ganz in Gedanken versunken«, sage ich, nachdem er sich vorgebeugt hat, um mir einen Kuss zu geben.

»Stimmt«, bestätigt er.

»Hast du mir was zu sagen?«

»Ja, habe ich tatsächlich.«

Sein Gesichtsausdruck ist ernst, doch er wirkt nicht bedrückt.

Wir gehen ins Wohnzimmer und setzen uns aufs Sofa.

Im Apartment unten ist gerade ein Künstlerpärchen untergebracht.

»Ich war beim Arzt«, eröffnet er mir.

Das Lächeln entgleitet mir.

»Schon gut.« Er greift nach meiner Hand und hält sie fest. Solange ich ihn kenne, war er nicht ein einziges Mal bei einem Arzt.

»Ich habe beschlossen, mich untersuchen zu lassen.«

Ich drücke seine Hand. »Warum gerade jetzt?«

»Ich bin so weit«, sagt er leise. »Aber auch, weil ...« Er holt tief Luft. »Weil ich denke, es könnte uns helfen.«

»Wie?«

»Als Cara und ich eine Hypothek fürs Haus aufnahmen, wurde uns nahegelegt, eine Lebensversicherung abzuschließen. Damals bin ich noch einen Schritt weiter gegangen und habe auch einen Schutz gegen schwere Erkrankungen mit aufnehmen lassen.«

Ich frage mich, worauf er hinauswill.

»Wenn ich eine Diagnose bekomme, wird mir Geld ausgezahlt, Liv. Richtig viel. Theoretisch könnten wir uns davon ins Seaglass einkaufen. Wenn du das möchtest.«

Mir dreht sich der Kopf. Ins Seaglass einkaufen? Chas ist schon länger auf der Suche nach einem Investor. Er will sich noch nicht ganz zur Ruhe setzen, ist jedoch zu der Einsicht gelangt, dass er nicht mehr so jung ist, wie er sich fühlt, und ernsthaft Gefahr läuft, seine Gesundheit aufs Spiel zu setzen, wenn er nicht langsam mal kürzertritt. Deshalb hat er sich entschlossen, den Laden zwar nicht komplett zu verkaufen, aber immerhin einen Investor zu suchen, mit dem er zusammenarbeiten will. Und ich schätze, er hätte nichts dagegen, wenn Tom derjenige wäre.

Tom ist jetzt Küchenchef – Bill ist gegangen und hat sein

eigenes Restaurant in Redruth eröffnet. Ich bin gern in der Küche, wenn Tom dort das Kommando hat, wenn er profimäßig Salatteller stapelt und nach dem Service ruft. Wie die Kolleginnen und Kollegen von der Theke bewegen sich die Küchenangestellten so eingespielt und fließend wie die Rädchen eines Getriebes. Das Gastgewerbe ist eine Kunst für sich.

Inzwischen arbeite ich nur noch im Juni, Juli und August im Seaglass, die anderen neun Monate des Jahres bin ich mit der Bildhauerei beschäftigt. Im Januar war ich auf dem International Sculpture Symposium in Vietnam, zusammen mit neunundzwanzig anderen Bildhauern aus der ganzen Welt. Es war eine unglaubliche Erfahrung, so viele Kolleginnen und Kollegen kennenzulernen und ihnen bei der Arbeit zuzusehen. Jeder schuf eine eigene Skulptur, anschließend wurden die Werke in einem Park aufgestellt, wo die Öffentlichkeit sich an ihnen erfreuen kann. Meine Karriere geht immer steiler bergauf, trotzdem arbeite ich gern mit Tom im Seaglass. Es ist der perfekte Ausgleich.

»Was meinst du?«, fragt Tom. »Ich möchte, dass es was für uns beide ist.«

Ich nicke und setze mich auf seinen Schoß. Meine Augen füllen sich mit Tränen. »Ich meine, dass ich dich liebe. Und ich fände es wunderbar, wenn das Seaglass uns gehörte.«

Es fühlt sich eh schon so an.

Drei Sommer später …

Ich hocke neben Amy in der fünften Reihe und schaue von hinten auf Finns Kopf. Er sitzt in der ersten Reihe, flankiert von seinem Großvater auf der einen Seite und Liam und Tyler auf der anderen.

Vor zwei Wochen ist Finns Großmutter Trudy nach einem heftigen Schlaganfall gestorben.

Tom hat angeboten, mich zur Beerdigung zu begleiten, hatte aber Verständnis, als ich ihn bat, allein daran teilnehmen zu dürfen. Es ist das erste Mal seit drei Jahren, dass ich Finn wiedersehe.

»Danke, dass du hier bist«, sagte er nach der Messe zu mir.

Ich stehe mit Dan und Amy vor der Kirche, und er ist gerade zu mir rübergekommen, Nase und Augen rot vom Weinen.

»Wo ist Tom?«, fragt er.

»Ich dachte, es wäre besser, wenn ich allein komme«, erwidere ich.

Finn nickt kaum merklich.

»Wie geht es Brit?«, frage ich befangen.

Er schüttelt den Kopf und sieht mich kurz an, dann wendet er den Blick ab.

Ich deute das so, dass sie nicht mehr zusammen sind.

»Alles in Ordnung?«, frage ich leise. Dan und Amy treten zurück, um uns ein wenig Privatsphäre zu geben.

»Nicht so«, gibt Finn zu. »Mein Großvater ist verzweifelt. Ich weiß nicht, wie er ohne sie klarkommen soll.«

»Er hat doch Liam. Der kann ihm Gesellschaft leisten.«

Tyler ist vor ein paar Jahren mit Freunden zusammengezogen. Er arbeitet jetzt als Barkeeper in einer Kneipe in Newquay, wo er auch wohnt. Also hat sich die harte Ausbildung bei uns wohl gelohnt.

Finn schluckt und nickt, dann sieht er mich an. »Glückwunsch. Ich habe die Neuigkeiten gehört.«

»Welche?«

»Was denkst du denn?«, fragt er stirnrunzelnd.

»Dass ich jetzt Mitglied in der Society of Sculptors bin?«

Er schüttelt den Kopf. »Nein.«

»Dass ich mich ins Seaglass eingekauft habe?«

Er seufzt. »Nein, Liv. Die *andere* Sache. Aber Glückwunsch auch zu diesen Neuigkeiten«, fügt er mit einem angedeuteten Lächeln hinzu, und bei seinem stolzen Blick zwickt es mich in der Brust.

»Deswegen wollte ich dir noch schreiben«, erkläre ich ernst. Ich hatte gehofft, dass er es nicht von anderen erfahren würde, bevor ich es ihm selbst erzählen kann. »Aber dann kam das hier dazwischen.«

Vor ungefähr drei Wochen wachte ich morgens auf und stellte fest, dass Tom nicht neben mir lag. Eine halbe Stunde später rief er mich an und bat mich, runter ins Seaglass zu kommen.

Als ich dort eintraf, stand er in der Eingangstür und gab mir ein Zeichen, auf den Balkon zu gehen.

Er hatte ein geometrisches Muster in den Sand unten am Strand gemalt – mehrere Dreiecke und darauf eine achteckige Form. Alle paar Wochen erschafft er etwas im Sand – im Winter öfter, wenn weniger Leute da sind –, und in den vergangenen zwei Jahren ist er dazu übergegangen, abstrakte Formen und Muster zu zeichnen. Außerdem hat er mehrere Auftragsarbeiten für Wohltätigkeitsorganisationen übernommen.

Ich lächelte ihn an. »Sieht cool aus.«

»Erinnert dich das an irgendwas?«, fragte er mit einem hintergründigen Lächeln.

Ich sah noch mal genauer hin und erkannte plötzlich: Es war die Perspektivzeichnung eines Diamantrings.

»Das ist ein Diamant!«, rief ich.

In dem Moment zog er den Ring aus der Tasche und ging vor mir auf die Knie.

Ich schlug die Hand vor den Mund und starrte ihn perplex an. In seinen Augen glänzten Tränen, dann war es auch um mich geschehen.

»Willst du mich heiraten, Liv?«

Ich nickte, bekam kein Wort heraus. Tom stand wieder auf und schob mir den Ring auf den Finger.

»Macht er dich immer noch glücklich?«, fragt Finn leise.

Ich nicke, und mein Herz zieht sich zusammen.

Finn öffnet kaum merklich die Arme, und ich trete zu ihm, ohne nachzudenken. Er ist mir immer noch sehr vertraut.

»Das mit deiner Großmutter tut mir so leid«, murmele ich an seiner Schulter.

Er drückt mich fest und lässt mich los. »Wie geht es Michael?«, fragt er.

»Gut«, entgegne ich lächelnd und wische meine Tränen fort.

»Vielleicht schaue ich morgen mal bei ihm vorbei.«

»Da würde er sich freuen.«

»Kommst du mit zum Leichenschmaus?«, fragt Finn.

»Soll ich?«

Kurz sieht er mich an, scheint darüber nachzudenken, dann lächelt er und schüttelt den Kopf. »Schon gut. Geh nach Hause zu Tom. Grüß ihn von mir. Und pass auf dich auf!«

Mit gesenktem Kopf gehe ich davon, Tränen laufen mir über die Wangen, dann hebe ich das Kinn und sehe meiner Zukunft entgegen.

Vier Sommer später …

»Kinder?«, fragt Tom beim Frühstück.

Die Frage kommt so beiläufig heraus, dass ich lachen muss.

In dem Tonfall erkundigt er sich normalerweise, was ich zum Frühstück möchte.

»Omelett?«

»Speck?«

»Granola?«

Und jetzt: »Kinder?«

»Fragst du mich gerade, ob ich Kinder als Beilage zum Toast möchte?«, gebe ich zurück.

»Genau«, sagt er grinsend und klopft mir mit dem Löffel auf die Nase.

Es ist Juni, und wir sind in der Küche im Erdgeschoss, weil wir beschlossen haben, das Apartment in diesem Monat nicht zu vermieten. Im Juli und August ist es ausgebucht, aber wir wollten es wenigstens einen Teil des Sommers für uns haben. Toms Eltern kommen am Nachmittag zu Besuch, wir wollen mit ihnen grillen. Sie waren schon mehrmals da, und das letzte Weihnachtsfest haben wir in Norfolk bei ihnen gefeiert. Toms Mutter kann manchmal etwas pingelig sein und sein Vater ganz schön stoisch, aber sie lieben ihren Sohn über alles. Ich mag sie sehr.

»Willst *du* denn Kinder?«, frage ich mit einem Seitenblick.

Wir sitzen nebeneinander auf der Bank am Esstisch.

Tom nickt. »Ja. Und ich habe mich gefragt, was du von künstlicher Befruchtung hältst.«

Bei der Erinnerung daran, dass er sich weigert, der leibliche Vater unserer Kinder zu sein, fährt mir ein Stich durch die

Brust. Ich finde es allerdings toll, dass er für andere Möglichkeiten offen ist.

»Wäre eine Samenspende für dich in Ordnung? Oder würdest du lieber adoptieren?«

»Ich würde gern adoptieren«, erwidert er. »Und vielleicht nicht nur ein Kind, sondern zwei oder drei.«

»Wie viele Kinder willst du denn?«, frage ich besorgt.

»Am liebsten ein ganzes Haus voll«, entgegnet er mit einem angedeuteten Grinsen, das zu einem breiten Lächeln wird, als er meinen panischen Gesichtsausdruck sieht. »Okay, ich gebe mich mit zwei oder drei zufrieden. Und um deine Frage zu beantworten: Ich könnte mir nichts Schöneres vorstellen als ein Kind, das die Hälfte der Gene von dir hat. Und wenn du gern schwanger sein und die Geburt erleben möchtest, bin ich an deiner Seite.«

»Ich liebe dich«, flüstere ich und blinzele meine Tränen zurück.

Wer ist dieser Mann, den ich geheiratet habe? Dieser Mann, der dafür gesorgt hat, dass nicht sein Name, sondern meiner in der Eigentumsurkunde von Seaglass steht, weil er wollte, dass ich noch vor unserer Hochzeit eine Sicherheit habe?

Er leitet die Küche, und Chas ist auch noch da. Ich habe mich allerdings ein bisschen zurückgezogen. Ich habe eine Ausschreibung für ein wichtiges öffentliches Projekt gewonnen, das mich auf Trab hält. Dafür bin ich gegen vier andere Bildhauer angetreten, von daher war es ein großer Erfolg für mich.

Im vergangenen Jahr habe ich auch den Beschluss gefasst, mich nicht länger an meine Eltern zu klammern. An ihre Bronzen, meine ich. Ich denke immer noch jeden Tag an sie, auch wenn ich an ihrem Todestag nicht mehr hinaus auf die Klippen wandere.

Es war eine Art Selbsttherapie, Mum und Dad zu modellieren, auch wenn ich noch lange danach nicht über ihre Gegangen-Büsten reden konnte. Da ich sie auf meiner Website habe, gab es Menschen, die sich nach den Werken erkundigten, aber ich habe immer gesagt, sie ständen nicht zum Verkauf. Doch als das letzte Mal ein Kunstsammler anrief und nach den Plastiken fragte, zögerte ich. Ich hatte das Gefühl, die Zeit sei reif, um sie in die Welt zu entlassen.

Tom und ich legten etwas von dem Geld zurück, damit wir den Monat Juni für uns hätten, und ich muss sagen, jede Minute, die wir hier unten gemeinsam in dieser wunderbaren Küche verbracht haben, ist es wert.

»Also, was meinst du?«, fragt Tom.

Ich nicke und beschließe, dass wir vom restlichen Geld aus dem Verkauf der Plastiken meiner Eltern die In-Vitro-Behandlungen bezahlen. Das hätte Mum und Dad gefallen.

»Ich meine: ja.«

Fünf Sommer später …

Ich schluchze an Toms Schulter, als auch die dritte künstliche Befruchtung scheitert.

»Komm«, sagt er mit rauer Stimme und drückt mich an sich. »Wir gehen nach draußen, an die frische Luft.«

Wir nehmen den Küstenweg, vorbei am Drifty, laufen hintereinander über den schmalen Pfad. Tom lässt mich vorgehen, und ich bin mir sicher, dass er das tut, um ein Auge auf mich zu haben. Als der Weg flacher wird, schaue ich links auf Trevaunance Cove und das Seaglass hinunter. Es ist Flut, und das Wasser ist blauer als je zuvor. Sanft plätschern die Wellen an den cremeweißen Strand. Als wir an der Bank vorbeikommen, sehe ich kurz hinüber und muss daran denken, wie Tom dort vor fünf Jahren saß, halb versteckt hinter dem leuchtend gelben Ginster.

Auch jetzt blühen die Büsche mit ganzer Kraft, ebenso die violette Heide. Cornwall steht in voller Blüte, sein Herz singt, ohne den Schmerz in meinem Herzen wahrzunehmen.

Ich bin zermürbt, nicht nur weil ich am Morgen meine Tage bekommen haben, sondern auch weil Amy heute anrief, um mir zu erzählen, dass sie im dritten Monat schwanger ist mit ihrem zweiten Kind und dass Liam nach L.A. gezogen ist. Der Großvater der Jungs ist im Juni verstorben.

Als es geschah, war ich in Manchester bei der Enthüllung einer Statue und schaffte es nicht rechtzeitig zur Beerdigung zurück, schickte Finn allerdings ein Beileidsschreiben. Mittlerweile haben wir nicht mehr viel miteinander zu tun, dennoch war ich traurig, dass ich ihn nicht sehen konnte. Ich habe gehört, dass er jetzt mit einer anderen Texterin zusammen ist, aber ich weiß nicht, ob es was Ernstes ist.

Allerdings ist mir klar, dass er im Laufe der Zeit immer weniger Gründe hat, nach St Agnes zu kommen. Und jetzt, da beide Großeltern tot sind, Tyler sich in Newquay niedergelassen hat und Liam in L.A. lebt, könnte es Jahre dauern, bis ich Finn wiedersehe.

Ich versuche, nicht zu viel an ihn zu denken, doch wie ich zu Tom einmal sagte, werde ich mich immer fragen, was hätte sein können. Wahrscheinlich versuche ich immer noch, mich damit abzufinden.

»Vielleicht sollten wir uns doch besser früher als später für eine Adoption bewerben«, sage ich, als wir den höchsten Punkt der Klippen erreichen.

Der Blick von hier oben ist umwerfend. Die Landschaft besteht aus Hügeln und Tälern, hohen Klippen und dem rauschenden Ozean, und ich liebe sie für ihre Melodramatik.

Die Malediven fand ich auch toll, als wir kurz vor Ostern dort waren. An der Seite von Tom habe ich mehr von der Welt gesehen, als ich nach dem Unfall meiner Eltern je für möglich gehalten hätte.

»Nur weil es sicher lange dauern wird«, füge ich hinzu.

Ich gehe noch einige Schritte, dann sehe ich mich über die Schulter um, weil er nicht antwortet.

Er steht da, mit blassem Gesicht, die Hand auf der Brust.

»Was ist?«, frage ich eindringlich, und Panik breitet sich in mir aus.

Er fällt einfach um.

»TOM!«, schreie ich und laufe zu ihm.

Ich habe Angst, dass er mit dem Kopf auf einen Stein gefallen ist, doch das Heidekraut hat seinen Sturz abgefangen.

»Tom«, sage ich eindringlich und schlage ihm auf die Wangen, um ihn zu wecken. Er ist bewusstlos. »Tom!«

Ich weiß, dass es im Falle einer Ohnmacht oder eines

Kreislaufkollapses sehr gut möglich ist, dass das Herz von selbst wieder einsetzt und seinen Rhythmus findet, doch Tom rührt sich nicht, und als ich besorgt die Finger an seinen Hals drücke, fühle ich keinen Puls.

»O Gott, Tom, nein.« Hektisch schaue ich mich um, ob jemand in der Nähe ist, der mir helfen kann, sehe aber keine Menschenseele. Schnell hole ich mein Handy heraus und wähle den Notruf, werfe es aber gleich darauf frustriert zur Seite. Hier oben habe ich keinen Empfang. Ich beginne sofort mit der Wiederbelebung.

Ich lege die Hände aufeinander mitten auf seine Brust und fange an, kräftig und schnell zu drücken.

»Bitte, Tom!«, flehe ich ihn an, lege seinen Kopf in den Nacken und halte ihm die Nase zu, um ihn zu beatmen, zwei Stöße, dann führe ich die Herzmassage fort.

Weiter vorne kommt ein Mann aus Richtung Trevellas Cove über die Kuppe. Ich rufe: »HILFE!«, und er wird schneller.

»Können sie den Defi holen, den Defibrillator? Er hängt draußen vorm Surf Life-Saving Club«, rufe ich, als er näherkommt. Ich greife nach meinem Handy und fluche. Immer noch kein Empfang. »UND RUFEN SIE DEN NOTARZT!«, schreie ich ihm hinterher, während er nach unten in die Bucht hastet.

Ich schaue Tom an. Er öffnet die Augen.

»Tom!«

Er blickt zu mir hoch, die Sonne spiegelt sich in seinen goldbraunen Pupillen.

»Oh, Gott sei Dank! Ist alles in Ordnung? Tom?«

»Was ist passiert?«, fragt er.

»Dein Herz hat ausgesetzt. Einfach so.«

»Ich habe ein Flimmern gemerkt.«

Ich drücke das Gesicht an seinen Hals und weine, meine Hand fest auf seiner Brust, um sicherzugehen, dass sein Herz weiterschlägt. Irgendwann möchte ich seinen Oberkörper in Ton modellieren, dieses Herz, das ich so sehr liebe, dieses Herz, von dem ich fürchte, dass es mir genommen wird.

Er hebt die Hand und klopft mir schwach auf den Rücken. Nach kurzer Zeit hören wir in der Ferne das Geräusch surrender Rotorblätter. Tom wendet den Kopf und schaut in den Himmel, und beide beobachten wir, wie ein rotweißer Rettungshubschrauber langsam näherkommt.

»Ironie des Schicksals«, murmelt er.

In einem Helikopter genau wie diesem hat Tom Hunderte von Leben gerettet.

»Ihr kommt zu spät, Kumpel«, witzelt er mir zuliebe, als sich die Tür öffnet und eine Einsatzkraft abgeseilt wird. »Meine Frau hat mich schon gerettet.«

Er versucht, es locker zu nehmen, aber ich bin so geschockt und entsetzt, dass ich nicht mal ein Lächeln zustande bringe.

»Du musst trotzdem ins Krankenhaus und dich durchchecken lassen«, sage ich.

Er widerspricht nicht.

»Mensch, Tom, du hast mir so einen Schreck eingejagt!«, rufe ich.

»Ich liebe dich«, sagt er.

Der Abgeseilte ist fast direkt über uns.

»Ich liebe dich auch«, antworte ich.

Als sein Herz das nächste Mal aufhört zu schlagen, ist niemand bei ihm.

Sechs Sommer später …

Er ist nicht mehr da.
Und ich bin verloren.

Sieben Sommer später …

Er setzt sich neben mich auf die Bank und streckt die Hand nach meiner aus. Vorsichtig ergreift er sie und schaut aufs Meer. Ich weiß nicht, woher meine Tränen noch kommen können, doch sie laufen immer weiter.

»Es tut mir so leid, Liv.«

Ich sacke zusammen und muss schluchzen, dann liege ich in seinen Armen und kann nur noch denken: *Nun also sitzen wir wieder hier …*

»Ich lebe mit Geistern, Finn«, sage ich später zu ihm, als ich mich so weit gefangen habe, dass ich wieder sprechen kann.

Mum …

Dad …

Tom …

In gewisser Weise habe ich sogar das Gefühl, dass ich mit den Geistern der Kinder lebe, die wir nie hatten.

Ich ertrage es nicht mehr, die Ferienwohnung an Familien mit Kindern zu vermieten. Ich erwäge ernsthaft, das Haus zu verkaufen.

»Komm mit mir nach L.A.«, sagt Finn leise und schiebt mir eine Locke hinters Ohr. »Nimm dir eine Auszeit. Komm mit mir, Liv. Ich kümmere mich um den Flug, deine Unterkunft, alles. Du brauchst dir um nichts Gedanken zu machen.«

Er sieht mehr oder weniger aus wie früher, nur ein bisschen älter. Seine Haare sind etwas kürzer, nicht mehr ganz so wild. Sie sind immer noch dunkel und zerzaust. Seine meergrünen Augen sind so schön wie immer, die Wimpern so dunkel wie eh und je. Ich bin mir auch sicher, dass er noch Grübchen in den Wangen hat, obwohl ich sie sehr lange nicht mehr gesehen habe. Seine Brust ist breiter geworden, passt nun besser zu dem fünfunddreißigjährigen Mann, der er ist, als zu dem schmalen Mittzwanziger, dem Rockstar, den ich manchmal noch vor mir sehe, wenn ich an ihn denke.

Und in letzter Zeit habe ich sehr viel an ihn gedacht. Finn meldete sich bei mir, nachdem ich Tom verloren hatte, um mir zu versichern, dass er für mich da sei, wenn ich ihn bräuchte.

»Würde ich nicht bei dir wohnen?«, frage ich, in Gedanken bei seiner Einladung.

»Ich dachte, du würdest nicht bei mir wohnen wollen«, erwidert Finn, ohne den Blick von mir abzuwenden. »Fände ich aber cool.«

»Deine Freundin stört das nicht?«

Einen Moment schweigt er. »Ich habe seit fast zwei Jahren keine Freundin mehr.«

»Oh.« Ich höre kaum, wie das Wort meinen Mund verlässt. »Hast du denn genug Platz?«

Finn stößt ein belustigtes Schnauben aus. »Ja, Liv, ich habe genug Platz.«

»Kann Michael mitkommen?«

»Klar kann er das.«

Wir fliegen an einem Samstag, eine Woche später, und Michael ist absolut begeistert von dem Flug. Er war hin und weg, als Finn und ich bei ihm vorbeigingen und ihn fragten, ob er gern Urlaub in L.A. machen würde.

»Yeah! Cool!«, rief er.

Mir wird nun immer mehr bewusst, wie mein Bruder mich seit Toms Tod zu beschützen versucht. Wir haben viele Filme bei ihm auf dem Sofa geschaut und oft zusammen zu Mittag gegessen. Er lädt mich zu den Tanzabenden in seinem Club ein, aber als ich einmal da war, war ich so traurig, dass ich nicht lange geblieben bin.

Der Anblick von Michael und seinen Freunden auf der Tanzfläche konnte mir kaum ein Lächeln ins Gesicht zaubern. An dem Abend waren meine Gedanken eher bei Finn als bei Tom.

Finn wohnt in einem »vertical house« in den Hollywood Hills, das vier Schlafzimmer hat. Es verfügt über vier Stockwerke, hat aber nur eine kleine Grundfläche. Der Garten ist nicht besonders groß; er besteht hauptsächlich aus einem langen, schmalen Swimmingpool und einer begrünten Mauer am Ende. Am liebsten mag ich an seinem Haus die Dachterrasse, von der man über die Hügel bis zum Zentrum von L.A. blickt.

So was bekommt man also für einen Vertrag mit einem großen Plattenlabel. Ich bin völlig von den Socken.

Finns Schlafzimmer und sein Arbeitszimmer sind im vierten Stock, den man über einen kleinen zentralen Aufzug erreicht. Die zwei Gästezimmer, in denen Michael und ich untergebracht sind, befinden sich im dritten Stock, im zweiten sind die Küche und das Esszimmer. Das Erdgeschoss wird fast nur vom Wohnzimmer eingenommen und öffnet sich direkt auf den Pool. Das dritte Gästezimmer ist auch unten.

Michael kann es nicht erwarten, schwimmen zu gehen. Ich bin müde und nicht in der Stimmung dafür, möchte ihn jedoch nicht enttäuschen. Als Finn sieht, dass ich hin- und hergerissen bin, findet er eine Lösung. Er schlägt vor, ich könne mich »mit einem Glas Wein an den Rand setzen und den Jungs beim Baden zugucken«.

Bald muss ich laut über ihre Albernheiten lachen. Genau das habe ich gebraucht.

In den letzten anderthalb Jahren habe ich mein Leben wie

auf Autopilot geführt. Als ich sechs Monate nach Toms erstem Zusammenbruch auf den Klippen am Valentinstag erwachte und sah, dass ich keine Nachricht von ihm auf dem Handy hatte, die seine Abwesenheit erklärte, begann ich mir Sorgen zu machen. Dann hörte ich einen Rettungswagen auf der Straße.

Ich kam noch rechtzeitig in die Bucht, um zu sehen, wie er auf einer Trage vom Strand weggebracht wurde, aber es war schon zu spät. Ein Tourist hatte ihn im Sand gefunden, in der Mitte eines geometrischen Musters von Herzen, das sich über den ganzen Strand erstreckte. Er musste kurz davor gewesen sein, mich anzurufen.

Später, als Michael kaputt ins Bett fällt, nehmen Finn und ich unsere Getränke mit auf die Dachterrasse, setzen uns auf eins seiner Outdoorsofas und schauen auf die Stadt. In der Dunkelheit funkeln die Lichter auf den Hügeln, die Luft ist angenehm warm und riecht nach dem Jasmin aus den Blumentöpfen am anderen Ende der Terrasse.

»Wie geht es dir?«, fragt Finn.

»Ganz gut«, antworte ich. »Es wird langsam. Vielen Dank. Ich glaube, genau das hier habe ich gebraucht.«

»Gern geschehen. Ich freue mich, euch beide hier zu haben. Endlich«, sagt er mit einem schiefen Grinsen.

»Ich finde es schrecklich, dass du mich nur dann siehst, wenn ich am absoluten Tiefpunkt bin. Das ist ungerecht dir gegenüber. Wie oft musst du mich wohl noch aufrichten?«

»Liv, du bist der stärkste Mensch, den ich kenne. Denk nicht immer so schlecht von dir.«

Er greift nach meiner Hand und drückt sie. Ich erlaube ihm, sie zu halten, bis mir unwohl wird und ich sie zurückziehe.

Finn trinkt einen Schluck aus der Bierflasche.

»Wie geht es Liam und Tyler?«

»Gut. Tyler war letztens hier. Die beiden haben zusammen ein paar Gigs besucht.«

»Wo wohnt Liam denn? Ich dachte, er wäre hier bei dir.«

»Du machst wohl Witze. Mit der kleinen Dumpfbacke zusammenleben?«

»Ich dachte, er wäre jetzt ungefähr dreiundzwanzig«, erwidere ich lachend.

»Ja, ist er. Und das heißt, dass er absolut in der Lage ist, auf eigenen Füßen zu stehen. Er lebt in Glendale, in der Gegend habe ich früher auch gewohnt.«

»Du bist ein toller Bruder für die zwei, Finn.« Das meine ich ernst.

Er wirkt belustigt. »Obwohl ich ihn gerade Dumpfbacke genannt habe?«

»Du bist ein toller Bruder«, wiederhole ich mit Nachdruck.

Die Großeltern haben sich unglaublich gut um die Jungs gekümmert, nachdem ihre Mutter verschwunden war. Aber alles konnten sie nicht auffangen. Keine Ahnung, was passiert wäre, wenn Finn nicht da gewesen wäre. Er hat sich um Tyler und Liam gekümmert, sie jedes Jahr nach L.A. geholt, damit sie Weihnachten zusammen verbringen konnten, weit weg von den düsteren Erinnerungen.

»Und du bist ein guter Freund«, füge ich hinzu und greife nach seiner Hand.

Nachdenklich schaut er auf unsere verschränkten Finger. Dann hebt er den Kopf und sieht mir in die Augen. Nur das Licht ferner Häuser und Straßenlaternen erleuchtet unsere Umgebung, aber es reicht, um seine schimmernden Augen zu erkennen.

»Ich liebe dich immer noch, Liv.«

Fast hätte ich ihm die Hand entzogen, doch nachdem ich meinem ersten Impuls nicht gehorche, lasse ich sie in seiner.

»Mir ist bewusst, dass du noch um Tom trauerst. Aber mir ist wichtig, dass du das weißt.«

Das Herz schlägt mir bis zum Hals.

»Wie kannst du mich nach so vielen Jahren noch lieben? Nach allem, was ich getan habe?«

»Was hast du denn getan?«, fragt er verständnislos.

»Ich habe einen anderen Mann geheiratet, Finn!«, rufe ich gequält. »Hat dich das nicht verletzt?«

»Es hat mich fast umgebracht«, erwidert er barsch und lässt meine Hand los, um sich durch die Haare zu fahren.

»Wie kannst du mich dann noch lieben?«

»Ich werde *nie* aufhören, dich zu lieben. Das habe ich dir schon mal gesagt. Ich liebe dich bis zu dem Tag, an dem ich sterbe, und noch länger.«

Ich sehe ihn an. Er starrt zurück. Es ist ihm todernst.

Fünf Sekunden vergehen, dann wird sein Gesichtsausdruck weicher.

»Was meinst du, kannst du dir theoretisch vorstellen, dass aus uns noch mal was wird?«, fragt er ernst. »Ich meine nicht jetzt, nur wenn du so weit bist. Ich warte auf dich, Liv. Ich würde nach St Agnes ziehen, wenn du dir nicht vorstellen kannst, zwischen Amerika und Großbritannien zu pendeln. Aber wenn du mich nicht mehr liebst, dann sag es mir bitte jetzt …«

»*Natürlich liebe ich dich noch*«, unterbreche ich ihn flüsternd und warte darauf, dass das Schuldgefühl zuschlägt.

Es kommt nicht.

Und ich habe das Gefühl, dass Tom bei mir ist, in diesem Moment, dass er mir seinen Segen gibt und will, dass ich glücklich bin.

Vielleicht habe ich das verdient. Vielleicht habe ich zu viel durchgemacht. Vielleicht ist es Zeit, Finn eine Chance zu geben, eine richtige. *Mir* eine Chance zu geben. Uns.

Vielleicht ist das *unsere* Zeit.

Nach der Woche in L.A. fällt es mir schwer, ins Beach Cottage zurückzukehren. Aber Michael muss nach Hause. Er hat Sehnsucht nach Timothy und seinen anderen Freunden.

»Du kannst ruhig bleiben«, sagte er beiläufig zu mir, als ich ihm beim Packen half. Es klang, als sei es wirklich so einfach und als bräuchte ich ihn nicht auf dem Heimflug zu begleiten.

Ich bin mit ihm abgereist, aber jetzt, wo ich in der Wohnküche stehe, umgeben von zu vielen Erinnerungen und zu viel Leere, beschließe ich, dass ich in nicht allzu ferner Zukunft wieder hinüberfliegen werde.

Einen Monat später kehre ich nach L.A. zurück, und als ich diesmal in Finns Haus komme und wir nur zu zweit sind, ist die Atmosphäre verändert.

»Ist es okay, wenn du dasselbe Zimmer hast wie letztes Mal?«, fragt er, während er mit meinem Koffer vor dem kleinen Aufzug steht.

Er wirkt nervös.

Am Abend sind wir dann aber sehr entspannt in der Gesellschaft des anderen.

Wir sitzen auf dem Sofa im Wohnzimmer unten im Erdgeschoss. Vor den Terrassentüren wird der Swimmingpool strahlend blau beleuchtet und wirft flackernde Schatten auf die Blätter der begrünten Außenwand dahinter.

»Es tut mir leid, dass es so lange gedauert hat, bis ich mich dazu entschließen konnte herzukommen«, sage ich, weil ich das Gefühl habe, mich entschuldigen zu müssen.

»Hör auf, Liv! Lass uns nicht in der Vergangenheit leben, ja?«, sagt Finn liebevoll.

Ich nicke. »Gut.«

»Michael« von Franz Ferdinand erklingt aus der Surroundanlage.

Ich muss lachen. »Weißt du noch …«

Ich breche ab.

»Was?«, fragt Finn.

Ich schüttele den Kopf. »Ich musste nur an das erste Mal denken, als du mir das Lied vorgespielt hast und wie du es Michael im Auto vorgesungen hast.« Ich lächele verhalten. »Ist schwer, nicht in der Vergangenheit zu leben.«

»So meinte ich das nicht«, erwidert Finn mit belustigtem Stirnrunzeln. »Das sind schöne Erinnerungen. Die sind doch okay.« Er schmunzelt. »Eine meiner schönsten Erinnerungen ist der Blick in deinem Gesicht, als ich ›22‹ gespielt habe. Du warst komplett überrumpelt.«

Ich falle vor Lachen vornüber, wir teilen noch weitere Erinnerungen und trinken dabei die Flasche leer. Wir reden nicht über traurige Themen, warum sollten wir auch. Wir beide haben Entscheidungen getroffen, die den anderen verletzt haben. Das bedeutet aber nicht, dass diese Entscheidungen falsch waren. Die Jahre, die ich mit Tom hatte, werde ich immer in Ehren halten.

Bei dem Gedanken an ihn steigt Traurigkeit in mir auf. Ich entschuldige mich schnell und gehe zur Toilette.

Als ich dort vorm Waschbecken stehe und mein Spiegelbild betrachte, warte ich darauf, dass das Schuldgefühl wieder zuschlägt.

Doch es bleibt aus.

Ich atme tief durch. Es ist in Ordnung. Ich bin in Ordnung. Jetzt geht es aufwärts, nicht abwärts. Diese Entscheidung habe ich damals für Tom getroffen. Ich kann sie noch mal für Finn treffen.

Ich will mich für Finn entscheiden.

Als ich von der Toilette komme, sitzt er nicht mehr auf dem Sofa. Ich höre oben in der Küche Gläser klirren und folge dem Geräusch. Auf dem Treppenabsatz im ersten Stock sehe ich, dass er an der Spüle steht, die Hände auf die Arbeitsfläche gestützt. Unsere leeren Weingläser sind an die Seite geschoben.

So, wie er dasteht, wirkt er erschöpft.

Ich gehe zu ihm hinüber. »Willst du ins Bett?«, frage ich.

Er sieht mir über die Schulter entgegen. »Ich dachte, du vielleicht.«

»Ja, denke schon.«

In Großbritannien ist schon der neue Tag angebrochen.

Finn dreht sich zu mir um, lehnt sich mit dem Rücken gegen den Schrank.

»Ich hatte das Gefühl, du wärst traurig«, sagt er leise. Seine Kiefermuskeln spannen sich an.

»War ich auch. Aber jetzt ist es wieder gut.«

Wir sehen uns in die Augen und sagen beide kein Wort, während die Sekunden verstreichen. Dann hält er mir die Hände hin, Handflächen nach oben, eine kleine, liebevolle Geste, das Gesicht leuchtend vor zögernder Hoffnung.

Ich lächele und mache einen Schritt auf ihn zu.

Er zieht mich an sich, und es fühlt sich so richtig an, ihm wieder nah zu sein. Ich lege die Wange an seine Schulter, drücke die Nase an seinen warmen Hals und atme ein. Sein Geruch ist so tröstlich. Ich hebe das Gesicht und lege eine Hand auf seine Wange.

Unter seinen langen Wimpern sieht er mich an, immer noch ein Zögern in den blaugrünen Augen. Sie *sind* älter geworden, erkenne ich, und damit meine ich nicht die kleinen Falten, die von den Augenwinkeln ausgehen. Nein, er hat ein wenig von seinem Strahlen verloren.

Ich möchte dieses Strahlen zurückholen. Ich möchte ihn wieder lächeln sehen, komplett mit Grübchen. In diesem Moment ist das mein größter Wunsch.

Ich lege auch die andere Hand auf seine Wange. Dann drücke ich die Daumen leicht in die schwachen Dellen, wo die Grübchen sein müssten.

Belustigt zieht Finn den Kopf zurück. »Wie viele Jahre willst du das schon machen?«, fragt er lachend.

»Zu viele«, antworte ich grinsend.

Aus dem Nichts werde ich plötzlich von Gefühlen übermannt, die mich mit einem Rauschen durchfahren und mich schwindelig machen.

»Ich liebe dich so, so sehr, Finn.«

Die Anspannung in seinen Zügen schwindet. »Ich liebe dich auch«, flüstert er mit schimmernden Augen.

Ich recke mich auf die Zehenspitzen, er kommt mir entgegen.

Unser Kuss ist tief und innig und schmerzhaft vertraut. Er fühlt sich rundherum richtig an.

Ich muss an Tom denken, aber nur kurz. Im Großen und Ganzen gelingt es mir, den Moment mit Finn zu genießen.

Wir bewegen uns gleichzeitig; ich schlinge die Beine um seine Taille, er hebt mich hoch und setzt mich auf den Küchenschrank.

Ich greife nach dem Saum seines T-Shirts und ziehe es ihm über den Kopf, seine Hände schieben mein Kleid über die Oberschenkel. Zwischen uns knistert es nur so. Ich brauche das. Ich will das. Und soweit ich das fühlen kann, als Finn mich an sich drückt, braucht und will er es ebenso wie ich.

Wir lassen es nicht langsam angehen. Ich glaube, dazu sind wir jetzt gar nicht in der Lage. Es ist schnell und heftig und lässt nur sehr wenig Platz für vernünftige Gedanken.

Es ist perfekt.

Und anschließend, als unsere verschwitzten Glieder noch ineinander verschlungen sind und unsere verausgabten Körper sich kaum noch aufrecht halten können, rutsche ich vom Schrank in seine Arme.

»Bring mich in dein Bett, Finn. Und lass mich in den nächsten sieben Tagen nicht mehr los.«

»Versprochen.«

Der Mann hält Wort. In der darauffolgenden Woche finden wir emotional und körperlich wieder zueinander, fügen wieder zusammen, was wir einander schon vor Jahren geschenkt haben.

Als ich Finn damals sagte, Tom habe nie an uns gezweifelt, hätte ich dasselbe auch über ihn sagen können. Er hat nie an seiner Liebe zu mir gezweifelt. Aufgrund seiner schwierigen Kindheit konnte er sich nicht für St Agnes entscheiden, aber er entschied sich immer für mich.

Ich war diejenige, die sich gegen ihn entschieden hat.

Aber jetzt tue ich es. Ich entscheide mich für *uns*.

Noch mal sieben Sommer später …

»Here comes the sun …«

Ich wache zu der Melodie auf, die mein Mann summt, nur um festzustellen, dass er nicht mir, sondern Maggie vorsingt, die sich zwischen uns kuschelt.

»Du sollst doch in deinem eigenen Bettchen liegen, du freches Mäuschen«, mahne ich schlaftrunken. »Wer hat denn erlaubt, dass du in unser Bett kommen darfst?«

»Daddy«, erwidert sie mit keckem Kichern.

Finn kitzelt sie am Bauch, sie windet sich und quietscht vor Vergnügen, so dass man ihre Grübchen erkennen kann.

»Pssst!« Mit weit aufgerissenen Augen schaue ich über die Schulter zum Körbchen neben unserem Bett, doch Maggies kleiner Bruder bekommt nichts mit. Ich betrachte seine unglaublich langen dunklen Wimpern und drehe mich wieder zu unserer Tochter um.

»Ist er wach?«, fragt sie und rückt so weit nach oben, dass sie sich gegen das Kopfteil des Bettes lehnen kann. »Baby Arm nehmen!«, kommandiert sie und breitet die Arme aus.

Sie ist noch keine zweieinhalb Jahre alt.

Ich schaue Finn an, der mich belustigt beobachtet.

»Du hast die Kleine gehört: Sie will das Baby auf den Arm nehmen«, neckt er mich.

»Das Baby schläft«, erwidere ich mit Nachdruck.

»Baby Arm nehmen«, wiederholt Maggie.

Fast müssen Finn und ich lachen. Aber nur fast.

»Nein, es schläft«, wiederhole ich bestimmt.

So wie seine Mutter noch vor einer Minute.

Maggie klettert über mich hinweg und späht ins Körbchen. Ihre kleinen Schultern sacken nach unten.

»Oh«, seufzt sie, dann kuschelt sie sich wieder zwischen uns.

»Möchtest du noch schlafen?«, fragt Finn mich.

»Ist ein bisschen spät dafür.«

»Tut mir leid«, flüstert er. »Sie war ziemlich überzeugend.« Es fällt ihm schwer, unserer Tochter einen Wunsch abzuschlagen. Andererseits fällt ihm das auch bei mir schwer. In der Hinsicht war er schon immer ein Softie.

Die Tür schlägt auf, und Lennie kommt hereingestürmt, sein Schaumstoffschwert in die Höhe gereckt.

Als ich hörte, dass Finns Großvater mit Vornamen Leonard hieß, bat ich ihn, unseren Sohn, der vor viereinhalb Jahren geboren wurde, nach ihm zu benennen. Zuerst war Finn nicht ganz überzeugt, doch schließlich konnte ich ihn überreden.

Maggie – Margaret – wurde nach meiner Großmutter benannt, und ich finde es schön, dass sich ihr Name auf Aggie reimt, wo wir wohnen.

Lennie wird im nächsten Monat eingeschult, deshalb mussten wir uns entscheiden, wo wir in nächster Zukunft leben wollen. In Cornwall wohnen drei Onkel unserer Kinder – Liam ist vor ein paar Jahren aus L.A. hierher zurückgezogen, weil ihm seine alte Heimat fehlte, Tyler ist immer noch in Newquay, und Michael wohnt die Straße hoch. Selbst Finn merkte, dass ihm St Agnes fehlt, wenn wir nicht hier sind. Er meint, es sei jetzt anders, da wir Kinder hätten. Wir schaffen unsere eigenen Erinnerungen, und das sind fast nur glückliche.

Vor ein paar Jahren versetzten wir das Beach Cottage in seinen Originalzustand zurück und zogen in das große Schlafzimmer am Ende des Flurs, mit Blick auf den Garten.

Wir haben trotzdem noch ein Haus in L.A., allerdings nicht

das Haus, in dem ich übernachtete, als ich erstmals dorthinkam. Nach der Geburt von Lennie zogen wir weiter raus auf ein größeres Grundstück mit einem großen Garten. Wir halten uns dort sehr gern mit Finns amerikanischer Familie auf und werden weiterhin in den Schulferien rüberfliegen. Aber unsere Heimat ist in St Agnes.

Somit haben wir Lennie und Maggie, und das kleine Baby im Körbchen, das gerade von seinem älteren Bruder geweckt wurde, ist Eddie. Er wurde nach niemandem benannt, nur nach sich selbst.

Tom bleibt in meinem Herzen. Ich denke noch oft an ihn. Manchmal sehne ich mich schmerzlich nach seinem leisen Lachen oder nach dem Blick seiner goldbraunen Augen. Manchmal sehne ich mich nach dem Gefühl, von ihm gehalten zu werden. Ich werde ihn immer lieben.

Ich habe ihn nicht aus Ton geformt und glaube auch nicht, dass ich es tun werde. Als Arabella vor ein paar Jahren im beeindruckenden Alter von neunundneunzig Jahren verstarb, verspürte ich auch nicht den Drang, sie als Skulptur zu verewigen. Ich habe das Gefühl, die Gegangen-Reihe hinter mir gelassen zu haben und jetzt Kunstwerke zu schaffen, die aus einem Gefühl von Freude und Ehrfurcht heraus entstehen. Alles, was ich tue, mache ich mit Leib und Seele – ich möchte nicht monatelang an einer Arbeit sitzen, die mich nicht inspiriert, deshalb versuche ich, nur Aufträge anzunehmen, mit denen ich mich identifizieren kann.

Anfangs dachte ich, es würde zu sehr weh tun, Teilhaberin des Seaglass zu bleiben, nachdem ich Tom verloren hatte. Als Chas im Alter von dreiundachtzig Jahren beschloss, es sei nun doch an der Zeit, sich zur Ruhe zu setzen, bot Finn ihm an, ihn auszubezahlen.

Ich überlegte lange, ob das auch mein Wunsch war. Jahrelang hatte ich mir ausgemalt, alles zu verkaufen und wegzuziehen, aber irgendwie war der Zeitpunkt überschritten, und ich war immer noch da.

Also gab ich Finn mein Okay, und jetzt gehört uns das Seaglass gemeinsam, obwohl es meistens von Angestellten geführt wird.

Das Beach Cottage, das Seaglass und St Agnes werden mich immer an Tom erinnern. Und darüber bin ich froh. Ich fühle mich ihm hier nahe, und das finde ich schön.

Aber das alles erinnert mich auch an Finn. Es ist Teil *unserer* Geschichte.

Ich habe in meinem Leben zweimal die große Liebe gefunden. Dabei fühle ich mich nicht wie eine traurige Witwe.

Ich habe großes Glück.

»Komm, wir machen einen Spaziergang am Strand«, schlage ich vor und hebe Eddie aus seinem Körbchen.

Es dauert Ewigkeiten, bis wir fünf endlich die Haustür hinter uns zuziehen und den Hang nach Trevaunance Cove hinunterlaufen. Die Straße windet sich durch die strahlend grünen Hügel, und das Meer scheint von innen heraus zu leuchten, als die frühmorgendliche Sonne aufs Wasser fällt.

Wieder spüre ich Tom an meiner Seite.

Aber ich sehe keinen Apfelbaum mehr in der letzten Phase seines Lebens.

Ich sehe einen Baum.

Im Frühjahr.

Und es wird wieder Sommer werden.

Danksagung

Auch nach so vielen Jahren als Autorin erlebe ich noch großartige Momente, in denen ich mich am liebsten kneifen würde, und das liegt hauptsächlich an euch, liebe Leserinnen und Leser. Ich freue mich immer über euer Feedback, also schaut auf Social Media gern bei @PaigeToonAuthor vorbei, wenn ihr das noch nicht getan habt. Ihr könnt auch auf paigetoon.com meinen Newsletter #TheHiddenPaige abonnieren, da bekommt ihr Neuigkeiten und zusätzlichen Content.

Damit die Geschichten eines Autors oder einer Autorin das Publikum erreichen, ist Mundpropaganda unglaublich wichtig, deswegen bin ich allen dankbar, die sich die Zeit nehmen, meine Bücher zu empfehlen, sei es im persönlichen Gespräch, in den Printmedien oder im Netz – ein ganz großes Dankeschön dafür!

Jeder Moment meiner bisherigen Reise mit Penguin Random House war für mich eine große Freude, und genauso schön ist es, mit den Teams von Century in Großbritannien und G.P. Putnam's Sons in Amerika zusammenzuarbeiten. Ein extra großer Dank geht an Venetia Butterfield und an meine herausragenden Lektorinnen Emily Griffin und Tara Singh Carlson – es macht so großen Spaß mit euch.

Ich bedanke mich bei den folgenden Leuten von Century: Olivia Allen, Hannah Bailey, Charlotte Bush, Claire Bush, Briana Bywater, Emma Grey Gelder, Rebecca Ikin, Laurie Ip Fung Chun, Rachel Kennedy, Evie Kettlewell, Jess Muscio,

Richard Rowlands, Jason Smith, Jade Unwin, Linda Viberg und Selina Walker ebenso wie bei den wunderbaren Menschen von Putnam: Sally Kim, Ivan Held, Samantha Bryant, Sanny Chiu, Brennin Cummings, Ashley Di Dio, Hannah Dragone, Tiffany Estreicher, Ashley Hewlett, Aranya Jain und Claire Winecoff. Danke auch an meine Korrektorinnen Caroline Johnson (GB) und Chanda Wohleber (US). Ebenfalls an Monique Corless, Amelia Evans und das Foreign-Rights-Team bei PRH sowie an meine Verlage auf der ganzen Welt für alles, was sie tun, um meine Bücher einem größeren Publikum zugänglich zu machen – ich freue mich immer so, von Leserinnen und Lesern zu hören, die durch Übersetzungen Zugang zu meinen Büchern gefunden haben.

Ich möchte mich bei meiner lieben Freundin Lucy Branch bedanken. Seit unsere Söhne uns vor vielen Jahren im Kindergarten zusammenführten, habe ich deine Leidenschaft für Kunst und Bildhauerei bewundert. Danke, dass du dein Wissen mit mir geteilt und mir geholfen hast zu verstehen, wie Liv tickt. (Man beachte: Lucy ist die führende auf Bronze spezialisierte Restauratorin Großbritanniens, außerdem Autorin und Host des Podcasts *Sculpture Vulture* – schaut mal bei ihr vorbei!)

Danke an die beeindruckenden Bildhauerinnen Hazel Reeves und Laury Dizengremel, die mir so großzügig ihre Zeit geschenkt haben und bei der Recherche halfen – ohne die beiden wäre ich verloren gewesen.

Mein Dank gilt ebenso der Autorin Hilary Standing. Ihr umwerfendes Memoir über das Leben mit einer Schwester mit Downsyndrom durfte ich lesen, noch bevor sie es ihrer Agentin gab. Es hat mich zum Lachen und zum Weinen gebracht, ich bin völlig in dem Buch versunken. Sobald es veröffentlicht wird, werde ich kräftig die Werbetrommel rühren!

Ein weiterer Dank gilt Singer-Songwriter Kal Lavelle, die mir bei der Recherche zur Musikindustrie half. Ich habe Kal beim Schreiben von *Sommer für immer* entdeckt und ihr wundervolles Lied »Shivers« in Dauerschleife gehört. Fun Fact am Rande: Kal hat noch einen anderen Song geschrieben, der ebenfalls »Shivers« heißt, und zwar mit keinem Geringeren als Ed Sheeran. Es war so toll, mich mit dir auszutauschen, Kal.

Auch wenn die Wahrscheinlichkeit sehr gering ist, dass Taylor Swift dies hier lesen wird, möchte ich ihr gerne für die Inspiration durch ihre Lieder danken. Ich hatte eine vage Idee zu diesem Roman, doch sie erwachte erst richtig zum Leben, als ich den Text von »Tis the Damn Season« hörte. Innerhalb weniger Tage sah ich mit absoluter Klarheit, wie die Geschichte sich entwickeln sollte, von Anfang bis Ende. An dieses Konzept habe ich mich bis zum Schluss gehalten. Falls Taylor jemals diesen Roman in die Finger bekommen sollte, kann sie hoffentlich ein klein wenig nachempfinden, was ihre Musik in mir auslöst.

Außerdem danke ich …

… Carol Bruno in Portugal für das Gespräch über Sandkunst, das mich erstmals auf diese Idee brachte.

… Craig Scott, der das Seaglass mit seinen lebhaften Beschreibungen des Gastronomiegewerbes zum Leben erweckte.

… David Moore vom College of Art in Edinburgh und Dr. Darron Dixon-Hardy von der Universität Leeds für die Beantwortung meiner zusammenhanglosen Fragen zur Bildhauerei beziehungsweise Luftfahrt.

… Christopher Ryan vom National Trust in Chapel Porth für seine Auskünfte zum Strand und zu den Gezeiten.

… Jo Carnegie für die Anekdote über die Verzierungen im Kaffeeschaum, die ich ihr gegenüber schon angedroht hatte zu verwenden.

… Alison Cross und der Mannschaft von Cornwall Hideaways, außerdem den Inhabern des echten Beach Cottage sowie Damien Anderton und Rob Pippin für ihre Hilfe bei allem, was St Agnes selbst angeht.

Alle in diesem Buch erwähnten Schauplätze sind real, mit Ausnahme des Seaglass, das jedoch stark der Strandbar in Trevaunance Cove namens Schooners nachempfunden ist. Wer mal im Sommer dort vorbeikommen sollte, macht doch bitte für mich ein Foto oben vom Balkon! Ich hatte wirklich Respekt davor, über St Agnes zu schreiben, weil es so ein besonderer Ort ist; mir war von Anfang an klar, dass ich ihm niemals gerecht werden würde. Trotzdem hoffe ich, dass das Buch einigen Einheimischen ein Lächeln ins Gesicht zaubert, selbst wenn ich mir hier und da ein paar künstlerische Freiheiten erlaubt habe.

An dieser Stelle noch ein Dank an Salome Quao und Eddie Powell sowie ein verspätetes Dankeschön an Bethany für ihre Hilfe bei der Recherche zu Bury St Edmunds in *Am Ende gibt es nur uns*.

Ich danke auch diesen unglaublichen Schriftstellerinnen: Dani Atkins, Sophie Cousens, Lizzy Dent, Giovanna Fletcher, Zoë Folbigg, Carley Fortune, Ali Harris, Emily Henry, Colleen Hoover, Catherine Isaac, Abby Jimenez, Milly Johnson, Lindsay Kelk, Christina Lauren, Caroline Levitt, Lia Louis, Jill Mansell, Mhairi McFarlane, Annabel Monaghan, Beth O'Leary, Louise Pentland, Jill Santopolo, Mia Sheridan, Emily Stone, Heidi Swain, Adriana Trigiani, KA Tucker, Lucy Vine und Jo Watson. Wenn einer eurer Namen in meinen Nachrichten oder im E-Mail-Eingang auftaucht, mutiere ich zum Fan-Girl. Ich danke euch so sehr für all eure Unterstützung – sie bedeutet mir unglaublich viel.

Ein Dankeschön an meine Eltern, Vern und Jen Schuppan,

an meine Schwiegereltern Ian und Helga Toon und an meine wunderbaren Freundinnen, die sich immer die Zeit nehmen, die frühen Fassungen meiner Bücher zu lesen und zu kommentieren: Jane Hampton, Katherine Reid, Katherine Stalham, Femke Cole, Colette Bassford, Rebecca Banks und Kimberly Atkins.

Zu guter Letzt bedanke ich mich bei meiner Familie, Greg, Indy und Idha Toon, für all die unsichtbaren Dinge hinter den Kulissen, die ich absolut zu schätzen weiß. Ich liebe euch drei so sehr.

Playlist

Ein paar Lieder aus der Playlist von Finn und Liv …
und noch ein paar aus der von Paige:

»Sweater Weather« The Neighbourhood
»Sold« Lilly
»Figure it Out« Royal Blood
»Stars of CCTV« Hard-Fi
»Need You Tonight« INXS
»Solar Power« Lorde
»7« Catfish and the Bottlemen
»'Tis the Damn Season« Taylor Swift
»Go with the Flow« Queens of the Stone Age
»Stay« Rihanna ft. Mikky Ekko
»Ready to Start« Arcade Fire
»Never Tear Us Apart« INXS
»Space & Time« Wolf Alice
»Fire« Kasabian
»Michael« Franz Ferdinand
»Saturn« Sleeping At Last
»22« Taylor Swift
»Here Comes the Sun« Beatles
»Smokers at the Hospital Doors« Editors
»7 Minutes« Dean Lewis
»The Boys of Summer« The Antaris
»TV« Billie Eilish
»The Beach 2« Wolf Alice
»I Need My Girl« The National

Paige Toon

Du schenkst mir die Welt

Wie weit würdest du für die Liebe gehen?

Alle Wege führen zu dir

Angie wollte schon immer die Welt bereisen. Doch sie steckt in ihrem winzigen australischen Heimatdorf fest: Ihre Mutter ist tot, ihren Vater kennt sie nicht und sie ist die Einzige, die sich um ihre demente Großmutter kümmern kann. Als diese stirbt, macht Angie eine Entdeckung: Ihr Vater lebt, und zwar in Rom! Doch warum hat ihr nie jemand von ihm erzählt? Angie wirft sich in ein italienisches Abenteuer, um die Wahrheit über ihre unbekannte Familie herauszufinden. Kann sie der charmante Draufgänger Alessandro, auf dem ebenfalls ein Geheimnis lastet, auf ihrem Weg begleiten?

Roman

Aus dem Englischen

von Andrea Fischer

464 Seiten, broschiert

Weitere Informationen finden Sie auf

www.fischerverlage.de

Paige Toon
Ich in deinen Augen

Ein tiefer Blick in seine Augen, und es ist um sie geschehen… Doch ist Hannah auch bereit für die Liebe?

Sonny ist attraktiv, selbstbewusst – und nur den Sommer über in der Stadt. Für Hannah die perfekte Gelegenheit, denn sie lässt sich nicht auf feste Beziehungen ein. Genauso wenig wie Sonny. Doch je besser sie sich kennenlernen, desto mehr fühlen sie sich zueinander hingezogen. Dabei haben beide mit Dämonen der Vergangenheit zu kämpfen. Hat ihre Liebe dennoch eine Chance?
»So einzigartig und berührend. Ich liebe jedes entzückende Wort daran!« Josie Silver

Übersetzt von Heidi Lichtblau
416 Seiten, Klappenbroschur

Weitere Informationen finden Sie auf
www.fischerverlage.de

Paige Toon
Am Ende gibt es nur uns
Ein erschütterndes Geheimnis. Eine Liebe, die alles verändert.

Als Wren den Moment beobachtet, in dem sich ihr Verlobter in eine andere verliebt, verlässt sie fluchtartig ihre Heimatstadt und zieht über den Sommer zu ihrem Vater auf seine Farm in Amerika.
Dort verliebt sich Wren in den stillen Anders. Er hat seine Frau verloren und trauert immer noch. Und nun platzt Wren mitten in seine Welt. Doch Anders hat ein Geheimnis, und wenn er seinen wachsenden Gefühlen für sie nachgibt, wird das schreckliche Konsequenzen für sein Umfeld haben. Allen voran für Wren.
»Herzzerreißend, wunderschön und unvergesslich.«
Dani Atkins

Aus dem Englischen von Andrea Fischer
432 Seiten, broschiert
978-3-596-70861-1